Ensemble face au risque

*

Une troublante association

ELLE JAMES

Ensemble face au risque

Traduction française de
CATHERINE VALLEROY

BLACK ROSE

HARLEQUIN

Collection : BLACK ROSE

Ce roman a déjà été publié en 2020

Titre original :
MARINE FORCE RECON

HARPERCOLLINS FRANCE
83-85, boulevard Vincent-Auriol, 75646 PARIS CEDEX 13
Service Clients — https://www.harlequin.fr/contenu/contactez-nous
ISBN 978-2-2805-2402-5 — ISSN 1950-2753

Édité par HarperCollins France.
Composition et mise en pages Nord Compo.
Imprimé en octobre 2025 par ScandBook UAB en Lituanie
en utilisant 100% d'électricité renouvelable.
Dépôt légal : novembre 2025.

FSC
www.fsc.org
MIXTE
Papier | Pour une gestion forestière responsable
FSC® C021394

Pour limiter l'empreinte environnementale de ses livres, HarperCollins France s'engage à n'utiliser que du papier fabriqué à partir de bois provenant de forêts gérées durablement et de manière responsable.

1

Les trottoirs du centre-ville de Washington étaient noirs de monde. Declan O'Neill remonta son sac à dos et se remit en marche d'un pas lourd. La dernière fois qu'il avait vu une foule pareille, c'était au centre de formation des marines de San Diego, lorsqu'il s'était mêlé aux jeunes recrues attendant comme lui d'intégrer l'armée.

Il se fraya un passage entre les grappes de touristes et les hommes et les femmes d'affaires marchant d'un pas pressé. Le soleil brillait et la journée était printanière. Dans une démonstration de gaieté optimiste, les cerisiers en fleur laissaient tomber une pluie de pétales blancs et roses.

L'optimisme...

Cela fit ricaner Declan. Il en était là, onze ans après avoir rejoint les marines... Onze années durant lesquelles il avait toujours su ce qu'on attendait de lui, reçu une solde modeste mais régulière et exercé un métier honorable et utile.

Et maintenant, il devait s'attaquer au défi écrasant de trouver un emploi avec une énorme tache sur son CV.

Mais pas aujourd'hui.

Pour quelle raison avait-il pris le train de Bethesda jusqu'à la capitale, il n'en avait pas la moindre idée. Mais n'ayant nulle part où aller, ni rien pour le retenir – ni travail, ni famille, ni chez-lui –, il s'était dit *pourquoi pas* ?

Il n'était jamais allé à la Maison-Blanche, n'avait jamais

admiré l'ébauche de la Déclaration d'indépendance par les pères fondateurs, ne s'était jamais immobilisé au pied de la statue d'Abraham Lincoln, n'avait jamais vu le mémorial de la guerre du Vietnam, ni aucun autre monument à Washington.

Et alors ?

Ce n'était pas le tourisme qui allait lui fournir de quoi vivre. Renvoyé de l'armée et sans un sou en poche, il allait avoir du mal à trouver un job correct. Qui allait engager un homme dont les seules compétences consistaient en une exceptionnelle adresse au tir, l'expérience du combat rapproché et l'aptitude à s'orienter d'après les étoiles ?

À l'époque d'Internet, des emplois de bureau et de la vérification des antécédents professionnels, il était probablement destiné à finir dans un refuge pour sans-abri. Avec ses derniers quatre-vingt-dix-huit dollars et cinquante-cinq cents, il avait décidé de visiter la capitale. Quant à savoir où dormir, il pourrait toujours se faufiler dans une ruelle ou dans un parc. Peut-être aurait-il la chance qu'on lui tranche la gorge pendant la nuit, ce qui mettrait un terme définitif à sa misère.

Il s'arrêta au carrefour, attendant que le signal piéton passe au vert. Il remarqua alors une limousine blanche, escortée par deux SUV noirs. Il avait vu passer au moins une demi-douzaine de ces longues voitures durant le dernier quart d'heure. Mais il n'avait rien d'autre à faire que fixer le dos des autres piétons.

Le SUV de tête tourna juste devant Declan. Avant que la limousine puisse le suivre, une camionnette blanche surgit en trombe d'une rue latérale, fonça entre les gens qui franchissaient le passage clouté et lui coupa la route.

Une autre camionnette blanche suivit la première et alla se placer derrière la limousine, bloquant sa retraite.

Des gardes du corps sautèrent des SUV, armes au poing. Ils n'avaient pas fait deux pas que les camionnettes s'ouvrirent et déversèrent des hommes masqués et vêtus de noir, armés de mitraillettes.

— À terre ! hurla Declan.

Agrippant une blonde derrière lui, il la plaqua sur le trottoir et la recouvrit de son corps tandis que les hommes des camionnettes ouvraient le feu sur les gardes du corps.

Autour de lui, les passants se jetèrent à terre, les femmes et les enfants hurlant de peur.

Tandis que les bandits continuaient à tirer en direction des piétons, d'autres hommes sortirent des camionnettes et s'élancèrent vers la limousine. Ils ne purent néanmoins ouvrir les portières qui étaient verrouillées. L'un d'eux visa la poignée et lâcha une rafale.

La portière de la limousine s'ouvrit et un garde du corps en costume braqua son arme et tira. L'homme qui avait mitraillé la poignée fit un saut de côté, puis fourra son arme à l'intérieur de la voiture et pressa la détente.

Un deuxième garde du corps émergea de l'autre côté de la voiture et, par-dessus le toit, visa l'homme qui venait de tirer.

Toujours allongé sur le trottoir, Declan observait la scène. Les passagers de la limousine devaient être importants pour que ces hommes se lancent dans une opération aussi risquée en plein jour et dans une rue animée.

Incapable de demeurer immobile pendant que des gens se faisaient tirer dessus, Declan se débarrassa de son sac à dos et le tendit à la femme qu'il avait poussée à terre.

— Surveillez ça, lui dit-il, je reviens dans une minute.

Joue contre terre, la femme le dévisagea avec de grands yeux, ses jolis traits crispés par l'inquiétude.

— Où allez-vous ?

— Il faut bien que je fasse quelque chose, dit-il en se mettant à quatre pattes.

Une main se posa sur son bras.

— Non, ils vont vous tuer.

— Si personne ne fait rien, ils tueront tous les passagers de la limousine et les gardes du corps.

— Mais vous êtes seul.

Elle posa sur lui le doux regard de ses yeux gris.

— Surveillez juste mes affaires. Tout ce que je possède est là-dedans. Et restez couchée.

Sans attendre de réponse, il s'élança vers une voiture bloquée par les camionnettes et les SUV.

Le conducteur était effondré sur son siège. Le pare-brise avait été arrosé de balles.

Protégé par la voiture, Declan se rapprocha du lieu de l'action. Il attendit que le tireur le plus proche se retourne pour lui sauter dessus. Déséquilibré, l'autre tomba à terre. Il en profita pour lui taper la tête contre le sol et le mettre hors d'état de nuire.

L'homme n'avait pas eu le temps de tirer. Il gisait immobile sur le trottoir. Sans perdre de temps, Declan lui prit sa mitraillette et s'approcha de l'assaillant suivant, sans détacher le regard de la limousine et de la foule allongée sur le trottoir.

À l'intérieur de la limousine, une dispute avec un garde du corps provoqua encore des cris et une rafale de mitraillette.

Profitant de la confusion, Declan se jeta sur le bandit qu'il avait en ligne de mire et lui tordit le cou avant que l'autre ait eu le temps de réagir.

Des sirènes se firent entendre au loin.

L'un des assaillants fit sortir le corps d'un garde du corps de l'arrière de la limousine et tendit le bras pour agripper un passager.

— Lâchez-moi ! cria une voix à l'intérieur.

Une femme ne tarda pas à émerger du véhicule. Vêtue d'un tailleur gris et de chaussures confortables, elle avait les cheveux gris.

— Ne leur faites pas de mal ! Je vais venir avec vous. Ne leur faites pas de mal...

Son ravisseur l'attira à lui et pressa son arme contre sa tempe.

Declan jura tout bas. La prise d'un otage signifiait que les assaillants avaient l'avantage. Peu importe combien d'entre eux il abattrait, il ne pourrait s'emparer de celui qui détenait la principale monnaie d'échange. À moins que...

Impossible d'approcher de la camionnette qui bloquait la limousine. Deux des malfrats se tenaient devant le véhicule, tandis qu'un autre gardait l'arrière.

Declan se faufila sous une grosse berline noire garée à quelques mètres. S'il pouvait atteindre le véhicule des ravisseurs avant qu'ils ne partent, il serait en mesure de...

À deux rues de là, une voiture de police tourna le coin et s'arrêta, gyrophare et sirène en marche. Deux agents en sortirent et s'abritèrent derrière les portières.

— Il faut y aller ! hurla le ravisseur.

Tenant toujours sa victime en joue, il se précipita vers la camionnette la plus proche.

S'il s'y réfugiait, la police ne pourrait plus l'arrêter sans mettre la femme en danger.

La portière de la camionnette s'ouvrit et un homme agrippa le bras du ravisseur et celui de la femme pour les faire monter.

Le reste des bandits se replia vers l'autre camionnette en couvrant leurs complices, sans se rendre compte que Declan était passé à l'arrière de l'autre véhicule.

Quand la porte latérale commença à se refermer, Declan posa la main sur la portière arrière. La poignée tourna, la portière s'ouvrit et il sauta dans le véhicule au moment où la porte coulissante se refermait.

Il y avait quatre hommes à l'intérieur. Le ravisseur avait projeté sa proie sur le sol de la camionnette. En tombant à genoux, la femme donna à Declan un angle de tir parfait.

Il pressa la détente de la mitrailleuse tandis que le conducteur faisait marche arrière. Le ravisseur et l'homme qui l'avait aidé à monter tombèrent sur la femme et restèrent immobiles.

— Arrêtez le véhicule, hurla Declan, ou je tire.

Sur le siège passager, le troisième homme pivota sur lui-même, revolver en main.

Sans hésiter, Declan tira plusieurs balles qui l'atteignirent au bras et pénétrèrent dans le dossier du siège. Lâchant son arme, l'homme s'avachit sur lui-même.

Toujours en marche arrière, le conducteur pressa l'accélérateur et manœuvra le volant.

La violence du choc fit tomber Declan sur le sol de la camionnette. Il se cogna l'épaule à la paroi et lâcha la mitraillette. L'arme tomba avec fracas sur le sol et rebondit hors d'atteinte de Declan.

Tandis qu'il se redressait, le conducteur passa en marche avant et enfonça le champignon.

Gardant l'équilibre avec peine, Declan tituba vers le conducteur pour le neutraliser. Agrippant le dossier d'une main, il passa l'autre bras autour du cou du conducteur et serra.

— Arrête-toi ! Tout de suite, hurla-t-il.

Cramponné d'une main à son bras, le conducteur braqua la camionnette vers un trottoir plein de gens et, au-delà, vers l'angle d'un immeuble en briques.

D'une rapide torsion, Declan le mit hors d'état de nuire. Puis il le repoussa et, toujours derrière le siège, fit tourner le volant pour éviter le trottoir et revenir sur la chaussée encombrée d'autres véhicules.

Même mort, le conducteur avait gardé le pied sur l'accélérateur.

Declan se cramponna quand le véhicule entra en collision avec une camionnette de livraison, faisant danser celle-ci sur ses roues. Le choc le fit basculer en avant. Mais grâce au siège conducteur, il ne passa pas à travers le pare-brise. Il se cogna seulement la tête au volant et atterrit tête la première à la place du conducteur.

Il resta étourdi un instant, une terrible douleur dans la tête. Mais il était vivant. Il escalada le siège pour repasser derrière, tomba sur les fesses et survola du regard le carnage.

Un gémissement s'élevait sous les corps des deux hommes.

Declan secoua la tête pour s'éclaircir les idées et rampa vers le gémissement.

— Ça va, madame ?

Seul le silence lui répondit.

— Madame ? insista Declan. Est-ce que ça va ?

— Je ne peux plus respirer, dit une voix.

Declan fit rouler le premier corps, puis le deuxième. Du sang tachait le tailleur gris de la femme, mais elle ne semblait pas blessée. Declan supposa que ce n'était pas le sien. En la voyant tenter de s'asseoir, il lui toucha l'épaule.

— Il vaut mieux rester allongée, je pense. Vous pourriez avoir des contusions après toutes ces brutalités.

— Je vais bien... Je n'ai rien de cassé. J'ai juste besoin de... m'asseoir.

Elle se redressa, les mains couvertes du sang de ses ravisseurs.

Declan jeta un coup d'œil par le pare-brise avant. Des véhicules de police cernaient la camionnette, et des agents du SWAT se précipitaient vers eux, serrant leurs armes.

— La police est arrivée, dit-il.

— Dieu merci.

La femme s'essuya les mains sur sa jupe, laissant de longues traînées rouges. Puis elle repoussa ses cheveux gris et redressa les épaules, le front plissé.

— Vous croyez qu'ils savent que les terroristes ont été neutralisés ?

— On ne peut pas tabler là-dessus. Ils vont peut-être me tirer dessus au premier coup d'œil.

Elle haussa brusquement les sourcils.

— Mais il ne faut pas. C'est vous qui m'avez sauvé la vie.

— Sortez, les mains en l'air ! cria une voix amplifiée par un mégaphone.

— Je sors, répondit Declan à voix forte. Ne tirez pas.

Il posa la main sur la poignée. La femme lui toucha le bras.

— Laissez-moi sortir la première. Ils ne tireront pas sur moi, et je leur dirai que vous faites partie des gentils.

Declan secoua la tête.

— On ne sait pas si l'un d'eux n'a pas la gâchette facile. Je sors le premier.

— Au moins laissez-moi ouvrir la portière, pour qu'ils voient vos mains.

La femme saisit la poignée et tira la portière coulissante, l'ouvrant lentement.

— Ne tirez pas ! cria-t-elle. Nous ne sommes pas armés.

Declan descendit de la camionnette, les mains levées bien haut.

— À genoux ! tonna une voix.

Declan se laissa tomber à genoux.

— Mains derrière la tête !

Il noua ses mains derrière sa nuque.

L'homme au mégaphone cria :

— Les autres, sortez maintenant, les mains en l'air.

Du coin de l'œil, Declan vit la femme sortir à son tour de la camionnette, les mains en l'air et les cheveux en bataille.

— À genoux ! Mains en l'air ! répéta l'homme au mégaphone.

— Je ne peux pas m'agenouiller avec cette jupe, fut la réponse. De toute façon, mes genoux ne le supporteraient pas.

La femme essaya de se mettre à quatre pattes, mais, changeant d'avis, elle leva les mains bien haut.

— Mes ravisseurs ont été neutralisés et sont dans la camionnette.

Elle fit un signe de tête en direction de Declan.

— Ce jeune homme m'a sauvé la vie. J'espère que vous allez bien le traiter.

— Madame, vous devez vous mettre à genoux, dit un agent du SWAT réfugié derrière la portière de son véhicule.

Declan lui lança un regard noir.

— Ce n'est pas elle, le problème.

— Silence, dit l'agent. À genoux.

— Oh ! pour l'amour du ciel.

La femme baissa les bras, s'accroupit et posa les genoux sur le sol.

— Mains en l'air, ordonna le chef de la section SWAT.

— Un vrai petit chef, commenta la femme.

Un éclat de rire monta dans la gorge de Declan, qu'il réprima aussitôt.

Le chef fit signe à ses hommes d'inspecter la camionnette. Après avoir vérifié que les hommes à l'intérieur ne constituaient plus une menace, ils sortirent leurs corps et les déposèrent en rang sur le sol.

L'autre camionnette avait été stoppée à deux rues de là. Les hommes qui l'occupaient étaient maintenant à genoux, les mains menottées.

Des membres du SWAT s'approchèrent de Declan en le tenant en joue.

Il s'abstint de faire un geste ou même de respirer. Avec tous ces morts, les hommes du SWAT allaient supposer le pire et vérifier les faits plus tard. Il ne pouvait pas le leur reprocher, vu l'état dans lequel se trouvait la femme.

— Je vous ai dit que cet homme m'avait sauvé la vie, disait-elle. Traitez-le comme il faut ou vous entendrez parler de moi.

— Pas de souci, dit tranquillement Declan. Ils ne vont rien me faire.

— Ça vaudrait mieux, dit-elle en fronçant les sourcils. Je n'ai pas encore eu l'occasion de vous remercier convenablement.

Un homme prit le poignet de Declan et le lui tordit dans le dos. Puis il lui prit le deuxième et l'attacha au premier avec un lien en plastique. Quand ils l'eurent menotté, ils le remirent sur ses pieds et le fouillèrent soigneusement, en lui ôtant son portefeuille et sa plaque d'identité.

— Declan O'Neill, vous allez devoir venir avec nous.

— Vous n'allez pas me dire pourquoi je suis arrêté et me lire mes droits ? demanda Declan.

— On va le faire. Sur le trajet, répondit l'homme le plus proche de lui.

— J'ai laissé mon sac à dos à une passante. J'aimerais le récupérer avant de partir avec vous.

Avant qu'il ait fini de parler, le chef de section secoua la tête.

— Désolé. Vous devez venir tout de suite.

— Vous ne comprenez pas, insista Declan en s'immobilisant. Il y a tout ce que je possède dans ce sac.

Seigneur, il avait l'air d'un SDF. C'était pathétique. Mais c'était vrai, après tout.

Le chef du SWAT fit signe à l'un de ses hommes.

— Trouve son sac à dos.

L'interpellé se détacha du groupe et marcha vers les témoins toujours rassemblés sur le trottoir.

Entraîné de force, Declan n'eut d'autre choix que de suivre les agents. On le poussa sur le siège arrière d'un véhicule et on lui claqua la portière au nez.

Sans son sac, il n'avait plus rien. Il contenait ses derniers billets, ses vêtements de rechange et des photos de ses hommes. Son téléphone était aussi dedans, avec les numéros de ses amis. Il n'avait jamais pensé à les apprendre par cœur.

Le cœur serré, il se retourna et jeta un coup d'œil à la foule, cherchant les cheveux blonds de la jeune femme à qui il avait laissé ses affaires. Il ne la vit pas. L'agent à qui on avait ordonné d'aller chercher ses affaires rejoignit le reste de la section, les mains vides.

Son seul espoir était qu'ils le laissent au moins passer un appel. Il espérait que la femme répondrait à son portable. Et il priait pour que celui-ci ait assez de batterie pour sonner.

Juste au moment où il pensait être descendu aussi bas qu'il était possible de le faire, la vie lui avait prouvé qu'il avait tort.

2

Grace Lawrence se rendait à un entretien d'embauche quand l'attaque avait débuté et que l'inconnu l'avait jetée à terre pour la protéger. Trop stupéfaite pour résister, elle était restée immobile, écoutant les détonations assourdies et les cris des passants qui tentaient de s'abriter.

Très vite, l'homme s'était relevé et lui avait tendu son sac à dos en lui disant de le garder. Désormais sans protection, elle s'était aplatie autant que possible sur le sol. La fusillade se poursuivait autour d'eux. Quelques femmes criaient ou sanglotaient, tandis que d'autres gens prenaient la fuite.

En redressant prudemment la tête, elle vit une femme âgée qu'on sortait sans ménagement de la limousine et qu'on entraînait vers une camionnette blanche.

Elle survola le reste de la scène, cherchant l'inconnu qui lui avait laissé ses affaires. Elle l'avait vu courir vers un véhicule et se jeter dessous en roulant sur lui-même. Puis elle l'avait perdu de vue.

Le cœur battant, elle envisagea les éventualités. Le sac pouvait être plein d'explosifs. Peut-être tenait-elle une bombe sur le point de la réduire en miettes, elle et tout le quartier.

Elle le repoussa un peu, sachant que cela ne changerait pas grand-chose. Elle ne pouvait pas se relever et s'en aller. Pas avec toutes ces balles qui fusaient dans tous les sens. Puis elle vit l'inconnu passer en courant d'une voiture à une autre, se rapprochant des hommes armés de mitraillettes. Quel genre d'homme aurait laissé un sac plein d'explosifs pour se lancer sans arme à l'assaut des bandits ?

Tandis qu'elle l'observait, il se débarrassa d'un des tireurs sans se faire remarquer et tira son corps hors de vue. Puis elle vit ses pieds apparaître sous le châssis d'une autre voiture, en direction de la camionnette blanche.

Était-il sain d'esprit ? Il devait y avoir une dizaine d'hommes éparpillés autour des camionnettes et de la limousine. Comment un homme seul pouvait-il arrêter tous ces malfaiteurs ?

Elle tira le sac à elle et le pressa contre sa poitrine. Il lui avait demandé de le surveiller. Mais il pouvait aussi bien mourir dans les minutes qui venaient. Elle détenait peut-être le seul indice de son identité et pouvait être amenée à identifier son corps.

Un frisson la parcourut. Elle pria silencieusement le ciel pour que cet insensé ne meure pas ce jour-là. Elle ne voulait pas se rendre à la morgue. Et il était trop beau pour quitter ce monde si vite. Il méritait d'avoir un jour des rides et des cheveux gris. Cela lui irait sûrement très bien.

Des sirènes se firent entendre au loin, et les malfaiteurs arrosèrent les alentours de rafales de mitraillette avant de reculer vers les camionnettes. L'un d'eux poussait la femme aux cheveux gris devant lui avec son arme. Quand ils atteignirent la camionnette, la porte latérale s'ouvrit et ils s'engouffrèrent dedans.

Le reste des assaillants tira encore puis courut vers la seconde camionnette arrêtée derrière la limousine.

La camionnette qui transportait la femme recula et fit demi-tour.

Au moment précis où la porte latérale se refermait à grand bruit, la portière arrière du véhicule claqua aussi. Mais Grace eut le temps de voir qui était monté à l'arrière.

Elle retint son souffle. Son sauveur était entré dans la

camionnette. S'était-elle trompée ? Faisait-il partie des méchants, après tout ? Elle contempla le sac à dos, effrayée à l'idée qu'il explose.

Puis la camionnette fit des embardées et des détonations éclatèrent à l'intérieur.

— Levez-vous et partez ! cria quelqu'un.

Une main agrippa son bras et la remit sur pied.

Malgré ses appréhensions, elle prit le sac à dos et se mit à courir pour s'éloigner de la confusion.

Des voitures de police et des SUV convergeaient vers la rue, bloquant l'autre camionnette. Celle dans laquelle s'était engouffré son sauveur monta sur le trottoir.

Les gens s'éparpillèrent en criant. La camionnette redescendit sur la chaussée et entra en collision avec une camionnette de livraison.

Une voiture de police s'arrêta près de Grace, et des agents en sortirent en toute hâte. L'un d'eux dégaina son arme et visa la camionnette, tandis que l'autre agitait les bras.

— Reculez ! Ce n'est pas fini.

Comme du bétail, Grace et les autres passants refluèrent en hâte. Enfin, la foule se dispersa assez pour que Grace puisse se retourner.

Elle attendit, le sac à dos pressé sur sa poitrine.

— Madame, ne restez pas là, l'avertit un policier. Vous pourriez recevoir une balle perdue.

Derrière les policiers qui bloquaient la rue, Grace aperçut les deux camionnettes arrêtées. Les hommes qui occupaient la plus éloignée en sortirent, mains en l'air, et furent mis à genoux.

L'autre resta immobile pendant ce qui lui parut un long moment, puis l'inconnu en sortit et se mit à genoux sur l'asphalte. Quelques instants après, la femme aux cheveux gris en sortit à son tour, mains en l'air.

C'était lui, le type au sac à dos. Grace reconnut son

sweat-shirt gris à capuche et ses courts cheveux noirs. Elle fit un pas en avant.

Un policier se mit en travers de son chemin.

— Désolé, madame, vous ne pouvez pas passer.

— Mais cet homme...

Le policier secoua la tête.

— Vous devez rester ici.

La section SWAT menotta les poignets du jeune homme et le conduisit à une voiture de police. Quelques instants après, celle-ci démarra.

Grace fixa le sac à dos. Et maintenant, que devait-elle en faire ?

Elle trouva un banc à quelques pas et s'assit. Le sac entre ses pieds, elle attendit que la plupart des passants s'éloignent, puis l'ouvrit. Retenant son souffle, elle découvrit successivement un jean usé, quelques T-shirts, des caleçons et un nécessaire de rasage. Aucun explosif, bâton de dynamite ou détonateur.

Elle trouva ensuite une enveloppe remplie de photos d'hommes en uniforme de marines, équipés d'armes, de casques, de fusils et de munitions. Ils se tenaient devant ce qui semblait être un camp dans le désert.

L'homme qui lui avait remis son sac était un militaire ou un ex-militaire. Pas étonnant qu'il s'en soit pris aux malfaiteurs avec autant d'audace.

Elle sentit son cœur se serrer. La police l'avait traité comme un terroriste.

Elle trouva également un portable qu'elle tenta d'allumer, en vain. La batterie était sans doute déchargée. À l'extérieur du sac, le nom O'Neill était brodé en grandes lettres vertes sur une bande de tissu camouflage.

Elle décida d'appeler le commissariat du quartier et d'essayer d'en apprendre plus sur ce mystérieux O'Neill. Pour l'instant, tout ce qu'elle pouvait faire était rentrer chez elle. Elle devrait reporter son entretien à plus tard, quand elle se serait décrassée, reposée et remise de ses émotions.

Glissant les bretelles du sac sur ses épaules, elle gagna la station de métro et reprit la direction d'Alexandria, où elle partageait un appartement avec une amie. Une fois à bord du train, elle prit son téléphone et chercha le numéro qu'elle avait utilisé pour prendre rendez-vous.

— Entreprises Halverson, Margaret à l'appareil, dit une voix de femme.

— Je m'appelle Grace Lawrence. Je devais rencontrer Mme Halverson aujourd'hui.

— Ah oui. J'allais justement vous appeler pour vous prévenir que Mme Halverson ne serait pas disponible aujourd'hui. Elle a malheureusement été retenue.

— Ah, dit Grace. Je comprends.

— On m'a demandé de déplacer votre entretien à demain matin 8 h 30. Mme Halverson vous recevra à ce moment-là.

— Merci. Je suis impatiente de la rencontrer.

— Attendez, dit Margaret en riant. C'est vous qui m'avez appelée. Y a-t-il quelque chose que je puisse faire pour vous ?

— Oh ! merci, mais… J'appelais juste pour confirmer le rendez-vous.

Margaret n'avait pas besoin de savoir qu'elle n'aurait pas pu s'y rendre de toute façon.

Grace raccrocha et poussa un soupir. Au moins, elle n'avait pas perdu toutes ses chances.

En sortant du train, elle fut rattrapée par le choc de ce qu'elle venait de vivre. Les genoux tremblants, elle parcourut la centaine de mètres jusqu'à son immeuble et eut du mal à ouvrir la serrure de l'appartement.

Une fois à l'intérieur, elle laissa tomber le sac à dos, se débarrassa de ses escarpins et s'écroula sur le canapé du salon. Puis elle sortit son portable de son sac. Un texto s'affichait sur l'écran.

Je rentre à l'heure ce soir. Qu'est-ce qu'il y a pour dîner ?

Le message datait de plusieurs heures. Grace lâcha un rire qui ressemblait à un sanglot. Quelle journée ! Riley ne croirait jamais ce qui lui était arrivé. Il faudrait attendre son retour pour le lui raconter.

Dans l'intervalle, elle devait découvrir où se trouvait O'Neill et s'arranger pour lui rendre son sac à dos.

Elle passa l'heure suivante à appeler des commissariats, sans réussir à le localiser. Découragée, elle posa son téléphone et alla à la cuisine en quête d'un morceau à manger. Un coup d'œil à l'horloge de la cuisinière lui fit froncer les sourcils.

Riley avait dit qu'elle sortirait du travail à l'heure, et c'était il y a déjà une heure.

Grace abandonna le réfrigérateur et alla reprendre son téléphone sur la table basse du salon. Elle écrivit à Riley :

Tu es allée faire des courses ?

Elle attendit la réponse de son amie. Ne la voyant pas venir, elle essaya encore :

Je croyais que tu rentrais tôt ce soir ?

Haussant les épaules, elle retourna à la cuisine. Riley était peut-être dans un supermarché, ou bien son téléphone était au fond de son sac. Pourtant, elle n'était pas du genre à dire qu'elle rentrerait à l'heure puis à laisser le temps passer sans appeler.

Un mauvais pressentiment s'empara de Grace. Elle tenta de l'écarter en le mettant sur le compte de sa nervosité consécutive à l'attaque dont elle avait été témoin. Mais plus elle attendait, plus elle s'inquiétait.

Depuis qu'elles vivaient dans le même appartement, Riley et elle se soutenaient. Les parents de Grace l'avaient eue tard et ils étaient déjà décédés. Quant à ceux de Riley, ils étaient partis en croisière et ne devaient pas revenir avant trois semaines.

Elle appela de nouveau Riley et écouta le téléphone sonner

six fois avant de basculer sur la boîte vocale. Elle rappela et cette fois la boîte vocale se mit en marche immédiatement.

— Appelle-moi, Riley, dit-elle. Je m'inquiète.

À minuit, l'inquiétude fit place à la panique. Elle téléphona à la police et signala la disparition de sa colocataire.

— Depuis combien de temps a-t-elle disparu ? demanda l'opératrice.

— Au moins cinq heures. Elle n'est jamais en retard. Elle m'a envoyé un texto ce matin, disant qu'elle rentrerait à l'heure du travail. Elle devrait être arrivée depuis plus de cinq heures et demie.

— Aurait-elle pu passer voir une amie ? questionna la femme.

— Pas sans m'appeler, répliqua Grace.

— Et quelle est l'adresse de son travail ?

— C'est la Quest Aerospace Alliance, dit Grace.

— Nous allons demander à une unité d'aller voir. Si vous avez de ses nouvelles entre-temps, rappelez-nous pour que nous cessions les recherches.

— Merci.

Cette information n'avait rien fait pour alléger ses craintes. Elle ne pouvait pas rester dans l'appartement à attendre. Il fallait qu'elle sorte et se rende compte par elle-même. Si la police retrouvait Riley entre-temps, elle la contacterait sur son portable.

Elle gribouilla un mot disant à Riley de la joindre immédiatement si elle rentrait et le laissa en évidence sur le comptoir de la cuisine.

Puis elle enfila sa veste, prit son sac à main, glissa le Taser que Riley lui avait offert à Noël dans la poche de devant, et quitta l'appartement pour...

Eh bien, elle ne savait même pas où aller. Redressant les épaules, elle marcha dans les rues obscures jusqu'à la station de métro en fouillant les ombres du regard. À la gare, elle monta à bord d'un train à destination de Quest Aerospace Alliance. Elle allait commencer par là et revenir sur ses pas, priant pour trouver Riley dans un bar ou en compagnie d'une amie.

Au fond d'elle, elle savait que ce ne serait pas le cas. C'était elle, l'amie de Riley, et toutes deux n'avaient personne d'autre avec qui sortir.

Fourrant la main dans la poche de son sac, elle referma les doigts sur son Taser. Riley avait un appareil identique. C'était elle qui avait insisté pour qu'elles aient de quoi se défendre dans cette grande ville.

Elle ne se sentait pas en sécurité pour autant, mais un Taser était mieux que rien. Il fallait juste se préparer à l'utiliser. Riley ne s'y était peut-être pas préparée. Quand elle le retrouverait, elle lui poserait la question. Parce qu'elle *allait* la retrouver. En vie.

Declan passa deux heures dans une salle d'interrogatoire où on le cuisina à plusieurs reprises sur son rôle dans l'attaque du centre-ville. Heureusement, il avait son portefeuille sur lui, mais la plus grande partie de son argent était dans son sac à dos. Si, ou plutôt *quand* on le libérerait, il n'aurait qu'un billet de cinq dollars pour manger et rien d'autre pour se déplacer. Autant passer la nuit en prison, se disait-il. Au moins, il aurait un repas gratuit et une couchette à l'abri du froid et de la pluie.

La police l'avait autorisé à passer un seul appel. Quand il avait composé son numéro, l'opérateur lui avait indiqué que son appareil était éteint. Cela signifiait que la batterie était déchargée et que la femme à qui il avait confié tous ses biens ne l'avait pas découvert ou ne l'avait pas rechargé.

Après cela, on l'escorta à nouveau dans la salle d'interrogatoire, où un autre inspecteur lui reposa les mêmes questions.

— À quelle organisation appartenez-vous ? demanda l'inspecteur.

— À aucune organisation, répondit Declan.

— Des témoins vous ont vu armé d'une mitraillette. Comme celles que tenaient les autres.

— J'étais au bon endroit au mauvais moment. J'ai vu ces hommes tuer les gardes du corps entourant la limousine et kidnapper cette femme. Pendant que les autres les fixaient bouche bée, j'ai décidé d'agir.

— Donc vous vous êtes interposé avec votre mitraillette et vous avez sauté à l'arrière de la camionnette ?

L'homme ricana.

— J'ai du mal à le croire.

— Je n'étais pas armé. Mais j'ai pu désarmer un des assaillants et lui arracher son arme.

— Très pratique.

L'inspecteur serra les lèvres.

— D'après tous les témoins, c'étaient des hommes bien entraînés. Comment avez-vous fait pour prendre l'arme de l'un d'entre eux ?

Declan haussa les épaules.

— De toute façon, vous ne me croyez pas. Pourquoi devrais-je me justifier ?

Il fixa un point situé derrière l'inspecteur.

— Je veux parler à un avocat.

— Parler, c'est ce que tu vas faire, lança l'inspecteur avec un regard noir.

Bien qu'il sente ses cheveux se hérisser sur sa nuque, Declan lui rendit son regard d'un air impassible.

— Je ne parlerai qu'en présence de mon avocat.

L'inspecteur fit une grimace ironique.

— Tu en as un ?

— J'en aurai un quand vous me laisserez téléphoner.

— Tu as déjà eu ta chance.

Declan s'adossa à sa chaise et croisa les bras sur sa poitrine.

L'inspecteur se pencha en avant, un rictus mauvais aux lèvres.

— Écoute-moi, salopard. J'ai dix touristes morts, dix-neuf blessés, et le maire et le président des États-Unis aux basques.

Declan serra les lèvres. Il se refusait à parler.

La porte s'ouvrit et un homme plus âgé, en uniforme, pointa la tête par l'ouverture.

— Je peux te dire un mot, Solomon ?

L'inspecteur plissa les yeux et assena à Declan :

— On n'en a pas fini, tous les deux.

Il quitta la pièce et, quelques minutes après, un autre policier entra.

— Monsieur O'Neill, venez avec moi, s'il vous plaît.

Declan se leva, s'attendant à être emmené à l'arrière du bâtiment et jeté dans une cellule. Son estomac gronda. Il était d'accord pour être incarcéré si cela voulait dire avoir un repas.

Au lieu de cela, l'homme le fit sortir de la zone d'interrogatoire et le conduisit à l'avant du bâtiment.

Un groupe d'hommes en costumes noirs se tenait autour d'une femme. Elle les repoussa d'un geste et avança vers Declan la tête haute, toujours dans ses vêtements ensanglantés. C'était la femme qu'il avait sauvée des ravisseurs.

— Declan O'Neill ? questionna-t-elle.

— Oui, madame, c'est moi.

— Vous n'êtes plus accusé de rien. Ces aimables policiers vous relâchent.

Elle haussa les sourcils et fixa le policier près d'elle, comme pour le défier d'affirmer le contraire.

— Je ne comprends pas, dit Declan.

— Qu'est-ce que vous ne comprenez pas ? Je leur ai dit que vous m'aviez sauvé la vie et que vous vous étiez vaillamment battu contre mes agresseurs, au péril de votre vie.

Elle fronça les sourcils.

— Je suis consternée que vous ayez été arrêté. Heureusement, je n'ai pas été la seule à être témoin de votre héroïsme. Avec mon récit et celui d'autres passants, vous êtes blanchi de toute accusation.

— Merci, madame.

— Ne m'appelez pas « madame », s'il vous plaît. On dirait que je suis votre grand-mère.

Elle renifla.

— Bien sûr, je pourrais l'être. Mais mon nom est Charlotte et mes amis m'appellent Charlie. Je préfère ça. Et si vous n'avez pas de moyen de locomotion, je serai ravie de vous déposer où vous le voulez. Le plus tôt sera le mieux. Il est presque minuit et j'ai eu une journée infernale.

— Merci, Charlie, répondit Declan en carrant les épaules. Je n'ai pas besoin que vous me déposiez.

Il n'était pas prêt à avouer qu'il était sans abri, sans argent et sans affaires.

— Alors nous allons attendre ensemble qu'on vienne vous chercher.

La femme regarda autour d'elle, avisa une chaise et alla s'y asseoir.

— Vous n'avez pas besoin d'attendre, dit vivement Declan, consterné à l'idée d'être pris en flagrant délit de mensonge.

— Je veux être sûre que la police ne vous remet pas en cellule, dit-elle en lançant un regard noir au policier le plus proche. Il ne fait pas partie des terroristes qui m'ont attaquée, répéta-t-elle.

Le policier leva les mains en un geste de reddition.

— Je ne dis pas ça, mais vous ne pouvez pas rester tous ici. Nous avons du travail.

L'air indigné, Charlie se releva.

— Parfait, nous attendrons dehors que quelqu'un vienne chercher M. O'Neill.

Elle fit signe aux quatre hommes qui l'entouraient.

— Venez.

Avant qu'elle puisse ouvrir la porte donnant sur l'extérieur, Declan s'interposa.

— Permettez-moi, dit-il.

Charlie sourit.

— Quel gentleman !

Il franchit la porte et la referma derrière lui. Après avoir survolé les alentours du regard, il la rouvrit pour la laisser sortir. Elle avait croisé les bras et un pli barrait son front.

— Vous auriez dû sortir les premiers et vérifier qu'il n'y avait pas de danger, dit-elle à ses gardes du corps. Au lieu de cela, vous avez laissé ce jeune homme le faire. Vous êtes virés, ajouta-t-elle en claquant des doigts.

Les hommes qui l'entouraient froncèrent les sourcils et l'un d'eux fit un pas en avant.

— Mais...

Charlie leva la main.

— Ta ta ta, dit-elle. Vous n'avez aucune excuse. Vous pouvez rentrer chez vous. Je n'ai plus besoin de vos services.

Plongeant la main dans son sac, elle en sortit un billet de cent dollars et le tendit à l'homme qui semblait être leur chef.

— Prenez ça pour le taxi.

L'homme prit le billet et sortit avec les trois autres. Charlie soupira.

— Et maintenant, que suis-je censée faire ?

Elle adressa un grand sourire à Declan.

— J'imagine que ça ne vous intéresse pas de travailler pour moi et d'assurer ma protection ?

Du travail ? Declan ne voulait pas paraître trop avide, mais bon sang, on venait de lui offrir un job.

— En quoi cela consisterait-il exactement ?

— Oh ! je ne veux pas forcément que vous soyez mon garde du corps. Mais vous pourriez vous charger d'en engager pour moi. J'ai perdu trois hommes aujourd'hui. Deux de plus sont à l'hôpital, gravement blessés. Je suis fatiguée de voir que les terroristes s'en tirent à si bon compte et que les autorités font si peu. Quoi qu'il en soit, une fois pourvue de protection personnelle, je vous demanderai bien plus.

— Plus comment ?

— Eh bien, par exemple, redresser des torts et dénouer des situations problématiques.

Declan leva les mains.

— Je ne suis pas fait pour être justicier ou milicien.

— Et je ne suis pas faite pour passer des années sur des âneries bureaucratiques alors que de braves gens se font littéralement trucider. Comme aujourd'hui. Je ne suis peut-être pas si brave que ça, mais tout cela n'aurait pas dû arriver.

— Que vous voulaient-ils ?

— Je suis sûre qu'ils voulaient une rançon ou quelque chose de ce genre. Je suis riche. Tout le monde veut mettre la main sur mon argent. S'ils me l'avaient demandé gentiment, je le leur aurais probablement donné.

Charlie agita la main.

— Vous n'avez pas répondu à ma question. Vous voulez du travail ou non ?

Bien sûr qu'il voulait travailler, même si c'était pour une femme aussi étrange. Mais elle devait savoir la vérité.

— Vous ne voulez pas voir mon CV et vous assurer que je n'ai pas de casier ?

Elle l'inspecta des pieds à la tête.

— Je vois ici tout ce qu'il y a à voir.

Il se braqua devant cette évaluation.

— Je ne suis pas un gigolo.

Elle éclata de rire.

— Eh bien, ma foi, cela me donne des idées !

Son sourire s'évanouit.

— Vous avez certes une apparence agréable. Mais j'aimais

tendrement mon cher mari, malgré ce qu'en ont dit les tabloïds. Je ne cherche pas du tout à le remplacer.

Cette possibilité écartée, Declan avait encore une objection à présenter.

— J'ai été renvoyé du corps des marines, dit-il sans prendre de gants.

Cela faisait toujours mal de prononcer ces mots. Jusque-là, sa carrière dans les marines avait été toute sa vie.

Charlie remonta la bandoulière de son sac sur son épaule.

— Je sais.

— Comment le savez-vous ? questionna Declan, abasourdi.

— Vous ne croyez pas que je vous offrirais du travail sans savoir à qui j'ai affaire, n'est-ce pas ? dit-elle en haussant les sourcils.

— Non, madame.

— Charlotte ou Charlie, pas madame.

Elle tendit la main.

— Vous acceptez de travailler pour moi ?

Il n'hésita qu'une seconde avant de lui serrer la main.

— Oui, ma... Charlie.

— Quand pouvez-vous commencer ?

— Dès que vous le voudrez, répondit-il. Le plus tôt sera le mieux car personne ne va venir me chercher et les cinq dollars qui me restent vont servir à acheter un hamburger.

— Mon Dieu, pourquoi ne le disiez-vous pas ?

Charlie désigna le parking d'un mouvement du menton.

— J'ai faim, moi aussi. Je n'ai pas mangé de hamburger depuis que j'ai engagé un chef français. Il est temps de réparer cela.

Elle tendit le bras et Declan la prit par le coude. Une longue limousine noire était garée devant les voitures de police, bloquant le passage.

— Je suis surpris que vous n'ayez pas déjà un tas d'amendes pour cette péniche, dit Declan en riant.

— C'est pour cela que j'ai laissé le chauffeur dans la voiture.

Elle attendit qu'il lui ouvre la portière et se glissa dedans. Puis elle tapota le siège à côté d'elle.

— Je me sentirai mieux si vous montez avec moi à l'arrière. Bien que vous n'en ayez peut-être pas envie. Aujourd'hui, cela n'a rien valu de bon à mes gardes du corps.

Son sourire laissa place à une expression résolue.

— Ces salopards méritent de mourir pour avoir tué mes hommes et tous ces passants innocents.

Declan prit place à côté d'elle. Elle le regarda au fond des yeux.

— Vous voyez ? C'est le genre de torts que je veux redresser. J'ai plus d'argent que je ne peux en dépenser. Je veux faire quelque chose pour aider autrui. Si cela veut dire contourner la loi pour y parvenir, eh bien, tant pis.

— Je n'ai pas l'habitude de transgresser la loi, malgré mon déplorable dossier militaire, l'avertit-il.

— Je ne vous demande pas de transgresser la loi. Peut-être tordre quelques règles, mais pas exactement faire quelque chose d'illégal.

Elle posa sa main sur la sienne.

— Parfois les autorités entravent la justice ou libèrent des gens dont nous savons très bien qu'ils sont coupables. J'ai vu cela arriver plus souvent qu'à mon tour. Tous ceux qui ont plus d'argent que de morale peuvent échapper à la prison ou l'éviter à leurs enfants. Mais personne ne devrait s'en tirer quand il s'agit de meurtre.

Elle pressa étroitement sa main.

— Pourquoi êtes-vous aussi en colère à propos de cela ? demanda-t-il.

Durant un instant, elle fixa sa main. Puis elle la relâcha et regarda par la fenêtre.

— Mon mari a été assassiné. La police n'est arrivée à rien. Peu importe l'argent que j'ai dépensé en détectives privés, aucun n'a pu me dire qui avait pressé la détente. Mon mari aurait dû vieillir avec moi et je l'ai perdu. Je ne veux pas que d'autres vivent la même épreuve que moi.

— Je travaillerai pour vous et je ferai ce que je peux, répondit Declan. Mais je n'enfreindrai pas la loi.

— À moins que vous ne deviez sauver une vie, dit Charlie. J'ai dû payer un gros pot-de-vin pour vous sortir d'affaire. À cause de la mitraillette.

Declan n'avait pas réfléchi au fait qu'il enfreignait la loi en s'emparant de l'arme.

Charlie hocha la tête avec un sourire froid.

— C'est ça. Posséder ce genre d'arme est illégal dans le district de Columbia.

Declan jura tout bas.

— Je ne savais pas. Tout ce que je voyais, c'était qu'il fallait vous sauver.

— Je sais cela, et vous le savez aussi. Mais la loi est claire, dit-elle en soupirant. Si on vous attrape en possession d'une mitraillette, on peut vous jeter en prison. Mais certaines règles sont faites pour être contournées. Vous ne m'auriez pas sauvée si vous ne vous étiez pas emparé de cette arme et ne l'aviez pas utilisée.

Declan s'était à nouveau mis lui-même dans le pétrin. Si Charlie n'avait pas persuadé la police avec une contribution appréciable, il n'aurait pas été libéré. Il serait allongé sur une couchette dure en cellule.

— Combien vous dois-je ? Tout ce que je peux faire, c'est travailler pour vous rembourser.

Charlie lui toucha le bras.

— Non, mon cher. Je vous dois la vie. Le moins que je puisse faire était de m'assurer qu'on ne vous reproche pas ce que vous n'avez pas fait.

Elle pressa un bouton sur l'accoudoir et la vitre entre le chauffeur et eux s'abaissa lentement.

— Carl, pouvez-vous vous arrêter au prochain carrefour ? Je crois qu'il y a un établissement de hamburgers à cet endroit.

— Je vous demande pardon ?

Carl lui jeta un regard incrédule dans le rétroviseur.

— Des hamburgers ?

— Vous m'avez bien entendue. Et pas un mot à mon chef François. Il serait atterré d'apprendre que j'ai mangé quelque chose d'aussi banal qu'un hamburger avec des oignons et des pickles.

Declan s'adossa au siège, se demandant qui était cette femme et pourquoi elle avait décidé de l'engager sur une impulsion.

Il était content d'avoir l'occasion de travailler et de gagner honnêtement sa vie, mais il se demandait ce que cachait le comportement de Charlie.

Le temps le dirait. Pour l'instant, il éprouvait seulement de la gratitude pour cette femme et pour les hamburgers qu'ils commandèrent au drive-in.

Quand ils furent prêts, Declan se pencha par la fenêtre pour prendre le sac. L'odeur seule lui fit mal au ventre tant il avait faim.

Les minutes suivantes s'écoulèrent en silence, tandis que Charlotte, Declan et le chauffeur mangeaient, entrecoupant leurs mastications de gorgées de thé glacé.

Quand Charlie demanda à Declan où il vivait, il comprit qu'il ne servirait à rien de mentir.

— Je viens d'arriver en ville, dit-il d'un ton évasif.

— Oh ! alors vous n'avez pas eu le temps de réserver un hôtel.

— Non, mad... euh, Charlie. Mais tout ira bien.

— Trouver un hôtel à cette heure peut être difficile.

Elle s'adressa de nouveau au chauffeur par l'Interphone.

— Carl, emmenez-nous à la maison.

Elle tapota le bras de Declan.

— Vous allez loger chez moi jusqu'à ce que vous puissiez vous installer quelque part. Je vais vous avancer une partie de votre salaire pour louer un appartement.

Declan se raidit.

— Je ne peux pas accepter la charité. Et je n'ai jamais profité de la générosité d'une femme.

— Oh ! ce n'est pas de la charité. Croyez-moi, j'ai de grands projets pour vous. Vous allez gagner jusqu'au dernier centime de votre salaire en travaillant pour Halverson Enterprises.

Faute d'autre option, Declan se mit à spéculer sur son avenir immédiat.

3

Grace arriva au pied de Halverson Enterprises à 8 h 20, avec la sensation – et peut-être l'air – d'avoir été renversée par un camion. Elle avait passé la plus grande partie de la nuit à retracer ce qu'elle croyait être le trajet de Riley la veille au soir.

Le gardien posté à l'entrée du complexe avait refusé de la laisser entrer car les bâtiments étaient fermés pour la nuit. Il fallait qu'elle revienne le lendemain matin pour parler au chef de la sécurité, lui avait-il dit. L'homme n'avait pas paru comprendre que le lendemain, ce pourrait être trop tard. Le train n'avait offert aucun indice quant à la localisation de Riley et le trajet entre le complexe et la station de métro pas davantage.

La police avait enquêté pour la forme et, s'étant heurtée aux mêmes obstacles que Grace, ne l'avait plus recontactée.

Elle avait même essayé d'appeler le chef de Riley. Mais tout ce qu'elle avait était son numéro au bureau. La communication avait immédiatement abouti sur une boîte vocale.

Riley était introuvable et Grace avait un entretien d'embauche dont elle se fichait éperdument. Elle aurait pu rester à l'appartement, dans l'espoir que son amie rentre et lui annonce qu'elle avait passé la nuit avec un homme, mais l'attente l'aurait tuée à petit feu.

Elle s'était donc douchée, avait séché ses cheveux et s'était légèrement maquillée. Vêtue d'un tailleur classique, elle avait fourré son téléphone dans son sac à main et augmenté le volume de la sonnerie au cas où Riley appellerait. Peu importe qu'elle soit en entretien avec le président des États-Unis, elle répondrait.

Après avoir inspiré à fond, elle franchit les portes en verre et s'approcha de la réception.

Après les salutations d'usage, la secrétaire prit son permis de conduire et lui tendit un passe.

— Mme Halverson vous attend.

Les larmes montèrent aux yeux de Grace et elle faillit faire demi-tour en courant.

— Tout ira bien, lui murmura la réceptionniste. Mme Halverson est une dame tout à fait charmante.

Grace hocha la tête en cillant.

— Douzième étage, tout droit en sortant de l'ascenseur. Sa secrétaire vous accueillera.

— Merci, balbutia Grace en se tournant vers l'ascenseur.

La réceptionniste lui tendit un mouchoir en papier.

— Tenez, dit-elle avec un sourire chaleureux. Elle est vraiment gentille, vous savez.

Grace faillit perdre contenance, mais elle tint bon et entra dans l'ascenseur, où elle attendit que les portes se referment avant de laisser couler ses larmes. Seulement quelques-unes, cependant. Elle craignait de ne pas pouvoir lire l'écran de son smartphone si elle pleurait trop.

Pour la centième fois, elle vérifia qu'elle n'avait pas eu un texto de Riley.

Rien.

Le numéro des étages s'affichait en vert sur un panneau à mesure que l'ascenseur montait.

Grace se tamponna les yeux, certaine que son mascara coulait. Quel effet allait-elle produire sur Mme Halverson ?

Une fille en sanglots, dans un tailleur fripé, avec des yeux rouges et un nez qui coulait…

Elle s'en fichait. Elle était toujours sans nouvelles de Riley.

En sentant l'ascenseur s'arrêter, Grace pressa le bouton pour redescendre, mais il était trop tard. Les portes s'étaient ouvertes et la secrétaire de Mme Halverson, l'ayant vue, lui souriait.

— Mademoiselle Lawrence, je suis ravie que vous ayez pu venir après ce rendez-vous manqué. Je m'appelle Margaret Berkman.

Elle fit le tour de son bureau et lui tendit la main.

Ne voulant pas se montrer grossière, Grace fut forcée de sortir de l'ascenseur et de lui serrer la main.

— Ce n'est pas votre faute. J'ai assisté à une fusillade hier, sur le trajet. Je ne suis même pas arrivée jusqu'ici.

Les yeux de Margaret s'agrandirent.

— Oh ! ma chère. Vous allez avoir tant à vous dire, Mme Halverson et vous. Elle y était, elle aussi. Venez avec moi, dit-elle en se tournant vers une porte derrière elle.

— Si elle était là-bas hier, ce n'est peut-être pas le bon moment pour avoir cet entretien.

Ce n'était pas le bon moment pour Grace, en tout cas. Elle avait l'impression qu'elle allait s'effondrer d'une minute à l'autre.

— Mme Halverson avait hâte de vous rencontrer. Je suis certaine que tout ira bien.

Grace se redressa donc, jeta un dernier coup d'œil à son smartphone et suivit Margaret dans un bureau spacieux, meublé d'un bureau en acajou massif. Une femme aux cheveux gris regardait par la fenêtre l'amoncellement de buildings constituant le paysage ordinaire de Washington.

Puis elle se retourna et sourit.

— Mademoiselle Lawrence, c'est un plaisir de vous rencontrer.

La stupéfaction figea Grace sur place. C'était la femme qui avait été brutalement extraite de la limousine et chargée dans la camionnette des ravisseurs.

— C'est... C'était vous.

Mme Halverson fronça un sourcil.

— Je vous demande pardon ?

Grace secoua lentement la tête.

— C'est vous qu'on a essayé d'enlever hier.

Mme Halverson prit sa main dans les siennes et acquiesça, les lèvres pincées.

— Oui, c'était moi. Mais c'était hier, et je préfère ne plus y penser. Un événement horrible. Vraiment horrible.

Elle inspira profondément et poussa un soupir.

— Vous êtes ici pour le poste d'assistante, n'est-ce pas ?

Grace ne bougea pas, repassant dans sa mémoire les terrifiants événements de la veille.

— Vous allez bien ? demanda-t-elle.

— Oui, je vais bien, répondit Mme Halverson, avec une ombre dans le regard. Mais j'ai perdu plusieurs hommes dans ce désastre. Des hommes bien, qui avaient des enfants.

— Vous n'avez pas été maltraitée ? questionna Grace.

Mme Halverson sourit.

— Heureusement, un gentil jeune homme m'a sauvée avant qu'ils puissent m'emmener.

Elle fixa Grace.

— Vous étiez là, vous aussi.

— Oui. Et je pense que l'homme qui vous a porté secours m'a aussi sauvé la vie en me plaquant sur le trottoir.

— Ça ne m'étonne pas, dit Mme Halverson avec un demi-sourire. Ce jeune homme ne pense pas à sa propre sécurité. Il est trop occupé à sauver tout le monde. Et la police a eu l'audace de l'arrêter.

C'était donc ce qui lui était arrivé après qu'il eut laissé son sac à dos à Grace.

— Mais ne parlons plus de moi. Parlez-moi plutôt de vous, dit Mme Halverson, en désignant des fauteuils en cuir disposés autour d'une table basse.

Grace secoua la tête.

— Je... Je ne peux pas faire ça.

— Faire quoi ? Avoir une conversation avec moi ?

Mme Halverson lui prit le bras.

— Je vous l'ai dit, je vais bien. Et j'ai vraiment besoin d'une assistante. Autrement, j'aurais repoussé ce rendez-vous.

— Vous ne comprenez pas, dit Grace en retirant son bras. Ce n'est pas seulement à cause de l'attentat d'hier. Ma colocataire n'est pas rentrée, hier soir. Je me suis beaucoup inquiétée et j'ai passé toutes les rues au peigne fin pour la retrouver.

Elle sentit les larmes affluer à nouveau, et quelques-unes glissèrent sur ses joues.

— Je crains de ne pas pouvoir donner suite à cet entretien.

Mme Halverson l'enlaça et la conduisit vers un canapé. Elle l'y assit et la tint à bout de bras.

— Racontez-moi ce qui s'est passé. Quand a-t-elle disparu ?

En peu de mots, Grace lui conta ce qu'elle savait et ce qu'elle avait fait.

Son interlocutrice secoua la tête.

— Je suis désolée pour votre amie. Moi aussi, je m'inquiéterais à votre place. Mais vous êtes venue au bon endroit. Je pense que je vais pouvoir vous aider.

Grace émit un rire qui ressemblait à un sanglot.

— Comment pourriez-vous m'aider ? La police n'a rien pu faire. *Je* n'ai rien pu faire.

Elle poussa un soupir tremblant et ajouta :

— Je ne sais pas quoi faire d'autre.

Mme Halverson lui tapota la main.

— Je sais reconnaître quelqu'un qui a besoin d'aide. Et c'est justement le genre de choses pour lequel je l'ai engagé.

Se servant du mouchoir que lui avait donné la réceptionniste, Grace se tamponna les yeux.

— Qui ça ?

— Restez ici, dit Mme Halverson en se levant.

Elle marcha vers la porte, passa la tête à l'extérieur et dit :

— Envoyez-moi le jeune homme que j'ai engagé. J'ai du travail pour lui.

Puis elle revint au canapé et fit lever Grace.

— Je suis sûre qu'il pourra vous aider. C'est un vrai guerrier.

— Un guerrier ? C'est plutôt d'un chien renifleur que j'aurais besoin.

— Je suis certaine qu'il peut faire ça aussi. Il est très polyvalent, répondit Mme Halverson avec un sourire. Ah, vous voici.

Elle se tourna vers la porte.

— Declan, je vous présente Grace Lawrence.

Grace resta bouchée bée.

— Grace, voici Declan...

— ... O'Neill, termina Grace.

Declan la salua d'un signe de tête.

— J'ai votre sac à dos, dit Grace. Je ne savais pas comment vous retrouver.

— J'ai essayé d'appeler mon portable, mais la batterie doit être déchargée.

Il lui tendit la main.

— Quelles étaient les probabilités pour que nous nous rencontrions à nouveau ?

— Comme vous vous connaissez, intervint Mme Halverson, je vais vous laisser parler de la disparition de la colocataire de Mlle Lawrence. J'ai beaucoup à faire.

Elle poussa un gros soupir.

— Je dois prendre des dispositions pour l'enterrement de mes gardes du corps. Quant au poste, êtes-vous toujours intéressée ? demanda-t-elle à Grace.

Celle-ci acquiesça.

— Oui, mais je dois retrouver Riley pour reprendre mes esprits.

— Vous devez reprendre vos esprits pour retrouver votre amie, dit Mme Halverson en secouant la tête. Quand ce sera fait, revenez pour un entretien. J'ai toujours besoin d'une assistante, mais je peux attendre.

Elle s'adressa à Declan.

— Maintenant que vous avez retrouvé votre sac à dos et votre téléphone, vous pouvez contacter vos amis. Je suis sûre que ce seront des recrues parfaites pour notre nouvelle entreprise. Et rappelez-vous que nous avons besoin d'un nom pour votre équipe.

— Oui, madame…

Declan se reprit et sourit.

— Merci, Charlie. Je ferai de mon mieux pour aider Mlle Lawrence.

— Et maintenant, je vous laisse, dit Mme Halverson. Je dois passer des coups de fil. Tenez-moi au courant de vos découvertes.

— Je n'y manquerai pas, déclara Declan.

Il prit le bras de Grace et la conduisit hors du bureau.

La secrétaire se leva dès qu'ils eurent refermé la porte.

— Comment s'est passé l'entretien ? demanda-t-elle avec un sourire.

— Il ne s'est pas passé, répondit Grace.

— Je suis navrée, dit Margaret dont le sourire s'était évanoui. Je suis sûre qu'elle a ses raisons mais j'espérais qu'elle vous engagerait. Elle a vraiment besoin d'une assistante.

Grace lui adressa un gentil sourire.

— L'entretien a été reporté. Je reviendrai bientôt.

Elle considéra l'homme à ses côtés.

— Dans l'intervalle, M. O'Neill et moi avons à faire.

Elle ne connaissait cet homme ni d'Ève ni d'Adam, mais

ayant été témoin de ses prouesses, elle ne doutait pas qu'il lui serait utile. Et savoir que quelqu'un l'aidait à chercher Riley la rendait plus optimiste.

Le fait que, par ailleurs, O'Neill soit aussi beau, fort et musclé la faisait frissonner un peu. Bien sûr, il n'allait pas se servir de sa force contre elle. Mieux valait qu'il l'utilise pour démolir ceux qui avaient enlevé Riley et leur faire payer le mal qu'ils lui avaient fait.

— Par où voulez-vous commencer ? demanda-t-il.

— Par son travail, répondit Grace. Ils n'ont pas voulu me laisser entrer hier soir.

— On pourrait appeler son chef et lui demander à quelle heure elle est partie, proposa Declan.

Grace hocha la tête.

— Et si cela ne marche pas, on pourra demander la même chose à la réception, ajouta-t-elle.

— Et après cela ?

— Je ne sais pas quoi faire d'autre, si ce n'est arpenter la station à l'heure où elle aurait dû y être. J'ai une photo récente d'elle sur mon smartphone. On peut demander aux gens qui montent et qui descendent du métro s'ils l'ont vue hier soir.

O'Neill l'escorta jusqu'à l'ascenseur, pressa le bouton puis se tourna vers elle.

— On pourrait aussi s'adresser à la compagnie des trains pour savoir s'ils ont des vidéos ou des données que nous pourrions compulser.

— Bonne idée, dit Grace.

Les portes de l'ascenseur s'ouvrirent et elle pénétra dans la cabine. Les larges épaules d'O'Neill occupaient l'espace de manière si ostentatoire qu'elle sentit l'air lui manquer un peu.

Elle devait se concentrer sur la disparition de Riley. Mais cela n'empêcha pas qu'une vague de chaleur monte sous le col de son chemisier.

Un homme comme O'Neill ne devait pas avoir de mal

à tourner la tête des femmes. Grace avait divorcé trois ans plus tôt, et son ex-mari était lui aussi très sexy. Peut-être pas aussi musclé et viril qu'O'Neill, mais il avait eu sa part de têtes tournées et de jupes retroussées avant de demander Grace en mariage.

Flattée, elle s'était imaginé qu'elle était amoureuse de lui. Puis il avait changé. *Changé* n'était pas le terme exact. Il avait montré son vrai visage : vaniteux, rempli de son importance de financier de haut vol. Sans jamais prendre en considération les besoins et les désirs de Grace, il avait imposé ses vues et ses volontés. Elle avait accepté au début de passer en second, puis s'était révoltée. Elle n'était pas prête à se laisser intimider une fois de plus par un homme.

Elle pouvait admirer la beauté masculine, mais elle n'avait pas besoin d'aller plus loin. Elle leva les yeux au ciel mentalement. Elle avait dit à Mme Halverson qu'elle devait reprendre ses esprits. L'important était de retrouver Riley.

Les portes de l'ascenseur s'ouvrirent et Grace se précipita dehors. Ce faisant, son smartphone se mit à sonner. Le cœur battant, elle le chercha dans son sac d'une main tremblante.

— Bon sang, s'exclama Declan. Donnez-moi ça.

Il prit le sac, trouva le téléphone et pressa la touche d'appel. Puis il le tendit à Grace.

Elle jeta un coup d'œil à l'écran mais ne reconnut pas le numéro. Elle posa l'appareil sur son oreille, priant pour que ce soit des nouvelles de son amie.

— Allô ?

— Grace Lawrence ?

— C'est moi.

— Ici le sergent Kronksi de la police métropolitaine de Washington.

Le cœur de Grace cessa de battre.

— Allez-y, murmura-t-elle, le souffle court.

— Nous voulions faire le suivi de votre signalement.

— Avez-vous retrouvé Riley ? demanda-t-elle en serrant fortement l'appareil.

— Non, madame, nous ne l'avons pas retrouvée. Vous disiez que le dernier contact que vous aviez eu avec elle était depuis son lieu de travail, hier ?

— C'est exact. Je l'ai dit à l'officier de garde.

— Nous avons envoyé une unité à son bureau ce matin, et personne ne se souvient de l'avoir vue hier au travail. Elle n'a pas pointé.

Grace fronça les sourcils et regarda Declan.

Il prit le téléphone et pressa l'icône du haut-parleur avant de le lui rendre.

— Que voulez-vous dire par « elle n'a pas pointé » ? Elle m'a adressé un texto hier matin depuis son travail. Elle ne manque jamais un jour, même quand elle est malade.

— C'est ce qu'on nous a dit. Son chef nous a confirmé qu'elle ne s'était pas présentée hier.

— Cela ne peut pas être vrai, dit Grace, en secouant la tête. Elle est allée travailler comme tous les jours et m'a prévenue par texto qu'elle rentrerait à l'heure.

— Certaines personnes ont des vies secrètes, dit le sergent. Elle avait peut-être une autre activité dont vous n'avez pas entendu parler ?

— Impossible. Riley ne me cache rien. Nous sommes amies depuis l'université.

— Je ne peux que vous répéter ce qu'on nous a dit, répondit le sergent. Aurait-elle pu aller autre part ? Voir ses parents ? Une amie ? Un petit ami ?

Grace pinça les lèvres.

— Elle m'a dit qu'elle rentrait à la maison. Ses parents sont partis en croisière et ne sont pas joignables pendant plusieurs semaines. Elle n'est pas mariée et, autant que je sache, n'a pas de petit ami.

— Bien, j'ai compris, dit le sergent. Mais je dois vous poser ces questions. Plus souvent qu'à leur tour, les personnes disparues n'ont pas été enlevées. Elles s'éclipsent simplement, soit parce qu'elles ont enfreint la loi, soit parce qu'elles ont besoin d'air.

— Je connais ma colocataire, rétorqua Grace. Elle ne serait pas partie sans m'avertir. Elle est honnête et attentionnée. Si elle avait eu un empêchement ou avait changé d'avis, elle m'aurait appelé ou envoyé un texto pour me dire que tout allait bien.

— Je suis désolé de ne pas avoir plus de nouvelles pour vous, mais je voulais vous faire savoir où nous en sommes. Nous avons fait passer sa photo à toutes les patrouilles. Si on la retrouve, vous serez avertie.

Grace lâcha le souffle qu'elle retenait. S'emporter contre la police ne lui attirerait rien de bon et ne l'aiderait pas à retrouver Riley. Elle réprima son irritation et remercia le sergent.

— Je vous suis reconnaissante de m'avoir tenue au courant et j'attends de vos nouvelles rapidement.

Très rapidement. La vie de Riley en dépendait peut-être.

4

Declan était resté devant elle durant toute la conversation. Quand Grace raccrocha, il lui prit le téléphone et captura sa main dans la sienne. Il fut agréablement surpris par le contact de ses doigts effilés.

— Ne vous en faites pas, nous la retrouverons.

Elle fixa leurs mains entrelacées.

— Je ne sais pas comment vous pouvez en être si sûr, alors que la police n'a rien découvert.

Relevant le menton, elle le fixa dans les yeux.

— Riley est tout ce que j'ai. C'est plus qu'une amie, c'est une sœur pour moi.

— Raison de plus pour nous y mettre immédiatement.

Il posa sa main au creux de son coude et l'escorta vers la sortie.

— Vous avez un véhicule ?

— J'ai un SUV. Mais où allons-nous ?

Elle resserra les doigts autour du bras de Declan et pressa le pas pour rester à sa hauteur.

— Au bureau de Riley.

Declan voulait se rendre compte par lui-même du trajet de la jeune femme pour mieux comprendre comment elle avait disparu.

— C'est un complexe sécurisé, dit Grace. Ils ne nous laisseront pas entrer sans rendez-vous.

— Vous connaissez son chef ? demanda-t-il en s'arrêtant au bord du trottoir.

— Je connais son nom. Je suis garée là-bas, dit-elle en désignant le parking. C'est le véhicule anthracite.

— Ça vous ennuie si je conduis ?

— Et si c'est le cas ? répliqua Grace, les sourcils froncés.

— Vous aurez du mal à conduire et à appeler le chef de Riley en même temps.

— Parce que je vais l'appeler ?

Grace chercha ses clés dans son sac.

— Oui, bien sûr. Vous allez lui téléphoner en chemin et lui demander si on peut le voir pour lui parler de Riley.

Grace lui tendit les clés.

— J'ai déjà essayé, mais il n'était pas à son bureau.

— Essayez encore.

Arrivé à la voiture, Declan ouvrit la portière et attendit que Grace prenne place. Puis il fit le tour du SUV. Le véhicule était plus petit que celui qu'il possédait autrefois, mais assez spacieux pour accueillir son mètre quatre-vingt-cinq sans qu'il se cogne la tête.

Il s'installa derrière le volant et mit le contact. Avant d'enclencher une vitesse, il se tourna vers Grace.

— Les consignes GPS ?

Elle tapa l'adresse sur son portable et, tandis que Declan reculait, appela le chef de Riley et mit l'appel sur haut-parleur pour qu'il puisse entendre la conversation.

— Quest Aerospace Alliance. Alan Moretti à l'appareil.

— Monsieur Moretti ? Je m'appelle Grace Lawrence et je suis la colocataire de Riley.

Declan tourna dans une grande artère traversant le centre-ville. Une longue pause salua l'annonce de Grace.

— Mademoiselle Lawrence, je ne peux vous dire que ce que j'ai déjà dit à la police. Riley n'est pas venue travailler hier. J'ignore où elle se trouve.

Declan effleura le poignet de Grace et murmura :

— Rendez-vous...

— Je n'ai rien à ajouter à cela, dit Moretti. Je suis désolé que votre amie ait disparu, mais je n'ai rien à voir avec cet événement.

— Je comprends, monsieur Moretti. Mais pourriez-vous me rencontrer durant quelques minutes ? Je voudrais vous poser quelques questions.

— Désolé, mais c'est non, dit-il. Je vous le répète, je n'ai rien à ajouter.

Un déclic mit fin à la conversation. Grace fixa son téléphone.

— Et maintenant ?

— On va à Quest Aerospace Alliance et on verra bien.

Declan n'avait pas aimé la réaction de Moretti.

— Vous dites que Riley vous a envoyé un texto depuis son travail hier ?

— C'est ça.

Elle afficha le texto sur son téléphone.

— Elle me disait qu'elle sortirait à l'heure.

Arrêté à un feu rouge, Declan jeta un coup d'œil à l'écran. Grace avait répété le message mot pour mot.

— Pourquoi m'aurait-elle dit qu'elle allait rentrer à l'heure si elle n'était pas au travail ? questionna Grace.

— Elle s'était déjà absentée sans prévenir ? demanda Declan.

— Non. Elle est très consciencieuse. Elle n'est pas du genre à mentir ou à enfreindre les règles.

— A-t-elle une relation avec un homme ?

Grace secoua la tête.

— Non. Elle m'a toujours dit qu'elle n'avait pas le temps. Son job est tout pour elle.

— Depuis combien de temps habitez-vous ensemble ?

— Vous voulez dire maintenant ou à l'université ?

demanda-t-elle tandis qu'ils traversaient le Potomac et pénétraient dans Arlington.

— Les deux. Dites-moi tout. On ne sait jamais ce qui peut être utile. Quelle est votre relation avec elle ? Que fait-elle à Quest Aerospace ?

Grace poussa un gros soupir.

— On nous a assigné la même chambre à la résidence universitaire, et nous sommes restées amies tout le long de nos études. J'étudiais les sciences politiques et elle l'ingénierie.

Grace sourit.

— Elle était bien meilleure que moi en maths.

Elle regarda Declan.

— Après l'université, nos routes ont divergé. J'ai travaillé au Congrès pour l'administration précédente, j'ai rencontré un homme et je me suis mariée. J'ai mis ma carrière entre parenthèses pour lui. Il voulait une femme qui reste à la maison. Archaïque, non ?

Declan sentit son cœur se serrer et il jeta un coup d'œil à l'annulaire de Grace, dépourvu d'alliance.

— Vous ne portez pas d'alliance.

Grace rit sans joie.

— Oui, je n'étais pas très douée pour être une citoyenne de seconde zone, et mon cerveau commençait à se ramollir avec toutes ces séries télévisées.

Declan savait qu'il y avait peu de chances pour que le mariage de Grace ait quelque chose à voir avec la disparition de Riley, mais il ne put s'empêcher de demander :

— Donc vous avez quitté votre mari ?

— Je considère mon mariage comme l'un de mes plus gros échecs, dit Grace en hochant la tête, mais aussi comme ma plus grande leçon. J'ai échoué à reconnaître la véritable personnalité de mon mari, mais j'ai appris à reconstruire ma vie.

Elle poussa un nouveau soupir.

— J'étais restée en contact avec Riley et je l'appelais tous les trois ou quatre mois pour savoir comment ça se passait pour elle. J'enviais sa capacité à se concentrer sur ses objectifs. Comme mes parents sont décédés, c'est elle que j'ai appelée quand mon divorce a été prononcé. Elle a insisté pour que je m'installe avec elle jusqu'à ce que je puisse me débrouiller. J'ai refusé pendant un ou deux ans, puis j'ai accepté il y a quelques mois.

— Est-ce pour cela que vous aviez postulé chez Halverson ? Vous venez d'arriver ?

— Non, répondit Grace en souriant, j'ai travaillé pour une agence d'intérim, mais je voulais un emploi à plein temps et aussi durable que possible.

— Quelque chose en lien avec vos études de sciences politiques ?

— Je ne sais pas vraiment ce que je veux. Me sentir utile, peut-être. Avec un poste d'assistante de direction, ce serait le cas, j'imagine. Je sais, c'est un peu pathétique, mais c'est ainsi.

— Et Riley ? S'est-elle mariée ?

— Non, dit Grace en regardant devant elle. Elle n'a pas fait cette erreur, elle. Elle s'est concentrée sur sa carrière.

— Elle avait un petit ami ?

— Elle a fréquenté un garçon après l'université, mais il s'est engagé dans l'armée. Elle ne voulait pas le suivre au bout du monde et renoncer à la chance d'acquérir de l'expérience dans l'ingénierie aérospatiale, qui est son domaine.

— Il y a eu du ressentiment de la part du jeune homme ?

— Non, d'après ce que m'a dit Riley, ils se sont séparés en bons termes.

— Pas de cœur brisé, d'ex-amoureux qui reviendrait réclamer son dû ?

— Non.

Grace se tordit les mains sur ses genoux.

— C'est ce qui m'inquiète. Autant que je sache, Riley n'a pas d'ennemi.

Declan lui jeta un regard bref. Grace semblait du genre à faire totalement confiance à une amie.

— Vous êtes sûre que vous savez tout ce qu'il y a à savoir sur elle ?

— Elle travaille. Parfois à l'excès et cela lui laisse peu de temps pour une vie sociale. Certains soirs, elle va au pub. Je l'accompagne parfois. Elle veut toujours rester plus tard que moi, mais elle rentre toujours à la maison.

— Seule ? Ce n'est pas dangereux ? questionna Declan.

— Beaucoup de femmes sortent seules en ville, dit Grace en soupirant. Riley sait se défendre. Elle m'a montré quelques mouvements d'autodéfense. Elle est tout à fait capable de lutter contre un agresseur.

— Si c'était le cas, elle n'aurait pas disparu.

— À moins que ce soit quelqu'un qu'elle connaissait, dit sombrement Grace.

— Et comme elle travaille beaucoup, la plupart des gens qu'elle connaît…

— Sont les gens avec qui elle travaille, compléta Grace en le regardant. Il faut aller chez Quest et poser des questions.

À Crystal City, Declan s'arrêta dans un parking face au grand building de Quest Aerospace Alliance.

— Pourquoi vous arrêtez-vous ici ? demanda Grace. Ne devrions-nous pas essayer d'entrer ?

— Il faut étudier le bâtiment et ses faiblesses. Comme nous n'avons pas de rendez-vous, il faut trouver un autre moyen de nous y introduire. Quand j'étais dans la force de reconnaissance des marines, nous faisions beaucoup d'études préalables avant de conduire une opération. Cela nous donnait les renseignements nécessaires pour que tout se passe au mieux.

— La force de reconnaissance ? Qu'est-ce que c'est ?

— C'est une branche du corps des marines.

— C'est l'équivalent des forces spéciales et des Navy SEALS ?

— Oui. Sauf que les équipes de la force de reconnaissance se consacrent à des expéditions marines et des opérations amphibies.

— Des reconnaissances, hein ?

— Et des actions directes, fondées en général sur la collecte de renseignement.

Grace plissa les yeux.

— Je pensais que vous, les militaires, vous lanciez des grenades et attaquiez au mortier avant d'avancer. Vous savez, la tactique « choc et stupeur ».

— Nous faisons preuve d'un peu plus de finesse la plupart du temps, répondit Declan avec un petit sourire. Mais en certaines occasions, effectivement, nous attaquons en force.

— Vous m'en direz tant, se moqua Grace. Mais, franchement, peu m'importe que vous soyez membre des Navy SEALS, des Army Rangers ou de l'association locale des vétérans, du moment que nous retrouvons Riley.

Il esquissa un nouveau sourire.

— Le fait que Quest prétende qu'elle n'est pas venue travailler hier me rend soupçonneux. Je pense que cela mérite que nous furetions chez eux.

— S'ils mentent à ce sujet, dit Grace en se tapotant le menton, c'est qu'ils essaient de cacher quelque chose. Riley ne m'aurait pas dit qu'elle allait partir à l'heure si elle n'y était pas.

— Depuis combien de temps habitez-vous ensemble ? demanda Declan.

— Quatre mois.

— Et combien de temps avez-vous vécu chacune de votre côté ?

Grace pencha la tête et compta silencieusement sur ses doigts.

— Sept ans.

— Beaucoup de choses peuvent avoir changé en sept ans, remarqua Declan en lui lançant un regard de biais.

— Je sais, mais Riley est toujours la même. C'est une fille intelligente.

— Depuis combien de temps travaille-t-elle pour Quest ?

— Deux ans. Elle a accepté un poste inférieur à celui qu'elle avait auparavant parce qu'elle voulait recommencer à concevoir des projets et que Quest faisait des choses innovantes.

— Comme quoi ?

— Je ne sais pas bien. Riley ne peut pas parler de son travail. C'est top secret, parce qu'il ne faut pas qu'on leur vole des données ou des idées.

— Ce qui explique que les visites soient restreintes, dit Declan. Comment Riley entrait-elle ?

— Elle avait un badge qu'elle utilisait pour entrer et sortir du bâtiment. J'ai dû le lui apporter une fois, parce qu'elle l'avait oublié.

Elle posa la main sur la poignée de la portière.

— Et maintenant que nous sommes ici, qu'allons-nous faire ?

Declan prit son autre main.

— Nous allons observer les entrées et les sorties.

— Mais comment cela va-t-il nous aider à trouver Riley ?

— Soyez patiente, dit-il. Vous verrez. Il sera bientôt l'heure de déjeuner.

Tandis qu'ils regardaient, plusieurs camionnettes de livraison franchirent le portail, après qu'un gardien eut vérifié sur sa tablette et examiné leur chargement avec une torche. Si Declan arrivait à s'introduire à l'arrière de l'un de ces véhicules, il pourrait pénétrer dans l'enceinte.

Quelques personnes se garèrent près du bâtiment, puis franchirent le portail à pied. Quand midi arriva, un flot de gens quitta le complexe et marcha jusqu'à une rangée de cafés et de restaurants.

— Vous êtes douée pour flirter ? demanda soudain Declan en ouvrant la portière du SUV.

— Flirter ?

Grace le regarda comme s'il avait perdu l'esprit.

— Vous savez, battre des cils et dire des choses charmantes qui donnent envie à un homme de vous parler.

Il lui fit un clin d'œil. Elle était belle et ne devait pas avoir de mal à attirer l'attention.

— Un sourire suffira en fait, vous aurez toute l'attention du type.

Elle rougit.

Declan ne put s'empêcher de penser que son ex-mari était un imbécile. Cette femme était ravissante et s'inquiétait de ceux qu'elle aimait. Tout ce dont elle avait besoin, c'était d'un peu d'attention pour s'animer.

Il fit le tour du véhicule et lui ouvrit la portière. Elle descendit de voiture et posa une main sur son bras pour reprendre l'équilibre.

— Avec qui dois-je flirter et que vais-je y gagner ?

— Des informations, et peut-être même l'emprunt d'un badge.

— L'emprunt ?

Elle secoua la tête.

— Je vous ai dit que je ne voulais rien faire d'illégal.

— J'ai dit « emprunt ». Nous le rendrons ou nous le laisserons à la réception.

Grace se mordit la lèvre inférieure, ce qui fascina Declan bien plus qu'il ne voulait se l'avouer.

— Je n'ai jamais trompé personne pour m'introduire quelque part.

— Moi non plus.

Il lui prit la main pour la faire pivoter face à lui.

— Vous ne voulez pas entrer chez Quest et découvrir la vérité sur ce qui est arrivé à votre amie ?

— Si, bien sûr.

Grace redressa les épaules et croisa le regard de Declan.

— Du moment qu'il ne s'agit pas d'un délit majeur.

— Un délit mineur, ça va alors ? demanda Declan, le sourire aux lèvres.

— D'accord, on emprunte un badge et on le rend une fois utilisé. Mieux vaut nous dépêcher avant que l'heure du déjeuner soit passée.

En approchant du premier café, Declan observa les gens assis aux petites tables sur le trottoir.

— Il vaut mieux nous séparer. Vous pourrez vous en sortir seule ? Je ne serai pas loin si vous avez besoin de moi.

Grace acquiesça, les yeux posés sur les clients.

— Tout ira bien.

Declan ralentit pour regarder le menu fixé sur un panneau à l'extérieur d'un café. Il n'avait pas faim, mais il fit semblant de l'étudier pendant que Grace cherchait des yeux une place en terrasse. La foule jouait en sa faveur. Elle repéra un homme seul à une table. Il avait un badge Quest fixé à la poche de sa veste.

Résistant à l'envie de sourire, Declan se fraya un chemin entre les tables et s'arrêta à l'une d'elles, située derrière Grace. Deux femmes d'âge moyen l'occupaient.

— Cela vous dérangerait que je partage votre table ? demanda-t-il.

Les deux femmes lui sourirent. L'une d'elles, qui avait les cheveux auburn, déclara :

— Nous serons ravies d'avoir de la compagnie.

L'autre, une blonde, acquiesça.

— Quelle femme ne voudrait pas d'un bel homme à sa table ?

— Merci.

Declan leur tendit la main.
— Je m'appelle Dan.
La femme aux cheveux auburn la lui serra.
— Rachel, et voici Joanne.
— Enchanté de vous rencontrer. Vous travaillez chez Quest ? demanda-t-il en désignant le building d'un mouvement de tête.
— En effet. Et vous ? demanda Rachel en le regardant.
— Non, mais j'ai pensé à poser ma candidature. J'ai entendu dire que c'était une bonne entreprise.
— Eh bien, c'est un travail, dit Rachel avec une grimace. Mais je me surprends parfois à compter les jours jusqu'à la retraite.
Declan, qui lisait la carte, releva les yeux.
— C'est aussi dur que ça ?
— Ce n'est pas que c'est dur…, commença Rachel.
— C'est plutôt que certains chefs sont meilleurs que d'autres, compléta Joanne.
— Eh bien, c'est le cas partout, commenta Declan.
— Je sais, soupira Rachel. J'ai changé trois fois de chef depuis que je suis chez Quest. Deux d'entre eux étaient bons, mais le troisième était affreux. J'ai appris à baisser la tête et à fermer la bouche, et il a fini par partir.
— Certains mettent plus longtemps que d'autres à partir, marmonna Joanne en enfournant une feuille de salade.
Rachel tapota la main de son amie.
— Fais comme moi, profil bas. Quinze ans passeront en un clin d'œil.
Joanne ricana.
— Ou c'est moi qui disparaîtrai.
Cela éveilla l'intérêt de Declan.
— Disparaîtrai ?
— Oui, disparaîtrai.
Joanne se pencha en avant.

— J'ai entendu dire qu'une des ingénieures des projets spéciaux n'est pas venue travailler ce matin. Les gens se demandent si on l'a licenciée. Mais on ne « licencie » personne aux projets spéciaux, dit-elle en secouant la tête. Ils en savent trop.

Les sourcils froncés, Declan se pencha vers elle.

— Que voulez-vous dire ? Ils ne laissent pas les gens s'en aller ?

La blonde plissa les yeux et baissa la voix jusqu'au murmure.

— C'est comme une mafia. Une fois que vous êtes dans le secret, vous ne pouvez plus partir.

— Joanne, s'exclama Declan en feignant d'être choqué, vous n'en savez rien. Cette femme a peut-être divulgué ces fameux secrets parce qu'elle avait bu un verre de trop. Et si le projet a capoté à cause de cela, ils ont pu la licencier.

— Comme vous voudrez, dit Joanne en le regardant droit dans les yeux. Elle n'est pas revenue travailler et la police pose des questions sur elle. Tout le monde parle de ça.

Rachel toucha le bras de Joanne.

— Tais-toi, tu vas effrayer Dan.

— Ne vous inquiétez pas pour moi, dit en riant Declan. Il en faut beaucoup pour m'effrayer et, de plus, c'est une super histoire.

Rachel fronça les sourcils.

— Vous êtes journaliste ?

— Seigneur, non ! se récria Declan en levant la main.

Il avisa une camionnette de livraison arrêtée au bord du trottoir. Un homme en uniforme marron en descendait.

— Je suis livreur.

Et s'il ne se trompait pas, cette camionnette allait pénétrer chez Quest. Il s'inclina et sourit aux deux femmes.

— Je viens juste de me rappeler une livraison urgente. Excusez-moi, je vous prie. J'espère ne pas avoir perturbé votre déjeuner.

— Oh non, s'exclama Rachel avec un sourire en coin. C'était un plaisir de vous avoir à notre table. Puissiez-vous repasser tous les jours à l'heure du déjeuner.

— Merci de m'avoir accepté, dit Declan en tendant la main à Rachel.

Ce faisant, il subtilisa de l'autre main son badge, posé sur son portefeuille. Il referma les doigts sur l'objet et serra la main de Joanne.

— Vous avez éclairé ma journée, mesdames. C'était un honneur de déjeuner avec vous.

Il leur fit un clin d'œil et passa près de la table de Grace, en faisant semblant de la heurter. Au même instant, il laissa le badge tomber dans son sac ouvert et s'éloigna.

Quand il fut hors de vue du café, il se glissa entre deux bâtiments et décrivit un cercle pour revenir au parking où il avait vu la camionnette de livraison. Le conducteur était en train de décharger un gros colis.

Dès que l'homme eut pénétré dans un immeuble, Declan se glissa dans la camionnette par la porte latérale. Un bref coup d'œil lui suffit pour comprendre qu'une grande partie des colis rangés sur des étagères métalliques étaient destinés à Quest. Au fond de la camionnette, de gros cartons semblaient avoir été collectés au fur et à mesure du trajet du conducteur.

Declan s'accroupit derrière une pile de cartons et déplaça celui du dessus pour empêcher le conducteur de le voir.

Près de lui, pendus à une étagère métallique, il y avait quelques uniformes semblables à celui du conducteur. Une étiquette portait le nom de Rodney écrit en grosses lettres noires.

La camionnette pencha légèrement quand le conducteur reprit sa place. Il démarra et s'inséra dans la circulation.

Pendant ce temps, Declan écrivit un texto à Grace.

Suis dans une camionnette de livraison en route pour Quest. Badge d'identification dans votre sac. Allez-y avant que les dames avec qui j'étais quittent le café. Vous rejoins à l'intérieur.

5

Grace n'eut aucun mal à faire parler Jordan, l'homme avec qui elle s'était assise. En fait, elle n'arrivait plus à le faire taire. Quand le texto de Declan arriva, il lui fut difficile de le lire sans paraître grossière.

Le message en lui-même lui coupa le souffle. Declan avait subtilisé le badge d'une des femmes avec qui il était assis et il l'avait déposé dans son sac ?

Elle sentit son pouls battre dans ses oreilles, si fort qu'elle entendait à peine l'homme assis en face d'elle.

— Je suis désolée, l'interrompit-elle. Je ne me sens pas très bien. Excusez-moi un instant.

Jordan se pencha en avant, l'air inquiet.

— Vous voulez que je vous accompagne ?

— Non, merci. Je ne pense pas que vous voudrez entrer dans les toilettes des dames.

Elle lui adressa un faible sourire et se tapota le ventre.

La serveuse choisit ce moment pour déposer leurs plats sur la table. Grace se leva.

— Je dois y aller.

— Et votre repas ? questionna Jordan.

Elle prit son portefeuille dans son sac et jeta un billet sur la table.

— Merci pour votre compagnie, dit-elle à son interlocuteur avec un sourire. Je suis désolée, mais il vaut mieux que j'y aille.

En passant à côté des deux femmes à la table de Declan, elle vit que l'une d'elles fixait son sac entrouvert, le front plissé.

— Je suis sûre de l'avoir emporté, l'entendit-elle dire.

Elle ouvrit son portefeuille et regarda dedans en secouant la tête.

— Il n'est pas là.

Grace sentit la culpabilité l'envahir. Elle n'était pas taillée pour le métier d'espion ou d'agent secret. Le simple fait de savoir qu'elle était en possession d'un objet appartenant à autrui lui donnait des crampes à l'estomac. Surtout quand cette personne était visiblement perturbée par son absence. Elle faillit retourner auprès d'elle et lui rendre le badge.

Mais non. Elle faisait cela pour Riley. Cette femme récupérerait son badge tôt ou tard. Ce n'était qu'un bout de plastique et la vie de Riley comptait plus que ça.

Ayant résolu son dilemme, elle pénétra dans le café et se fraya un chemin entre les tables pour gagner les toilettes et la porte de service.

Une fois dehors, elle parcourut la ruelle et dépassa plusieurs immeubles avant d'émerger sur le trottoir non loin de Quest. Elle emboîta le pas à un groupe de femmes marchant dans la même direction. Toutes avaient des badges accrochés à leurs vêtements ou suspendus à une lanière autour du cou. En arrivant au portail, elles firent passer leurs badges devant un lecteur placé au-dessus d'un tourniquet. Quand la lumière passa au vert, elles pénétrèrent dans l'enceinte de l'usine.

Les mains tremblantes, Grace présenta son badge volé et retint son souffle. La lumière devint verte. Elle poussa le tourniquet, mais il ne bougea pas. Son pouls accéléra et elle crut défaillir.

— Poussez plus fort. Il est têtu, des fois, dit une femme derrière elle.

Grace donna une poussée et le tourniquet céda. Elle poussa

un grand soupir, ramenant de l'oxygène dans ses poumons oppressés. Elle y était arrivée.

La femme sourit en la dépassant.

— Vous voyez, un peu de persuasion suffit.

Grace la suivit sans la rattraper et se mêla aux employés revenant de la pause déjeuner. À l'intérieur du bâtiment, elle se dirigea vers les ascenseurs comme tout le monde. Riley lui avait dit qu'elle travaillait au dix-huitième étage. Mais avant qu'elle entre dans l'ascenseur, un homme en uniforme de livreur s'approcha d'elle.

— Excusez-moi, mademoiselle, vous pourriez m'ouvrir les portes de l'ascenseur ?

Grace entra dans la cabine et pressa le bouton pour maintenir les portes ouvertes.

Le livreur se plaça à côté d'elle, trop près pour qu'elle se sente à l'aise, mais il y avait trop de monde pour qu'elle puisse s'écarter.

Elle pressa le bouton du dix-huitième étage.

— À quel étage allez-vous ? demanda-t-elle.

— On a déjà appuyé dessus, dit-il d'une voix vaguement familière.

De crainte que quelqu'un trouve sa présence étrange, Grace attendit tête baissée tandis que la cabine s'arrêtait à presque tous les étages.

Au seizième, il n'y avait plus qu'elle et le livreur dans l'ascenseur. Quand les portes se refermèrent, Grace remarqua que le seul bouton allumé était celui du dix-huitième étage.

— Enfin seuls, je n'y croyais plus, dit le livreur.

Grace releva vivement les yeux.

— Declan !

Il secoua la tête et désigna du menton le plafond de la cabine.

— Caméra, souffla-t-il.

Le cœur battant, Grace s'efforça de détourner le regard.

— Vous avez un plan ? murmura-t-elle.

— J'espérais que vous en aviez un, dit-il en gloussant. En fait, il est simple. Rassembler des infos. Trouvons son bureau, posons des questions et observons.

Génial. Ils étaient entrés en douce dans le bâtiment et se dirigeaient vers le bureau de Riley sans aucune garantie d'y parvenir. Riley avait insisté plusieurs fois sur le secret absolu entourant les projets sur lesquels elle travaillait.

L'ascenseur fit entendre un son mélodieux et les portes s'ouvrirent. La peur saisit Grace, lui faisant des jambes de plomb.

— On va y arriver, murmura Declan. Que peuvent-ils nous faire, au pire ? Nous jeter dehors ?

— Nous jeter en prison ? Nous abattre ? Nous faire disparaître comme Riley ? dit Grace, à voix si basse qu'elle douta que Declan l'ait entendue.

Mais son rire lui indiqua que c'était le cas et qu'il ne s'inquiétait pas.

Sa présence lui donna assez confiance pour sortir de l'ascenseur au dix-huitième étage. Les murs blancs et le marbre du sol lui donnèrent l'impression d'être dans un film de science-fiction. Elle s'attendait à voir apparaître d'un instant à l'autre un extraterrestre, qui l'introduirait dans une salle où l'on disséquait les êtres humains.

Un gloussement hystérique monta dans sa poitrine. Elle déglutit avec force pour ne pas le laisser échapper.

— Quelle direction ? demanda Declan.

— Riley ne m'a rien dit d'autre que le dix-huitième étage. Elle travaillait aux projets spéciaux.

— Ce doit être par là, dit Declan en désignant un panneau.

À ce moment, un homme franchit la porte indiquée.

Grace jeta un coup d'œil à sa plaque d'identité et vit qu'il s'agissait de Moretti. Elle se retint pour ne pas le saisir par le bras et le secouer.

— Pourriez-vous me tenir la porte ? demanda Declan. J'ai une livraison à faire aux projets spéciaux.

L'homme semblait pressé et distrait. Il s'immobilisa un instant, puis recula pour leur tenir la porte.

— Merci. Je vais la tenir, proposa Grace.

— Tant mieux, j'ai du travail, dit Moretti en les laissant sur le seuil.

Grace poussa un soupir de soulagement en dépassant le lecteur qu'arborait ladite porte. Si elle avait tenté de se servir de son badge volé, il aurait sans doute déclenché une alarme. Moretti avait sans doute enfreint une règle en les laissant entrer sans badge. Grace laissa la porte se refermer, au cas où il se serait ravisé et leur aurait demandé de s'identifier.

La pièce dans laquelle ils venaient de pénétrer consistait en un immense espace divisé en petits bureaux séparés par des parois d'un mètre cinquante.

Declan se pencha pour lui parler à l'oreille.

— C'était Moretti, le chef de votre amie ?

Elle acquiesça.

— Commençons par son bureau, dit-il sur le même ton en plissant les yeux.

— Il faudrait déjà savoir lequel c'est, dit Grace en regardant autour d'elle.

— Suivons le mur extérieur, proposa Declan. Il y a forcément une porte à son bureau.

Grace tourna à droite et suivit le mur extérieur, prenant garde à ne pas croiser le regard des gens qui se déplaçaient dans les allées. Elle dépassa une porte portant le nom d'une femme. Elle était ouverte, mais il n'y avait personne à l'intérieur.

La pièce suivante contenait plusieurs photocopieurs ainsi qu'une grosse imprimante, de celles qui servent à reproduire les plans d'architecte ou d'ingénieur. Celle-ci aussi était vide.

Ils découvrirent ensuite une salle de repos. L'odeur du café flottait dans l'air. Debout devant une cafetière électrique, une femme se versait une tasse de café.

Dans le coin le plus éloigné de la grande salle, ils trouvèrent un bureau plus spacieux. Une plaque sur la porte annonçait : Alan Moretti, Directeur des projets spéciaux. Cette porte-là était fermée.

Grace manœuvra la poignée, s'attendant à la trouver verrouillée. Mais elle s'ouvrit, comme si Moretti, dans sa hâte, avait omis de la refermer.

Un rapide coup d'œil alentour leur permit de s'assurer que personne ne les avait remarqués, et ils se glissèrent dans le bureau. Même si on les avait vus, Grace aurait dit qu'ils livraient un colis pour M. Moretti.

À l'intérieur, Declan posa son carton sur le sol et s'approcha du bureau.

— Que cherchons-nous exactement ? demanda Grace.

— Tout ce qui peut nous donner un indice sur ce qui est arrivé à Riley. Un dossier, un fichier informatique, un objet appartenant à Riley... Regardez partout.

Grace poussa le verrou, au cas où quelqu'un les entendrait fouiller.

Moretti avait un bureau assez grand, avec des étagères le long des murs, un bureau massif, et un minibar pourvu de carafes aux liquides ambrés. D'énormes fenêtres montaient jusqu'au plafond, ouvrant sur la rivière et quelques-uns des bâtiments gouvernementaux.

Declan s'assit dans le fauteuil de Moretti et tapota sur le clavier.

Grace, quant à elle, se dirigea vers une porte sur la gauche. Elle ouvrait sur un petit placard. À l'intérieur, elle découvrit un parapluie, un costume sortant du nettoyage, une chemise amidonnée encore enveloppée dans du plastique. Une paire de chaussures de ville reposait sur le sol. Sur l'étagère, une lampe de poche voisinait avec un casque de chantier. Rien qui indique où se trouvait Riley.

Grace recula hors du placard et tenta d'ouvrir un classeur en acajou, en vain.

— Vous savez forcer une serrure ? demanda-t-elle.

— Vous savez pirater un ordinateur ? rétorqua Declan.

— De la même manière que vous savez forcer une serrure.

— Échangeons nos places, proposa Declan. Vous aurez peut-être plus de chance.

Se levant, il la contourna et lui toucha la main au passage.

— Tout ira bien. Nous allons la retrouver.

— J'espère que vous avez raison. Plus le temps passe, plus ce sera difficile.

— C'est vrai. Mais nous devons rester positifs. Pour elle.

Relevant la jambe de son uniforme, il tira un couteau d'un étui attaché à son mollet. Il inséra la lame du couteau entre la serrure et le bord du tiroir supérieur et ouvrit le classeur.

— Frimeur...

Grace secoua la tête, souhaitant pouvoir glisser un couteau dans l'ordinateur pour le déverrouiller.

Elle s'assit au bureau de Moretti et agita la souris. La plupart des gens n'arrivaient pas à se rappeler le chapelet de mots de passe nécessaire pour fonctionner dans l'environnement technologique moderne. Moretti ne devait pas faire exception. Il conservait sans doute ses mots de passe quelque part, y compris celui qui permettait d'accéder au système.

Grace ouvrit le premier tiroir du bureau. Rien d'autre que des stylos, des trombones et des cartes de visite. Les autres révélèrent une balle, un tee et des gants de golf, et une pile de magazines consacrés à l'aéronautique, au programme spatial et à la vie à la campagne.

Cela constituait un drôle de mélange, mais aucun bout de papier ne dépassait avec des mots de passe. Elle baissa la tête et fouilla le tiroir du bas. En se relevant, elle remarqua quelque chose de jaune sous le clavier.

C'était un post-it collé avec le mot *trinity* et des chiffres qui ressemblaient à une date. Une date de naissance, peut-être ?

— Je ne vois rien d'intéressant là-dedans, dit Declan. Ce sont surtout des évaluations et des notes de formation.

— Il y a un dossier pour Riley ?

— Oui, mais il ne contient que des évaluations annuelles, très bonnes d'ailleurs.

Grace posa le post-it près du clavier et agita la souris pour afficher la fenêtre d'accueil. Puis elle tapa *trinity* et la date dans les champs requis et attendit.

Nom d'utilisateur ou mot de passe incorrect

Elle essaya encore, sans les tirets entre les chiffres, et patienta.

Quelques secondes plus tard, le même message d'échec s'afficha. De crainte d'aller trop loin et de verrouiller l'ordinateur, elle abandonna et se leva. Sur un petit placard derrière elle se trouvaient une imprimante et des rames de papier. Une seule feuille se trouvait sur le plateau de l'imprimante. Elle la prit, la retourna et la lut.

Declan s'approcha d'elle et regarda par-dessus son épaule.

— Qu'est-ce que c'est ?

Elle frissonna. Quand il se tenait si près d'elle, elle n'arrivait pas à penser normalement.

— On dirait une adresse. Laissez-moi regarder sur mon téléphone.

Declan lui lut le numéro et la rue qu'elle saisit dans une application de cartes.

— C'est le Blue Gill Bar & Grill, à trente minutes d'ici.

Des voix s'élevèrent de l'autre côté de la porte. Puis le grincement métallique d'une clé qu'on introduisait dans la serrure les alerta.

— Le placard !

Declan prit la main de Grace et s'élança. À peine s'étaient-ils introduits dans le placard que la porte du bureau s'ouvrit.

Grace entrebâilla prudemment la porte du placard pour jeter un œil dans la pièce.

D'un pas pressé, Moretti contournait le carton que Declan avait laissé au milieu du bureau.

Grace retint son souffle, attendant qu'il dise quelque chose. S'il s'attendait à ce que sa porte soit fermée, il allait sûrement se demander ce que faisait ce carton dans son bureau.

Mais il n'y prêta aucune attention. L'air préoccupé, il prit la feuille que Grace avait remise sur le plateau de l'imprimante, la plia et la fourra dans sa poche.

Il s'arrêta à son bureau et regarda l'écran, les sourcils froncés. Il toucha le clavier, puis secoua la tête.

— Qu'est-ce que je fais ? Je n'ai pas le temps de vérifier mes e-mails.

Il se tourna vers le placard.

Grace se recroquevilla contre Declan, essayant de disparaître dans le coin le plus reculé du réduit. Le bras musclé de Declan lui entoura la taille, ce qui la rassura un peu.

Un portable sonna dans le bureau et Moretti répondit.

— Oui, j'ai eu le message. Je serai là à 7 h 30.

Dans l'intervalle, sa voix s'était rapprochée du placard.

La porte s'ouvrit et un bras se tendit pour prendre les vêtements propres.

Grace se figea. Si Moretti regardait vers la droite, il la verrait comme en plein jour.

Mais il retira son bras sans apercevoir les deux personnes qui se cachaient à l'intérieur.

Sans faire de bruit, Grace s'appuya contre Declan. Elle n'avait aucune envie de bouger, et *envie* était ce qui caractérisait le mieux cette situation. Le fait d'être collée à cet homme l'éveillait comme si son corps sortait d'un long sommeil. Sa peau la démangeait là où il la touchait et son ventre se tendait et se réchauffait.

— Je crois qu'il est parti, murmura Declan à son oreille.

Son souffle fit vibrer les petits cheveux sur sa nuque et elle frissonna derechef.

— Tout va bien, dit-il doucement.

Sa voix de basse résonna dans sa poitrine.

Grace n'était pas sûre d'aller bien. Elle ne s'était jamais sentie aussi attirée par un homme. Pas même par son mari, quand ils étaient encore en lune de miel.

Qu'avait donc Declan pour lui faire oublier qu'elle se cachait dans un placard et un bâtiment où elle était entrée par effraction ? Son instinct lui soufflait de se retourner pour lui faire face et de voir ce qui se passerait.

— Grace ?

Comme s'il avait lu ses pensées, il la fit tourner dans ses bras.

— Est-ce que ça va ?

Elle le fixa dans la pénombre du placard.

— Je... Je ne sais pas...

— Vous avez peur.

Declan repoussa une mèche de cheveux qui pendait devant son visage et la coinça derrière son oreille.

Des décharges électriques la parcoururent là où il effleurait sa peau. Elle inspira profondément et fixa ses lèvres.

— Nous nous en sortirons, murmura-t-il, avant de lui déposer un baiser sur le front.

— Vraiment ? dit-elle d'une voix rauque.

Il sourit.

— Oui.

Puis il lui effleura les lèvres d'un baiser.

— Je vous le promets.

Grace sentit ses jambes faiblir sous elle. Si Declan ne l'avait pas tenue par la taille, elle se serait affaissée sur le sol.

Jamais un simple baiser ne lui avait fait cet effet.

Elle ne pouvait pas laisser un homme lui faire ça. Son mariage avec Mitchell avait été un enfer. Il avait fallu qu'elle divorce pour échapper à ses maltraitances mentales aussi bien que physiques. Elle ne laisserait plus jamais un homme avoir du pouvoir sur elle. Plus jamais. Quelle que soit la tentation.

Elle se redressa et s'écarta de Declan.

— Il faut y aller.

— Vous avez pu entrer dans l'ordinateur ?

— Non, désolée, je n'ai pas trouvé le mot de passe.

— Pas de souci. Laissez-moi essayer autre chose.

Il l'attrapa par les bras et la poussa gentiment de côté.

Ses doigts effleurèrent ses seins. Grace inspira profondément, sentant sa peau prendre feu.

Mais qu'avait-elle donc ? Son amie avait disparu, ils s'étaient introduits en douce sur son lieu de travail, et elle se languissait d'un homme rencontré à peine vingt-quatre heures plus tôt.

Declan sortit du placard, souleva le gros carton et se dirigea vers la porte.

— Retournez à l'ascenseur et appelez-le.

— Mais...

Elle n'aimait pas être séparée de lui. Ils formaient une équipe. Du moins était-ce son sentiment. Et elle se sentait aussi plus en sécurité quand il était là.

— Tout ira bien. Si je ne suis pas encore là quand la cabine arrivera, descendez, quittez le bâtiment et l'enceinte. Je vous rejoindrai au parking.

Il lui tendit les clés de son SUV.

— Attendez-moi là-bas.

La voyant hésiter, il lui adressa un gentil sourire.

— Ce sera plus facile si je n'ai pas à m'inquiéter de vous. Je pourrais me déplacer plus librement et fuir le cas échéant. Allez-y, s'il vous plaît.

Il n'attendit pas son accord et quitta le bureau à grandes enjambées.

— Y a-t-il une Riley Lansing à cet étage ? cria-t-il une fois arrivé dans la grande salle.

Grace se demanda ce qui lui prenait d'attirer ainsi l'attention sur lui. Mais elle ne voulait pas gêner son plan. Elle quitta le bureau et s'approcha de l'ascenseur.

Le cœur battant, elle tendit l'oreille pour percevoir les bruits venant des bureaux derrière elle. Elle s'attendait à tout instant à ce qu'une alarme se déclenche, indiquant une effraction dans le bâtiment et la fermeture de toutes les sorties. Elle pressa le bouton d'appel et attendit, le souffle court.

Dès que les portes de l'ascenseur s'ouvrirent, elle jeta un dernier regard dans le couloir. Ne voyant pas Declan, elle fut obligée d'entrer seule dans la cabine.

Elle fit une prière silencieuse pour qu'il ne lui arrive rien. Sa patronne, Mme Halverson, était une femme très riche. Mais Grace n'était pas sûre que, cette fois, elle puisse le sortir de prison.

6

Declan parcourut l'allée en criant :

— Livraison pour Mlle Lansing !

— Elle n'est pas là, dit une voix féminine.

Une femme aux cheveux décolorés passa la tête hors de son box et lui sourit.

— Puis-je vous aider ?

— J'ai une livraison pour Mlle Lansing. Savez-vous quand elle sera de retour ?

La femme secoua la tête.

— Je l'ignore. Elle a filé hier comme si elle avait le feu quelque part, et je ne l'ai pas revue depuis.

— Hier ?

Declan contempla le carton.

— Il faut qu'elle signe le reçu. Je suppose que vous ne savez pas où je pourrais la trouver ?

— Non, mais je pourrais peut-être reprogrammer la livraison. C'est vous qui la livrerez ?

Elle lui fit un clin d'œil. Declan esquissa un sourire.

— J'en doute. Les livreurs alternent, dit-il en inventant au fur et à mesure.

Un homme en polo et pantalon de ville sortit de son box.

— Vous cherchez Riley ? demanda-t-il.

— Riley Lansing, dit Declan. Vous pouvez m'indiquer où se trouve son bureau ? Ce carton commence à être lourd.

Ce n'était pas vrai, mais c'était un prétexte aussi bon qu'un autre pour savoir où se trouvait le bureau de Riley.

— Il est au fond, dit l'homme en pointant le pouce dans cette direction.

Declan contourna l'homme comme s'il avait toute licence de se déplacer dans cette zone. Il était presque arrivé au petit bureau marqué du nom de Riley, quand l'homme au polo commenta :

— Je ne savais pas qu'on autorisait les livreurs à monter ici. Normalement, les colis sont réceptionnés par le service interne du courrier.

Il avait suivi Declan.

— Ils étaient débordés et m'ont demandé de le porter ici. C'était marqué livraison urgente.

— J'imagine que ce n'est pas aussi urgent que ça, étant donné qu'elle ne s'est pas donné la peine de venir aujourd'hui.

— Mais elle était là hier, non ? Elle est malade ou quoi ? demanda Declan d'un ton négligent en posant le carton sur le sol.

Il prit son temps, afin de survoler du regard le bureau de Riley.

— Je ne l'ai pas vue, mais elle était là, dit l'autre. Parfois, les ingénieurs travaillent au laboratoire. Elle y était peut-être.

— Vous êtes sûr qu'elle n'y est pas en ce moment ? questionna Declan. Vous pourriez vérifier ? Je ne peux pas laisser le carton sans sa signature.

L'homme au polo fronça les sourcils.

— J'en suis presque sûr à cent pour cent.

— Sérieusement, mon vieux. Je ne peux pas laisser ça sans le reçu. Vous ne pouvez pas aller voir ?

Et ficher le camp d'ici pour que je puisse fouiller le bureau de Riley ?

— D'accord, je reviens, dit l'homme.

Declan attendit qu'il disparaisse dans un couloir, puis,

s'assurant que personne d'autre ne regardait, il avança d'un pas et fouilla le dessus du bureau de Riley. Il ne savait pas quoi chercher, mais tout pouvait être un indice. Des papiers étaient éparpillés sur la surface de la table, comme si elle était partie en hâte, laissant son travail en suspens. Un bloc-notes gisait près du téléphone. La première page était blanche, mais le message précédent avait laissé des marques sur le papier. Il la prit et la fourra dans sa poche.

En se redressant, il remarqua un petit objet argenté sur le sol. Il se pencha et récupéra un bracelet avec une pendeloque. Il le fit aussi disparaître dans sa poche.

— Comme je vous le disais, elle n'est pas là, dit une voix masculine.

Declan reprit le carton et sourit.

— Merci d'avoir vérifié. Je vais remporter ça au service du courrier. Ils pourront s'en occuper.

— Je peux signer à sa place, si vous voulez, dit l'homme en tendant les mains.

— Désolé, mais je ne peux le remettre qu'à Mlle Lansing.

Declan contourna l'homme, s'engagea dans l'allée, dépassa la blonde décolorée et sortit de la zone des projets spéciaux.

Au moment où il franchissait la porte, deux policiers et un agent de sécurité sortirent de l'ascenseur.

Declan leva le carton plus haut, de façon à dissimuler son visage. Il dépassa le groupe et entra dans l'ascenseur quand l'agent de sécurité lui lança :

— Hé ! Vous n'êtes pas censé être ici.

Declan pressa le bouton du rez-de-chaussée en même temps que le bouton de fermeture des portes.

L'agent fit demi-tour et se dirigea vers lui, mais les portes se refermèrent.

Supputant qu'il allait appeler ses collègues, Declan stoppa l'ascenseur au deuxième étage et sortit. Il trouva des toilettes, où il se débarrassa du carton et retira son uniforme de livreur. Puis il gagna l'escalier et descendit deux étages jusqu'au rez-de-chaussée.

Plusieurs agents de sécurité se tenaient devant la rangée d'ascenseurs. Celui qu'avait pris Declan s'ouvrit et une femme en sortit, une expression inquiète sur le visage.

L'un des agents pénétra dans la cabine, s'attendant visiblement à trouver quelqu'un d'autre à l'intérieur.

Declan rit sous cape et sortit du bâtiment, puis de l'enceinte. Personne ne l'arrêta ni ne lui cria de ralentir.

Il marcha lentement, même s'il avait envie de courir jusqu'au parking pour s'assurer que Grace était saine et sauve. Mais quand l'emplacement de parking fut en vue, il sentit ses entrailles se nouer. Le véhicule avait disparu.

Avant qu'il puisse réagir, un SUV de couleur sombre s'arrêta près de lui et la vitre côté passager s'abaissa.

— Montez, fit la voix de Grace.

En se retournant, il l'aperçut au volant. Il sauta dans l'habitacle et referma la portière.

— Pourquoi avez-vous déplacé la voiture ? questionna-t-il.

— J'ai pensé que nous aurions peut-être besoin de filer en vitesse. Reculer hors d'un emplacement, ça prend du temps.

Il se mit à rire.

— Vous êtes de plus en plus douée pour ça !

Elle secoua la tête.

— Je ne veux pas être douée pour ce genre de choses.

Quittant le parking, elle s'éloigna du complexe.

— Qu'avez-vous trouvé ?

Il prit le bracelet dans sa poche.

— Vous reconnaissez ceci ?

— C'est à Riley, dit Grace, les sourcils froncés. Elle le portait hier en partant pour le travail.

— Vous en êtes sûre ?

— Certaine. Je l'ai aidée à le mettre. Elle était pressée et le fermoir est un peu dur.

Elle reporta les yeux sur la circulation devant elle.

— Où l'avez-vous trouvé ?

— Sous son bureau.

— Donc elle était bien au travail hier. Pourquoi son chef a-t-il menti ?

— Je ne sais pas, mais il aurait dû faire corroborer cette histoire par les collègues de Riley. L'une des femmes m'a dit qu'elle était partie hier en toute hâte.

Il sortit le morceau de papier de sa poche.

— J'imagine que vous n'avez pas de crayon à papier ?

— Dans mon sac. J'ai un critérium.

— Pas sûr que ça marche, mais je vais essayer.

— Essayer quoi ?

— J'ai trouvé ce papier sur son bloc-notes. Je pense qu'elle y a écrit quelque chose avant de partir.

Grace désigna son sac d'un geste du menton.

— Regardez dans la poche de côté, le critérium est là.

Declan fit ce qu'elle lui disait et trouva l'objet. Il s'en servit pour noircir le bout de papier. Au début, il ne vit rien, puis un mot apparut.

SORTEZ

Grace fit une embardée, puis redressa la voiture.

— Qu'est-ce que ça veut dire ?

Elle serra le volant à s'en faire blanchir les jointures.

— Que t'est-il arrivé, Riley ? chuchota-t-elle.

— La seule chose que nous sachions avec certitude est que Riley était à son bureau hier, et que son chef ne veut pas que la police le sache.

— Pourquoi ? dit Grace en pinçant les lèvres.

— Je l'ignore. Mais nous savons où il sera ce soir à 19 h 30.

Grace lui lança un regard.

— On va y être ?

— Bien sûr. Ou du moins, moi, j'y serai, dit-il en penchant la tête. Il vaut mieux que vous ne veniez pas.

Grace freina et lui jeta un regard noir.

— Et pourquoi donc ?

Declan était heureux d'avoir attaché sa ceinture, autrement il serait passé à travers le pare-brise.

— J'ai la sensation que ça pourrait être dangereux.

— Riley est manifestement en danger. Je ferais n'importe quoi pour l'aider.

— Y compris vous mettre vous-même en danger ?

— Évidemment, dit Grace, avec des larmes dans la voix. C'est mon amie, elle fait pratiquement partie de ma famille.

Un coup de klaxon se fit entendre derrière eux.

— Le feu est vert, dit doucement Declan. Vous voulez que je conduise ?

— Non, dit Grace.

Elle s'essuya les yeux et pressa l'accélérateur un peu trop fort. Le SUV bondit en avant.

— Je vais bien. Je veux juste que Riley aille bien aussi.

— Je sais.

— Nous avons plusieurs heures avant le rendez-vous de ce soir. Que devrions-nous faire ?

— On pourrait retracer le trajet de Riley jusque chez vous, et voir si nous pouvons trouver un indice.

— J'ai fait ça toute la nuit.

— Et ?

— Rien, dit-elle, une expression découragée sur le visage.

— Est-ce qu'il y a des endroits où elle va quand elle ne veut pas rentrer ? Elle avait peut-être peur de retourner à l'appartement. Si elle est partie de son plein gré, elle fuit certainement quelqu'un.

Grace se concentra quelques instants sur sa conduite avant de répondre :

— Il y a un café à quelques rues de notre appartement. Ils ont le wifi. Elle y va parfois parce qu'elle aime leur café.

Declan replia la feuille de papier et la fourra dans sa poche.

— Alors allons voir ça. On pourra manger un morceau et se préparer pour le rendez-vous de Moretti.

En dépit de la circulation dense, Grace parvint rapidement au café. Elle-même avait grand besoin d'un café pour se calmer.

— Ce n'est pas pour rien que je prends le train aussi souvent que possible. Le trafic est impossible, ici. En général, Riley et moi allons à pied au café.

— Laissez-moi conduire à partir de maintenant.

Elle lui tendit les clés.

— À vous de jouer.

— Quand avez-vous emménagé avec Riley ? questionna-t-il.

— Il y a quatre mois. J'avais du mal à trouver un emploi stable qui me permette de payer un loyer. Riley m'a proposé de vivre avec elle jusqu'à ce que je trouve quelque chose. J'ai travaillé pour des agences de travail temporaire, mais j'avais besoin d'un poste régulier.

— D'où l'entretien avec Mme Halverson.

Grace acquiesça et sortit du SUV.

— Et vous ? Je ne sais rien de vous. Quand avez-vous commencé à travailler pour elle ?

— Hier soir.

— Vous voulez dire après la tentative d'enlèvement ? s'exclama Grace.

— Exactement, dit-il en marchant avec elle vers le café.

Au comptoir, il attendit qu'elle commande, puis demanda un café noir pour lui-même.

— Ni crème ni sucre, juste noir.

Grace se mit à rire.

— La plupart des gens viennent ici pour boire justement un café agrémenté.

— Et contrairement à eux, j'aime le café nature.

Il prit les gobelets des mains de la serveuse et désigna une table au fond d'un geste du menton.

— Cela vient de l'armée. On buvait du café quand c'était possible. Il n'y en avait pas toujours, et on le prenait comme il était, c'est-à-dire noir en général.

Il posa les gobelets sur la table et tira une chaise pour Grace.

Elle n'avait pas l'habitude qu'on ait ces attentions envers elle. Son ex-mari se fichait pas mal de son bien-être. Cela rendait Declan encore plus aimable à ses yeux. Il ne ressemblait en rien à Mitchell, ce qui était un énorme atout en sa faveur. Soulevant son gobelet, elle prit une gorgée de café.

— Combien de temps avez-vous passé dans l'armée ?

Declan s'assit à son tour et leva son gobelet avant de répondre.

— Onze ans.

— Onze ans ? Je croyais que vous étiez resté les vingt années réglementaires avant de partir.

Elle le vit serrer les dents.

— Ce n'était pas mon choix, dit-il d'un air sombre.

— Oh...

Manifestement, il n'avait pas envie de parler de cela, mais elle ne put s'empêcher de l'interroger.

— Comment ça marche ? On ne vous a pas laissé vous réengager ?

— J'ai été renvoyé, dit-il d'un ton bref. Vous dites que vous avez une photo de Riley sur votre téléphone. Vous pourriez l'afficher ? Je vais la montrer à la serveuse.

— Oui.

Les questions lui brûlaient les lèvres, mais elle savait qu'elle était allée trop loin. Elle trouva la photo en question, prise trois jours auparavant. Riley était assise à la table de la salle à manger, son ordinateur ouvert devant elle, les yeux fixés sur le mur, le front un peu plissé. Grace avait pris la photo, puis lui avait demandé à quoi elle pensait.

— À rien, avait-elle dit.

Elle avait croisé le regard de Grace.

— Quand quelqu'un te demande de faire une chose dont tu sais qu'elle est juste mais qu'elle va causer beaucoup de souffrances, rends-toi service, dis-lui d'aller se faire voir.

Grace avait trouvé ce commentaire bizarre et hors de contexte.

— Que veux-tu dire ? avait-elle questionné.

Riley avait poussé un gros soupir, puis baissé les yeux sur son ordinateur.

— Rien. Peu importe.

Grace était allée se coucher, persuadée que son amie avait eu une mauvaise journée et qu'elle retrouverait sa bonne humeur habituelle le lendemain.

Riley s'était levée tôt pour devancer l'heure de pointe. Quand Grace s'était levée à son tour pour utiliser les toilettes, son amie s'évertuait à attacher son bracelet porte-bonheur, et elle l'avait aidée à le fermer.

— Voici, dit-elle en tendant son téléphone à Declan.

Elle sentit une sorte de décharge électrique quand leurs doigts s'effleurèrent et elle lâcha le téléphone avant que Declan l'ait en main. L'appareil tomba bruyamment sur la table.

Declan prit ses mains tremblantes dans les siennes.

— Ça va ?

Grace hocha la tête.

— Ça va, je suis juste un peu énervée.

Elle aurait dû retirer ses mains, mais elle aimait la chaleur et la rugosité des siennes. Elle n'avait pas envie de le lâcher. Ce fut lui, pourtant, qui le fit. Il leva le téléphone devant ses yeux.

— C'est Riley ? dit-il en fixant la photo de son amie.

— Oui. Elle est jolie, n'est-ce pas ?

— Si on aime les rouquines aux yeux verts, répondit Declan. Moi, j'ai toujours préféré les blondes aux yeux bleus.

Grace se sentit rougir. Elle était blonde.

— Mais j'ai les yeux gris.

— J'ai dit bleus ? dit-il en lui lançant un regard innocent. Je veux dire gris, ajouta-t-il avec un clin d'œil.

Grace émit un rire un peu forcé.

— J'avais l'habitude de sortir avec des hommes bruns aux yeux noirs. Je les trouvais mystérieux.

— Vous *aviez* l'habitude ?

— Jusqu'à ce que j'épouse Mitchell.

— Mitchell est votre ex, n'est-ce pas ? Pas un nouveau mari ? dit-il avec un air horrifié. Vous en êtes déjà à votre second mariage ?

Cette fois, Grace rit de bon cœur. Cela ne lui était pas arrivé depuis longtemps.

— Non, je ne suis pas mariée. Je suis bien divorcée.

Declan poussa un soupir de soulagement.

— Dieu merci. Je n'aimerais pas penser que j'ai embrassé une femme mariée.

Grace rougit à nouveau.

— En parlant de ça... Pourquoi m'avez-vous embrassée ?

Il se leva, téléphone en main.

— C'est l'heure de nous remettre au travail. Nous devons retrouver votre disparue.

Il alla au comptoir et adressa un sourire à la serveuse. Cela la fit rougir autant que Grace, car elle avait sûrement entendu son affirmation selon laquelle il préférait les blondes.

Malgré ses efforts pour ne pas le fixer, Grace ne put détourner les yeux. Declan avait de larges épaules, des hanches étroites et des cuisses musclées. Sa démarche avait quelque chose de félin, qui faisait palpiter le cœur de Grace.

Il montra le téléphone à la serveuse. Elle se pencha sur l'écran, repoussa ses cheveux sur son épaule, sourit et fit oui de la tête.

Grace se pencha en avant. Ce hochement de tête voulait-il dire qu'elle avait vu Riley ? Ou était-elle juste en train de flirter avec l'ex-Marine ? Grace ne pouvait pas le lui reprocher, car Declan avait tout ce qu'il fallait pour faire chavirer les cœurs. Beauté, sourire dévastateur et muscles propres à faire fantasmer n'importe quelle femme.

Declan revint vers elle avec la démarche d'un tigre.

Grace sentit sa bouche s'assécher et son pouls battre dans ses veines. Elle s'humecta les lèvres tout en le regardant.

— Elle croit l'avoir vue hier soir.

— Elle croit ?

— Elle sait que Riley est une cliente régulière. Une femme qui lui ressemblait beaucoup – même taille, même couleur de cheveux et même stature – est venue hier soir, portant une casquette tirée sur les yeux. Elle a commandé le café que Riley demande habituellement et s'est assise là où elle prend place d'habitude.

— Pourquoi n'est-elle pas sûre que c'était elle ?

— Ce n'est pas elle qui a servi Riley, elle avait un autre client. Elle ne l'a vue que du coin de l'œil.

— Et celle qui a servi la femme à la casquette ? Où est-elle ?

— C'est un homme, qui ne travaille pas avant le week-end. Il est en formation, et il ne verrait pas la différence entre Riley et quelqu'un d'autre.

Grace inspira puis souffla lentement par le nez.

— Riley est peut-être venue ici hier soir. Alors pourquoi n'est-elle pas rentrée à la maison ? demanda-t-elle en secouant la tête. Et où a-t-elle dormi ?

— Elle ne voulait sans doute pas vous mêler à ses ennuis, dit Declan. Il est possible qu'elle soit en fuite.

— Mais qui fuirait-elle ? Ou quoi ?

Grace regarda Declan droit dans les yeux.

— Elle est ingénieure, pas agent secret.

Declan lui prit les mains et les pressa gentiment.

— Nous ne le saurons pas avant d'avoir retrouvé Riley.

— Il faudra qu'elle m'explique ça, déclara Grace en pinçant les lèvres.

Puis elle se radoucit et contempla à nouveau l'homme qui lui tenait les mains.

— Elle doit avoir très peur.

Elle regarda la poche où Declan avait rangé la feuille de bloc-notes.

— Pourquoi a-t-elle écrit « SORTEZ » avant de disparaître ? Je n'ai pas entendu parler d'employés de Quest Aerospace Alliance disparus ou menacés. Il n'y avait rien au journal télévisé. Sa disparition est une véritable anomalie.

— Peut-être travaille-t-elle sur un projet qui intéresse d'autres pays ?

— Et on l'aurait enlevée pour cette raison ?

Grace frissonna.

— C'est possible. Je vous le dis, elle ne parle jamais de son travail. Elle a une habilitation top secret. Il existe peu de gens comme ça dans le secteur privé. J'aimerais tellement qu'elle m'en ait dit plus.

— L'important, c'est qu'elle était ici hier soir. Et la serveuse a dit qu'elle était seule.

— Pas enlevée ni menacée par une arme, approuva Grace. Ce qui veut dire que c'est intentionnellement qu'elle a disparu.

Elle le regarda à nouveau dans les yeux.

— J'espère que nos efforts pour la retrouver ne la mettront pas davantage en danger.

— Moi aussi.

Grace resserra les doigts sur les mains de Declan, heureuse qu'il soit avec elle. Reconnaissante que Charlotte lui ait ordonné de l'aider dans ses recherches.

— Riley est en fuite, elle se cache de quelqu'un. Mais de qui ?

— Moretti nous conduira peut-être à lui, ou à eux.

Grace jeta un coup d'œil à l'horloge placée derrière le comptoir.

— Il nous reste deux heures à attendre. Vous voulez

venir chez moi ? J'ai votre sac à dos et un reste de lasagne au réfrigérateur.

— J'en serais ravi. Mais je ne veux pas vider votre frigo.

— Pas de risque. Je cuisine toujours en trop grande quantité. Je crois fermement aux restes. Ainsi, je n'ai pas à cuisiner durant la semaine.

— Bien pensé. J'ai grandi dans une maison où il n'y avait jamais de restes. J'ai deux frères et une sœur. Encore aujourd'hui, ma mère jure qu'elle ne sait pas comment elle arrivait à mettre assez de nourriture sur la table pour nous.

Il sourit.

— À l'adolescence, nous vidions le frigo tous les trois jours. Nous étions des sportifs assidus et nous brûlions beaucoup de calories. Ma mère était une sainte. Je n'ai compris tout ce qu'elle avait fait pour nous que lorsque j'ai dû me débrouiller tout seul à l'armée.

— Votre mère a l'air formidable. Elle est toujours en vie ?

— Mon père et elle vivent dans l'Ouest. Dans le Wyoming.

— C'est très loin de Washington.

Declan haussa les épaules et relâcha ses mains.

— Je ne suis pas retourné chez moi depuis que j'ai quitté l'armée.

— Pourquoi ?

— Je ne sais pas comment annoncer à mes parents que j'ai été renvoyé. Mon père était si fier de moi quand j'ai été reçu à l'entraînement, dit-il en secouant la tête. Et quand j'ai été accepté dans la formation à la reconnaissance, on aurait dit que j'avais décroché la lune. Il n'aurait pas pu être plus fier.

— Je suis sûre que vos parents comprendraient vos raisons.

— C'est ce que nous pensions à l'époque, dit-il doucement.

— Nous ?

Grace chercha son regard avec émotion.

Que lui était-il arrivé ? Que s'était-il passé d'assez grave pour qu'il soit renvoyé ? Elle lui reprit les mains pour le réconforter.

Il fixa leurs mains nouées sans parler durant une minute. Puis ses lèvres se tordirent en un rictus d'amertume.

— Cinq de mes hommes et moi avons été exclus. Renvoyés pour déshonneur, tous. Parce que nous avions fait ce qui nous semblait juste.

Il parlait d'une voix tendue, et ses doigts serraient si fort les siens qu'ils lui faisaient presque mal.

Elle ne dit mot, imaginant son chagrin d'avoir perdu une carrière qu'il aimait manifestement et d'avoir vu ses hommes sombrer avec lui.

— Je suis désolée, dit-elle.

— Pourquoi ? Vous n'avez rien fait de mal. C'est nous. Nous savions ce que nous faisions et c'était contre les ordres. Mais nous l'avons fait quand même. Nous connaissions les conséquences.

Il se releva.

— Maintenant, si votre offre était sérieuse, nous devrions y aller. Il faut être au bar avant l'arrivée de Moretti.

Grace se leva, elle aussi, et ils sortirent du café. Plus elle lui posait de questions, plus elle avait besoin de réponses. Mais au bon moment. Declan avait manifestement du mal à parler de ce qui avait causé son renvoi de l'armée.

Elle pouvait attendre. Mais cela ne l'empêchait pas de s'interroger. Cet homme semblait d'une droiture parfaite, prêt à tout pour autrui. Elle ne pouvait se le représenter en traître à son pays. Quel autre acte pouvait avoir motivé un renvoi ? Ne connaissant rien au domaine militaire, elle l'ignorait. Mais elle le découvrirait bientôt.

7

Ils mangèrent les lasagnes avec du pain à l'ail, puis Declan remercia Grace et ils se mirent en route.

Ils s'arrêtèrent dans un supermarché pour acheter deux casquettes de base-ball, puis se dirigèrent vers le Blue Gill Bar & Grill, où Moretti avait rendez-vous. Avec qui et pourquoi, Declan n'en avait aucune idée.

Ils s'installèrent dans un box du fond de la salle avec vue sur l'entrée et la sortie, au cas où Moretti arriverait dans l'autre sens.

La serveuse leur apporta deux sodas au gingembre et, quand elle se fut éloignée, Declan contempla Grace. Elle l'avait cuisiné sur son engagement dans l'armée, et il se surprenait à vouloir en savoir davantage sur cette femme qui avait entrepris de retrouver son amie avec tant de ferveur et de détermination.

— Donc vous partagiez une chambre à l'université, Riley et vous ?

— Pendant quatre ans, dit Grace en souriant. Nous ignorions que notre premier semestre ensemble serait le début d'une amitié de toujours. Même après que nos chemins ont divergé, nous sommes restées en contact. Nous avions des vies totalement différentes. Comme je vous l'ai dit, je me suis mariée et je me suis occupée de mon mari. Riley, elle, se concentrait sur sa carrière.

Grace émit un rire tendu.

— Peut-être aurais-je mieux réussi si je m'étais davantage consacrée à la mienne.

— Combien de temps avez-vous été mariée ?

— Cinq ans.

— Et depuis combien de temps avez-vous divorcé ?

Declan secoua la tête.

— Vous n'êtes pas obligée de répondre. Je ne fais que tuer le temps jusqu'à l'arrivée de Moretti.

Grace répondit néanmoins :

— Quelques années.

— Je suis sûr que vous aviez de bonnes raisons.

— Certains pourraient penser que non, dit elle avec un rire amer.

— Essayez avec moi.

Elle hésita puis dit doucement :

— J'avais oublié qui j'étais. Mon mari faisait en sorte que je n'oublie jamais qui il était et combien ses désirs étaient importants. Je passais mon temps à essayer de correspondre à ses attentes. Pour lui, une femme n'avait pas à avoir de pensées propres, seulement les idées que son mari lui mettait en tête.

Declan esquissa un sourire. Il imaginait Grace tenant tête à son mari.

— Laissez-moi deviner... Vous avez eu une idée et cela l'a rendu furieux.

— Une fois que je me suis souvenue que j'avais une existence, une personnalité et des pensées à moi, des tas d'idées me sont venues. Qui ne reflétaient pas toujours ses idéaux ou son image. Après nos soirées entre amis, il me punissait pour avoir pris la parole.

Grace toucha une petite cicatrice sous sa pommette. Jusque-là, Declan ne l'avait pas remarquée.

Il serra les poings inconsciemment. Tout homme qui frappait une femme était un lâche.

Cette cicatrice n'enlevait rien à la beauté de Grace. Mais il était certain qu'elle lui causait plus de souffrance dans sa mémoire qu'elle ne lui en avait causé dans sa chair.

— Il me disait que je le méritais, continua-t-elle, que je lui faisais honte devant ses collègues.

Declan tendit la main et effleura sa joue.

— Aucun homme n'a le droit de frapper une femme. Si vous étiez à moi, je ne lèverais jamais la main sur vous.

Il fit descendre son doigt le long de sa joue et de son cou.

— Je vous traiterais avec le respect que vous méritez.

Grace inclina la tête dans sa paume ouverte et le regarda dans les yeux.

— C'est bon d'entendre des mots comme ceux-là, mais que promettent-ils exactement ? Quelques années de bonheur, puis de nouveau des souffrances.

— Tous les hommes ne sont pas les mêmes. Tous les hommes ne font pas souffrir.

Il voulait la convaincre de la sincérité de ses paroles, mais il n'était pas en position de pouvoir garantir quoi que ce soit. Dans une certaine mesure, il était un homme marqué. Quel que soit l'emploi pour lequel il postulerait, son renvoi de l'armée apparaîtrait. Sans Charlie, il n'aurait ni travail ni logement. Grâce à la bonté d'une femme riche, il n'était pas complètement déshérité. Pour l'instant.

— Et maintenant vous savez qui vous êtes et ce que vous voulez dans la vie.

— Je suis moi, pour le meilleur et pour le pire. Et je sais que je veux tenir les rênes de ma destinée. Je ne veux plus jamais qu'un homme me dise quoi faire. Au-delà, j'essaie toujours de trouver ce que je veux faire de ma vie. J'ai apparemment raté les chances de carrière accessibles à une diplômée de fraîche date. Mais je ne vais pas laisser cela m'arrêter.

Elle lui adressa un sourire tendu.

— Assez parlé de moi. Qu'est-il arrivé de si grave pour que l'armée ne vous donne pas une seconde chance ?

Sa question arrivait comme un cheveu sur la soupe. Il s'était tellement absorbé dans l'histoire de Grace qu'il n'avait pas de réponse habile à fournir. Comment un homme disait-il à une femme qu'il s'était pratiquement livré à une mutinerie ?

Grace songea qu'elle s'était encore montrée indiscrète. Mais après avoir mis son âme à nu, il était normal que Declan en révèle un peu plus sur lui.

Declan ouvrit la bouche, puis la referma. Les dents serrées, il regarda au fond de la salle.

— Moretti vient d'entrer, dit-il à voix basse.

Grace résista à l'envie de se retourner pour fixer l'homme qui avait menti à la police. Pourquoi avait-il caché que Riley était venue au bureau la veille ? Croyait-il pouvoir s'en tirer comme ça ? Une employée de son propre service avait déjà réfuté cette histoire.

Grace déplia sa serviette en papier sur ses genoux et attendit que Moretti dépasse leur table afin de l'observer. Mais sa curiosité était à son comble.

— Que fait-il ?

Declan lui sourit, tout en regardant l'homme par-dessus son épaule.

— Il s'est arrêté sur le seuil pour regarder son téléphone. Apparemment, il a reçu un texto.

— Vous croyez qu'il va nous reconnaître ? questionna Grace.

— Pas avec ces casquettes. Votre visage est dans l'ombre.

— Le vôtre aussi.

Grace sourit. Declan était vraiment agréable à regarder. Et sa présence était rassurante. Elle ne pouvait imaginer chercher Riley seule.

Moretti passa à cet instant près de leur table et alla s'asseoir dans le coin le plus sombre du bar. Il leva le menu et fit en sorte de cacher son visage, sauf ses yeux. Et ces yeux étaient braqués sur tous ceux qui entraient dans le Blue Gill.

— Il est affreusement nerveux, dit Grace en portant son verre à ses lèvres.

— Ah bon ? Que fait-il maintenant ? demanda Declan.

— Il se cache derrière son menu et surveille la porte, dit Grace en gloussant. Quelque chose d'intéressant de ce côté ?

— Rien jusqu'ici.

Declan lui prit la main et la caressa comme un homme qui témoigne son affection à sa partenaire.

Grace retint son souffle. Les doigts de Declan déclenchaient des sensations folles en elle. Et ils ne touchaient que sa main. Elle imaginait l'effet sensuel qu'ils auraient sur d'autres parties de son corps. Au prix d'un considérable effort de volonté, elle reporta son attention sur Moretti, de crainte qu'il ne se lève et s'en aille sans qu'elle s'en aperçoive.

Il était toujours là, en train de regarder par-dessus son menu.

— Hum…

Les doigts de Declan se resserrèrent autour des siens.

— Mon instinct me dit que les gens qui viennent d'entrer sont intéressants.

— Dois-je regarder ?

— Non, continuez de surveiller Moretti. Une réaction de sa part ?

— Il vient de plonger tout à fait derrière le menu. On ne voit plus que ses mains.

— Comme je disais… intéressants.

— Ils sont combien ?

— Trois. Et ils ont l'air de mafieux.

— Mince alors, dit Grace, il faut que je voie ça.

Elle pivota sur son siège et leva la main comme pour appeler la serveuse.

Près de l'entrée se tenaient trois hommes massifs, cheveux noirs, visages burinés et poings serrés.

La serveuse hocha la tête en direction de Grace et leva l'index.

— J'arrive dans une minute.

Allant à la rencontre des trois hommes, elle offrit de les placer. Mais, la repoussant sans ménagement, ils foncèrent dans la salle, leur chef en tête.

À cet instant, le portable de Grace signala l'arrivée d'un texto. Elle y jeta un coup d'œil superficiel, ne voulant pas manquer le spectacle dans la salle. Mais les mots sur l'écran accrochèrent son attention.

SORTEZ !

Grace sentit ses cheveux se hérisser sur sa tête. Le texto venait d'un numéro inconnu. Elle le contempla un instant puis passa le téléphone à Declan.

— Qu'est-ce que vous en pensez ? C'est ce que Riley avait écrit sur son bloc-notes.

Un nouveau bip se fit entendre. C'était Declan qui tenait l'appareil cette fois.

SORTEZ TOUT DE SUITE !

À cet instant, les trois hommes dépassèrent leur table, se dirigeant vers le box où Moretti se dissimulait derrière le menu.

Declan se mit debout, prit la main de Grace et la fit se lever.

— Que faites-vous ? demanda-t-elle à mi-voix.

— Je vous enlève pour me repaître de votre corps, répondit-il en agitant les sourcils. Le plus tôt sera le mieux.

Sans attendre sa réponse, il jeta de l'argent sur la table et l'entraîna bon gré mal gré hors du bar.

Dès qu'ils eurent franchi la porte, des détonations éclatèrent derrière eux.

Declan poussa Grace contre le mur de brique à côté de la porte et plaqua son corps sur le sien.

Le visage pressé contre sa poitrine musclée, Grace ne voyait rien. Le cœur battant, elle lui entoura la taille de ses bras. Ceux qui tiraient n'avaient pas encore épuisé leurs munitions.

Declan releva la tête et regarda autour de lui. Protégeant Grace de son corps, il l'entraîna vers l'entrée d'un immeuble voisin, ouvrit la porte et la poussa à l'intérieur.

— Restez là, lui dit-il en pointant un doigt vers elle.

Grace lui attrapa le doigt avec un regard noir.

— Je ne suis pas un chien. Vous ne pouvez pas me donner des ordres.

— Restez là, s'il vous plaît, se corrigea-t-il. Je ne veux pas que vous soyez prise au milieu des coups de feu.

Mais au moment de ressortir du hall, il la sentit lui agripper le bras.

— Qu'est-ce que vous faites ?

— J'y retourne pour voir si je peux être utile.

— Utile à qui ? À Moretti ? Aux mafieux ? Vous n'êtes même pas armé !

Il sortit un revolver de sous sa veste.

— Charlie m'a prêté ceci.

Grace recula, choquée d'apprendre qu'il portait une arme à son insu.

— Vous avez un permis pour ce truc ?

— J'en ai... J'en avais un... avant d'être renvoyé.

— Et on ne retire pas le permis de port d'arme aux militaires renvoyés de l'armée ?

— Je ne sais pas, dit Declan. Mais j'en ai une au cas où.

Il la replaça dans son étui, sous sa veste.

— J'y retourne. Il y a d'autres gens là-bas qui ont peut-être besoin d'aide.

— Alors je vais avec vous, insista Grace.

Il secoua la tête.

— C'est trop dangereux. Vous n'êtes pas un soldat, moi oui.

— Et les soldats n'ont pas des coéquipiers qui les couvrent ?

dit-elle en relevant le menton. J'ai vu des films sur les forces spéciales, vous savez. Je sais que vous êtes censé avoir quelqu'un qui vous couvre. Eh bien, je suis cette personne.

— Et vous êtes armée ? répliqua Declan.

Grace fouilla dans son sac et en retira son Taser.

— Voici mon arme. Et je n'ai pas peur de m'en servir.

Les sourcils froncés, Declan regarda de l'autre côté de la rue.

— Il faut que j'y aille. Mais je ne vous fais pas confiance pour rester à l'abri du danger.

— Et vous avez bien raison.

Elle le contourna.

— Venez. Plus nous attendons, plus il y a de risques que quelqu'un soit blessé.

Declan lui prit la main et l'attira derrière lui.

— Vous ne pouvez pas couvrir mes arrières si vous êtes devant. Promettez-moi de rester derrière moi jusqu'à ce que je comprenne ce qui se passe.

— D'accord, dit-elle. Je promets de rester derrière vous.

Declan se mit à trotter vers l'entrée du bar. Un hurlement de sirènes se fit entendre au loin.

— J'entre. Restez dehors et faites-moi savoir si d'autres malfrats arrivent. Et quand la police sera là, dites-leur qu'il y a aussi des innocents à l'intérieur.

— Mais je suis votre renfort. Je devrais entrer avec vous.

— Sérieusement, je dois d'abord m'assurer que c'est sans danger.

— Et si ce n'est pas le cas et qu'on vous tire dessus, comment le saurai-je ?

— Bon sang, Grace, c'est en me faisant du souci pour vous que je peux me faire tuer.

Grace referma la bouche avant de laisser échapper ce qu'elle voulait dire. Il avait raison.

— D'accord. Je comprends. Je ne vous distrairai pas.

Elle lui jeta les bras autour du cou et déposa un baiser bref sur ses lèvres.

— Faites ce qu'il faut pour rester en vie.

Il hocha la tête.

— Je le ferai si je peux en avoir encore d'autres comme ça.

— C'est la prime, mon cher. Il y en a d'autres à venir, mais vous devez rester en vie pour les recevoir.

Elle lui fit un clin d'œil et s'écarta de la porte du bar, lequel était devenu étrangement silencieux.

— Soyez prudent.

— Oui.

Declan s'engouffra dans le bar. Grace compta jusqu'à dix, comme une enfant qui joue à cache-cache. N'entendant toujours rien, elle souffla doucement, se courba en deux et franchit la porte du bar. Usant d'une technique qu'elle avait apprise en regardant des films policiers, elle se déplaça rapidement sur le côté et s'accroupit dans l'ombre.

Des légers sanglots s'élevaient derrière le bar. Deux hommes étaient allongés par terre, derrière une table renversée, regardant de temps à autre ce qui se passait dans la salle.

Le regard de Grace sauta dans le coin le plus éloigné, là où Moretti se cachait derrière son menu. Il était vide. Aucune trace de Moretti, des mafieux ou de Declan.

Le barman se redressa derrière le comptoir, brandissant une bouteille de vin blanc en guise de massue.

La serveuse émergea en rampant de sous une chaise, les yeux rouges et barbouillés de mascara. En voyant Grace, elle murmura :

— Vous croyez qu'il n'y a plus de danger ?

— Je ne sais pas. Où sont passés les grosses brutes ?

— Ils sont partis par l'arrière, dit la serveuse en pointant le doigt.

Les genoux flageolants et le cœur battant, Grace fonça

vers l'arrière de la salle. Où était Declan ? Il ne poursuivait pas les mafieux, quand même ? Ils étaient trois contre un.

La porte de la sortie de secours battait. Grace s'en approcha et passa prudemment la tête au-dehors.

La ruelle était vide en dehors d'une grande poubelle métallique.

Son cœur palpita. Il n'y avait aucun signe des mafieux ou de Declan. On aurait dit qu'ils s'étaient tous évanouis dans la nature. Declan les avait-il surpris alors qu'ils montaient en voiture ? L'avaient-ils assommé et emmené ? Et si oui, allaient-ils le tuer et jeter son corps dans le Potomac ?

Elle posa le pied dans la ruelle et marcha jusqu'au coin du bâtiment. En passant devant la poubelle, elle entendit un faible gémissement. Elle s'arrêta et tendit l'oreille. Un grognement se fit entendre dans le conteneur.

Grace souleva le couvercle et regarda dedans. Une odeur de nourriture pourrie et d'ordures moisies la saisit à la gorge. Puis quelque chose bougea entre les cartons, les cannettes et les restes de nourriture. Prenant son téléphone, elle alluma la torche et la dirigea dans le conteneur.

Moretti gisait parmi les ordures, le corps couvert de sang.

Le choc de cette découverte lui retourna l'estomac et elle sentit la bile lui monter à la gorge. Elle s'écarta de la poubelle et fixa son téléphone, tremblant si fort qu'elle pouvait à peine fonctionner. Puis elle composa le 911 et indiqua le lieu où elle se trouvait.

— Il y a un homme avec plusieurs blessures par balle dans une grande poubelle derrière le bar.

L'opérateur lui dit de se mettre en sécurité jusqu'à l'arrivée de la police. Une ambulance était déjà en route. Le temps qu'elle achève l'appel, les policiers passaient déjà la porte de secours, armes au poing.

Grace leva les mains.

— Je ne suis pas armée. Mais il y a un homme dans la poubelle. Je crois qu'il est toujours vivant.

Un agent la fit déplacer sur le côté et palpa son corps. Quand il fut certain qu'elle ne portait pas d'arme, il l'escorta à travers le bar et la fit ressortir dans la rue de l'autre côté, au milieu des voitures de patrouille. Declan n'avait toujours pas réapparu.

L'ambulance arriva, les secouristes chargèrent la civière sur laquelle reposait Moretti et le véhicule redémarra. Grace avait presque renoncé à retrouver Declan quand elle le repéra dans un petit groupe, aux abords du bar.

Sa joie de le revoir la surprit elle-même. De crainte que les policiers ne l'interrogent et ne découvrent qu'il avait une arme, elle ne se précipita pas vers lui. Elle demanda d'abord à l'agent qui la côtoyait s'ils avaient encore besoin d'elle. Ils avaient son identité et ses coordonnées et savaient comment la joindre en cas de besoin.

L'agent lui dit qu'elle pouvait partir, mais qu'elle devait rester en ville.

Enfin, Grace put quitter l'œil du cyclone et s'éloigner du bar en direction de son SUV, garé à quelques rues, dans un parking payant.

Declan était là, l'attendant. Grace marcha sur lui et il l'engloutit dans ses bras, la serrant contre lui un long moment. Elle inspira l'odeur musquée de son après-rasage et fit courir ses doigts sur les muscles de sa poitrine. Il était vraiment là. Il ne l'avait pas abandonnée.

— Je vous avais dit de rester devant.

Il lissa ses cheveux sur son front pour y déposer un baiser.

— C'était tellement silencieux. Je ne pouvais pas rester dehors, sans savoir ce qu'il se passait.

— J'ai vu qu'ils ont trouvé Moretti. Où était-il ? questionna Declan.

— Dans une poubelle, derrière le bar.

Elle s'écarta un peu et le dévisagea.

— Où étiez-vous ?

— Quand je suis entré, j'ai constaté que Moretti et les brutes étaient partis. Comme nous étions arrivés par-devant, je me suis dit qu'ils étaient sortis par la porte de secours. J'y suis allé en courant et j'ai vu un SUV noir s'éloigner à toute allure. Je voulais relever le numéro d'immatriculation, alors je leur ai couru après.

— Vous avez couru après les malfrats ?

Grace éclata de rire et secoua la tête.

— Vous êtes fou ?

Declan fourragea dans ses cheveux, sans lui lâcher la taille.

— Oui, je suis un peu fou.

Il inspira profondément et souffla.

— Ils slalomaient dans les rues. Je savais que je ne pourrais pas les rattraper à pied, alors j'ai coupé par un raccourci. J'ai failli les avoir, mais ils ont tourné dans la rue principale et accéléré. Je les ai perdus, termina-t-il en soupirant.

— Vous avez vu leur plaque d'immatriculation ?

— Non, malheureusement. Et Moretti ? demanda-t-il en désignant la direction par où l'ambulance était partie.

— Les ambulanciers l'ont sorti du conteneur et mis dans l'ambulance, mais je ne sais pas dans quel état il est. Il saignait de partout, avec de nombreuses blessures. Je serais surprise qu'il s'en sorte.

— Vous croyez qu'on pourrait aller à l'hôpital pour lui poser quelques questions ?

— Il est probablement mourant.

Declan leva les mains, paumes en l'air.

— Vous n'avez jamais entendu le dicton ? Les mourants ne mentent pas.

— C'est plutôt « les morts ne mentent pas », dit Grace en secouant la tête. J'ai demandé à l'ambulancier dans quel hôpital ils l'emmenaient. On peut au moins demander comment il va.

— Et si nous jouons bien nos cartes, je pourrai me glisser dans le service et l'interroger sur Riley.

Il lui effleura le bras de son poing fermé. Ce contact fit frissonner Grace. Elle déglutit et se sermonna sur le fait de perdre la tête pour un quasi-inconnu. Avec Declan, c'était bien trop facile.

— Vous ne renoncez jamais, hein ?

— Pas quand c'est important, dit Declan en cessant de sourire.

Grace approuva.

— Il vaut mieux y aller. Moretti ne vivra peut-être pas assez longtemps pour que nous puissions lui tirer les vers du nez.

— Bien parlé.

Il souleva sa main et déposa un baiser dans sa paume.

— Allons-y.

Puis il lui ouvrit la portière et la lui tint pendant qu'elle montait en voiture. Il fit le tour du véhicule et prit place derrière le volant.

Grace saisit le nom de l'hôpital dans son smartphone et afficha une carte.

Ils arrivèrent quelques minutes plus tard et se garèrent sur le parking des urgences. Puis ils descendirent de voiture et se rapprochèrent de la zone où les ambulances déchargeaient leurs patients.

Deux voitures de police étaient garées à proximité. Une ambulance venait juste de repartir quand une autre arriva.

— Ce sera difficile de voir Moretti s'il est toujours aux urgences, déclara Declan.

— J'ai une idée. Je vais faire diversion, et vous vous glisserez à l'intérieur.

Grace pressa le pas vers l'entrée. Des ambulanciers

faisaient rouler une vieille dame en civière au travers des portes coulissantes.

— Excusez-moi, excusez-moi, cria Grace en essayant d'attirer l'attention des secouristes déjà entrés.

Sa cible véritable était un chauffeur d'ambulance, un homme de la taille d'un réfrigérateur, qui s'avança devant elle, bras croisés.

— Je suis désolé, madame, mais vous ne pouvez pas entrer aux urgences par cette porte. Il faudra passer par l'accueil.

— Mais c'est ma grand-mère ! Il faut que je reste avec elle...

— Madame...

L'homme secoua la tête, les lèvres pincées.

— ... Vous devez passer par l'autre entrée. La réceptionniste vous renseignera.

— Mais elle m'a élevée à la place de ma mère ! Elle est tout ce que j'ai !

Elle se dressa sur la pointe des pieds comme pour apercevoir derrière le chauffeur la civière qu'on emportait.

— Je lui ai promis de rester avec elle ! Elle va avoir peur.

— Elle est inconsciente, dit le chauffeur. Vous avez le temps de passer à l'accueil.

— Oh mon Dieu. Mamie !

Grace tenta de contourner le chauffeur. L'homme lui cravata le cou d'un bras énorme.

Grace se laissa tomber à terre, agrippant son cou. Pointant sa gorge, elle articula en silence « je ne peux plus respirer ».

— Oh ! allez, dit l'ambulancier. Je ne vous ai pas frappée. C'est vous qui vous êtes mise sous mon bras.

Il se pencha et lui tendit la main.

— Allez, relevez-vous.

Du coin de l'œil, Grace vit que les secouristes s'étaient engagés dans le couloir et que Declan, décrivant un large cercle, avait contourné l'ambulance. Il était sur le point de franchir les portes quand le chauffeur se redressa et commença à faire demi-tour vers ses collègues.

Grace devait faire quelque chose, faute de quoi l'homme verrait Declan se faufiler par les portes. Elle prit la main du chauffeur, ramenant ainsi son attention sur elle.

Il l'aida à se relever, sourcils froncés.

— Ça va ? demanda-t-il.

Ça irait mieux quand Declan se serait introduit dans les urgences. Elle poussa un soupir de soulagement, la porte se refermait sur lui. Elle acquiesça.

— Je crois que ça va, dit-elle avec un faible sourire. Je vais passer par l'entrée principale, comme vous disiez. Désolée d'avoir causé tout ce remue-ménage.

— Ne vous inquiétez pas, dit-il en lui tapotant le bras. Ils prendront soin de votre grand-mère. Je suis désolé d'avoir été un peu brutal, mais seul le personnel est autorisé à passer par cette entrée.

— Je comprends, vous ne faisiez que votre travail.

Grace épousseta ses vêtements et s'éloigna vers l'entrée principale, laissant le chauffeur refermer son ambulance et attendre ses collègues.

Tout ce qu'elle pouvait faire à présent, c'était attendre que Declan refasse surface avec des indices ou des informations sur Moretti.

Elle prit son téléphone dans sa poche et contempla les messages reçus juste avant la fusillade.

SORTEZ

SORTEZ TOUT DE SUITE !

Qui les lui avait envoyés ? Était-ce Riley ? Était-elle à proximité et avait-elle vu les trois hommes entrer ? Ou était-ce la même personne qui avait conseillé à Riley de sortir de son bureau ?

Plus Grace en apprenait, plus elle se disait qu'elle ne savait rien. Elle pria pour que Declan découvre quelque chose. En dehors de Moretti, ils n'avaient rien sur quoi fonder leurs hypothèses et ils ignoraient toujours où était Riley. Une chose était claire, cependant : si ce qui était arrivé à Moretti avait une quelconque valeur indicative, son amie était en grand danger.

8

Declan se faufila derrière des ambulanciers poussant une vieille dame sur une civière. Dès qu'il le put, il se glissa dans ce qui semblait être un espace de rangement de fournitures médicales et chirurgicales. Deux blouses blanches pendaient à un crochet. Il enfila l'une d'elles par-dessus ses vêtements, puis trouva des surchaussures bleues et un masque chirurgical. Ainsi équipé, il ressortit du réduit et faillit entrer en collision avec les ambulanciers, qui revenaient avec leur civière vide.

L'un d'eux lui adressa un signe de tête. Declan lui rendit son salut et continua de marcher vers les salles d'examen. S'arrêtant devant la première porte, il préleva la fiche médicale dans un petit bac fixé au mur et fit mine de l'étudier. Le nom du patient était Archie Cooper. Il se déplaça jusqu'à la porte et la fiche suivantes. Rita Davis. L'odeur d'antiseptique lui piquait le nez, lui rappelant ses propres séjours à l'hôpital. Il n'avait pas aimé cela et avait fait tout son possible pour retourner au plus vite dans son unité. De manière irrationnelle, il se disait que l'hôpital était le lieu où l'on mourait. Cela n'avait aucun sens car il n'y était pas mort, et beaucoup de ses coéquipiers en étaient ressortis sur leurs deux jambes. Mais ceux qui y étaient morts avaient laissé une impression indélébile sur lui.

Un médecin et une infirmière sortirent de la chambre suivante, le premier donnant des instructions à la seconde.

Le patient devait aller au bloc opératoire dès que le chirurgien serait arrivé. Dans l'intervalle, il fallait lui faire une transfusion et tenter de stabiliser son état.

Avant qu'ils puissent lever les yeux et s'apercevoir de sa présence, Declan poussa la porte la plus proche et la referma derrière lui.

En se retournant, il vit la vieille dame qui venait d'être admise. On l'avait branchée sur oxygène et mise sous perfusion. Sa peau était pâle et cireuse et sa respiration superficielle.

Les souvenirs envahirent Declan. Jusque-là il n'avait pas beaucoup repensé à la mort de sa grand-mère. Il l'avait adorée et avait passé beaucoup de temps au ranch de ses grands-parents à l'adolescence, à faire du cheval, nager dans la rivière ou explorer les environs. Il n'avait jamais pensé à la mort avant que sa grand-mère fasse une chute, se casse le col du fémur et succombe à une pneumonie.

Il s'avança vers la femme et lui prit la main.

— J'espère que vous irez mieux bientôt. Il y a des gens qui vous aiment et qui attendent votre retour.

Une alarme sonore se déclencha dans la chambre voisine et une voix féminine résonna dans l'intercom :

— Code bleu. Code bleu, chambre 17.

Des bruits de pas retentirent dans le couloir. Declan alla entrebâiller la porte et vit accourir le médecin et plusieurs infirmières.

Il sortit dans le couloir et jeta un coup d'œil à la chambre voisine. Médecin et infirmières étaient trop occupés à tenter de sauver l'homme pour remarquer sa présence.

Au bout de quelques minutes, le médecin secoua la tête.

— C'est inutile. Il a une hémorragie interne. Il ne survivra pas jusqu'à l'arrivée du chirurgien.

Le moniteur cardiaque affichait un battement irrégulier et une tension très basse. Tandis que Declan regardait, la ligne devint plate.

— On abandonne, dit le médecin après quelques instants.

L'une des infirmières annonça l'heure de la mort, une autre la nota. Le médecin et les infirmières reculèrent d'un pas tandis que la vie de Moretti s'achevait.

Declan fit demi-tour et, ce faisant, heurta une femme en blouse stérile. Celle-ci le dévisagea.

— Excusez-moi, je vous connais ?

— Non, répondit automatiquement Declan. Je suis nouveau ici.

— Et vous êtes ? dit la femme en haussant les sourcils.

— En retard. Je crois que je me suis trompé de service.

Il lui adressa un signe de tête et la contourna, prenant la direction de ce qu'il espérait être la sortie.

— Appelez la sécurité ! cria la femme derrière lui. Tout de suite !

Declan pressa le pas, sans pour autant courir. Il atteignit une porte marquée « sortie », pressa le bouton et attendit qu'elle s'ouvre. De l'autre côté, un agent de sécurité attendait également, qui se précipita vers lui.

— Ah, très bien, lui dit Declan. Il y a un type qui cause des problèmes par là. On a besoin de votre aide.

Il s'effaça pour laisser l'agent pénétrer dans le service. Dès que la porte fut refermée, Declan retira son masque, tout en survolant la salle d'attente des yeux.

Il vit Grace froncer les sourcils puis se détendre.

Des cris à l'intérieur des urgences le poussèrent à se hâter. Il jeta le masque dans une poubelle, retira ses surchaussures et se débarrassa de sa blouse. À ce moment-là, Grace l'avait rejoint.

— Il faut filer, lui dit Declan.

La prenant par la main, il franchit les portes vitrées. Ils débouchèrent au grand air au moment même où la porte du service des urgences commençait à s'ouvrir.

— Que s'est-il passé là-dedans ? demanda Grace à voix basse.

— Je vous le dirai quand nous serons au parking.

Il l'entraîna à nouveau, la main au creux de son coude. Ils étaient déjà montés en voiture quand l'agent de sécurité sortit de l'hôpital.

— Baissez-vous, dit Declan.

Grace obéit et Declan l'imita, ne relevant qu'un peu la tête pour suivre la progression de l'homme. C'était celui qu'il avait croisé en sortant, et il fut bientôt rejoint par un collègue. Ensemble, ils arpentèrent le parking à grands pas.

En les voyant approcher, Declan posa la main sur le contact, prêt à démarrer en trombe.

— T'as vu quelqu'un ? cria l'agent le plus éloigné d'eux.

L'autre, qui était tout près, répondit :

— Personne.

Ils firent demi-tour et regagnèrent le bâtiment.

Declan poussa un soupir de soulagement. Il attendit qu'ils aient disparu pour mettre le contact et passer une vitesse.

— Qu'est-ce que c'était que tout ça ? demanda Grace en se redressant.

— Une infirmière a compris que je ne faisais pas partie de la maison et a appelé la sécurité.

Il s'engagea dans la rue et prit de la vitesse.

— Et Moretti ? dit Grace en lui touchant le bras. Vous avez pu le voir ?

Il aimait le contact de sa main. Pendant une seconde, cela détourna le cours de ses pensées.

— J'ai failli. Mais il ne pouvait pas parler.

— Non ?

— Non, dit Declan en serrant les dents. Le personnel des urgences s'occupait de lui.

— Et ? fit Grace, les yeux agrandis.

— Il ne s'en est pas sorti, répondit Declan en secouant la tête.

Grace s'effondra sur elle-même.

— Bon sang !

— Oui. On est revenus à la case départ.

Declan se gratta le menton.

— Riley a-t-elle un ordinateur chez vous ?

— Elle en possède un pour son usage personnel, mais elle n'avait pas le droit d'apporter du travail à la maison.

— Essayons de le trouver et de voir si cela nous éclaire sur le lieu où elle se trouve.

— Je l'ai vérifié quand elle a disparu, mais j'ai pu manquer quelque chose. Ça me rend malade de penser que Riley est quelque part, tentant de survivre.

Grace se mordit la lèvre inférieure.

— Elle doit être terrifiée.

Declan acquiesça.

— Surtout après ce qui est arrivé à son chef.

— Vous pensez qu'elle sait pour Moretti ?

— Non seulement je pense qu'elle sait, mais je crois que c'est elle qui vous a envoyé ce texto au bar. Je ne pense pas que nous nous en serions sortis indemnes sans ça.

Grace rit tristement.

— C'était forcément elle. Elle est comme ça. Même quand elle est dans le pétrin, elle pense d'abord aux autres.

— Nous allons fouiller sa chambre pour essayer de trouver un indice. Peut-être a-t-elle une cachette pour ranger des choses très personnelles.

Grace fronça les sourcils.

— Je me sens coupable de fouiller dans ses affaires. L'intimité est importante pour elle.

Declan lui pressa la main.

— Je pense qu'elle vous pardonnera s'il s'agit de lui sauver la vie.

Tout au long du trajet vers chez elle, Grace essaya en vain de se rappeler quelque chose qu'aurait dit Riley et qui pourrait les mettre sur la voie. Ces derniers mois, Riley s'était montrée de plus en plus silencieuse à propos de son travail. Quand Grace lui demandait comment s'était passée sa journée, elle répondait de manière évasive.

Parfois elle recevait des appels le soir et se ruait dans la salle de bains pour y répondre, disant qu'elle ne voulait pas déranger Grace. Mais à qui parlait-elle ?

Tandis que Declan se garait dans le parking de son immeuble, Grace leva les yeux vers la fenêtre de leur salon et vit une ombre passer entre les volets ouverts.

— Regardez, dit-elle, il y a quelqu'un dans l'appartement.

Son cœur se mit à battre violemment et elle ouvrit sa portière.

— Riley est là.

Elle courut vers l'escalier et commença à le gravir.

— Grace, attendez ! cria Declan en escaladant les marches derrière elle.

— C'est Riley ! s'exclama Grace, un grand sourire aux lèvres.

— Attendez ! répéta Declan en la voyant poser la main sur la poignée de la porte.

Elle hésita, puis remarqua soudain que celle-ci était entrebâillée.

L'ayant rattrapée, Declan lui passa un bras autour de la taille pour la faire reculer.

— Et si ce n'est pas Riley ? murmura-t-il.

— Pas Riley ? répéta Grace, incapable de comprendre.

Qui d'autre aurait pu être dans leur appartement ? Seules Riley et elle avaient la clé, en dehors du propriétaire.

Puis elle comprit. Le bâti était fendu : la porte avait été forcée.

Le cœur battant, Grace recula et s'abrita sous l'épaule de Declan.

Il la poussa derrière lui, tira son revolver et entrouvrit la porte avec le canon.

Un fracas retentit à l'intérieur, qui fit sursauter Grace. Elle se plaqua une main sur la bouche.

— Appelez le 911, dit doucement Declan. Et restez ici. Ne me suivez pas, c'est compris ?

Il soutint son regard jusqu'à ce qu'elle hoche la tête, puis entra dans l'appartement.

Grace s'adossa au mur et contempla la fente entre la porte et le bâti. La pensée que Declan tombe nez à nez avec un meurtrier la rendait malade. Le cambrioleur pouvait surprendre, blesser ou tuer l'ex-marine. Mais elle avait quelque chose à faire. Elle composa le 911 et pressa l'appareil sur son oreille.

— Il y a un intrus dans mon appartement, dit-elle d'une voix calme quand l'opérateur répondit.

Elle donna l'adresse.

— Êtes-vous à l'intérieur en ce moment ? demanda l'opérateur.

— Non, je suis dans le couloir. S'il vous plaît, envoyez quelqu'un très rapidement, supplia-t-elle.

— Madame, il faut que vous restiez au-dehors.

— C'est ce que je vais faire, répondit-elle.

Mais si elle entendait du bruit et croyait Declan blessé, elle reviendrait peut-être sur sa promesse.

— Une unité est en route. Ne quittez pas.

Une détonation se fit entendre dans l'appartement, suivi d'un fracas sonore.

— Désolée, je ne peux pas rester en ligne. On a tiré un coup de feu. Faites venir la police.

Elle raccrocha et jeta bravement un coup d'œil par l'entrebâillement dans le salon.

Deux hommes luttaient en contre-jour, tentant de s'emparer d'un revolver pointé vers le plafond.

La main qui tenait le revolver tremblait de plus en plus.

Soudain l'arme échappa à celui qui la tenait et rebondit bruyamment sur la table basse avant de tomber sur la moquette avec un bruit sourd.

L'autre lui expédia un coup de poing dans le visage.

Grace poussa un gémissement, priant pour que ce soit Declan qui ait frappé et non l'inverse.

Les hommes tombèrent dans un fauteuil puis s'écrasèrent au sol. Des grognements s'élevèrent.

Le canapé l'empêchant de voir ce qui se passait, Grace se glissa dans le couloir. Elle s'empara d'une lampe posée sur une crédence, tira sur le fil pour la débrancher et avança à pas de loup vers les hommes qui roulaient sur le sol.

Des sirènes retentirent au-dehors.

Galvanisée par l'arrivée des secours, Grace éleva la lampe au-dessus de sa tête, prête à l'abattre sur le crâne de l'intrus.

Mais les deux hommes roulèrent à nouveau sur eux-mêmes et, cette fois, elle vit clairement que Declan avait le dessus.

Incapable de l'aider, elle recula, frustrée de ne pas avoir l'occasion de se décharger de sa colère et sa peur sur le cambrioleur.

Tout à coup l'homme se cabra, repoussa Declan et sauta sur ses pieds. Au lieu de fuir par la porte, il prit un des tabourets de bar en métal et, tandis que des bruits de pas résonnaient dans l'escalier, il s'en servit pour briser la fenêtre du salon. Puis, en un plongeon désespéré, il sauta par la fenêtre et tomba un étage plus bas sur le trottoir en béton.

Declan et Grace se précipitèrent vers la fenêtre brisée pour regarder en bas. L'homme resta immobile quelques instants puis se releva en titubant.

À cet instant, deux policiers firent irruption dans l'appartement, armes au poing.

— Mains en l'air ! cria l'un d'eux.

Declan et Grace obéirent.

— Il est passé par la fenêtre. Il est en bas, maintenant.

Grace fit un pas de côté et désigna la fenêtre de sa main levée.

— Si vous n'envoyez pas quelqu'un très vite, il va disparaître.

Le policier demanda par radio aux renforts de faire le tour du bâtiment.

— Il est armé et dangereux, ajouta Grace. Il a essayé de tuer mon… petit ami.

— Vous avez été blessés ? demanda le policier.

— Moi, ça va, dit Grace.

Elle se tourna vers Declan et l'inspecta des pieds à la tête.

— Pouvons-nous baisser les bras ? demanda Declan.

— J'imagine, dit le policier.

Declan baissa les siens mais les tendit aussitôt vers Grace. Elle se rapprocha de lui et il les referma sur elle.

— Je suis content qu'il ne t'ait pas fait de mal, dit-il, la tutoyant soudain

Il déposa un baiser sur ses cheveux.

— Tu plaisantes ? dit-elle en riant. Tu avais affaire à forte partie.

— Je ne dirais pas ça. Je vais bien, répondit Declan en se redressant.

— Oui, mais tu vas avoir besoin de points de suture.

Grace prit un mouchoir en papier sur le bar et épongea le sang qui sourdait d'un de ses sourcils.

— Ce n'est pas grave.

Il se tourna et embrassa le creux de la main de Grace.

— Tu étais drôlement féroce avec cette lampe.

— J'allais l'assommer… mais il est passé par la fenêtre avant que je puisse agir.

Le policier nota leurs dépositions sur un calepin.

— Il vous manque quelque chose ?

On aurait dit qu'une mini-tornade avait dévasté l'appartement. Les coussins du sofa avaient volé dans tous les sens, les tiroirs de la cuisine étaient renversés et les couverts et les ustensiles de cuisine gisaient éparpillés sur le carrelage.

— Je ne sais pas, dit Grace.

— Quand vous le pourrez, dit le policier, faites la liste de tout ce qui est abîmé, détruit ou manquant et donnez-la à l'inspecteur chargé de l'enquête.

Sa radio émit un craquement.

— Statut du fuyard ?

— Nous l'avons, répondit une voix à la radio entre les parasites.

Grace sentit son pouls accélérer.

— Ils l'ont attrapé ? Vraiment ?

Le policier leva une main et parla de nouveau à ses agents.

— Emmenez-le au commissariat. On l'interrogera là-bas.

— Pourrons-nous lui poser quelques questions ? demanda Declan.

Le policier secoua la tête.

— Je suis désolé, mais vous devrez laisser cela à l'inspecteur.

— Mais il sait peut-être quelque chose sur ma colocataire, intervint Grace. Pour quelle autre raison serait-il venu chez nous ? Pourquoi maintenant ?

— Je ne peux pas vous répondre, madame, mais vous pouvez venir au commissariat et poser toutes ces questions à l'inspecteur. Je suis sûr qu'il vous sera plus utile que moi.

Il gribouilla quelque chose sur son calepin, arracha la feuille et la donna à Grace.

— Inspecteur Romsburg. À cette adresse.

Les ambulanciers avaient examiné le cambrioleur et l'avaient déclaré apte à aller en prison. Les policiers le firent monter à l'arrière d'une voiture de patrouille, finirent de documenter l'incident, prirent des photos et s'en allèrent.

Grace et Declan refermèrent la porte derrière eux et poussèrent le verrou. Il était de toute façon inutile, car l'encadrement de la porte était endommagé.

Des larmes piquèrent les yeux de Grace.

— Dans quel pétrin Riley s'est-elle fourrée ?

Declan la prit dans ses bras et la tint contre lui plusieurs minutes en lui caressant les cheveux.

— Nous la retrouverons. Je suis sûr qu'elle éclaircira tout cela.

Quand Grace reprit le contrôle de ses émotions, elle se redressa et s'écarta. Elle aurait aimé demeurer longtemps dans le confort des bras de Declan, mais ils devaient continuer à chercher Riley.

— Vu l'état de l'appartement, il cherchait quelque chose. Mais quoi ?

Grace se mit à parcourir le salon, redressant certaines choses et les contemplant dans une perspective différente.

Declan l'aida à remettre en place les coussins du sofa et à relever le fauteuil. Ils rangèrent la cuisine et placèrent les couverts et les ustensiles dans le lave-vaisselle. Puis ils entrèrent dans la chambre de Riley.

— Il venait sûrement de commencer quand nous sommes arrivés, dit Grace. Apparemment, il n'est pas entré ici.

Elle survola du regard les affaires de Riley, puis ouvrit les tiroirs de la commode. Elle n'y trouva que des sous-vêtements, des tenues de yoga et des T-shirts.

Pendant ce temps, Declan retournait le matelas.

— Qu'est-ce qu'on cherche ? marmonna Grace en passant une main à l'intérieur d'un tiroir dans l'espoir de découvrir un levier ou une cachette.

— Des documents, une clé de coffre, une clé USB... ou tout autre objet que Riley a pu cacher.

Tandis que Grace se désintéressait de la commode, Declan replaça le matelas et lissa les draps et les couvertures après les avoir repliés au carré.

Grace sourit.

— Apparemment, on peut faire quitter l'armée à un homme, mais on ne peut pas lui faire oublier la discipline militaire.

Declan haussa les épaules.

— Il suffit de faire quelque chose assez souvent pour que cela devienne une habitude.

— Tu as trouvé quelque chose ?

— Rien.

Declan ouvrit le tiroir de la table de chevet et déversa son contenu sur le lit. Riley y rangeait toutes sortes de choses : crème pour les mains, romans de poche, câble de recharge, et un optimiste paquet de préservatifs.

Une vague de chaleur envahit le ventre de Grace et grimpa jusqu'à son cou et son visage. Elle pivota sur elle-même, pressant ses mains sur ses joues.

Non qu'elle ait l'idée de faire l'amour avec ce marine brut de décoffrage. Ils venaient à peine de se rencontrer. Leur objectif était de retrouver Riley. Riley qui gardait un paquet de préservatifs dans sa table de chevet, alors qu'elle n'était sortie avec personne depuis que Grace habitait avec elle. Mais c'était bien d'elle d'être préparée à toutes les éventualités.

— Si j'étais à sa place, murmura Grace, où aurais-je caché quelque chose que personne d'autre ne pourrait trouver ?

Avec un petit rire, Declan se rapprocha de Grace et la regarda survoler la pièce les yeux plissés.

— Avait-elle un gilet préféré, une boîte aux trésors, un journal ?

Grace fronça les sourcils. Chaque soir, Riley s'asseyait dans le salon et jetait des notes dans un cahier à couverture brune.

— Oui !

Elle se précipita dans la salle de bains adjacente. Après une journée difficile, Riley aimait se détendre dans un bain chaud. Elle rangeait des magazines et des romans dans un porte journaux près de la baignoire.

Grace trouva le carnet relié en cuir sous une revue d'ingénierie.

— Je l'ai ! cria-t-elle.

Elle l'emporta dans la chambre, s'assit sur le lit et le posa sur ses genoux. Declan prit place à côté d'elle.

— Je me sens coupable de lire son journal.

— Si cela nous aide à la trouver, dit Declan, je parie qu'elle sera d'accord.

— Sans doute.

Grace ouvrit le cahier, priant pour trouver quelque chose d'utile ou, au moins, pour comprendre ce qui s'était passé avec Moretti et sur quoi travaillait Riley.

Les premières pages dataient de presque un an et parlaient d'un séjour de shopping que Riley avait fait à New York.

Grace tourna quelques pages pour arriver à huit mois auparavant, quand Riley avait été assignée aux projets spéciaux. Elle était excitée d'avoir la chance de participer à un projet top secret. L'enquête sur ses antécédents avait été positive et elle avait l'habilitation nécessaire pour travailler dans ce département.

Grace feuilleta quelques pages de plus. Riley parlait de son enthousiasme vis-à-vis du travail qu'elle effectuait sans pour autant divulguer ce dont il s'agissait. Elle notait que Grace allait emménager avec elle et combien elle était heureuse que son amie revienne dans sa vie.

Les larmes montèrent aux yeux de Grace. Elle avait éprouvé la même chose. Riley était la sœur qu'elle n'avait jamais eue. Les quatre années qu'elles avaient passées ensemble à l'université avaient été les plus heureuses de sa vie.

Deux mois auparavant, les notes de Riley changeaient, devenant plus tourmentées et moins heureuses.

— Regarde ça, dit Grace en pointant un passage.

Intéressant déjeuner de travail aujourd'hui. Je ne sais pas ce qu'il se passe, mais je suis sûre que ça ne présage rien de bon. Les gens en question sont très sérieux.

— Qu'est-ce que tu comprends ? demanda Grace.

Declan secoua la tête.

— Est-ce qu'elle se comportait différemment ?

— Je ne me souviens pas. Mais elle restait à l'écart à cette époque. Je me disais qu'elle avait beaucoup de travail et moins de temps à passer avec moi. Je la laissais tranquille.

Grace poursuivit sa lecture.

Je ne sais pas combien de temps je pourrai continuer comme ça. Quelqu'un va finir par comprendre et venir me demander des comptes. Je ne me sens plus en sécurité.

— Comprendre quoi ? s'interrogea Grace à voix haute. Que faisait-elle ?

Elle n'arrivait pas à croire que son amie se soit inquiétée si longtemps sans lui en parler.

Je vais leur dire que je veux me retirer. Je ne peux plus faire ça. Vivre dans le mensonge me rend dingue. Je n'arrive plus à dormir, je ne cesse de regarder par-dessus mon épaule. Je n'ai personne à qui parler. Chaque jour qui passe, cela devient de plus en plus dangereux. Mais j'ignore toujours qui est derrière tout ça. En attendant, je suis coincée. Pourquoi me suis-je mise dans cette situation ?

Grace serra le cahier entre ses doigts.

— Pourquoi ne m'a-t-elle pas parlé ? J'étais là !

— Le problème était sans doute le projet sur lequel elle travaillait. Tu m'as dit qu'elle ne pouvait pas en parler parce que c'était top secret.

— C'est ce qu'elle m'a dit. J'aurais dû l'interroger davantage.

J'étais tellement occupée à chercher un emploi, que je n'ai pas même envisagé que Riley puisse avoir des problèmes. Je croyais qu'elle faisait des efforts pour achever son projet et je lui laissais l'espace nécessaire pour réfléchir.

Declan lui passa un bras autour des épaules.

— Tu croyais bien faire en ne restant pas dans ses jambes.

Grace tourna la page.

> *Ça me rend malade d'avoir tout le temps peur. Je voudrais tellement qu'il se montre afin que nous puissions faire quelque chose. Je ne peux plus supporter ça. Je leur ai dit que je voulais démissionner, et ils m'ont dit que je n'en avais pas le droit.*

Un frisson parcourut le dos de Grace.

— Elle avait peur. Oh ! Riley ! Si seulement j'avais su !

9

Cela fendit le cœur de Declan de voir Grace pleurer. Elle aimait profondément son amie. Et qu'elle soit prête à faire n'importe quoi pour l'aider en disait long sur elle. Elle avait le cœur aussi vaste que les cieux du Wyoming.

Il fixa le passage.

— Qui est ce « il » – celui dont elle veut qu'il se montre ? demanda-t-il.

Grace serra les poings.

— Et qui sont ces « ils » qui ne veulent pas la laisser démissionner ?

— Il y a autre chose ? questionna Declan.

Grace feuilleta le reste du cahier, mais les pages étaient blanches.

— Non… Attends !

Sur la dernière page, il y avait un numéro et les initiales *SBOA*. Elle les montra à Declan.

— Qu'est-ce que c'est, à ton avis ?

Il étudia l'inscription un instant.

— C'est peut-être un numéro de compte et les initiales d'une banque ?

— Comment savoir ?

— Elle a des papiers ici ? demanda Declan en se tapotant le menton. Un dossier peut-être ?

— Elle a un petit coffre à l'épreuve du feu, où elle range ses factures et ses papiers.

— Où ça ?

— Au fond de son placard, répondit Grace.

Sautant sur ses pieds, elle alla ouvrir ledit placard et en sortit un panier de linge et des chaussures avant de tirer une lourde boîte métallique de la taille d'un tiroir de classeur. Elle s'assit en tailleur à côté.

Declan tenta de l'ouvrir, mais elle était verrouillée.

— Tu sais où elle met la clé ?

— Sur son porte-clés, sans doute. Celui qu'elle avait quand elle a disparu.

— Elle n'aurait pas un double ? suggéra Declan.

Grace pencha la tête.

— Je crois. Mais où l'aurait-elle rangé ?

Elle contempla la chambre de Riley et secoua la tête. Puis ses yeux s'agrandirent.

— Dans la cuisine. Elle a un trousseau de clés suspendu à un crochet dans le cellier.

Declan sur les talons, elle se précipita dans le salon, puis dans la cuisine. Une série de crochets était fixée à l'intérieur de la porte du cellier. Un trousseau de clés avec un cœur en plastique rouge y pendait.

Grace s'en empara, se retourna et buta contre la poitrine de Declan. Il lui passa les bras autour de la taille pour la stabiliser. Elle posa les mains sur sa poitrine, les yeux ronds et le souffle court.

— Désolée… Je ne savais pas que tu étais là.

— Ça ne fait rien.

Il contempla ses yeux, fasciné par leur clarté et leur couleur. Un long moment, il la tint entre ses bras, incapable de bouger et de briser le charme qui le retenait captif.

Puis Grace déglutit et leva la clé.

— Je l'ai trouvée.

Sa voix pas plus haute qu'un murmure attira l'attention de Declan sur sa bouche rose pâle.

Avant de réfléchir, il se pencha et effleura ses lèvres d'un baiser. Puis, réalisant ce qu'il venait de faire, il prit le trousseau et repoussa Grace à bout de bras.

— Excuse-moi. Je ne sais pas ce qui m'a pris. Ou plutôt je sais, mais je n'en avais pas le droit.

Tournant les talons, il reprit le chemin de la chambre, surpris que Grace ne lui reproche pas de profiter d'elle. Il n'aurait pas été étonné qu'elle lui ordonne de partir et de ne plus jamais revenir. Ce n'était pas la première fois qu'il dépassait les bornes et sortait de son rôle.

D'ailleurs, quel était son rôle s'agissant de Grace ? Il était là pour l'aider à retrouver son amie. Mais Grace n'était pas sa patronne, c'était Charlie. Quelle était alors la position de Grace ? Était-elle sa coéquipière ? Quelle importance, de toute façon ? Il avait une tâche à accomplir. Et la description de son poste n'incluait pas le fait de séduire Grace.

Mais il en avait envie. Oh oui, il en avait envie. Il avait eu du mal à ne pas la serrer contre lui. Et il avait perdu la bataille en l'embrassant.

Bon sang, il devait se rappeler les casseroles qu'il traînait. Rien de ce qu'il pourrait faire n'effacerait cette tache sur son casier militaire. Elle le suivrait partout, pour le restant de ses jours. Lui qui avait été si fier de son engagement, de son appartenance aux marines et à la force de reconnaissance.

Il n'avait rien à offrir à une femme comme Grace. Ni foyer ni compte en banque. Elle méritait quelqu'un qui ait un passé sans tache.

Il sélectionna la clé argentée, l'inséra dans la serrure et la tourna avec un peu plus de force que nécessaire, rageant contre lui-même et contre l'injustice de la vie.

La serrure s'ouvrit, mais il hésita, le cœur battant. Ce petit baiser lui rappelait tout ce à quoi il avait renoncé en prenant cette décision en Afghanistan.

Le referait-il aujourd'hui ?

Oui, sans aucun doute.

Alors, il devait l'accepter et poursuivre sa vie. Sans Grace.

Une main sur son épaule le ramena à ce qu'il faisait.

— Ça va ? demanda Grace.

— Très bien, dit-il les dents serrées.

Il souleva le couvercle du coffre et ôta un casier avec des fiches rangées par ordre alphabétique. À la lettre S, il trouva plusieurs factures d'artisans, puis un dossier marqué *Signature Bank of America*.

Il compara le numéro de compte au numéro inscrit sur le journal de Riley : ils ne correspondaient pas.

— Apparemment, elle a un compte à la Bank of America, dit Grace. Mais pourquoi en aurait-elle un autre ?

Declan eut une idée.

— Ça pourrait être un numéro de coffre, non ?

Grace fronça les sourcils.

— Un coffre pour quoi faire ?

— La plupart des gens y mettent des objets de valeur qu'ils ne veulent pas perdre ou se faire voler, expliqua Declan.

— Tu crois que le cambrioleur cherchait quelque chose de ce genre ?

— Peut-être.

Declan ouvrit le dossier *SBOA* et trouva une enveloppe scellée.

— Je pense qu'on a dépassé le stade de savoir si elle nous en voudrait de fouiller ses affaires.

Déchirant l'enveloppe, il en sortit une feuille de papier et une lourde clé avec un numéro gravé. Celui-ci correspondait au numéro noté à la fin du journal.

— Bingo !

Grace poussa un profond soupir.

— Mais Riley est la seule qui peut accéder à son coffre, non ?

— À moins d'avoir l'autorisation.

Declan brandit la feuille de papier.

Grace se pencha sur son épaule, caressant sa joue de ses longs cheveux blonds.

— Elle a établi une procuration pour moi ? Pourquoi ne me l'a-t-elle pas dit ?

— Peut-être pensait-elle que tu n'avais pas besoin de le savoir ?

— Jusqu'au moment où j'en aurais besoin.

Grace replia la feuille et la mit dans le journal. Elle serra le cahier contre sa poitrine en regardant Declan dans les yeux.

— Et maintenant ?

— On va au commissariat voir si on peut obtenir des informations de notre cambrioleur, déclara Declan.

— En fait, nous étions venus chercher l'ordinateur de Riley, dit Grace en désignant une étagère près du lit. Le voilà.

— Tu disais qu'il n'y avait rien dessus, mais nous allons l'emporter au cas où nous ne trouverions rien à la banque, dit-il en le prenant.

Grace approuva.

— Dommage qu'il soit trop tard pour aller à la banque.

— On ira demain, dit Declan en lui pressant gentiment le bras.

Grace était toute prête à laisser Declan conduire. Mais en reprenant la voiture, il avisa un morceau de contreplaqué près d'une poubelle. Il alla emprunter quelques vis et un tournevis électrique à un voisin et, en quelques minutes, répara l'encadrement de la porte, ce qui leur permit de s'en aller en étant modérément sûrs que personne ne pourrait entrer. Non qu'il y ait grand-chose de valeur dans l'appartement, en dehors de la télévision. Rien n'était irremplaçable, sauf Riley.

La gorge nouée, Grace monta en voiture aux côtés de Declan.

Qu'aurait-elle fait sans son aide ? Elle aurait attendu près du téléphone que la police l'appelle. Elle aurait sans doute été chez elle à l'arrivée du cambrioleur.

Les mains tremblantes, elle tenait son sac dans lequel elle avait mis le journal de Riley et la clé du coffre. Qu'aurait-elle fait s'il l'avait trouvée seule ? Elle se serait battue bec et ongles bien sûr, mais aurait-ce été suffisant ?

Et qu'est-ce que Riley avait à voir avec tout cela ? Était-elle retenue quelque part contre sa volonté ? Était-ce elle qui avait envoyé les textos au bar ?

Grace avait eu un regain d'espoir en se disant que Riley essayait de la protéger. Mais elle n'avait rien reçu d'autre depuis. Elle avait même essayé d'en envoyer un, mais quelques minutes plus tard, un message l'avait avertie que ce numéro n'existait plus.

En l'espace d'une journée, son souci de trouver un emploi à plein temps s'était transformé en une inquiétude mortelle pour son amie et, à présent, pour elle-même. Ce qui avait poussé Riley à se cacher pouvait avoir mis Grace en danger. Et ceux qui traquaient Riley avaient tué son patron. Si Grace avait été seule dans l'appartement, elle serait peut-être morte à cette heure. Elle devait remercier Declan de s'être introduit dans le bureau de Riley, de l'avoir protégée au bar et d'avoir effrayé l'intrus chez elle.

Elle tourna la tête et considéra Declan au volant.

— J'en sais si peu sur toi, dit-elle.

— Tu ne me connais que depuis vingt-quatre heures. Et vice versa.

— Mais connaît-on vraiment les gens ? s'esclaffa Grace.

Elle resserra les doigts sur le journal, qui lui en avait plus révélé sur son amie qu'elle n'en avait jamais su.

— Que veux-tu savoir ? demanda Declan, l'attention fixée sur la circulation.

— En dehors de la raison pour laquelle tu as été renvoyé de l'armée ?

Le voyant se tourner vers elle avec les sourcils froncés, elle leva la main.

— Tu n'es pas obligé de m'en parler tant que tu n'es pas prêt. Pourquoi ne pas commencer par quelque chose de moins grave, comme ton enfance ? Es-tu le plus jeune ou l'aîné ? Et quelle est ta chanson favorite ? Nous avons au moins cinq minutes à attendre à ce feu rouge. Vas-y, acheva-t-elle avec un sourire taquin.

Declan soupira.

— J'ai grandi dans le Wyoming, aux alentours de Cheyenne. Nous vivions dans un petit ranch, avec du bétail, des chevaux et de grands espaces. J'ai une sœur, Susan, et deux frères, Patrick et Daniel. Nos parents sont encore en vie, et comme je te l'ai déjà dit, ils se demandent sans doute pourquoi je ne les ai pas contactés depuis que je suis revenu de campagne.

— Je n'arrive pas à croire que tu ne les as pas prévenus que tu étais rentré sain et sauf.

Declan pinça les lèvres.

— Mon père est un militaire à la retraite. L'un de mes frères est pilote dans l'Air Force et l'autre est dans l'armée de terre, comme mon père. Ma sœur est infirmière dans la Marine. Traite-moi de lâche, mais je ne sais pas comment leur dire que j'ai été renvoyé des marines. Je ne voulais pas rentrer à la maison la tête basse.

Il serra le volant à s'en faire blanchir les jointures.

— Il fallait que je m'en sorte d'abord.

— Mais grâce à Charlotte, tu as un travail, maintenant. N'est-ce pas suffisant ?

Il secoua la tête.

— Je n'ai pas encore fait mes preuves. Je n'ai pas retrouvé Riley, dit-il en lui jetant un regard de côté. Comme dirait Charlie, je n'ai pas encore fait la différence.

— Charlie ?

— Elle n'aime pas que je lui donne du « madame ».

L'ayant rencontrée, Grace était forcée d'admettre que c'était une femme avec laquelle il fallait compter.

— Quand nous aurons retrouvé Riley, iras-tu voir tes parents pour leur expliquer ce qu'il s'est passé ?

Il hocha la tête.

— J'adore mes parents. C'est juste que je ne veux pas les décevoir.

Et Grace pariait que Declan ne pourrait pas supporter de voir la déception sur leurs visages. S'ils l'aimaient vraiment – et elle supposait que c'était le cas –, ils ne le jugeraient pas. Ils seraient ravis de l'avoir chez eux. Ils comprendraient les décisions qu'il avait prises et le soutiendraient.

Mais Declan voulait leur prouver quelque chose. Non, il voulait se prouver quelque chose à lui-même. Il devait retrouver sa fierté et donner une nouvelle direction à sa vie avant de rentrer chez lui.

Declan poursuivit sa route dans la lumière déclinante. Très vite, ils s'arrêtèrent devant le commissariat que leur avait indiqué le policier chargé de l'enquête.

Le crépuscule tombait sur la ville et les lampadaires s'allumaient.

L'intérieur du commissariat bourdonnait d'activité. Des hommes en uniforme escortaient des hors-la-loi dans des cellules de rétention ou des salles d'interrogatoire. Grace n'avait aucune idée du fonctionnement de tout cela. Serrant son sac contre elle, elle suivit Declan à l'intérieur, où il demanda à voir l'inspecteur chargé de l'affaire.

Le sergent de garde regarda son ordinateur et tapota le clavier en fronçant les sourcils.

— Vous êtes sûr que c'est ici qu'on a amené le suspect ?

— C'est ce que votre collègue nous a indiqué, intervint Grace. Il nous a dit que je pouvais m'adresser à lui si je voulais d'autres renseignements, ajouta-t-elle en fouillant dans son sac.

Puis elle se souvint qu'elle avait rangé la note du policier dans sa poche arrière et la tendit au sergent.

— C'est l'adresse qu'il m'a donnée et le nom de l'inspecteur. Romsburg.

Le sergent fixa le papier en secouant la tête.

— C'est l'adresse, mais il n'y a pas d'inspecteur Romsburg ici.

— Non ? dit Grace en cillant. Vous voulez dire qu'il n'y a plus d'inspecteur Romsburg ?

— Ni maintenant ni jamais, autant que je sache. Ni au commissariat ni dans cet arrondissement, du moins durant les vingt-quatre ans où j'ai été là.

Il lui rendit le papier.

— Je suis désolé, mademoiselle, je n'ai aucune effraction enregistrée. Je ne peux pas vous aider.

— Mais j'ai appelé le 911. Vous avez sûrement une trace de cela ? protesta Grace.

— À quelle adresse ?

Grace la lui donna, ainsi que son numéro de téléphone.

Le sergent tapa sur son clavier.

— J'ai l'enregistrement de l'appel, puis un rappel annulant la demande et disant qu'il s'agissait d'une erreur.

— Ce n'est pas possible. Je n'ai pas rappelé.

Grace avait la tête qui tournait.

— Désolé, madame. C'est tout ce que j'ai, dit le sergent.

Declan prit le coude de Grace et la soutint jusqu'à ce que le vertige lui passe.

— Merci pour votre aide, sergent.

Il fit pivoter Grace et l'entraîna hors du bâtiment.

— Mais qu'est-ce qui se passe ? demanda-t-elle dès qu'ils furent dans la rue. Pourquoi ment-il ?

— Il ne ment sans doute pas. Le policier nous a probablement donné un mauvais nom. Laisse-moi passer un coup de fil pour voir ce que je peux trouver. Dans l'intervalle, nous allons manger un morceau et retourner chez toi pour que tu te reposes.

Il passa son bras autour du sien et la conduisit vers le SUV. Mais Grace planta ses talons sur le sol.

— Nous n'avons pas retrouvé Riley. Nous ne pouvons pas renoncer !

Elle savait qu'elle se montrait déraisonnable, mais sa frustration avait atteint un niveau insupportable.

— Je ne peux pas renoncer à elle. Elle est tout ce que j'ai.

— Tu vas m'en parler en chemin. Peut-être qu'elle sera chez toi, attendant de te raconter sa dernière aventure.

Grace fronça les sourcils, mais le laissa lui ouvrir la portière et l'aider à s'asseoir.

— Tu ne le penses pas vraiment, n'est-ce pas ? dit-elle tandis qu'il lui attachait sa ceinture.

Il lui sourit et lui déposa un baiser sur les lèvres.

— On peut toujours espérer.

Le baiser lui fit tourner plus encore la tête. Comment pouvait-elle raisonner normalement quand il l'embrassait ? Et ce n'était pas la première fois. Son premier baiser l'avait prise complètement par surprise.

Qu'est-ce que cela voulait dire ?

Rien. N'y vois rien de spécial. Il essaie juste d'être agréable.

Et ce baiser était *vraiment* agréable. Ses lèvres étaient douces mais fermes, chaudes et sèches. Sexy en diable.

Declan se glissa au volant et s'immobilisa avant de démarrer.

— Je l'ai encore fait. Je dirais bien que je suis désolé, mais ce n'est pas vrai. Je ne peux pas m'en empêcher. Chaque fois que je suis près de toi, j'ai envie de t'embrasser. Dis-moi d'arrêter et je le ferai.

Il tourna enfin les yeux dans sa direction. Mais c'était sa bouche dont Grace ne pouvait détacher le regard. Cette bouche qui donnait des démangeaisons à ses lèvres et vrillait son ventre de désir.

Elle toucha ses lèvres pour stopper les picotements. Mais la sensation ne partait pas.

— C'est OK.

— Non, dit-il en démarrant, ce n'est pas OK. Je ne devrais pas t'embrasser. Je suis censé travailler pour toi. Ce n'est ni le lieu ni le moment. Je ne suis peut-être pas celui qu'il faut pour ce travail.

Elle lui toucha le bras.

— En fait, c'était bien plus qu'OK. Pendant une seconde, je me suis sentie en sécurité et remplie d'espoir. Ce n'était peut-être pas le bon moment, mais j'en avais besoin.

Elle laissa retomber sa main sur ses genoux.

— J'en avais besoin, murmura-t-elle.

Et, de fait, elle avait besoin de ce contact humain. Elle avait besoin de se rappeler qu'elle n'était pas seule.

10

Quand ils furent chez Grace, Declan passa plusieurs appels. Au siège de la police métropolitaine, il expliqua ce qu'il s'était passé. On lui répondit qu'on allait faire des recherches et qu'on le rappellerait.

Sans trop y croire, Declan téléphona alors à Charlie. Il avait toujours du mal à l'appeler par son prénom. Mais plus il le faisait, plus elle semblait aimer ça.

— Vous avez retrouvé la colocataire de Grace ? s'enquit-elle.

— Non, madame. Je me demandais si vous aviez des contacts dans les forces de police.

— En l'occurrence, mon défunt mari était un gros contributeur de la branche locale du Fraternal Order of Police. Nous avons fait des dons importants aux familles des policiers tués dans l'exercice du devoir. Pourquoi ? demanda-t-elle après une pause.

Declan lui raconta ce qu'il s'était passé jusque-là.

— Si vous disposez d'un moyen de pression quelconque sur la police, cela me serait utile, conclut-il.

— Je vais voir. Je refuse de croire qu'ils ont égaré un malfaiteur. Il doit y avoir une explication.

— Tenez-moi au courant si vous l'avez, dit Declan.

— Qu'allez-vous faire maintenant ? demanda Charlie.

— Ça ne me plaît pas qu'on se soit introduit chez Grace et Riley.

— Vous n'allez pas laisser Grace toute seule, n'est-ce pas ?

— Non. Je ne la quitte pas ce soir.

— Vous voulez dormir chez moi ? J'ai un système de sécurité très onéreux et très efficace.

Declan sourit.

— Je sais. Si les choses deviennent encore plus risquées pour Grace, je vous prendrai au mot.

— Faites-le, je vous en prie. Je déteste l'idée qu'on s'en prenne à une autre innocente.

— En parlant d'innocents, comment allez-vous ?

Elle éclata de rire.

— Comme une innocente. Je reste sous l'aile de mon merveilleux système de sécurité jusqu'à ce que vos hommes arrivent, dit-elle. Mais je me suis aventurée au-dehors assez longtemps pour exprimer mes condoléances aux familles de mes gardes du corps.

— Je suis désolé que vous ayez eu à subir tout ça.

— Je suis encore plus désolée qu'ils aient dû en mourir. C'étaient des hommes bien, qui ne faisaient que leur travail. Leurs familles ne devraient pas être en deuil à cause de cela.

— Vous avez su pourquoi on voulait vous enlever ? questionna Declan.

— Le FBI a interrogé les hommes qu'ils ont arrêtés. Mais ils n'ont pas encore parlé. Je suis une femme riche, vous savez, dit-elle en soupirant. Ils espéraient sans doute tirer une rançon considérable de moi.

— Vous êtes sûre que vous ne voulez pas que je sois là ? reprit Declan.

Il ne voulait pas abandonner Grace et Riley. Pas maintenant qu'il avait fait tant d'efforts pour les tirer d'affaire. Mais Charlie avait été agressée et son bien-être était également important pour lui. Il pouvait emmener Grace chez elle et les protéger toutes deux.

— Non. Je suis en sécurité chez moi, dit Charlie. Vos hommes sont en route. Ils arriveront demain.

— Alors, je vous remercie encore d'avoir foi en moi et en mon équipe.

— Je ne vous aurais pas proposé de monter Declan's Defenders si je ne croyais pas que vous et vos hommes puissiez en faire une réalité. D'après ce que vous m'avez dit, vous avez pris la bonne décision. Vos officiers ont dû prendre la leur, bonne ou mauvaise. Je suis désolé que vous ayez dû quitter les marines.

Elle se mit à rire.

— Mais je suis désolée pour vous, pas pour moi. Si vous n'aviez pas été renvoyé, vous ne vous seriez pas trouvé dans la rue au moment où l'on tentait de m'enlever et je pourrais bien ne plus être là.

Elle s'interrompit un instant, puis reprit :

— Je crois que certaines choses n'arrivent pas par hasard. Qu'importe qu'il s'agisse d'intervention divine, de destin ou de chance, je suis heureuse que vous m'ayez trouvée.

Le cœur de Declan se gonfla d'émotion.

— Et je suis heureux que vous m'ayez trouvé.

Il redressa les épaules.

— Merci de me donner une chance. Je ferai de mon mieux pour prouver que je suis digne de votre confiance.

— Vous l'avez déjà fait, mon cher, dit en riant Charlie. Que pensez-vous du nom que j'ai trouvé pour votre équipe ?

— Redites-moi...

— Declan's Defenders, dit Charlie.

— Vous auriez dû lui donner votre nom. C'est vous qui en avez eu l'idée.

— J'aurais pu, dit-elle en gloussant, mais je n'arrivais pas à trouver quelque chose qui aille avec Charlie, en dehors de Charlie's Angels et... Eh bien, ça n'aurait pas convenu. Donc, à moins que vous ayez une objection, ce sera Declan's Defenders.

— Merci, Charlie. Vous êtes une femme formidable.

— Je sais. Et maintenant, ramenez-nous Riley.

— Je le ferai, mad... Charlie.

Declan mit fin à la communication et s'en fut chercher Grace.

La porte de sa chambre était ouverte, mais elle n'était pas à l'intérieur. Puis il entendit le bruit de la douche à travers la porte de la salle de bains. Ce simple bruit le troubla.

En tenant Grace dans ses bras, un peu plus tôt, il avait éprouvé un sentiment spécial. Il avait déjà enlacé des femmes, bien sûr, mais Grace était différente. Elle était à la fois forte et vulnérable. Et son corps épousait parfaitement le sien. Elle n'était pas douloureusement mince comme certaines femmes. Elle avait des courbes et des hanches que sa mère aurait qualifiées de propres à enfanter.

Son imagination l'emporta bien vite dans cette direction. Grace aurait de beaux enfants. Blonds, avec des yeux gris, comme leur mère. Ils seraient gentils, beaux et courageux, comme elle.

Le bruit de l'eau s'interrompit, les anneaux du rideau de douche glissèrent sur la tringle et il prit conscience qu'il fixait depuis plusieurs minutes la porte de la salle de bains. Faisant demi-tour, il se dépêcha de retourner au salon. Mieux valait que Grace ne se doute pas qu'il entretenait de folles rêveries sur ses bébés. Des bébés qui ne feraient jamais partie de sa vie à lui.

Plus jeune, avant de s'engager dans les marines, il se disait qu'il se marierait un jour et aurait trois ou quatre enfants comme ses parents. Il aimait les enfants et ils le lui rendaient bien. Mais après tant de campagnes dans des villages où des femmes et des enfants servaient de boucliers humains ou même d'armes de guerre, il ne savait plus. Après tout ce qu'il avait fait, tout ce qu'il avait vu, comment se persuader que faire naître des enfants dans ce monde en souffrance était une bonne chose ?

Pourtant, il venait de penser longuement à ce que cela lui ferait de tenir son enfant dans ses bras. De concevoir un enfant avec Grace.

Declan grogna en se la représentant nue dans son lit, en imaginant qu'il la pénétrait et la remplissait de sa semence.

Si les souhaits étaient des chevaux..., disait sa mère. Ils ne menaient nulle part. C'était agir qu'il fallait. L'inaction le rendait fou. Il se posta devant la baie du salon. Les rideaux étaient tirés, mais, en fermant les yeux, il revit les arbres qu'il avait contemplés ce jour-là.

Une main douce lui toucha le bras.

— Hé, à quoi penses-tu ?

Declan tressaillit et s'écarta.

— À rien.

— Désolée, je ne voulais pas te faire sursauter.

Elle serra la ceinture de son peignoir autour de sa taille et l'attacha.

— Tu fronçais les sourcils. On aurait dit que tu avais mal.

Il ne pouvait pas dire qu'il souffrait parce qu'il avait envie de lui faire l'amour. Si elle baissait les yeux, elle en verrait la preuve derrière la braguette de son jean.

— Tu pensais à tes hommes ? demanda-t-elle.

— Non.

À cet instant, il pensait à détacher sa ceinture et à la prendre dans ses bras. Il voulait lui faire l'amour contre le mur – le lit était trop loin – avec passion.

Il recula encore d'un pas. Grace fronça les sourcils et se rapprocha de lui.

— Sérieusement, tu as mal ?

Elle lui posa une main sur la joue. Il attrapa son poignet et l'emprisonna entre ses doigts.

— Le mal que j'ai, c'est de te toucher. Va te coucher, Grace.

Il lâcha sa main et s'éloigna encore d'un pas. Les yeux de Grace flamboyèrent et ses joues rosirent.

— Tu pensais à moi ?

— Oui. Maintenant, rends-nous service à tous les deux : va dans ta chambre, ferme la porte et dors.

— Je ne peux pas, dit-elle en secouant la tête.

— Comment ça ?

Grace inspira profondément et souffla avant de répondre.

— Après tout ce qui s'est passé aujourd'hui, je ne peux pas dormir seule. Nous ne savons pas si le cambrioleur est toujours aux mains de la police. Il pourrait revenir. Ma raison me dit qu'il n'osera pas, mais je n'arrive pas à me persuader qu'il n'en aura pas l'idée.

Declan eut envie de la prendre dans ses bras. Il tendit le bras, puis interrompit son geste et le laissa retomber à son côté.

— Je suis là. Il ne t'arrivera rien tant que je serai avec toi.

— Mais tu seras ici, tandis que je serai dans l'autre pièce. Et s'il te fait du mal ? Je ne le saurai pas avant qu'il soit trop tard.

Elle fit un pas vers lui.

— Nous pourrions nous protéger l'un l'autre. Tu vois... Je surveille tes arrières et tu surveilles les miens.

Declan ferma les yeux, l'esprit envahi par une image de ses mains sur le dos nu de Grace.

— Ce n'est pas possible, dit-il.

Elle s'humecta les lèvres, amplifiant l'effet qu'elle avait sur lui.

— Et si je laissais la porte ouverte ? Au moins, j'entendrais si quelqu'un arrive.

Elle posa une main sur sa poitrine.

— Je pourrais t'aider.

— C'est moi qui suis censé t'aider, pas le contraire.

Poser les mains sur les hanches de Grace fut sa première erreur. La seconde fut de se perdre dans les profondeurs de ses yeux gris.

— Tu ne comprends pas ? J'essaie de toutes mes forces de ne pas te toucher. Et j'échoue misérablement.

Grace empoigna la chemise de Declan à pleines mains et prit une grande inspiration, effleurant sa poitrine de ses seins.

— Alors cesse de faire tant d'efforts.

Se dressant sur la pointe des pieds, elle déposa un baiser aussi léger qu'une plume sur ses lèvres.

Declan grogna et resserra les bras autour de sa taille.

— Maintenant, c'est toi qui l'as fait, dit-il contre sa bouche.

Puis il captura ses lèvres dans un baiser à couper le souffle, presque cruel. Il voulait la punir de lui avoir fait perdre sa maîtrise de lui-même. Mais à mesure que le baiser s'approfondissait, elle s'ouvrit et laissa sa langue s'introduire dans sa bouche en une longue caresse soyeuse.

Elle lui noua les bras autour du cou, l'attirant plus près d'elle. Ses hanches se plaquèrent contre les siennes, pressant l'évidence de son désir contre son ventre.

Un gémissement monta dans sa gorge. Elle enroula une jambe autour de son mollet et frotta son entrejambe sur sa cuisse.

Rejetant toute prudence, Declan la serra contre lui.

— C'est le moment ou jamais de dire quelque chose. Un mot de toi et tout s'arrête.

Comment parviendrait-il à s'arrêter, il l'ignorait. Mais il se devait de lui offrir une porte de sortie.

Elle posa une main sur sa joue, ses lèvres toutes proches des siennes.

— Je veux que tu me gardes dans tes bras, toute la nuit, dit-elle.

— Soyons clairs. Te garder juste dans mes bras ? Je ne peux pas te le promettre.

— Alors, soyons tout à fait clairs.

Elle encadra son visage entre ses mains et le fixa au fond des yeux.

— Je veux que tu me fasses l'amour toute la nuit.

Mais il hésitait encore.

— Et ça ne te dérange pas que nous nous connaissions à peine ?

— Je n'ai jamais été aussi sûre de quelque chose de toute ma vie.

Elle l'embrassa encore et se pressa contre lui.

La soulevant dans ses bras, il l'emporta dans la chambre et s'approcha du lit sans rompre leur étreinte. Quand ils séparèrent enfin leurs bouches pour respirer, il la remit sur ses pieds.

Grace fit mine de défaire la ceinture de sa robe de chambre, mais Declan écarta ses mains et défit lui-même le nœud. Grace se débarrassa du vêtement d'un mouvement d'épaules, qui le fit glisser et tomber à terre.

Sous le peignoir, elle portait une nuisette, qui frôlait la pointe de ses seins et découvrait ses jambes nues.

— Est-ce que tu sais ce que tu me fais ? grogna Declan.

Son petit rire le réchauffa intérieurement.

— J'en ai une vague idée.

Elle posa une main sur le renflement de son jean, toucha le bouton de sa braguette, puis s'immobilisa.

— Je devrais me sentir coupable d'avoir envie de faire l'amour alors que Riley est en danger, mais je ne peux pas m'en empêcher.

— *Toi*, tu ne peux pas t'en empêcher ? Je croyais que m'interdire de t'embrasser était déjà difficile, mais ça, c'est au-dessus de mes forces.

Elle défit le bouton et baissa sa fermeture Éclair d'un geste atrocement lent. Enfin son érection jaillit de la prison de son jean.

Grace sourit en la prenant entre ses doigts chauds et souples.

— Nous ne pouvons plus rien faire pour Riley ce soir, et je ne veux pas rester seule.

Elle resserra les doigts et glissa vers la base de sa verge.

— Fais-moi l'amour. Fais-moi oublier tout ça, pendant quelque temps. Demain, nous retrouverons Riley.

11

Grace renversa la tête en arrière. Declan effleura ses lèvres des siennes puis descendit le long de sa joue et de son cou.

Son pouls se mit à battre très fort quand il fit danser sa langue sur son épaule et repoussa les bretelles de sa nuisette sur ses bras.

Elle haussa les épaules pour faire descendre le tissu plus bas. Il s'arrêta sur le renflement de ses seins. Elle voulait s'en libérer, se libérer de tout vêtement, s'exposer à la langue et aux doigts de Declan, à toutes les parties de son corps qui pouvaient entrer en contact avec le sien.

Son ventre se tendit et une sensation de chaleur l'envahit, en prévision de ce qui allait se passer.

Elle s'appuya contre lui, lui noua les bras autour du cou et guida sa bouche plus bas, vers ses seins douloureux. Elle voulait qu'il s'en empare, qu'il roule ses mamelons entre ses dents et qu'il les taquine.

Il ne la déçut pas. Et tandis qu'il descendait de plus en plus bas, elle inspira et gonfla la poitrine, la lui offrant dans le même mouvement.

Il recouvrit un bout de sein de sa bouche à travers le tissu de la nuisette et fit jouer sa langue dessus.

Grace gémit et enroula une jambe autour de sa cuisse, pressant son ventre contre son pénis durci.

Une main rude s'insinua sous sa nuisette, qui caressa

d'abord un de ses seins, puis l'autre. Libéré, le vêtement glissa à terre et lui tomba sur les chevilles.

Declan entoura ses seins de la paume de ses mains comme s'il les soupesait. Puis il en prit un dans sa bouche et aspira avec force, la faisant haleter.

Il relâcha la pression et redressa la tête.

— Je t'ai fait mal ?

À peine capable de respirer, elle secoua la tête.

— Non. Ne t'arrête pas.

De la main, elle guida à nouveau la tête de Declan vers ses seins, avide d'éprouver encore les sensations qu'il avait fait naître en elle. Son sang chantait dans ses veines et la chaleur se répandait dans son corps jusqu'au bout de ses doigts. Elle désirait cet inconnu plus qu'elle avait besoin d'air.

Declan prit l'autre sein entre ses lèvres et lécha et suça jusqu'à ce que Grace se tortille. Comment quelque chose pouvait-il être si bon et en même temps si torturant ?

Declan redressa la tête et planta ses yeux dans les siens.

— Je te veux, Grace. Tout entière.

— Rien ne t'empêche de me prendre, murmura-t-elle comme si l'air lui manquait.

Elle tendit la main et repoussa son jean sur ses hanches. Mais il la lui prit pour l'arrêter.

— Pas encore. D'abord, je veux te faire perdre la tête comme tu l'as fait pour moi.

— Crois-moi, tu l'as déjà fait.

— Chérie, tu n'as encore rien vu. Il y a beaucoup de choses que je veux te faire avant de te pénétrer.

Le souffle de Grace se bloqua et son ventre se liquéfia. Il l'excitait tant qu'elle était incapable de penser à autre chose qu'à lui.

Declan fit courir ses mains entre ses cuisses, agrippa ses genoux et les écarta largement.

Le cœur de Grace s'emballa et sa respiration devint

entrecoupée. Elle enlaça la taille de Declan pour l'attirer en elle. Tout de suite.

Mais il lui prit les mains et les fit tourner pour déposer un baiser dans chacune de ses paumes.

— Je veux d'abord te prendre par là.

— Je suis déjà aussi excitée qu'on peut l'être, lui assura-t-elle.

— Alors, je vais t'emmener encore au-delà.

Il sourit et se laissa tomber à genoux entre ses jambes.

Grace poussa un soupir de délice.

Declan sépara les plis de son intimité du pouce et gloussa. Son haleine tiède contre le nœud de son désir faillit l'envoyer au ciel. Faillit...

Un coup de langue la fit haleter. Un autre coup de langue fit bouillir son sang, le transformant en lave en fusion dans ses veines.

Elle emmêla ses doigts dans les cheveux de Declan et le supplia :

— S'il te plaît...

— S'il te plaît quoi ? demanda-t-il avant de faire danser sa langue sur le bout de son clitoris.

— Ça, cria-t-elle d'une voix entrecoupée.

— Ça ? dit-il en répétant son geste.

— Oh oui, cria-t-elle. Ça ! Fais-le encore !

Lâchant ses cheveux, elle se rejeta en arrière et ouvrit ses cuisses encore plus largement. Elle voulait qu'il vienne encore plus près, qu'il continue ce qu'il lui faisait.

Tout en caressant cette chair offerte, Declan fit pénétrer un pouce dans son vagin trempé.

Un soubresaut de plaisir ultime s'empara de Grace. Ses hanches dansèrent et elle se cramponna à la tête de Declan comme si sa vie en dépendait.

Declan aspira son plaisir jusqu'à ce que son corps s'apaise, puis se dressa entre ses jambes, prêt à la pénétrer.

— Qu'est-ce que tu attends ? demanda Grace en se dressant sur ses coudes. Tu ne veux plus me faire l'amour ?

— Plus que tu ne penses. Mais nous avons besoin de ce qui se trouve dans la table de chevet de Riley.

La raison revint à Grace en un éclair. Elle passa la main sous l'oreiller, là où elle avait mis un préservatif avant de sortir de sa chambre. À ce moment-là, elle n'était pas entièrement convaincue que Declan lui ferait l'amour, mais elle voulait être préparée si c'était le cas.

Et grâce au ciel, il s'était décidé. Elle n'avait jamais ressenti un tel plaisir sous les mains et la langue d'un homme. Même son ex-mari n'avait jamais provoqué une telle réaction chez elle. Loin d'être rassasiée, elle en voulait davantage. Et elle savait que Declan pouvait lui donner encore plus de plaisir.

Elle déchira l'emballage du préservatif et le déroula sur le membre tendu de Declan, avant d'empoigner ses fesses.

— Ne me fais plus attendre, s'il te plaît.

Il pressa le bout de son pénis à l'entrée de son vagin, sans appuyer.

Hors de contrôle, Grace resserra sa prise sur sa tête et l'attira en elle. Declan la pénétra profondément, la remplissant de toute sa longueur.

Grace leva les genoux, planta les talons dans le matelas et souleva les hanches, venant à sa rencontre à chaque coup de reins.

Il recula et revint, avec de plus en plus de force.

Grace sentit à nouveau un chatouillement au fond d'elle, qui se répandit dans tout son corps, le faisant vibrer jusqu'au bout des doigts et des orteils. Elle planta ses ongles dans le dos de Declan, le pressant de la rejoindre dans son extase.

Il se tendit et ses coups de reins devinrent plus puissants, jusqu'à s'enfouir en elle aussi loin qu'il pouvait aller. Il resta là, son membre pulsant en elle.

Quand elle put reprendre enfin sa respiration, Grace revint doucement sur terre.

Declan se laissa tomber sur elle, le corps détendu mais la verge encore dure à l'intérieur d'elle. Il les fit rouler sur le flanc, sans rompre le contact entre eux. Durant un long moment il la tint dans ses bras, dans un silence réconfortant.

Grace ferma les yeux et posa la joue contre sa poitrine. Elle inhala le parfum musqué de son après-rasage et soupira. C'était ce qui lui avait manqué durant son mariage : une passion débridée, à l'état pur.

Declan en avait à revendre.

Elle comprit que dorénavant, elle refuserait tout ce qui n'y ressemblait pas. Elle voulait davantage qu'un rapport convenu chaque vendredi soir.

Declan avait comblé son désir avant de prendre son plaisir. Il se souciait de la satisfaire, contrairement à son ex-mari, qui se fichait de ses préférences en matière de sexe.

Blottie dans ses bras, elle se dit qu'elle aimerait y demeurer très longtemps.

Mais la réalité, c'était qu'une fois Riley retrouvée, Declan partirait pour une autre mission. Après une seule journée avec cet homme, Grace savait qu'il laisserait un vide béant dans sa vie. Un vide plus grand que n'en avaient provoqué cinq ans passés avec son ex-mari.

Elle dut s'endormir car, soudain, elle perçut une sorte de bourdonnement. Blottie contre un mur de muscles, elle se redressa en cillant. Le bourdonnement venait de son téléphone, comprit-elle après un instant d'hésitation.

Elle ne reconnut pas le numéro, mais songea qu'un appel aussi tardif ne pouvait être qu'une urgence. À moins que ce ne soit Riley.

Pressant la touche appel, elle plaqua l'appareil contre son oreille.

— Allô !

— Est-ce qu'il a trouvé mon dossier ? dit la voix de Riley.

— Riley !

Grace agrippa son téléphone comme un filin de secours.

— Où es-tu ? Est-ce que tu vas bien ?

— Je vais bien. Mais je ne peux pas parler longtemps. Est-ce que le type qui s'est introduit chez nous a trouvé mon coffre ?

— Comment es-tu au courant de cette effraction ?

— Peu importe, dit Riley d'un ton pressant. Il l'a trouvé ?

— Non. Declan l'a fait fuir avant qu'il entre dans ta chambre. Nous avons trouvé la clé de ton coffre.

— Oh ! Dieu merci. Va à la banque demain et retire ce qu'il y a dans le coffre. Je te recontacterai. N'en parle à personne. Et si possible, déguise-toi pour y aller. Ils te surveillent probablement.

— Ils ? Mais qui ? voulut savoir Grace.

— Je ne sais pas. C'est le problème. Va à la banque, prends l'enveloppe dans le coffre et garde-la sur toi jusqu'à ce que je te contacte. C'est important. Plus vite je la remettrai aux bonnes personnes, plus vite je pourrai rentrer.

— Riley, que se passe-t-il ? insista Grace.

— Chérie, je suis désolée de t'avoir entraînée dans cette histoire. Fais attention à toi.

— Où es-tu ? Laisse-moi venir te chercher, proposa Grace.

La ligne fut coupée. Riley était partie.

— Oh Riley, que se passe-t-il ? gémit Grace en se mettant à pleurer.

Les bras de Declan l'entourèrent et il l'attira contre sa poitrine. Il la tint contre lui tandis que ses larmes tombaient, la réconfortant dans le noir.

Quand elle eut fini de pleurer, elle se tourna vers lui et lui posa une main sur la joue.

— Merci d'être là. Je ne sais pas ce que je ferais sans toi.

Il l'embrassa sur le front et sur le bout du nez.

— Tu t'en sortirais très bien.

— Peut-être, mais quand tu es là, je n'ai pas besoin d'être seule.

Elle pressa ses lèvres sur les siennes avec douceur. Declan passa une main à l'arrière de sa tête et approfondit le baiser, poussant sa langue entre ses dents pour caresser la sienne.

Quand le baiser prit fin, il continua de la tenir entre ses bras, n'exigeant rien et lui donnant tout le réconfort dont elle avait besoin.

Si seulement Riley rentrait chez elles, là où elle se devait d'être, la vie pourrait reprendre son cours normal.

Mais de qui se moquait-elle ? Plus rien ne serait pareil après cette nuit avec Declan.

Declan serra Grace contre lui jusqu'à ce qu'elle glisse dans un profond sommeil, respirant doucement. S'il avait pour un sou de galanterie, il devait sortir du lit, border Grace et aller dormir sur le canapé. Mais il n'était pas galant et il n'avait aucune envie de la quitter, même pour une seconde. Non seulement pour sa sécurité à elle, mais aussi pour son plaisir à lui. *Je suis un sale égoïste*, songea-t-il.

Comment avait-il fait pour tomber sous le charme de cette femme en moins de deux jours ?

Quand il avait rencontré Grace et Charlie, il n'avait pas de chez-lui, pas de travail, et pratiquement pas d'espoir. Désormais, il avait une femme étonnante dans les bras et un problème à résoudre. Pour lui prouver à elle, mais aussi à ses parents, à sa nouvelle patronne et surtout à lui-même qu'il était digne de ce qu'on lui offrait.

Aller à la banque et vider le coffre de Riley ne présenterait pas trop de difficulté, pourvu que ceux qui lui en voulaient ne soient pas à l'affût. Declan était sûr de pouvoir affronter un ou deux adversaires, mais davantage, ce serait risqué. Et il ne voulait pas risquer la vie de Grace ou de Riley.

Il serra contre lui le corps nu de Grace et sentit son érection se réveiller instantanément. Mais s'il avait envie de lui faire encore l'amour, il savait qu'elle avait besoin de repos.

Il lui caressa le front et repoussa une mèche de cheveux dorés derrière son oreille. Puis il effleura ses lèvres. Elles étaient si douces, si appétissantes. Il fit à nouveau un effort pour maîtriser la passion qui menaçait de le submerger.

Avec tout le courage qu'il pouvait rassembler, il se rallongea sur le matelas, ferma les yeux et s'ordonna de dormir.

Bientôt, il rêva de ce petit village en Afghanistan.

Des enfants jouaient dans la poussière devant les maisons en terre.

Ses hommes et lui s'étaient rendus au village un peu plus tôt afin de favoriser l'entente entre les villageois et les troupes américaines stationnées à proximité. Ils recherchaient aussi des signes d'infiltration. Le renseignement avait signalé qu'un chef taliban de haut vol se trouvait parmi eux.

Ce jour-là, ils n'avaient vu aucune trace des talibans, seulement de pauvres villageois, femmes, enfants et vieux. Ils avaient donné aux enfants des repas sous vide et des poignées de bonbons.

Avec des sourires hésitants, les mères s'étaient approchées et les avaient remerciés en dari, l'une des langues du pays.

De retour au camp, ils avaient plaisanté et joué aux cartes toute la soirée. Las des cartes, Declan avait décidé d'aller se coucher quand un messager était arrivé.

— Le commandant des opérations vous veut au centre opérationnel tout de suite, avait dit le jeune soldat.

— Seulement moi ? avait demandé Declan.

— Vous et vos hommes, avait dit le soldat.

— On arrive, avait répondu Declan.

Il était retourné voir ses coéquipiers.

— On est convoqués.

Les gars s'étaient égaillés dans leurs quartiers respectifs

pour remettre leur uniforme. En moins de cinq minutes, ils s'étaient mis en route pour le centre opérationnel.

À leur arrivée, Declan avait froncé les sourcils. Leur commandant était en compagnie d'un général de brigade et de quatre hommes. Trois d'entre eux étaient vêtus de noir, équipés de casques de radio, de SIG Sauer dans des holsters d'épaule et de fusils M4A1 de niveau militaire. Le quatrième était en tenue de ville, avec un gilet pare-balles.

Cette réunion inhabituelle lui avait donné un mauvais pressentiment. Il avait lancé un regard interrogateur à Mack Balkman, son second.

Mack avait haussé les épaules et s'était tourné vers Frank « Mustang » Ford, leur porte-parole, arrivé juste avant eux.

— Qu'est-ce qui se passe ?

Mustang avait secoué la tête.

— Je suis là depuis une minute. Ils ne m'ont pas dit un mot. Je pense qu'ils attendent qu'on soit tous là.

Gus Walsh, leur opérateur radio, les avait suivis de près.

— C'est qui, le gars en costume ?

Cole McCastlain avait franchi la porte à temps pour entendre la question de Gus.

— Sais pas, mais il doit être important s'il a ses propres gardes du corps.

Jack Snow, le plus jeune membre de l'équipe, était entré à cet instant, boutonnant sa veste d'uniforme.

— Qu'est-ce que j'ai manqué ?

Puis il avait fixé l'homme en costume d'un air abasourdi.

— Bon sang, c'est le député Patrick Ryan ! Qu'est-ce qu'il fait là ?

Declan et les quatre autres avaient fixé Snow.

— Comment tu connais Patrick Ryan ? avait demandé Declan.

— Vous ne regardez pas les infos ? Il est arrivé il y a quelques jours pour rendre visite aux troupes et s'informer sur le cours des opérations. Les élections de mi-mandat arrivent. Il essaie sans doute de récolter des voix.

À ce moment, le membre du Congrès, le général de brigade et leur commandant s'étaient arrêtés de parler et s'étaient tournés vers eux.

— Bon, avait dit le commandant en hochant la tête. Vous êtes tous là. Asseyez-vous, messieurs.

Declan n'avait pas apprécié cette attitude formelle. En général, ils se regroupaient autour d'une carte et discutaient des missions. Apparemment, cette réunion allait être différente. Ils devaient s'asseoir et attendre que le commandant leur donne leurs ordres de marche. En présence d'un général et d'un membre du Congrès, leur avis n'était sans doute pas le bienvenu.

— Le renseignement nous a confirmé la présence d'Abdul Kareem Rasul, un chef haut placé de la Quetta Shura. Il est responsable de quatre attaques récentes sur les avant-postes gouvernementaux au nord et à l'est de l'Afghanistan, qui ont fait trente-cinq victimes parmi les agents de sécurité afghans et quatre parmi les soldats américains. Il a aussi organisé un attentat à l'hôtel de Kaboul, qui a tué vingt-deux personnes, dont quatre Américains. Puis il a fait éclater une bombe au lycée de filles de la province de Logar, près de Kaboul. Nous le recherchons depuis trois ans, mais il se cache dans les montagnes et franchit à sa guise la frontière du Pakistan.

Le général Thomas avait avancé d'un pas.

— Nos opérateurs du renseignement l'ont localisé dans le village de Bawshi.

— Nous y sommes allés aujourd'hui et nous n'avons vu aucune trace de lui, avait dit Declan.

Le général avait hoché la tête.

— Nos sources disent qu'il fait très attention à garder profil bas. Il aurait de la famille dans ce village, c'est ce qui les a conduites à le rechercher ici.

— L'important, avait dit le colonel Felton, c'est qu'il est ici et que vous devez l'éliminer par tous les moyens dont vous disposez. Il est très dangereux et a causé de nombreuses morts, aussi bien afghanes qu'américaines.

— Nous voulons que vous l'abattiez, avait renchéri le général Thomas. À n'importe quel prix. Nous ne pouvons pas le laisser échapper encore une fois.

— Nous ferons de notre mieux, avait déclaré Declan.

— Faites mieux que ça, était intervenu le député Ryan. L'enjeu est majeur.

— Nous allons vous laisser étudier les détails, avait dit le général, et il avait quitté la pièce avec Ryan et ses gardes du corps.

Le colonel Felton avait attendu que la porte se referme sur eux.

— Vous serez équipés d'une caméra. Nous voulons surveiller le déroulement de l'opération.

Génial. Il fallait tuer l'homme, mais garder les mains propres. Declan connaissait la musique. La présence du général et du député signifiait qu'ils voulaient emporter la preuve de l'importance de leur présence outre-mer. Pendant ce temps, ses hommes et lui devaient obtenir des résultats tout en ayant les mains liées. Les dommages collatéraux bénéficiaient toujours de plus d'attention médiatique que la capture de talibans.

— Faites votre travail et ne laissez pas Rasul s'en sortir, avait dit le colonel.

L'équipe avait étudié la carte fournie par les gars du renseignement. Le village comprenait un bâtiment identifié comme la résidence provisoire de Rasul. Ils devaient l'encercler de nuit et éliminer Rasul en enregistrant l'événement sur caméra.

Son instinct avait prévenu Declan que cette mission serait difficile. Difficile à réaliser sans faire de victimes civiles dans ce petit village. Des images des gamins qu'ils avaient rencontrés ce jour-là lui étaient revenues.

Il avait endurci son cœur et entrepris de planifier l'opération : par où ils entreraient dans le village, quelles armes ils emporteraient et de quels moyens de communication ils auraient besoin.

Cette nuit-là, le 160e Night Stalkers les avait transportés par hélicoptère à trois kilomètres du village. À partir de là, ils avaient marché, portant leur matériel sur le dos, la poitrine ou dans les bras.

En tant que chef de section, Declan arborait la caméra sur son casque.

Mustang s'était glissé dans le village le premier, les tenant au courant de ce qu'il voyait. Declan l'avait suivi pour le couvrir. Au coin du premier bâtiment, Mustang s'était immobilisé. Du poing, Declan avait fait signe aux autres de ne pas bouger.

— Des lumières devant, avait dit Mustang sur la radio. Une sorte de rassemblement. Les bâtiments à droite et à gauche semblent vides. Je continue.

Declan avait couru à l'angle où Mustang était accroupi. À travers la lunette de son fusil, il avait vu une foule rassemblée sur la place du village illuminée.

— Je me rapproche, avait dit Mustang.

Il avait bondi comme une grenouille vers le bâtiment suivant, et s'était arrêté.

Declan avait continué de viser la place, survolant en même temps les toits alentour pour détecter un snipper ou des talibans.

Tous les villageois, ainsi que des familles des villages alentour semblaient s'être rassemblés pour une sorte de célébration.

Des torches éclairaient la place, jetant des ombres sur les turbans des hommes, les hijabs des femmes et les enfants qui, longtemps après l'heure du coucher, jouaient à se pourchasser dans la foule.

— Je vois Rasul, avait dit Mustang d'une voix excitée. Il est au milieu.

Gus s'était glissé près de Declan.

— Qu'est-ce qu'on a ?

— Une sorte de fête, avait dit Declan. J'avance, couvre-moi.

Gus avait passé la tête à l'angle du bâtiment, fusil en joue.

— Vas-y.

À moitié courbé, Declan s'était précipité vers Mustang toujours accroupi.

— Je sais pas, chef, avait dit ce dernier. Ça ne ressemble pas à une séance d'endoctrinement des talibans. Il y a trop de femmes et d'enfants.

Declan avait observé la foule. Au bout d'un instant, les gens s'étaient déplacés, ouvrant un passage qui leur avait permis de distinguer le centre de la place.

Comme Mustang l'avait dit, Rasul était là, avec sa barbe blanche et son inimitable turban noir. Autour de lui, plusieurs hommes portaient des turbans blancs. Un jeune homme, également affublé d'un turban blanc, se tenait près de lui. À côté de celui-ci, une femme vêtue de blanc des pieds à la tête. On ne voyait pas son visage, mais elle portait un bouquet de fleurs roses et rouges.

— Bon sang, c'est un mariage, avait déclaré Declan. Ils célèbrent un mariage.

— Le général nous a dit d'abattre Rasul quoi qu'il en coûte, lui avait rappelé Mustang.

— Oui, mais intervenir dans un mariage, c'est du suicide politique, avait dit Mack, le second de Declan.

— Qu'est-ce qu'on fait ? avait demandé Gus dans le casque.

Declan avait secoué la tête. Que pouvaient-ils faire ? S'ils ne tuaient pas Rasul, il commettrait d'autres massacres. S'ils fonçaient sur le mariage, il y aurait beaucoup de victimes :

des femmes, des enfants, peut-être même les futurs mariés. Malgré les ordres du commandement, il avait choisi le parti de la prudence.

— On attend de voir si on peut liquider Rasul sans éliminer les autres.

Il avait positionné ses hommes autour du village, espérant que l'un d'eux au moins aurait la chance de faire mouche sur le chef taliban. Ce faisant, ils avaient localisé les véhicules dans lesquels les talibans étaient arrivés, garés sous un abri en terre et en paille. Si ces derniers essayaient de fuir, ils les trouveraient sur leur chemin.

La fête s'était poursuivie durant une heure, le chef taliban toujours à proximité des mariés ou de femmes et d'enfants. À un moment, il avait même pris une fillette dans ses bras et l'avait portée assez longtemps pour qu'elle s'endorme sur son épaule.

Tous armés d'AK7, ses gardes du corps étaient restés autour de lui tout au long de la cérémonie.

Au bout d'une heure et demie, les mariés s'étaient levés et approchés de Rasul. Il s'était également levé, mais avait été immédiatement entouré par des femmes, des enfants et ses gardes du corps.

— Mack, tu as une ouverture ? avait demandé Declan.

Mack était le meilleur tireur de l'équipe. C'était lui qui avait abattu le plus grand nombre d'ennemis au cours des huit mois écoulés. Si quelqu'un pouvait descendre Rasul, c'était lui.

Mack avait juré dans son micro.

— Impossible sans toucher le marié ou la mariée.

Declan avait épaulé son fusil et visé. À cet instant, une femme portant un bébé lui avait bloqué la vue.

— Quelqu'un d'autre a une ligne de feu directe ? avait demandé Declan.

L'un après l'autre, les membres de l'équipe avaient répondu par la négative.

— Il faut bouger. S'il faut gâcher la fête, tant pis.

— Le commandant et le général nous ont dit d'utiliser tous les moyens nécessaires. Tu les as entendus. Il faut flinguer Rasul, avait répété Mack.

— Alors allons-y.

Declan abaissa son fusil et le mit en travers de ses bras.

— Tenez-vous prêts. Si vous avez un angle de tir, allez-y. Faites de votre mieux pour limiter les dommages collatéraux.

Declan n'avait pas attendu leur réponse ; il était sorti à découvert et avait tiré des coups de feu en l'air, certain que les balles n'atteindraient pas les villageois. Puis il s'était remis à l'abri.

Des cris s'étaient élevés et la foule s'était égaillée dans tous les sens. Declan ne pouvait recommencer, au risque que l'ennemi l'ait repéré.

Mustang était monté sur le toit du bâtiment avec son arme.

— J'ai un angle de tir sur Rasul.

— Abats-le, avait dit Declan.

— Bon sang ! s'exclama Mustang.

— Quoi ?

— Il s'est emparé de la mariée et s'en sert comme d'un bouclier. Je n'y arrive pas.

Le commandant avait été clair. Il avait autorisé tous les moyens nécessaires. Pour Declan, cela signifiait que les droits collectifs surpassaient les droits individuels. En l'occurrence ceux de la mariée.

Il pouvait mettre fin à la terreur et à l'anéantissement de nombreuses vies en tirant sur le chef taliban… à travers elle.

— Ça tourne au vinaigre, avait commenté Mack.

Declan avait jeté un coup d'œil à l'angle du bâtiment.

Les talibans s'étaient regroupés autour de leur chef et

maintenaient les femmes et les enfants devant eux. Par-dessus la tête de leurs otages, ils tiraient dans sa direction.

Des morceaux de terre et de branches s'étaient détachés de la maison derrière Declan. Il s'était retiré vivement hors de vue. Puis il avait fait le tour de la maison et couru jusqu'à la suivante. S'il ne se trompait pas, le chef taliban et ses gardes du corps allaient se diriger vers leurs véhicules, garés à l'extrémité nord du village. Ils devraient alors lâcher les otages pour monter en voiture.

— Coupez-leur la route avant qu'ils arrivent aux voitures, avait-il ordonné.

— En cours, avait répondu Gus.

— J'y vais.

— J'y suis presque.

— Juste derrière toi.

— Je te couvre.

Declan avait zigzagué dans les rues étroites et était sorti du village par l'extrémité nord, à moins de vingt mètres des véhicules des talibans.

À cet instant, il avait vu les villageois se répandre comme un fleuve dans les ruelles, emportant Rasul vers les véhicules. Ce dernier tenait toujours la mariée.

Les gardes du corps n'étaient pas encore sortis du village, ce qui avait fait réfléchir Declan.

— Rasul est toujours entouré. Où sont ses gardes du corps ?

— Il y en a un qui arrive derrière toi, avait dit Mustang.

Des détonations avaient éclaté dans le noir.

— Un de moins. Il en reste cinq.

— Je m'occupe de Rasul, avait dit Declan.

Il était sorti du couvert du bâtiment derrière lequel il s'abritait.

— Attends, avait dit la voix de Mustang. On a un gros pépin.

— Quoi ?

Declan ne pouvait pas attendre, au risque de laisser échapper Rasul, mais il s'était accroupi entre deux maisons.

— Les gardes du corps viennent dans ta direction. Ils ont des bébés attachés sur la poitrine et ils poussent les femmes et les enfants devant eux. Et ceux-là portent des gilets pleins d'explosifs.

Declan avait juré avec grossièreté.

Il savait l'importance que le commandant et le général accordaient à cette mort, mais pour y arriver, il aurait fallu éliminer tous les villageois. Le visage de l'enfant avec lequel il avait joué avait flotté devant ses yeux. Puis il l'avait vu apparaître entre les villageois destinés à mourir si les Américains ne reculaient pas.

— Annulez.

— Annuler ? s'était exclamé Mack. Mais on n'a pas eu Rasul.

— Si on le fait, les gardes du corps tueront tout le monde.

Declan ne pouvait pas vivre avec ça sur la conscience. La presse allait s'emparer de l'histoire et en faire des gorges chaudes. Ils seraient traités d'assassins. Les cadavres des mariés s'afficheraient sur les écrans du monde entier, proclamant que les marines n'étaient pas meilleurs que les jihadistes.

— Vous m'avez entendu, avait dit Declan. Annulation.

— Et les ordres ?

— Au diable les ordres. Ces gens n'y sont pour rien, avait repris Declan. Ils n'ont pas demandé à servir de boucliers humains.

— On te suit. Si tu dis qu'on se retire, on se retire, avait répondu Mack.

L'équipe avait battu en retraite dans le noir, et était sortie du village pour retrouver le Black Hawk qui devait les ramener. Leur mission était un échec.

Le jour suivant, Rasul avait posé une bombe sur un convoi comprenant des membres du Département d'État et un membre de l'Union européenne devant une école remplie d'enfants. Vingt-sept personnes étaient mortes.

À Washington, on avait blâmé les huiles qui avaient commandité l'assassinat de Rasul. Des têtes avaient roulé et l'opposition avait exigé le démantèlement de la force de reconnaissance. Quand ils avaient décidé de ne pas tuer Rasul, cette nuit-là, Declan et son équipe ignoraient que ce serait la fin de leur carrière dans les marines.

12

Un bourdonnement répétitif réveilla Grace. Elle roula sur elle-même et se blottit contre une poitrine chaude et musclée. Elle ne s'était jamais sentie aussi bien... en dehors de ce bourdonnement irritant.

L'homme à côté d'elle se pencha sur le côté et mit fin au bruit. Puis il se mit à parler, ce qui la tira complètement du sommeil.

— Ah bon ? disait Declan. Oui, Charlie. Nous serons là dans trente minutes.

Grace ouvrit les yeux et se souvint d'avoir fait l'amour avec lui. Un souvenir qui lui fit chaud partout. Elle se rendit compte alors qu'elle était nue sous les draps, pressée contre le corps de Declan.

Le rouge lui monta aux joues. Comment allait-elle pouvoir se détacher de lui sans souffrir ? Un homme aussi beau que Declan avait sûrement eu sa part de conquêtes. Il allait certainement l'oublier dès la fin de sa mission.

Declan voulut repousser le drap, mais Grace s'y cramponna.

— Vas-y, dit-elle en rougissant. Je ne suis pas encore bien réveillée.

Elle détourna le regard tandis qu'il sortait du lit. Une main chaude lui caressa la joue.

— Hé, tu n'as pas de regrets, n'est-ce pas ?

Se retournant complètement, il s'appuya sur un coude et la regarda au fond des yeux.

— Parce que moi, je ne regrette rien. Sauf de ne pas t'avoir fait l'amour plus tôt.

Il se pencha et pressa ses lèvres sur les siennes.

— Tu es merveilleuse.

Grace lâcha le souffle qu'elle retenait et rit nerveusement.

— Oui, mais nous nous connaissons à peine et nous... nous...

— Accordons parfaitement au lit ? Comme si nous étions faits l'un pour l'autre ?

— Nous sommes nus, lâcha-t-elle.

Declan se mit à rire.

— Oui, en effet.

Il caressa son menton de l'index.

— Et j'aimerais bien recommencer, mais je n'ai pas le temps de m'appliquer.

— Comme hier soir ?

Le cœur de Grace battait la chamade, parce qu'il fallait reconnaître que Declan avait bouleversé son monde. À tel point qu'elle se sentait sur un petit nuage ce matin. Il aurait été trop facile de prendre l'habitude de se réveiller dans les bras de cet homme. Et elle ne pouvait pas se le permettre.

Declan ne resterait pas longtemps. Il avait un travail à effectuer. Riley et elle étaient ce travail. Quand il aurait résolu le problème, il n'aurait plus aucune excuse pour rester. Il s'en irait vers sa prochaine mission.

Serait-ce une belle femme ? La trouverait-il plus séduisante qu'elle ?

Grace serra les poings, plantant ses ongles dans sa paume. La jalousie lui brûlait la poitrine. Comment pouvait-elle être jalouse d'une femme qui n'existait pas ?

Declan lui caressa de nouveau la joue en souriant.

— Ne sois pas timide. Cela ne devrait pas avoir d'importance après ce que nous avons fait.

— Ça n'en a peut-être pas pour toi, se défendit-elle en se mettant à genoux, le drap pressé contre sa poitrine, mais ça en a pour moi.

Il embrassa ses lèvres et assena une joyeuse tape sur sa fesse.

— Alors je vais prendre une douche pendant que tu t'habilles.

Il lui mordilla l'oreille.

— Encore que je préférerais te voir toute nue.

Se levant, il prit la direction de la salle de bains. Ses hanches étroites, ses fesses rondes et fermes faisaient de lui un beau spécimen masculin, une sorte de dieu grec vivant. Grace ne put détacher les yeux de lui. Il lui décocha un sourire malicieux par-dessus son épaule.

— Je sais que tu me regardes.

Elle rougit et, attrapant un oreiller, le lui jeta à la tête, découvrant sa poitrine dans ce geste. Elle se recouvrit promptement.

— Tu es prétentieux, Declan O'Neill.

Il lui sourit et lui fit un clin d'œil.

— Peut-être, mais tu m'as regardé.

Il entra dans la salle de bains, et très vite le bruit de l'eau s'éleva à travers la porte.

Grace sauta du lit et enfila sa robe de chambre, qu'elle ceintura fermement. Elle ramassait ses vêtements et ses chaussures quand Declan émergea de la salle de bains, une serviette nouée autour des reins. Sans rien d'autre.

Bouche bée, Grace lécha ses lèvres sèches.

— Euh, c'est mon tour ?

— Oui. Je voulais m'habiller, mais mon sac est là.

Elle voulut le contourner rapidement, mais il l'attrapa par le bras et posa une main sur la sienne, qui serrait ses vêtements comme une armure.

— Je te rends nerveuse ? demanda-t-il, les sourcils froncés.

Il éleva sa main jusqu'à ses lèvres et l'embrassa.

Elle fixait sa bouche, non ses yeux.

— Je ne suis pas prête pour ça, murmura-t-elle.

— Pour quoi ?

— Tu sais...

Elle aurait voulu reprendre sa main, mais elle n'y arrivait pas. Ses doigts sur son corps, ses lèvres sur sa peau...

— Je ne suis pas prête pour cette routine du lendemain. Je ne sais pas comment on fait. Je ne me rappelle pas comment me comporter après... eh bien, après.

Il la prit dans ses bras.

— Nous n'aurions pas dû aller aussi vite, mais je ne regrette pas ce qui s'est passé. Mon seul regret, c'est que tu te sentes embarrassée maintenant.

S'écartant un peu d'elle, il lui souleva le menton d'un doigt.

— Est-ce que tu te sentirais mieux si nous faisions semblant qu'il ne s'est rien passé et que nous revenions à notre recherche de Riley en toute amitié ?

Même si elle voulait beaucoup plus que cela, elle n'était pas prête pour l'amour. Son cœur battait trop fort et ses jambes flageolaient. Ces symptômes étaient forcément dus au fait qu'elle était plaquée contre le corps nu de Declan, et que l'électricité générée par ce contact lui brouillait le cerveau.

— Oui, dit-elle.

Il lui effleura les lèvres, puis se redressa et s'éloigna.

Grace se rua dans la salle de bains, referma la porte, accrocha ses vêtements à la patère et s'appuya contre le mur. Elle ne voulait pas revenir à l'amitié, pas après avoir vécu cette nuit magique avec Declan. Mais elle n'était pas prête à assumer la souffrance et la désillusion qui ne manqueraient pas de noircir l'horizon quand la magie se serait dissipée. Trois ans après son divorce, elle commençait seulement à se sentir mieux dans sa peau. Son ex-mari s'était montré si autoritaire et si critique qu'elle avait dû lutter pour regagner sa confiance en elle. Elle ne pouvait pas se permettre de la perdre à nouveau.

Se détachant du mur, elle s'aspergea le visage d'eau dans le lavabo et se brossa les dents. Elle remarqua une trace rouge sur son cou, là où la barbe naissante de Declan avait frotté en descendant peu à peu vers ses seins. Ses mamelons durcirent rien qu'au souvenir de sa langue.

Avec un grognement, elle s'aspergea à nouveau d'eau froide et se tamponna le visage avec une serviette, refusant de laisser ces souvenirs la troubler. Non, il ne fallait pas se laisser distraire. C'était à Riley qu'elle devait penser.

Espérant que cela la calmerait, elle prit une douche rapide, se sécha et coiffa ses cheveux encore humides. Puis elle s'habilla, d'un jean et un corsage léger, et se trouva enfin prête à affronter la journée... et Declan.

En sortant de la salle de bains, elle trouva la pièce vide. Par la porte ouverte, elle le vit dans le salon, près de la baie vitrée.

Il se retourna en l'entendant approcher.

— Mes hommes sont arrivés chez Charlie. La banque n'ouvre pas avant 9 heures, alors j'aimerais passer chez elle pour les voir avant d'y aller. Je pense que nous pourrions avoir besoin de renforts.

— Je suis à cent pour cent pour une protection supplémentaire. Je crains que le contenu de son coffre soit dangereux pour ceux qu'elle fuit, ou soit justement ce qu'ils veulent.

— Exactement. Ce qui te mettrait autant en danger que Riley, ajouta Declan en baissant les yeux sur elle.

Un frisson parcourut la nuque de Grace.

— Est-ce que tu t'en sens capable ? questionna Declan. On pourrait remettre la clé au FBI et leur donner l'autorisation d'accéder au coffre.

Grace secoua la tête.

— Non, je peux y arriver. Une fois que je l'aurais fait, elle me contactera pour que je le lui donne. Elle m'a dit de ne me fier à personne.

— Pas même à moi ?

Il lui adressa un doux sourire qui lui donna un peu le tournis.

— Je te fais confiance, dit-elle. Tu as sauvé Charlie et tu as poursuivi mon cambrioleur. Je suis convaincu que tu aurais fait ça même sans savoir qui était Charlie.

Il haussa les épaules.

— J'ai fait ce qu'aurait fait tout être humain.

Grace rit à ces mots.

— La plupart des gens auraient pris leurs jambes à leur cou, sans envisager une seconde de s'en prendre aux bandits.

Elle le regarda au fond des yeux.

— Tu es un vrai héros.

— Pas selon l'armée américaine, répondit-il, les lèvres pincées. Si tu es prête, allons-y.

Elle espéra que Declan allait s'ouvrir suffisamment pour lui dire ce qui lui avait valu son renvoi de l'armée.

Quelques instants plus tard, elle s'installa dans le SUV. Assis au volant, Declan se tenait dans une posture détendue. Lui faire confiance n'était pas difficile, Grace aurait remis sa vie entre ses mains. Mais elle n'était pas certaine de pouvoir lui confier son cœur.

Declan franchit le portail de la propriété, à Kalorama, vingt minutes plus tard. Un SUV noir stationnait dans l'allée circulaire.

Son pouls accéléra et ce fut le cœur léger qu'il descendit de voiture et fit le tour pour ouvrir la portière de Grace. Celle-ci posait déjà le pied par terre. Il l'aida à sortir de voiture, puis, prenant son bras, gravit avec elle le perron qui menait à la double porte d'entrée.

Avant qu'il puisse sonner, la porte s'ouvrit et cinq hommes la franchirent.

— O'Neill, dit Mack, la main tendue.

Declan s'en empara et attira son second dans une forte accolade, assortie d'une tape dans le dos.

— Ça fait du bien de te voir, dit Mack.

— Pareil pour moi, mon vieux.

Declan sentit ses yeux le piquer. Il savait que ses hommes lui avaient manqué, mais il n'avait pas réalisé à quel point. Maintenant qu'ils étaient devant lui, il avait l'impression d'être de retour chez lui.

Mustang poussa Mack et s'avança pour envelopper Declan dans une étreinte d'ours qui lui coupa le souffle et le fit rire.

— Tu m'as manqué, vieux.

À leur tour, Cole, Gus et Jack saluèrent chaleureusement leur ancien chef.

— Et qui est la personne qui t'accompagne ? demanda Jack en tendant la main. Je m'appelle Jack Snow, et je suis le petit bleu.

— Grace Lawrence, dit Grace en plissant le front. Qu'est-ce qu'un bleu ?

— C'est le petit nouveau, expliqua Gus.

— Ce qui veut dire que c'est une mule, ajouta Cole. Il porte tout ce que nous ne voulons pas porter.

Il donna une tape dans l'estomac de Snow.

— En parlant de ça, où as-tu mis mon sac ?

— Va te faire voir, répondit Snow. On n'est plus en service. Tu peux porter ton sac toi-même et garder un œil dessus.

— Mais nous sommes une équipe, non ? repartit Cole. Toutes les équipes de Force Recon ont besoin d'un bleu. Si tu n'es pas notre bleu, qui es-tu ?

— Excusez ces deux plaisantins, intervint Mack en repoussant Cole et Snow. Je m'appelle Mack Balkman et je suis le second de Declan.

Il tendit la main à Grace.

Cole et Gus se présentèrent aussi et tinrent la main de Grace un peu plus longtemps que nécessaire.

Declan finit par en avoir assez et s'interposa entre Gus et Grace.

— Quand êtes-vous arrivés ? demanda-t-il.

Gus recula d'un pas en souriant jusqu'aux oreilles.

— Je suis arrivé vers 2 heures du matin, dit Mack. Snow est arrivé peu après moi.

— Gus, Mustang et moi, nous sommes aussi arrivés vers 2 heures. Nous sommes venus en voiture depuis Virginia Beach, déclara Cole.

— Vous êtes devenus des plagistes professionnels ? se moqua Declan. Vous ne vous êtes pas ramollis, dites-moi ? J'ai dit à Charlie que vous étiez les meilleurs.

— Oui, mais les meilleurs de quoi ? plaisanta Mustang.

— On est fin prêts et tout disposés à faire ce que tu as en tête, dit Cole. Deux mois de plage et de bars, ça commençait à être barbant.

Il fit craquer ses jointures.

— J'ai envie de reprendre l'action.

— Tu as parlé de nos compétences, dit Mack. À quoi pensiez-vous, Charlie et toi ?

Declan désigna la porte.

— Entrons et je vais vous expliquer ce qui se passe.

Après un briefing d'une heure, l'équipe de Declan mit au point un plan pour protéger Grace durant sa visite à la banque.

— C'est peut-être un peu exagéré, dit Mack.

— Mieux vaut exagérer qu'échouer ou voir Mlle Lawrence blessée, déclara Charlie. Je suis ravie de savoir que vous allez tous avec elle. J'irais bien moi-même, mais cela pourrait compliquer l'opération. Surtout après ce qu'il s'est passé hier.

— C'est vrai.

Declan préférait ne pas s'inquiéter pour deux femmes en même temps, surtout si l'une d'elles risquait d'être à nouveau la cible d'un enlèvement. Il n'aimait pas l'idée que Grace se mette en danger, mais elle avait déclaré d'un ton catégorique qu'elle voulait le faire pour Riley.

— L'exagération me plaît, intervint Grace. Je me sentirai beaucoup mieux avec des hommes solides pour me couvrir. Avec votre aide, je vais entrer à la banque, prendre ce qui se trouve dans le coffre de Riley et ressortir aussitôt.

Elle se frotta les mains.

— C'est tout. Aucun problème.

Declan sentit ses entrailles se nouer. Son instinct lui disait que ce ne serait pas aussi facile. Quelqu'un avait tué Moretti. Si le tueur voulait ce qu'il y avait dans le coffre de Riley, il pouvait très bien tenter de tuer Grace pour s'en emparer.

— Si ça ne te dérange pas, tant mieux. Je préfère avoir mon équipe en renfort. J'espère que ce sera aussi facile que tu le penses. Si c'est le cas, tant mieux. Sinon, nous aurons des soldats entraînés pour s'occuper d'eux.

Grace esquissa un sourire.

— J'aime ta façon de penser. Eh bien, c'est presque l'heure de l'ouverture de la banque, ajouta-t-elle en regardant sa montre. Allons-y.

— Attends, dit Declan en tendant la main. Donne-moi ton téléphone.

— Pourquoi ? dit-elle en le lui donnant.

— Juste au cas où nous serions séparés pour une raison quelconque, je veux pouvoir te retrouver.

Son regard captura le sien.

— Ça t'ennuie si je mets un traceur sur ton téléphone ?

Elle secoua la tête ; cette idée lui réchauffait le cœur. Il l'aimait assez pour vouloir la retrouver s'ils étaient séparés. Bien sûr, c'était pour les besoins de la cause, mais elle aimait l'idée qu'il se donne du mal pour elle.

Il chercha une application de traçage, la téléchargea, puis saisit les informations qui lui permettraient de suivre son téléphone. Enfin il lui tendit son appareil, qu'elle remit dans sa poche.

— Je préférerais utiliser un traceur plus discret, mais c'est tout ce que nous avons pour le moment.

Charlie s'approcha d'eux.

— Declan, vous et moi devons travailler sur les besoins de notre nouvelle organisation en termes d'armes et d'équipements de communication.

Il hocha la tête.

— Oui, nous le ferons. Mais il faut que nous y allions.

Declan insista pour prendre la tête avec le SUV de Grace. Il la fit asseoir à l'avant et se glissa derrière le volant.

Charlie avait prêté aux hommes deux de ses Cadillac Escalade noires. Ils se séparèrent, deux dans l'une des voitures, trois dans l'autre. Ils auraient pu tenir tous les cinq dans l'une d'elles, mais ils auraient ainsi plusieurs véhicules à disposition s'ils devaient poursuivre les bandits.

Charlie se planta devant le véhicule de tête, pendant que les hommes embarquaient.

— J'ai pris la liberté de charger quelques-unes des armes que mon mari avait dans sa collection. Avec un peu de chance, vous n'en aurez pas besoin. Mais au cas où cela tournerait mal, j'ai mis aussi des munitions. Si vous avez des problèmes à cause des armes, appelez-moi. Je connais des gens qui feront en sorte que les autorités sachent que vous êtes autorisés à les utiliser.

Declan se pencha et l'embrassa sur la joue.

— Merci. C'est bon de savoir que vous êtes avec nous.

Le trajet jusqu'à la banque prit quinze minutes. Grace ne dit pas un mot, fixant la route d'un air absent, son sac serré contre sa poitrine.

— Tout ira bien, lui dit Declan en lui pressant la main.

Elle éclata d'un rire rauque.

— Je ne sais pas comment tes hommes et toi vous faisiez pour ne pas mourir de peur quand vous arpentiez un territoire ennemi.

— Nous étions drôlement effrayés parfois, ne les laisse pas te dire le contraire, dit Declan. Mais nous ne laissions pas cela nous freiner. Nous avions un travail à faire et nous le faisions.

Declan ralentit au carrefour puis tourna à droite.

— Jusqu'à ce que nous refusions de suivre les ordres, ajouta-t-il doucement.

— Tu devais avoir une bonne raison.

Grace pencha la tête et le regarda au fond des yeux.

— Si tu pouvais tout recommencer, prendrais-tu la même décision ?

Des images des bébés ligotés sur la poitrine des talibans et des mariés servant de boucliers traversèrent l'esprit de Declan.

— Oui.

— Alors, tu as bien fait.

Elle lui adressa un sourire.

— Maintenant, réglons cela. Je veux que mon amie revienne en un morceau. Et vivante de préférence.

Cela émut Declan. Grace avait peur, mais elle était déterminée à faire ce qu'il fallait pour sauver son amie.

Il se gara aussi près que possible de l'entrée de la banque. Voyant que Grace s'apprêtait à descendre, il posa une main sur son bras.

— Attends-moi. Je ne peux pas te protéger si tu es toute seule au-dehors.

— Du moment que tu n'as pas l'intention de jouer les boucliers pour m'épargner les balles...

— Je ferai ce qu'il faut, dit-il en haussant les épaules. Avec un peu de chance, on n'en arrivera pas là.

— Il vaudrait mieux, repartit Grace en fronçant les sourcils. Je t'aime comme tu es, pas farci de plomb.

Elle gloussa involontairement.

— Je n'ai jamais cru prononcer une phrase pareille. On dirait une réplique d'un vieux western.

Les autres membres de l'équipe arrivèrent peu après et se garèrent aux deux bouts du parking pour ne pas attirer l'attention. Mais quand ils descendirent de voiture, ils parurent si semblables à Grace, de stature et de port, que seul un imbécile n'aurait pas fait le lien entre eux.

Declan comptait sur l'effet dissuasif que leur vue pouvait inspirer. Il contempla le parking. Plusieurs voitures étaient garées, et deux autres y pénétrèrent pendant qu'il aidait Grace à descendre de voiture. Il glissa un bras autour d'elle et la serra contre lui.

Sans résister, elle s'appuya contre lui, son sac sous le bras.

— Tu crois que quelqu'un va essayer de s'en prendre à moi ?

— Je l'ignore. Mais je ne veux pas prendre de risques.

Il lui sourit.

— Je pense comme toi ; je n'aimerais pas que quelque chose t'arrive si tôt dans notre relation.

Elle lui lança un bref regard.

— Alors tu m'aimes bien ?

— Oui, répondit-il avec un gentil sourire. Donc on va régler cela pour pouvoir faire connaissance dans un environnement moins explosif.

— Je suis partante.

Elle lui sourit et marcha du même pas que lui vers l'entrée de l'agence. Une fois à l'intérieur, Declan desserra son étreinte mais ne baissa pas sa garde.

Au guichet, Grace demanda à accéder au coffre, montra sa carte d'identité et présenta la procuration et la clé. L'employée leur demanda de prendre un siège et alla chercher son responsable. Au bout de cinq minutes, un homme brun apparut, tout sourire. Il se présenta comme le directeur de l'agence, Alan Jordan. Il vérifia les informations concernant le coffre et l'identité de Grace, puis escorta celle-ci vers la chambre forte. Néanmoins, voyant que Declan comptait les suivre, il leva une main.

— Je suis désolé, monsieur, seul le détenteur de la clé est autorisé dans la chambre forte.

Declan fut forcé de rester dans le hall jusqu'au retour de Grace. Cela ne lui plaisait pas, mais il ne pouvait pas aller contre les règles de la banque. Durant cette attente, il observa les gens qui entraient et sortaient.

Une dame âgée, courbée en deux, franchit le seuil d'un pas lent, avec une canne. Puis ce fut le tour d'un homme en jean et polo, portant un sac. Il fit un signe de tête à Declan et se dirigea tout droit vers le guichet.

Mack et Gus entrèrent sans prêter attention à Declan. Un bref échange de regards, et ils s'adressèrent à l'accueil pour se renseigner sur l'ouverture d'un compte.

Une femme avec un bébé suivit et fit la queue derrière l'homme au polo, faisant sauter son bébé sur sa hanche.

Aucun d'eux ne semblait présenter une menace pour Grace. Declan jeta un coup d'œil à sa montre. Elle était dans la chambre forte depuis trois minutes. Combien de temps fallait-il pour ouvrir un coffre ? Il fit les cent pas devant l'accueil. La réceptionniste n'était pas encore revenue. Avait-elle pris sa pause ?

Il contempla les bureaux vitrés, où des conseillers s'entretenaient avec leurs clients. La réceptionniste, elle, était entrée dans un bureau non vitré.

Declan supposa qu'il s'agissait de celui du directeur. Sans quitter sa position devant la chambre forte, il fit signe à Mack, qui attendait sur un siège.

Captant son regard, il inclina la tête en direction du couloir où avait disparu la réceptionniste. Mack se leva et s'y engagea.

L'une des employés choisit ce moment pour emprunter elle aussi le couloir et frapper à la porte du directeur.

N'obtenant pas de réponse, elle l'ouvrit et passa la tête à l'intérieur. Son hurlement se répercuta dans le hall de l'agence, déclenchant les cris des employés et des conseillers.

En faisant demi-tour, elle heurta Mack. Il la prit par les épaules, et elle hurla à nouveau en se débattant.

— Ils sont morts ! Oh mon Dieu ! Laura et M. Jordan sont morts !

Elle s'effondra contre Mack.

Declan sauta par-dessus le comptoir et fonça vers la chambre forte, le cœur battant.

Si la réceptionniste et son patron étaient morts, qui était l'homme qui avait escorté Grace dans la chambre forte ?

13

Serrant la clé dans sa main, Grace pénétra avec le directeur dans la chambre forte. Elle allait enfin savoir ce que Riley avait entreposé dans son coffre.

La bouche sèche et le cœur battant, elle suivit M. Jordan dans la pièce. Il chercha des yeux le coffre correspondant à la clé qu'elle tenait, puis lui annonça :

— C'est celui-ci. Insérez votre clé.

— Puis-je rester seule un instant ? demanda Grace.

Elle ne voulait pas qu'il voie ce qu'elle était censée y prendre. Ne sachant pas ce dont il s'agissait, elle préférait qu'il n'y ait pas de témoin.

Le sourire de l'homme s'évanouit.

— Je suis désolé, mademoiselle Lawrence, mais un employé de l'agence doit être présent lorsque vous retirez quelque chose. Si cela ne vous ennuie pas, j'ai des tâches urgentes. Pourriez-vous vous dépêcher un peu ?

Grace fut froissée par la grossièreté de l'homme, mais se raisonna. Elle était venue parce que Riley le lui avait demandé. Si elle s'inquiétait autant, c'est parce que cela devait être important.

D'une main tremblante, Grace glissa la clé dans la serrure et la tourna. Jordan s'approcha d'elle.

— Laissez-moi vous aider.

— Ce ne sera pas nécessaire. Je peux y arriver.

Elle tira le coffre à elle afin de pouvoir y passer la main. Mais il était placé trop haut pour qu'elle puisse voir dedans. Elle le sortit donc complètement et le posa sur une table placée à cet effet au milieu de la salle. Le tiroir ne contenait rien d'autre qu'une enveloppe, dont elle s'empara vivement.

Puis elle remit le tiroir en place et retira la clé.

— Voilà, j'ai fini, dit-elle en se tournant à demi.

Une main se plaqua alors sur sa figure, lui couvrant la bouche. Grace voulut crier, mais la main étouffa sa tentative.

— Donnez-moi l'enveloppe, dit Jordan d'une voix d'acier.

Un frisson glacé parcourut le dos de Grace. Elle parvint néanmoins à se libérer avec un mouvement d'autodéfense et fit face à l'homme, sourcils froncés.

— Vous m'avez bien entendu.

Il tenait un couteau dans la main droite. De la gauche, il lui fit signe de lui donner l'objet.

Grace secoua la tête, les doigts crispés sur l'enveloppe.

— Ce n'est qu'une feuille de papier !

Avec un petit objet carré à l'intérieur. Dont Riley avait besoin.

— Pourquoi voulez-vous quelque chose d'aussi personnel ?

— Votre amie nous dupe depuis des mois. Il est temps qu'elle nous donne ce que nous avons payé.

— Je ne sais pas de quoi vous parlez.

— Vous n'avez pas besoin de le savoir. Donnez-moi juste l'enveloppe.

Il agrippa son poignet et le serra comme dans un étau.

Se rappelant ses cours d'autodéfense, Grace opéra une torsion descendante et brisa l'étreinte de l'homme.

Il lui assena un coup de couteau, qui lui entama le bras sous sa manche.

Grace recula vers la porte.

— Vous n'êtes pas directeur de l'agence, n'est-ce pas ?

Pas à pas, elle poursuivit son chemin à reculons, l'enveloppe toujours à la main.

— Donnez-moi cette fichue enveloppe ! ordonna-t-il en se jetant sur elle.

En hurlant, Grace plongea vers la porte, mais l'homme fut plus rapide qu'elle. D'un bond, il la plaqua au sol.

Grace chuta sur le sol en marbre, le souffle coupé.

— Donnez-moi l'enveloppe, répéta-t-il d'une voix dangereuse. Ou je vous coupe la gorge.

— Elle m'appartient, cria Grace.

Il lui tenait la cheville mais elle lui décocha un coup de pied. Il la lâcha assez longtemps pour qu'elle puisse se relever. Elle avait presque atteint le seuil de la chambre forte quand il l'attrapa par les cheveux et tira pour la ramener à lui. Cela fait, il pressa son couteau sur sa gorge et lui grogna à l'oreille :

— Encore un geste, et vous ne reverrez plus jamais votre précieuse amie.

Il pressa la lame sur sa peau. Une douleur aiguë traversa Grace et elle se figea. Elle n'osa pas crier à nouveau, de peur que l'homme ne mette sa menace à exécution.

— Prenez-la, balbutia-t-elle en élevant l'enveloppe à hauteur de visage.

— C'est ce que je vais faire, mais vous allez venir avec moi, dit-il. Je sais que votre petit ami a posté ses copains un peu partout. Ils ne me laisseront pas sortir à moins que je ne prenne une petite assurance.

Lui lâchant les cheveux, il lui passa un bras autour de la taille, le couteau toujours pressé sur sa gorge. Grace sentit quelque chose de chaud ruisseler sur son cou.

Le cœur battant et les genoux tremblants, elle fit un effort pour garder son sang-froid. Il fallait qu'elle profite de la moindre occasion pour lui échapper. Si seulement il ne pressait pas la lame de son couteau aussi fort sur sa peau...

En marchant derrière elle, il lui fit franchir la porte et faillit heurter Declan.

— Reculez ! hurla l'homme. Reculez, ou je la tue.

Declan leva les mains.

— D'accord, d'accord. Ne lui faites pas de mal.

Il recula d'un pas.

— Lâchez-la et je vous promets qu'on ne vous fera rien.

L'homme ricana.

— Je ne vais pas renoncer si facilement à mon assurance. Elle vient avec moi. Maintenant, écartez-vous de mon chemin ou je lui plante ça dans le corps.

Il augmenta la pression du couteau et un filet plus important coula le long du cou de Grace.

— D'accord. Du calme.

Les narines gonflées, Declan fit un pas de côté.

— Ne lui faites pas de mal. Nous vous donnerons ce que vous voulez.

— Bon, c'est plus raisonnable.

Le ravisseur fit avancer Grace, moitié la portant, moitié la poussant.

— Dites à vos hommes de se retirer. Tout de suite ! cria-t-il en continuant d'avancer.

Declan éleva la voix.

— Mack, Gus, laissez tomber.

Grace ne pouvait tourner la tête ni à droite ni à gauche, mais personne n'arriva en courant pour la secourir. Et mieux valait qu'il en soit ainsi, car si son agresseur appuyait un tant soit peu sur sa veine jugulaire, elle allait saigner à mort avant qu'on puisse appeler le 911.

— Tout ira bien, dit-elle à Declan, bien qu'elle soit convaincue du contraire.

Une fois que l'homme serait sorti de la banque, elle ne lui serait plus d'aucune utilité.

— Absolument, confirma son ravisseur. Jouez vos cartes comme il se doit, et je libérerai votre petite amie dès que je serai loin d'ici.

Il resserra le bras autour de Grace.

— Appelez la police et je la découpe en morceaux.

Declan serra les poings et fit un pas en avant. L'homme le défia du regard.

— Vous ne me croyez pas ? dit-il d'une voix dangereusement rauque. Essayez, pour voir. Je vais peut-être lui prendre cette jolie oreille, d'abord.

Il appliqua le couteau contre le pavillon de son oreille. Grace ferma les yeux et serra les dents, se préparant à la douleur.

— Inutile, dit Declan. Je vous crois.

Grace rouvrit les yeux et croisa son regard.

— Je vais te tirer de là, lui promit-il.

Elle lui adressa un faible sourire.

— J'y compte bien.

Des larmes réprimées lui piquèrent les yeux. Elle ne voyait pas bien comment il allait pouvoir l'aider. Tant que l'homme ne baisserait pas son couteau, elle resterait son jouet, son bouclier.

— J'ai besoin d'une voiture et de quinze minutes d'avance.

L'homme replaça le couteau sur le cou de Grace, là où son pouls battait à mille à l'heure.

— Si tout va bien, vous la reverrez. Sinon, eh bien, ce sera votre faute. Faites en sorte que je puisse filer, et je ne serai pas trop dur avec elle.

Grace doutait qu'il tienne parole, mais elle n'avait pas le choix. Elle allait devoir partir avec lui, à moins de pouvoir fuir avant qu'il la fasse monter en voiture. Elle s'arc-bouta mentalement, prête à réagir à la moindre occasion.

Declan se serait volontiers donné des claques. Comment l'homme avait-il pu pénétrer dans la banque ? Il savait que Grace avait trouvé la clé et allait s'y rendre. Il avait peut-être posé des micros chez Grace ou écouté d'une manière ou d'une autre ses conversations avec Riley ou Declan. Quel que soit le moyen utilisé, le fait est qu'il avait Grace et allait se servir d'elle pour s'échapper.

Declan avait manqué de parole envers Grace, et il devait maintenant trouver le moyen de la tirer du danger dans lequel elle se trouvait. Quand il l'avait entendue crier, il avait senti son cœur s'arrêter.

— Laissez-moi sortir le premier pour dire à mes hommes que vous arrivez.

Il franchit en hâte les portes de l'agence et déboucha sur le parking. Snow et Mustang étaient postés aux angles du bâtiment, tandis que Cole, appuyé sur un SUV, feignait de téléphoner.

En le voyant apparaître, ils se redressèrent tous trois.

— Grace va sortir. Elle n'est pas seule, mais ne faites rien d'inconsidéré.

Il recula un peu, en tenant la porte.

— Mes amis ne vous empêcheront pas de partir, assura-t-il à l'homme qui tenait Grace.

Les yeux plissés, le ravisseur poussa Grace en avant, le couteau fermement plaqué sur sa gorge.

Si Declan lui sautait dessus, il pourrait peut-être lui ôter l'arme de la main. Mais il pouvait aussi heurter cette main et faire qu'il entame la jugulaire de Grace. Il ne pouvait pas prendre ce risque. Cette seule idée lui donnait la nausée.

Il ne pouvait pas non plus tirer sur l'homme de peur d'atteindre Grace ou de le manquer, ce qui le pousserait à passer à l'acte.

Il ne pouvait rien faire, sauf le laisser partir… avec Grace.

Le ravisseur s'aventura sur le parking en pivotant sur lui-même, un rictus mauvais aux lèvres et le regard fixé sur les hommes de Declan. Chaque fois que Grace faisait face à Declan, il se sentait mourir un peu plus. Le criminel allait partir avec la femme dont il sentait qu'elle pouvait changer sa vie. Elle représentait tout ce qu'il avait toujours voulu trouver chez une femme. Elle était belle, à l'intérieur comme à l'extérieur. Il ne pouvait pas la laisser partir ainsi. Et il ne le ferait pas.

Une voiture contourna la rangée de véhicules garés et vint s'arrêter près de Grace et son ravisseur. La portière passager s'ouvrit.

L'homme prit place dans la voiture à reculons, obligeant Grace à s'asseoir sur ses genoux, ce qui ôtait toute chance à Declan et à ses hommes de le toucher.

Un instant plus tard, le véhicule redémarra sur les chapeaux de roues et sortit du parking.

Le cœur de Declan sombra comme un sac de pierres dans sa poitrine. Grace était partie.

Ses hommes se rassemblèrent autour de lui.

— On ne peut pas le laisser filer comme ça avec elle, dit Mack.

— Mais si on les poursuit, il s'en apercevra et il la tuera, intervint Cole.

— Maintenant qu'il est parti, qu'est-ce qui l'empêche de la tuer de toute façon et de jeter son corps dans le fossé ? ajouta Mustang.

Declan lança un regard meurtrier à ses hommes.

— Il ne va pas la tuer. Et on n'a pas besoin de les suivre de trop près. J'ai posé un traceur sur le téléphone de Grace.

— Mais s'il trouve son téléphone et le jette dehors ? interrogea Gus.

— Alors, on est fichus.

Declan afficha l'application et saisit le code nécessaire pour localiser Grace. Quand la fenêtre s'ouvrit, il vit que son téléphone était toujours en mouvement.

— Pour l'instant, elle l'a.

Il courut au SUV de Grace.

— Allons-y.

Avant qu'ils puissent quitter le parking, une voiture argentée y pénétra, bloquant la sortie. Une femme aux cheveux auburn en sortit et agita la main vers eux.

— L'un de vous est-il Declan O'Neill ? cria-t-elle.

Declan repassa au point mort et ouvrit sa portière.

— C'est moi.

— Je suis Riley.

Elle regarda autour d'elle.

— Où est Grace ? Elle a pris ce qui était dans le coffre ?

— Oui. Mais quelqu'un les a emmenés, elle et l'enveloppe, dit Declan en serrant les dents.

Riley jura tout bas.

— J'aurais dû y aller moi-même.

Elle jeta des regards autour d'elle.

— Je ne peux pas rester à découvert. Où pouvons-nous parler ?

— Montez. Nous allions nous mettre à la poursuite de son ravisseur grâce à un traceur.

— Dieu merci.

Riley gara sa voiture sur le côté et monta dans celle de Declan.

Il lui tendit le téléphone.

— Faites la copilote. Il faut que nous les rattrapions avant qu'ils trouvent le téléphone sur elle.

Riley secoua la tête.

— Ils ne seront pas contents quand ils découvriront la carte mémoire.

— C'était ce qu'il y avait dans le coffre ? interrogea Declan. Une carte mémoire ?

— Une carte très petite, mais bourrée d'informations.

— Que diable se passe-t-il ? Pourquoi vous êtes-vous enfuie ? Et pourquoi veulent-ils cette carte ?

Declan voulait tout savoir. La vie de Grace était en jeu, et plus il en savait sur ses adversaires, mieux il serait outillé face à eux.

— Je travaille sur un projet secret. Je ne peux pas vous dire ce dont il s'agit, seulement que j'ai été approchée par des agents du FBI pour les aider à découvrir qui volait des secrets à Quest. Je ne savais pas quoi faire d'autre que créer deux jeux de données, l'un bon et l'autre non. C'est le mauvais jeu que j'affichais et c'est celui qui a été vendu. Je pensais pouvoir continuer à émettre de fausses données jusqu'à ce que nous trouvions le coupable.

Elle regarda par sa vitre.

— Je ne pensais pas que cela prendrait si longtemps pour que le vendeur se montre. Et je n'imaginais pas que cela mettrait aussi Grace en danger. Je croyais être la seule à m'engager dans ce coup monté.

— Avez-vous compris qui vendait les données ?

Elle le regarda.

— Je pense que Moretti était mouillé. Mais je ne crois pas qu'il était assez intelligent pour tout orchestrer. Quelqu'un qui a une meilleure compréhension de la valeur de tout cela est forcément dans le coup. Quelqu'un qui a des contacts avec des acheteurs étrangers.

» Ce n'était pas Moretti, poursuivit-elle en secouant la tête. Il n'aimait pas se déplacer hors du comté, moins encore à l'étranger. Bien sûr, il était impliqué, mais ce n'était qu'un intermédiaire. Il a payé pour quelqu'un d'autre.

— Et vous avez une idée de qui cela peut être ?

Riley secoua à nouveau la tête.

— J'étais près d'achever le projet, et je savais que je pourrais plus tenir très longtemps. Le programme en était au stade où on avait besoin de mon travail pour compléter l'ensemble. C'était la clé de la mise en route.

— J'imagine que ceux qui achetaient les données ont compris que ce n'étaient pas les bonnes.

Riley acquiesça.

— J'ai reçu un texto à mon bureau il y a deux jours. Il me

disait de filer. Je n'ai jamais eu aussi peur de ma vie. Je me suis levée, j'ai pris mon sac, je suis sortie du bâtiment et j'ai continué à marcher. Un autre texto m'a dit de faire profil bas, de trouver un hôtel et de payer en liquide. En d'autres termes, il fallait que je disparaisse. Je ne pouvais même pas appeler Grace pour lui expliquer ce qu'il se passait.

Elle soupira.

— Jusqu'à ce que j'achète un téléphone prépayé.

— C'est celui dont vous vous êtes servie pour nous faire sortir du bar ?

— Oui. Je ne savais pas s'ils viendraient me chercher à l'appartement. Mais s'ils le faisaient, ils y trouveraient forcément Grace. Je l'ai donc filée discrètement pour l'avertir ou l'aider si je le pouvais. Je devais rencontrer mon contact au FBI ce matin, quand Grace et vous étiez en route pour la banque. Je l'ai quitté dès que possible. Je n'imaginais pas qu'on s'en prendrait à Grace là-bas. Au-dehors peut-être, mais pas à l'intérieur de la banque.

Elle tapa dans sa paume avec son poing fermé.

— J'aurais dû reprendre la clé à Grace et y aller moi-même. Je n'ai même pas parlé au FBI du double de la carte mémoire. J'avais peur qu'il n'y ait aussi une fuite chez eux.

La route sur laquelle ils roulaient menait à Baltimore. Très vite, ils s'engagèrent dans une zone d'entrepôts et de hangars à bateaux. Des conteneurs de marchandises s'empilaient sur la rive.

— La carte mémoire est-elle cryptée ? demanda Declan.

— Oui. Ils ne pourront pas lire les données. Ils ne pourront pas accéder aux informations.

— Vous allez peut-être changer d'avis. S'ils ne peuvent obtenir les données, ils vont s'en prendre à Grace.

— Seigneur !

Riley contempla l'écran du smartphone, les yeux agrandis.

— Il vient de s'éteindre !

— Bon sang ! fit écho Declan. Sans cela, il nous sera impossible de retrouver Grace. Elle pourrait atterrir n'importe où.

14

Grace resta assise sur les genoux de son ravisseur durant tout le trajet à travers la ville, aussi effrayée par le couteau de l'homme que par l'absence de ceinture de sécurité et l'état de la circulation. Des vitres teintées empêchaient quiconque de la voir. Elle n'avait aucun moyen d'appeler à l'aide. S'appuyant d'une main sur le tableau de bord, elle pria pour qu'il n'y ait pas de collision, ce qui l'aurait projetée à travers le pare-brise.

Enfin, ils sortirent de l'agglomération de Washington et filèrent entre des entrepôts et des docks en direction de Baltimore.

Elle ne cessait d'espérer que Declan et ses hommes les rattrapent et fassent quelque chose pour la sortir de là.

Dans le cas contraire, elle espérait qu'un policier les arrêterait en voyant deux personnes sur le siège passager, sans ceinture. Que faisait-on aux gens qui ne portaient pas de ceinture ? Pourquoi ce genre de choses n'arrivait-il jamais quand on en avait besoin ?

Mais ni Declan ni la police ne les rattrapèrent. Si cela avait été le cas, Grace était certaine que le conducteur aurait pris la fuite, initiant une de ces courses-poursuites qui pouvaient se terminer très mal, et pas seulement pour les occupants de la voiture dans laquelle elle se trouvait. D'autres automobilistes en auraient souffert sur cette grande route. La seule chose qui la sauvait était que ses ravisseurs n'avaient pas encore trouvé son portable, fourré dans la poche de sa veste.

Elle attendait patiemment que la voiture s'arrête et que son ravisseur se fatigue de la retenir.

Quand ils furent en vue d'une longue rangée de conteneurs sur le port, il baissa effectivement son couteau.

Grace approcha la main de la poignée, attendit que la voiture ralentisse, puis ouvrit la portière et tenta de se jeter au-dehors.

Un bras de fer la retint par la taille et la tira en arrière.

Freinant à fond, le conducteur l'attrapa par les cheveux et tira assez fort pour lui faire venir les larmes aux yeux. Il la retint ainsi jusqu'à ce que l'autre puisse refermer la portière.

Celui qui la tenait par la taille la déplaça alors pour la réinstaller sur ses genoux. Dans ce mouvement, il sentit probablement le téléphone dans sa poche. Il le sortit en jurant, baissa la vitre et faillit le jeter au-dehors. Mais il dut changer d'avis, car il ramena son bras et se mit en devoir d'ôter la batterie de l'appareil. Cela fait, il la laissa tomber dans sa poche et, reprenant son couteau, le lui posa à nouveau sur la gorge.

Le chauffeur lui lâcha les cheveux et reposa les mains sur le volant.

Grace sentit son cœur se serrer. Elle avait espéré que Declan pourrait les suivre grâce à son téléphone, mais sans batterie, ce serait impossible.

Reprenant sa route, le conducteur dépassa plusieurs espaces de triage avant de s'engager dans l'un d'eux. Il se fraya un chemin jusqu'à un petit bureau, niché entre des rangées de conteneurs de toutes couleurs et de toutes marques.

Quand le véhicule eut stoppé, plusieurs hommes en noir sortirent du petit bureau, armés de revolvers ou de semi-automatiques.

L'un d'eux s'approcha de la portière passager et l'ouvrit.

Son ravisseur fit descendre Grace avec brutalité. Baissant la tête, elle fonça dans le ventre de celui qui attendait. Il poussa un grognement et se plia en deux.

Grace en profita pour le contourner. Mais elle ne put aller loin avant qu'il lui agrippe le poignet et la ramène en arrière. Il la fit pivoter et lui tordit un bras dans le dos, si fort qu'elle dut se mettre sur la pointe des pieds pour éviter la douleur.

L'homme qui l'avait enlevée sortit à son tour du véhicule et s'étira.

Grace tenait toujours l'enveloppe prise à la banque. Elle tenta de la glisser dans son chemisier, mais son ravisseur la lui arracha.

— Le patron attend ça, dit-il en se tournant vers le bureau.

— Qu'est-ce que je fais d'elle ? demanda l'homme qui la tenait.

— Jette-la dans un conteneur ou tue-la, je m'en fiche, répondit l'autre.

Le cœur de Grace fit une embardée et son pouls tambourina dans ses oreilles. Elle ne voulait pas mourir. Il lui restait tant à vivre. Et puis Riley serait hors d'elle, et Declan...

Elle voulait apprendre à connaître cet ex-marine. Au fond d'elle, elle savait que c'était un homme spécial et qu'il valait la peine de vivre pour le revoir. Il lui avait redonné l'espoir que tous les hommes ne soient pas comme son ex-mari.

Son ravisseur s'immobilisa devant le petit bureau.

— Non, attends. Ne la tue pas. On pourrait encore avoir besoin d'elle. Enferme-la dans un conteneur.

Son complice poussa un grognement et fit avancer Grace vers une rangée de grandes caisses métalliques.

Il entrebâilla la porte de l'une d'elles du poing, puis lui tordit le bras encore plus haut.

Grace ne pouvait pas se dresser plus haut pour soulager la tension. Des larmes lui brûlèrent l'intérieur des paupières.

Elle se mordit la langue pour ne pas crier ou manifester sa douleur.

L'homme lui donna une forte poussée, la faisant chuter à l'intérieur du conteneur. Elle tomba à quatre pattes et, avant qu'elle puisse se redresser, la porte claqua derrière elle, la laissant seule dans ce réduit obscur à l'odeur métallique.

Elle tâtonna le long des parois et finit par trouver la porte. Mais elle ne découvrit aucun levier qui lui permettrait d'ouvrir sa cellule. Sachant que les conteneurs avaient parfois deux portes, elle reprit ses explorations.

L'espoir l'abandonna quand elle comprit qu'elle était piégée. Elle s'adossa à la paroi et glissa en position assise. Il ne fallait pas qu'elle désespère. Declan la retrouverait, elle devait y croire. Il lui avait promis qu'elle s'en sortirait. Tout ce qu'elle avait à faire, c'était attendre et réfléchir à ce qui s'était passé ces dernières quarante-huit heures.

Dans ce bref laps de temps, elle était passée de la recherche d'un emploi à de véritables inquiétudes sur ses chances de revoir le jour.

Si elle vivait, elle espérait que son amie serait également saine et sauve et qu'elle aurait trouvé le moyen d'échapper aux dangers qui la menaçaient. Dans un registre plus personnel, Grace espérait aussi pourvoir passer plus de temps avec Declan. C'était un homme intègre et honorable, quelqu'un sur qui l'on pouvait compter.

À peine un quart d'heure plus tard, un grincement métallique lui indiqua que la porte s'ouvrait. Grace sauta sur ses pieds et vit effectivement la lumière du jour s'insinuer dans sa prison.

Son ravisseur était là, un revolver braqué sur sa poitrine.

— Venez avec moi.

Grace n'avait pas le choix. Elle marcha vers le petit bureau, reconnaissante de ne plus être enfermée.

À l'intérieur de la structure, plusieurs hommes étaient

rassemblés autour d'un ordinateur. Assis dans un fauteuil de bureau délabré, l'un d'eux tapait frénétiquement sur le clavier. En jurant, il abattit un poing sur le bureau en métal.

— Elle l'a encrypté et protégé par un mot de passe. Il faudra des jours pour le décoder.

— On n'a pas des jours devant nous. Il faut l'ouvrir pour obtenir les données. Le patron est déjà en colère de ne pas avoir eu les infos. Il ne sera pas content si on revient sans avoir ce qu'on lui a promis. On pourrait même ne pas vivre assez longtemps pour pirater ce truc.

L'homme qui avait parlé se tourna vers Grace.

Elle observa son visage avec la ferme intention de le reproduire le cas échéant. Des sourcils épais qui se rejoignaient presque au-dessus du nez. Il portait un pantalon et une veste noirs. Les yeux plissés, il la dévisagea.

— Vous allez nous donner le mot de passe de cette carte mémoire.

Grace secoua la tête.

— Je ne le connais pas.

Il pressa son arme sur sa tempe.

— Vous allez nous le donner ou mourir.

Grace avait déjà enduré beaucoup de choses ce jour-là. Une nouvelle arme pointée sur sa tête aurait dû la faire trembler de peur, mais soit elle s'y était habituée, soit le danger l'engourdissait. Elle haussa les épaules.

— Alors il va falloir m'abattre. La personne qui connaît le mot de passe n'est pas ici.

Relevant le menton, elle s'ordonna de ne pas tressaillir si l'homme pressait la gâchette. Si elle devait mourir, il fallait que ce soit sans peur. En apparence, du moins.

Elle attendit, certaine que le coup allait partir et sa vie s'achever.

Au bout d'un instant, elle lança un regard à l'homme. Il

baissa son arme et se tourna vers celui qui s'était fait passer pour le directeur de l'agence.

— Tu disais qu'elle avait un portable ? Donne-le-moi.

Le ravisseur repêcha l'appareil dans sa poche et le tendit à l'homme aux yeux noirs, qui replaça rapidement la batterie. Quand le téléphone fut rallumé, il le tendit à Grace.

— Appelez votre amie Riley.

Grace secoua à nouveau la tête.

— Vous n'aurez pas le code. Je la connais. Elle ne trahira jamais son pays.

L'homme ricana.

— Mettons cette théorie à l'épreuve. Appelez-la.

— Non, dit Grace.

Le rouge monta aux joues de l'homme et il plissa les yeux au point de n'en faire que deux fentes. Puis il saisit la main de Grace et lui tordit le pouce si fort qu'elle crut qu'il allait se briser. Elle se plia en deux de douleur.

— Vous allez l'appeler ? Ou je vous brise les doigts un par un ?

Grace haleta.

— Je vais le faire.

Se sentant coupable de trahir son amie et priant pour que Declan et ses amis la retrouvent bientôt, elle composa le numéro. Elle ne voulait pas mettre Riley en danger, mais en l'appelant elle gagnait un peu de temps.

Je suis désolée, Riley.

Quand ils approchèrent du lieu où le téléphone de Grace avait cessé de se déplacer, l'appareil de Riley sonna.

Declan faillit sortir de la route en l'entendant. Il redressa le volant et se concentra sur sa conduite.

Riley pressa la touche d'appel et porta l'appareil à son oreille sans quitter Declan des yeux. Elle écouta un moment, puis acquiesça.

— Ne lui faites pas de mal. Je ferai ce que vous voulez. Ne la touchez pas, s'il vous plaît.

Declan sentit son cœur se serrer. Il aurait voulu étrangler la personne qui parlait. Si quelque chose arrivait à Grace, il pourchasserait personnellement celui qui lui avait fait du mal et le tuerait de ses propres mains.

Riley fronça les sourcils.

— Si vous lui faites du mal, vous pouvez dire adieu aux données. Je suis la seule à connaître le mot de passe. Écoutez, je vais faire un marché avec vous. Vous me la rendez saine et sauve. Quand je l'aurai vue, je vous donnerai le mot de passe et vous pourrez avoir ce que vous voulez. Dites-moi seulement où vous rencontrer.

Elle fit une pause.

— Je viendrai seule et sans arme.

Elle s'interrompit à nouveau, puis continua :

— Comment saurai-je que vous l'avez relâchée ? Je ne vais pas me laisser piéger et vous donner toutes les cartes.

Declan enrageait de n'entendre qu'un seul côté de la conversation. Écouter sans rien faire n'était pas le genre de choses qui lui permettait d'évacuer sa colère.

Quand Riley acheva la conversation, elle contempla son téléphone.

— Au moins, ils sont prêts à faire un échange, dit-elle en soupirant. Je savais que je n'aurais pas dû accepter de collaborer avec le FBI. Rien de tout cela ne serait arrivé. J'aurais contribué à la vente de secrets relatifs à la sécurité nationale à des espions dans une bienheureuse ignorance. Et Grace n'aurait pas été l'otage de brutes implacables.

— Vous avez fait ce que vous croyiez juste, dit doucement Declan.

Sauf que se fier à ses valeurs ne tournait pas toujours bien, ses hommes et lui en avaient fait l'amère expérience.

— Aucune bonne action ne reste impunie, dit-il avec un

petit sourire. Nous allons sortir Grace de là, même si c'est la dernière chose que je dois faire.

— C'est peut-être l'occasion de la secourir. Mais il faut que j'y aille seule, dit Riley avec une expression résolue.

Elle fixa la route devant elle.

— Mais cela ne veut pas dire que vos hommes et vous devez attendre sans rien faire. Vous pouvez vous poster autour du lieu du rendez-vous. Il faut juste ne pas vous faire voir.

Elle se tourna vers lui.

— Il faut arrêter ces salopards. Non seulement ils menacent ma meilleure amie, mais ils volent des secrets à notre pays.

Declan serra le volant entre ses doigts en se rappelant comment le ravisseur pressait le couteau sur la gorge de Grace. Il *fallait* qu'elle soit encore en vie. Il voulait passer beaucoup de temps avec elle, car il n'avait fait qu'effleurer la surface de sa personnalité et de ses désirs.

— Grace était prête à tout pour vous retrouver. Elle est incroyablement loyale et déterminée.

Riley lui jeta un regard perspicace.

— Vous l'aimez, n'est-ce pas ?

Il sentit une vague de chaleur lui monter au visage.

— C'est une femme formidable, dit-il sans regarder sa passagère, au risque qu'elle voie combien il était déjà attaché à son amie.

Riley haussa les sourcils.

— Quoi, vous avez couché ensemble ? s'exclama-t-elle.

Declan pressa involontairement l'accélérateur.

— Qui dit que nous avons couché ensemble ?

Faire l'amour avec Grace alors qu'ils venaient à peine de se rencontrer avait été insensé. Mais ils l'avaient fait. Et cela avait été incroyablement exaltant et porteur de vie. Declan mourait d'envie de recommencer mais il ne voulait pas que ça se sache. Pas encore. Rien ni personne ne devait interférer avec sa conquête de cette jolie divorcée.

Riley fronça les sourcils.

— Vous n'avez pas profité d'elle, n'est-ce pas ?

— Non. Je ne pourrais jamais profiter d'elle. Grace ne mérite rien d'autre que le bonheur.

— Je suis d'accord. Mais quelles sont vos intentions envers elle ? insista Riley.

— Il faut que je les déclare tout de suite, alors que nous venons de nous rencontrer ?

— Eh bien, oui. Grace est ma meilleure amie. Nous veillons l'une sur l'autre.

— Même si vous lui avez caché des choses ?

— Vous connaissez les règles, dit Riley. Top secret, ça signifie que vous ne pouvez pas même le dire à vos proches. J'aime Grace comme une sœur. Elle mérite d'être heureuse.

Declan ignorait quels étaient les secrets que Riley ne pouvait pas révéler, mais il en savait assez sur Grace pour comprendre qu'elle était peut-être la femme de sa vie. Il avait besoin de passer plus de temps avec elle. Peut-être le restant de ses jours. Durant les quelques heures qu'ils avaient vécues ensemble, il s'était beaucoup attaché à elle. Il se serait lancé sans hésiter au milieu de la bataille pour la libérer.

— Oui, elle mérite d'être heureuse et d'avoir une longue vie.

— Je suis contente que vous pensiez ainsi, dit Riley avec un sourire en coin. Son ex-mari se fichait d'elle du moment qu'elle lui rendait la vie agréable et s'occupait de ses invités.

Declan serra les dents.

— Un vrai salaud, si je comprends bien.

— C'était un imbécile, et il a joué de sales tours à Grace. Je suis soulagée qu'elle se soit débarrassée de lui. Il lui a fallu beaucoup de temps pour reprendre confiance en elle.

Riley pointa l'index dans sa direction.

— Ne fichez pas tout par terre.

— Je jure de bien me comporter avec elle, déclara solennellement Declan en levant la main.

— Tant mieux. Parce que si ce n'est pas le cas, vous aurez affaire à moi.

— J'ai compris.

Il reprit sa respiration et tapa dans ses mains.

— Allons chercher Grace, dit-il. Mais il nous faut un plan.

Il fit signe à son équipe de s'arrêter dans un parking vide. Ils descendirent tous de voiture et se rassemblèrent autour de leur chef.

Declan leur expliqua qu'ils allaient laisser Riley se rendre seule au rendez-vous en voiture, mais pas avant que l'équipe ait investi le lieu et se soit préparée à l'action.

— Nous n'avons que quelques minutes d'avance sur l'heure du rendez-vous, dit-il. Il faut en faire bon usage.

Puis il alla ouvrir le coffre d'une des Cadillac. À l'intérieur, une grande boîte en plastique contenait des fusils de type militaire munis de lunettes de précision.

— Dommage que le mari de Charlie soit mort, remarqua Mack en prenant un des fusils pour l'examiner. Je crois que j'aurais bien aimé le rencontrer.

— Il avait bon goût en matière d'armement, renchérit Gus.

Par sa part, il sélectionna un fusil AR-15 et un chargeur plein de balles. Il inséra le chargeur dans l'arme et glissa la lanière sur son épaule.

Cole fit de même et ajouta un revolver 9 mm pour faire bonne mesure.

Pendant que ses hommes s'équipaient, Declan étudia le lieu du rendez-vous sur son smartphone. Il se trouvait à moins d'un kilomètre et demi. Quand tous furent armés, ils synchronisèrent leurs montres et se mirent en marche. Riley allait attendre un quart d'heure avant de prendre le SUV de Grace pour s'y rendre également. Le temps qu'elle arrive, Declan aurait posté ses hommes.

Quand ils atteignirent l'orée du dépôt, des nuages assombrirent le ciel, annonçant un orage. Declan répartit ses hommes en éventail, tout en surveillant étroitement le sommet des conteneurs, au cas où des snipers y auraient été postés. Ils se déplacèrent rapidement d'ombre en ombre, n'ayant pas oublié leur entraînement aux opérations urbaines.

Bien qu'ils ne disposent pas du matériel de communication high-tech des marines, ils avaient leurs portables et des oreillettes Bluetooth pour rester en contact. Avant de pénétrer dans le dépôt, Declan convoqua une mini-téléconférence et leur donna ses instructions à tous, y compris Riley. Puis il garda la ligne ouverte pendant qu'ils approchaient de leur cible.

Quand Charlie et lui auraient un moment, il veillerait à ce que son équipe dispose de meilleurs équipements de communication et de meilleures armes, songea-t-il. S'ils devaient se charger de missions comme celle-ci, ils devaient disposer des outils nécessaires.

— Je me mets en route, dit Riley dans son oreillette à l'heure dite. Heure d'arrivée prévue dans trois minutes.

— On est prêts, répondit-il doucement.

Mustang évoluait en tête du reste de l'équipe.

— Je vois un petit bureau en préfabriqué au milieu de blocs de construction, signala-t-il.

— Des snipers ? demanda Declan.

— Pas jusqu'ici.

Mustang fit une pause.

— Non, attends. J'en vois un au sommet d'un conteneur, près du préfabriqué.

— Ne l'élimine pas jusqu'à ce que tout le monde soit en place. Il ne faut pas les effrayer avant le début de l'échange.

— Reçu, dit Mustang. Je suis en place. Vous pouvez avancer. Les autres gardes sont près du bureau. J'en compte cinq.

Il donna leur position.

— Je coupe. Trop près pour les bavardages.

Declan et les quatre membres de son équipe se glissèrent entre les conteneurs, en veillant à ne pas se faire voir.

Gus, Cole et Snow décrivirent un cercle pour se rapprocher de trois des gardes indiqués par Mustang, postés aux angles des conteneurs.

— Rappelez-vous que les balles peuvent ricocher sur le métal, les avertit Mack.

Declan l'entendit, mais son attention était tout entière concentrée sur le préfabriqué où, il en était certain, on retenait la femme qu'il était venu sauver.

À peine avait-il jaugé la petite construction, que le SUV de Grace apparut derrière une pile de conteneurs.

— Tout le monde est en place ? demanda Declan.

Un par un, ses hommes répondirent, prenant garde à ne pas parler trop fort ni à empiéter sur leurs transmissions respectives. Quand ils se furent tous manifestés, Declan avança doucement vers le préfabriqué dans la pénombre grandissante.

Riley s'arrêta à une quinzaine de mètres du préfabriqué et resta un long moment dans le véhicule.

La porte du bureau s'ouvrit et quatre hommes en sortirent, entourant un homme de grande taille aux cheveux et aux yeux noirs. Il poussait Grace devant lui, un revolver pressé contre sa tempe.

Declan épaula son fusil et fit le point dans sa lunette. Il n'avait pas encore d'angle de tir. Les hommes se tenaient trop près de Grace. Il la regarda alors à travers l'objectif et eut un choc. Le menton relevé, elle se tenait bien droite. Elle ne voulait pas montrer sa peur à ces hommes.

Declan sentit sa poitrine se gonfler de fierté et, en même temps, ses entrailles se nouer de peur. Les choses pouvaient tourner très mal. Grace était gravement en danger.

— Dois-je sortir maintenant ? demanda Riley, le ramenant au présent.

— Non, dit-il. Restez à l'intérieur jusqu'à ce qu'ils s'éloignent du bureau, pour qu'ils ne puissent pas s'y abriter.

— Tu as oublié ? intervint Snow. J'ai un lanceur de grenade. Tout ce dont j'ai besoin, c'est d'un angle de tir.

— Garde ça pour plus tard, répondit Declan. Avec un peu de chance, on n'aura pas besoin de faire exploser le préfabriqué et tous ceux qui s'y trouvent.

— Mais s'il le faut, je suis ton homme, répliqua Snow. J'ai une expérience très récente de cette arme.

Declan se mit à rire.

— D'accord, je m'en souviendrai. Mais notre objectif n'est pas de faire sauter des bâtiments. Nous sommes là pour secourir deux femmes. Nous ne sommes pas au Moyen-Orient, et expliquer un lanceur de grenade aux autorités locales serait un peu compliqué.

— Reçu, répondit Snow. Mais ça me manque de faire exploser des trucs. Tu crois qu'on aura une chance de recommencer bientôt ?

— Non, pas de sitôt, dit Declan.

Snow soupira.

— Alors, il faudra que je me contente de mon fusil.

— Tu es avec nous, Mustang ? demanda Declan dans son micro.

— Je piaffe d'impatience, répondit celui-ci. C'est quoi, le premier objectif ?

— Prépare-toi à éliminer le sniper sur le conteneur, dit Declan. Fais-le aussi silencieusement que possible.

— Je l'ai en ligne de mire, murmura Mustang.

— Bon, Riley, annonça Declan. Ouvrez la portière et penchez-vous au-dehors. Dites-leur de relâcher Grace sinon vous ne sortirez pas de la voiture.

Riley fit ce qu'il disait. Ouvrant sa portière, elle se pencha au-dehors et cria :

— Laissez-la aller et je viendrai à vous.

— Sortez du SUV tout de suite, ou nous tuons votre amie.

— Si vous tirez sur elle, je foncerai sur vous. Et m'abattre ne vous servira à rien. Vous avez besoin de moi pour ouvrir la carte mémoire. Alors relâchez-la, répliqua Riley avec fermeté.

— Je crois que je suis amoureux, commenta Mack.

Declan ignora cette remarque, tout entier concentré sur les hommes qui entouraient Grace. L'un d'eux la poussa en avant en lui tordant le bras dans le dos. Il s'arrêta devant le SUV de Riley.

— Sortez de la voiture, dit-il. Vous n'allez pas m'écraser tant que j'ai votre amie. Et si vous ne sortez pas, je l'abats.

— Qu'est-ce que je fais ? demanda calmement Riley.

— Dites-leur encore de la lâcher.

Declan ne pouvait pas encore toucher l'homme, qui tenait Grace plaquée contre lui.

— Mais quoi que vous fassiez, ne sortez pas du véhicule.

L'homme écarta son arme de la tempe de Grace et tira vers le sol.

— Sortez ! Tout de suite ! Ou elle meurt.

Declan sursauta. Le ravisseur de Grace était en train de perdre patience. Si seulement il bougeait d'un centimètre sur la gauche.

Le cœur battant, il fit un effort pour maîtriser sa respiration. Il n'osait pas tirer avant d'avoir un angle tout à fait dégagé – qui ne l'obligerait pas à tirer sur Grace dans le même temps…

15

Grace savait qu'elle n'aurait qu'une seule chance. Quand l'homme écarta son arme, elle bondit. Ignorant la douleur de son bras tordu, elle replia l'autre et donna un coup de coude dans le ventre de son ravisseur.

Ce mouvement fit qu'il leva la main et lâcha une balle qui se ficha dans le pare-brise du SUV. En se contorsionnant, Grace échappa à la main de l'homme et se jeta à terre avant de rouler sous le SUV.

Des coups de feu éclatèrent et des balles ricochèrent sur les parois en métal des conteneurs.

Grace se recroquevilla sur elle-même, les mains sur les oreilles. Elle n'aurait su dire si la fusillade émanait seulement des hommes qui l'avaient enlevée, ou s'il y avait d'autres hommes présents dans le dépôt. Vu le nombre de coups de feu, elle supposait qu'ils n'étaient pas seuls. Elle pria pour que ce soit Declan et ses hommes qui répliquaient.

Mais le bruit des balles qui frappaient sa voiture l'effraya pour Riley. Son amie devait absolument esquiver la ligne de tir.

Grace se déplaça un peu sous le châssis de la voiture pour passer du côté conducteur, puis passa la tête au-dehors. La portière était ouverte et Riley était allongée sur le siège.

Durant un instant, Grace crut qu'elle avait été touchée.

— Riley ! Chérie, est-ce que ça va ?

— Grace ? dit Riley en redressant la tête.

— Reste couchée, Riley. Tu peux sortir et me rejoindre sous la voiture ? C'est probablement plus sûr que là-haut.

— Je ne sais pas.

D'autres détonations se firent entendre. On aurait dit une zone de guerre.

Mais Grace n'était pas prête à renoncer. Elle avait enfin retrouvé son amie. Elle n'allait sûrement pas la laisser mourir sous les balles.

D'autres coups de feu, puis des pas précipités se firent entendre. Grace roula sur elle-même et regarda devant la voiture. L'homme qui pointait un revolver sur sa tête il y a peu encore gisait sur le sol, une mare de sang autour de la tête.

Malgré sa propension naturelle au pardon, Grace ne pouvait se résoudre à pardonner à ces hommes, qui l'avaient retenue en otage et s'étaient introduits dans son appartement. Elle leur souhaitait de brûler en enfer.

Elle revint à Riley.

— Viens, Riley. Il faut nous mettre à l'abri. Rejoins-moi.

En prenant soin de ne pas redresser la tête, Riley se retourna sur le siège et jeta un regard à Grace.

— Tu ne sais pas comme je suis heureuse de te voir.

Grace lui sourit.

— Je pourrais dire la même chose, mais ne perdons pas de temps. Laisse-toi glisser et rejoins-moi là-dessous.

Riley prit les clés sur le contact et les jeta à Grace, qui les fourra dans sa poche. Puis elle posa les pieds de Riley sur le marchepied. Son amie se laissa glisser sur le sol. Une fois à terre, Riley s'allongea et roula sous le châssis.

Grace se rapprocha d'elle et attendit l'occasion de courir vers l'un des conteneurs pour les abriter toutes deux. Elle rampa vers l'arrière du véhicule et jaugea de la distance entre elles et le conteneur le plus proche. Cela aurait pu aussi bien être la distance entre les deux parois du Grand Canyon. Traverser une telle distance à découvert était très risqué.

Elle se tourna vers Riley et poussa un cri étouffé. Son amie glissait à reculons sous le SUV, cherchant à se retenir en plantant ses ongles dans la terre, en vain. L'homme que Grace avait cru mort agrippait la cheville de Riley et la tirait vers lui.

Se retournant, Grace roula vers son amie, déterminée à la rattraper avant que le bandit ait pu la tirer de sous le véhicule.

Mais le temps qu'elle rampe dans l'autre direction, il était trop tard. Le ravisseur avait passé un bras autour de la gorge de son amie.

— Un geste et je la tue.

Grace n'hésita pas. Elle balança sa jambe avec toute la violence dont elle était capable et frappa le malfrat au tibia. Ses jambes vacillèrent et il battit des bras, lâchant Riley du même coup.

Riley plongea en avant, hors d'atteinte de l'homme qui s'écroula au sol.

Grace recula jusqu'à l'endroit où Riley s'était affalée contre le flanc du SUV. Elle prit son amie dans ses bras et la serra contre elle tandis que la bataille faisait rage autour d'elles.

— J'avais tort. Remonte dans le SUV.

— Je ne peux pas, dit Riley en claquant des dents.

— Monte, ordonna Grace. Je vais te sortir de là.

Riley lui obéit et se hissa dans le SUV, puis passa du côté passager. Grace dut attendre qu'elle soit plus ou moins installée avant de grimper à son tour. Elle posait le pied sur le marchepied quand un cri s'éleva au loin et une voix masculine dit près d'elle :

— J'aurais dû vous tuer dès le départ.

Lasse à en mourir, Grace se retourna et se trouva nez à nez avec le canon d'un revolver. L'homme dont elle avait malmené le tibia tenait l'arme, juste un peu trop loin pour le lui ôter des mains d'un coup de pied ou refermer la portière sur son bras. On y était. Le spectacle était terminé.

Ce qu'il leur fallait, maintenant, c'était un miracle.

Declan était trop loin pour pouvoir aider Grace. En la voyant se jeter à terre, il tira sur l'homme qui la tenait. Il espérait qu'elle s'était mise à l'abri des balles, car dès qu'il fit feu, l'enfer se déchaîna.

— Élimine le sniper, hurla-t-il à Mustang.

Un coup de feu retentit et un homme tomba d'une pile de conteneurs. Une fois le sniper hors jeu, ils étaient à égalité. Mais il y avait des tas d'endroits où se cacher avec tous ces conteneurs. Le problème était qu'ils n'absorbaient pas les balles. Ces dernières ricochaient sur les parois en métal et poursuivaient leur trajectoire vers d'autres choses.

Declan ne pouvait qu'espérer que ces autres choses ne soient ni ses hommes ni les femmes.

Il visa les hommes toujours debout près du bureau en préfabriqué. Ils se réfugièrent derrière les voitures garées dans le parking et une sorte de guerre totale se déclencha. Au lieu de tranchées, il s'agissait de véhicules, mais les balles allaient et venaient de la même manière.

Ces hommes n'étaient pas de banales petites frappes. C'étaient de vrais tueurs, équipés d'armes aussi impressionnantes que celles du mari de Charlie.

— Prenez votre temps, conseilla-t-il à ses hommes. Gardez vos munitions. Vous les aurez quand ils commenceront à faire des erreurs.

Ses hommes savaient comment épuiser l'adversaire. Ils tiraient juste assez pour déclencher des tirs de riposte, jusqu'à ce que le nombre de balles diminue.

Une ombre se déplaça près du bureau. Declan la prit en ligne de mire et découvrit un homme derrière un pilier. Il le garda en vue et attendit.

L'homme leva un fusil et visa Declan. Mais celui-ci fit feu le premier. L'homme tomba et resta immobile sur le sol.

C'est alors qu'il vit Riley, empoignée par l'homme qu'il croyait avoir tué.

Son cœur eut un raté, et il changea de cible. Mais il ne pouvait tirer sans atteindre Riley. L'homme tomba sur le côté et Riley plongea sous le SUV de Grace. Il vit alors Grace couchée sur le côté, jambe tendue.

Cela le fit rire. Elle avait fait tomber l'homme avec un coup de pied bien placé. Tant mieux.

Grace et Riley se blottirent l'une contre l'autre un instant, puis Riley monta dans le véhicule. Bien. Elles pouvaient reculer avec la voiture et se mettre hors de portée.

Mais il vit l'homme que Grace avait fait tomber se baisser pour ramasser son arme.

— Grace, attention ! cria-t-il.

Il épaula son fusil et regarda par la lunette, priant pour que sa cible soit dégagée.

L'homme pointa son arme sur Grace. Declan retint son souffle et pressa la détente.

Le coup de feu parut déclencher une autre détonation en écho.

Pendant un long moment, le bandit qui tenait Grace demeura dans la même position. Puis il s'écroula sur le sol. Une fraction de seconde plus tard, Grace fit de même.

Declan sentit son cœur s'arrêter.

— C'était le dernier. Leur compte est bon, annonça Mack dans l'oreillette.

Les oreilles bourdonnantes, Declan ne comprit pas ces paroles. Il se remit debout et s'élança vers le SUV.

— Grace ! cria-t-il, sentant son cœur se briser en mille morceaux.

Il ne la voyait pas de face et ne pouvait dire si elle avait les yeux ouverts. Était-elle blessée ? Morte ?

Il courut aussi vite que ses jambes le portaient et glissa à genoux près de Grace.

Elle avait les yeux ouverts. Des larmes lui piquèrent le bord des paupières quand il comprit qu'elle n'était pas morte.

— Grace, dit-il, en la prenant dans ses bras. Tu es blessée ? Tu as reçu une balle ? Dis-moi que tu vas bien. J'ai failli mourir un millier de fois ces dernières trente secondes.

Il l'éloigna de lui en la tenant à bout de bras et parcourut son corps des yeux.

— Parle-moi.

Elle rit en secouant la tête.

— Je voudrais bien, si tu te taisais assez longtemps.

Elle lui adressa un grand sourire.

— Je vais bien. Mais après tout ce que nous avons traversé aujourd'hui et après avoir failli recevoir une balle en pleine poitrine, je ne pouvais plus le supporter.

Elle lui posa une main sur la joue.

— Je suis désolée de t'avoir fait peur, mais j'étais assez effrayée moi-même pendant quelques instants.

Posant les mains de chaque côté de son visage, il la regarda au fond des yeux.

— Tu es la femme la plus incroyable que j'ai jamais rencontrée. J'ai envie de t'embrasser et en même temps de te secouer comme un prunier pour m'avoir fait la peur de ma vie.

Il rit et l'attira à nouveau à lui.

— Promets-moi quelque chose, dit-il contre son oreille.

La chaleur de son souffle dans son cou la fit frissonner de tout son long. Comment ne pas succomber à son charme masculin ?

— Te promettre quoi ? dit-elle d'une voix rauque de désir.

— Que tu ne te retrouveras plus jamais en face d'un malfrat de ce genre. Je crois que je ne pourrais pas le supporter.

Elle sourit et pressa ses lèvres sur les siennes.

— Je ferai de mon mieux. Crois-moi, je n'ai pas du tout envie de me retrouver encore du mauvais côté d'un revolver.

— Et maintenant que nous avons retrouvé ton amie, promets-moi que tu ne vas pas disparaître de ma vie. Je crois que je saurai aimer une fille qui sait se défendre et défendre les autres. Tu es mon héroïne.

Il lui embrassa le bout du nez, puis effleura ses lèvres.

— Tu plaisantes ? Je serais morte si tu n'avais pas abattu ce type. Je priais pour un miracle, et tu l'as fait.

Elle lui noua les bras autour du cou et lui donna un baiser à couper le souffle, qui l'ébranla jusqu'au fond de lui-même.

Quand leur baiser prit fin, Declan éclata de rire.

— Oui, je crois que je pourrais très facilement tomber amoureux de toi.

— Bon, dit-elle, parce que je suis tout à fait dans les mêmes dispositions.

Il recula un peu la tête, une expression perplexe sur le visage.

— C'est vrai, ça ne te ferait rien d'être avec un homme qui a été renvoyé de l'armée ?

— Si c'est toi, non. Je sais que tu es droit et que tu crois à la justice. Quoi que tu aies fait pour motiver ton renvoi, tu devais avoir de bonnes raisons. Je le sais au fond de moi.

— Alors je te dirai que je n'ai pas suivi les ordres, parce qu'il s'agissait de tirer sur de jeunes mariés et des bébés pris en otage par ces lâches de talibans.

Il secoua la tête.

— J'ai refusé de tirer sur des innocents. Et un terroriste particulièrement mauvais s'en est tiré parce que mes hommes et moi avons refusé d'abattre la cible quelles que soient les circonstances. C'est ce refus, plus l'actualité politique, qui nous ont valu d'être renvoyés.

— Je suis certaine que si tu avais fait appel de la décision, ils l'auraient modifiée, dit-elle.

— Non, il n'y a pas à y revenir, dit-il en secouant la tête. Et puis, les gars et moi, nous avons un boulot maintenant. Nous allons aider Charlie à combattre pour la justice et la vérité.

— Et tu auras du temps pour moi ? interrogea Grace. J'aimerais vraiment te revoir, même si ta mission est achevée.

— Tu peux compter là-dessus. Je t'emmènerai peut-être même dîner et danser.

— Tu sais comment séduire une femme, n'est-ce pas ?

— Je pense que tu as amplement prouvé que tu savais aussi séduire un homme. Tu m'as épaté depuis que nous nous connaissons. J'ai hâte de mieux te connaître.

— Hé, vous deux, vous croyez pouvoir vous détacher l'un de l'autre assez longtemps pour expliquer à la police pourquoi il y a des morts partout ?

Mack se tenait au-dessus d'eux, secouant la tête. Declan se remit debout et se pencha pour tendre la main à Grace.

— Il est temps d'appeler Charlie. C'est fini. Et moi, j'ai rendez-vous avec une très belle femme.

Il l'aida à se relever et la prit dans ses bras.

— Je suis vraiment heureux d'être tombé sur toi sur ce trottoir, le jour de l'attentat.

— Moi aussi, dit Grace. Je ne peux même pas imaginer ce qui se serait passé si tu n'avais pas été là. Je ne croyais pas au destin avant, mais maintenant j'y crois.

MARIE FERRARELLA

Une troublante association

Traduction française de
FABRICE CANEPA

BLACK ROSE

HARLEQUIN

Titre original :
CAVANAUGH STAKEOUT

Ce roman a déjà été publié en 2021.

Prologue

Seamus Cavanaugh se sentait vieux et il détestait ça.

Même monter en voiture lui prenait plus de temps qu'auparavant. Au lieu de se glisser naturellement derrière le volant, il était désormais obligé de s'asseoir sur son siège avant de ramener une à une ses jambes à l'intérieur.

Par-delà la perte de temps et l'humiliation que cela représentait, il se sentait trahi par son propre corps. Ses proches lui auraient probablement assuré que c'était inévitable, lorsque l'on atteignait l'âge très respectable de quatre-vingt-un ans. Et c'était la raison pour laquelle il s'abstenait de leur en parler.

De toute façon, il n'avait pas pour habitude de se plaindre - particulièrement lorsqu'il s'agissait de choses sur lesquelles il n'avait aucune prise comme le temps, la vieillesse ou l'approche inexorable de la mort. Mais il n'entendait pas pour autant s'y résigner passivement.

C'est la raison pour laquelle il refusait de prendre sa retraite. Il travaillait toujours pour l'agence de sécurité privée qu'il avait fondée et continuerait de le faire tant que ses jambes le porteraient encore.

À la demande de ses fils, il avait bien essayé de lever le pied et de s'accorder plus de temps libre. Mais il avait très vite commencé à s'ennuyer et à tourner en rond dans son appartement.

Seamus Cavanaugh avait besoin de se sentir actif, quel

qu'en soit le prix à payer. Et il ne se laisserait pas décourager par les rhumatismes qui lui nouaient les genoux, les épaules ou le dos. Il continuerait de serrer les dents comme il l'avait toujours fait.

Il ne cessait de le répéter à qui voulait l'entendre : un Cavanaugh ne se plaignait jamais.

C'était la raison pour laquelle il se trouvait dans ce quartier industriel d'Aurora au beau milieu de la nuit, à surveiller un entrepôt que son entreprise avait été chargée de protéger après une série de cambriolages.

L'équipe qu'il avait envoyée sur place avait tout d'abord équipé le bâtiment d'un système d'alarme nettement plus perfectionné. Ses hommes avaient également disposé un certain nombre de caméras en plusieurs points stratégiques. Mais, jusqu'à présent, cette surveillance électronique n'avait rien donné.

Les experts que Seamus employait comptaient parmi les plus doués dans leur domaine, et pourtant lui-même n'avait qu'une confiance limitée dans leurs gadgets technologiques. Il savait d'expérience que ceux-ci n'avaient de valeur que tant qu'un petit malin n'avait pas trouvé une façon de les pirater. Et cela finissait toujours par se produire.

Seamus estimait donc que leur emploi n'était qu'une précaution supplémentaire qui ne pouvait en aucun cas se substituer à une surveillance plus traditionnelle. Peut-être était-il un peu vieux jeu mais, jusqu'à ce jour, cette méthode lui avait toujours réussi.

C'était la raison pour laquelle il avait décidé de se rendre sur place, ce soir-là, afin de s'assurer en personne qu'il ne se produisait aucun va-et-vient suspect dans les parages. Sa ronde lui avait permis de se rendre compte que tout était parfaitement calme, et il était revenu sur le parking où il avait garé sa voiture.

Il s'apprêtait à présent à rentrer chez lui et à s'accorder

le verre de whisky qu'il s'était promis. Son cardiologue, le Dr Benevenuti, aurait probablement désapprouvé cette habitude. Mais le spécialiste qui le suivait depuis des années avait tendance à ne se fier qu'à la date de naissance de Seamus sans tenir compte de sa constitution robuste ni de sa volonté de fer.

D'ailleurs, Seamus ne voyait pas vraiment l'intérêt de prolonger indéfiniment son existence si c'était pour se priver de tous les petits plaisirs qu'elle pouvait lui procurer...

La vieillesse était déjà bien assez ingrate comme cela, songea-t-il en sentant s'éveiller une douleur au creux de l'épaule, là où il avait été blessé par balle, près de quarante ans auparavant. Il travaillait alors pour la police, comme un grand nombre de Cavanaugh le faisaient encore aujourd'hui.

Ce tiraillement familier lui indiqua qu'il allait probablement pleuvoir. Fort heureusement, cela ne se produisait pas très souvent en Californie. Réprimant une grimace de souffrance, Seamus se massa doucement l'épaule.

— J'ai besoin de ta voiture, grand-père. Alors sors de là !

Seamus sursauta légèrement, surpris de découvrir que quelqu'un se tenait à côté de sa portière toujours grande ouverte. Plongé dans ses pensées, il ne l'avait pas entendu approcher. Il constata également que l'homme tenait à la main un pistolet automatique qu'il pointait dans sa direction.

— Fichez le camp ! s'exclama Seamus, furieux de s'être laissé surprendre de cette façon.

— Mauvaise réponse, l'ancêtre, répliqua l'homme en riant d'un air mauvais.

Mais Seamus n'entendait pas se laisser intimider aussi facilement.

— Pour qui est-ce que vous vous prenez ? s'emporta-t-il.

Assis dans la voiture, il ne pouvait voir le visage de l'homme qui le menaçait. En revanche, il crut distinguer une autre silhouette, un peu en retrait, et espéra que ce témoin appellerait la police.

— Je suis l'homme qui est sur le point de partir avec ta voiture, répondit son agresseur d'un ton amusé. Quant à toi, grand-père, je t'assure que si tu continues à faire le malin tu n'auras plus jamais besoin de voiture...

— Je ne suis pas encore mort, répliqua Seamus en tentant d'attraper le poignet de son adversaire.

De sa main libre, il plongea la main sous sa veste pour sortir le revolver dont il ne se séparait jamais. Cela faisait bien longtemps qu'il n'appartenait plus à la police, mais il avait un permis de port d'arme en bonne et due forme. Et, chaque semaine, il se rendait au stand de tir pour s'entraîner.

— Terrible erreur, papy, s'exclama l'homme dont il venait de saisir le poignet.

D'un coup sec, il recula le bras, arrachant Seamus à son siège. Ce dernier parvint difficilement à conserver son équilibre et tenta de se défendre. Mais il devait y avoir quarante ans d'écart entre les deux adversaires, et la lutte fut inégale et de courte durée.

Seamus fut projeté tête la première contre l'asphalte qui lui entailla cruellement le front. Il manqua de s'évanouir et, avant qu'il ait pu recouvrer complètement ses esprits, il sentit un coup de pied vicieux percuter ses côtes flottantes, lui arrachant un gémissement de souffrance.

Une fois de plus, il tenta de dégainer son arme. Mais son adversaire était désormais sur ses gardes, et un second coup de pied fit voler le revolver à quelques mètres de là.

— Je dois reconnaître que tu as du cran, l'ancêtre, déclara son agresseur avec ironie. Mais dis-toi qu'on ne peut pas gagner à tous les coups.

Sur ce, il pressa la détente de son arme. Un coup de feu retentit, assourdissant, et Seamus sentit une douleur fulgurante lui déchirer l'épaule gauche. Une fois de plus, il faillit perdre connaissance. Au loin, il lui sembla entendre un cri de femme - mais peut-être ne s'agissait-il là que d'un effet de son imagination.

— Voilà ce qu'on récolte lorsqu'on veut jouer au plus malin avec moi, murmura son agresseur en s'approchant de lui.

Il fit mine de s'agenouiller pour vérifier que Seamus était bien mort, mais le bruit d'une voiture qui approchait l'en dissuada. Réprimant un juron, il se redressa et enjamba le corps du vieil homme pour se diriger vers la voiture.

Quelques instants plus tard, Seamus entendit claquer une portière, puis une autre, et sa voiture démarra dans un rugissement de moteur. Puis, brusquement, les ténèbres se refermèrent sur lui, et tout redevint silencieux.

1

Andrew Cavanaugh fut brusquement tiré de son sommeil par la sonnerie du téléphone. Instantanément, une angoisse glacée s'insinua en lui. Lorsqu'il était encore le chef de la police, il détestait ces appels nocturnes qui étaient souvent synonymes de mauvaises nouvelles. Les bonnes, curieusement, semblaient toujours pouvoir attendre le lendemain matin.

Aujourd'hui, bien sûr, il n'appartenait plus officiellement à la police d'Aurora. Mais un grand nombre des membres du clan Cavanaugh en faisaient partie. Et il redoutait toujours le jour où il apprendrait au beau milieu de la nuit que l'un d'eux s'était fait abattre au cours d'une intervention.

Se redressant sur son lit, Andrew tâtonna à la recherche du mobile posé sur sa table de nuit. Rose, son épouse, s'était également assise, partageant sans doute cette angoisse si familière.

— Qui est-ce ? souffla-t-elle.

Andrew ne lui répondit pas. Il avait déjà décroché et écoutait attentivement ce que son correspondant était en train de lui dire.

L'inquiétude qui se lisait sur son visage ne fit qu'accentuer celle que Rose éprouvait. Elle posa doucement la main sur son bras, comme si ce simple contact pouvait l'aider à deviner les paroles de son interlocuteur.

— Quand est-ce arrivé ? s'exclama alors Andrew. Est-ce qu'il est… ?

Rose le vit pousser un soupir de soulagement. Il paraissait pourtant sous le choc de ce qu'on venait de lui dire.

— À quel hôpital a-t-il été emmené ? demanda-t-il.

À ces mots, Rose sortit du lit et entreprit de s'habiller à la hâte. Elle sortit ensuite des vêtements pour son mari. Elle le connaissait suffisamment pour savoir qu'il voudrait se rendre à l'hôpital, quel que puisse être le membre de la famille qui avait été blessé ce soir-là.

Elle n'avait en revanche aucun moyen de deviner de qui il pouvait bien s'agir. Ils comptaient parmi leurs proches bien trop de policiers qui risquaient régulièrement leur vie pour respecter le serment qu'ils avaient fait de protéger et de servir la population d'Aurora.

Cela faisait bien longtemps qu'elle s'était résignée à cet état de fait. Mais elle savait aussi qu'elle ne s'habituerait jamais à ce genre de coups de téléphone nocturnes…

Comme elle se faisait cette réflexion, Andrew raccrocha et se leva à son tour.

— Qui est-ce ? s'enquit-elle.

Andrew la considéra d'un air légèrement hébété, comme s'il avait du mal à croire ce qu'il venait d'entendre.

— Seamus, souffla-t-il.

Rose le considéra avec stupeur tandis qu'il commençait à enfiler les habits qu'elle venait de sélectionner pour lui. De tous les noms qu'elle s'était attendue à l'entendre prononcer, celui de son père était bien le dernier.

— Est-ce qu'il a eu une attaque ? demanda-t-elle.

Andrew secoua la tête.

— C'est une blessure par balle, répondit-il. D'après les policiers qui ont été dépêchés sur place, il s'agissait probablement d'un vol de voiture.

Rose ne put réprimer une exclamation horrifiée.

— Comment va-t-il ?

Andrew détourna les yeux, mais elle eut le temps de discerner le mélange d'incertitude et d'angoisse qui s'y lisait en cet instant.

— Il est vivant, répondit-il sobrement. Mais il n'a pas repris connaissance depuis qu'on l'a découvert dans ce parking.

Son père venait tout juste d'entrer au bloc opératoire et, à ce stade, les médecins se gardaient bien de tout pronostic. Il pouvait le comprendre, d'ailleurs. Seamus était doté d'une solide constitution et d'un moral d'acier, mais il n'en était pas moins âgé de quatre-vingt-un ans.

S'efforçant de réprimer l'angoisse qui le tenaillait, Andrew se dirigea vers la porte.

— Je file à l'hôpital, annonça-t-il.

— Je t'accompagne, répondit Rose sans hésiter.

Andrew secoua la tête.

— Ça ne sert à rien, lui assura-t-il. Ils sont en train de l'opérer. Je ne pourrai probablement pas le voir avant plusieurs heures.

— Justement ! Je ne vais pas te laisser attendre tout seul là-bas, répliqua Rose d'un ton décidé.

Il sentit monter en lui un mélange d'agacement et de tendresse.

— Mieux vaut que tu restes ici tranquillement. Je suis sûr que les autres membres de la famille ne vont pas tarder à appeler.

— Je pourrai tout aussi bien leur répondre de l'hôpital, déclara-t-elle. Et, si cela peut te rassurer, je vais même transférer les appels du fixe sur mon portable. Ton père me rend parfois folle, mais je l'aime beaucoup et je ne compte pas rester ici à me tourner les pouces en attendant des nouvelles. Alors, au lieu de perdre du temps en discussions stériles, je pense que nous devrions y aller.

Andrew se pencha vers elle et posa un petit baiser sur ses lèvres.

— Au cas où je ne l'aurais pas mentionné dernièrement, je tiens à te dire que je t'aime, Rose McGee Cavanaugh.

Elle lui décocha ce sourire radieux qui, même après toutes ces années de vie commune, ne manquait jamais de lui réchauffer le cœur.

Malgré ces circonstances dramatiques, sa simple présence à ses côtés suffisait à lui redonner espoir. Et, une fois encore, il se répéta qu'il était l'un des hommes les plus chanceux qui soient.

En dépit de l'heure tardive, le parking de l'hôpital d'Aurora était empli de véhicules - parmi lesquels on comptait un nombre anormalement élevé de voitures de patrouille.

Durant le trajet qui les avait conduits jusque-là, Rose avait contacté les principaux membres de la famille, qui avaient à leur tour relayé l'information. Le clan Cavanaugh s'était naturellement regroupé autour de son patriarche blessé.

Dès qu'ils eurent trouvé une place disponible, Rose et lui se dirigèrent à grands pas vers l'entrée des urgences.

Andrew n'aurait su dire combien de fois au cours de sa carrière il s'était retrouvé là, au beau milieu de la nuit, pour soutenir la famille de l'un de ses hommes blessés. Il y avait même été admis lui-même, après une blessure par balle, des années auparavant.

Pourtant, il ne s'était peut-être jamais senti aussi inquiet que ce jour-là. Car, cette fois, c'était son propre père qui avait été blessé et qui, en cet instant même, se trouvait entre la vie et la mort.

— Vous êtes là pour Seamus Cavanaugh ? leur demanda l'infirmière qui se trouvait à la réception et que son badge identifiait comme étant Marsha Williams.

— En effet, acquiesça Andrew. Comment va-t-il ?

Avant que la jeune femme ait eu le temps de lui répondre, Callie, la fille aînée d'Andrew, les rejoignit.

— Grand-père est une vraie force de la nature, s'exclama-t-elle. Je suis sûre qu'il va s'en sortir.

Andrew se tourna vers elle et aperçut Benton Montgomery, son époux, ainsi que ses deux frères, Shaw et Clay, ses deux sœurs, Teri et Rayn, et leurs conjoints respectifs.

— Je suis content que vous soyez tous là, déclara-t-il.

Callie serra son père dans ses bras.

— Nous sommes venus dès que maman nous a avertis, répondit-elle. D'autres membres de la famille sont en chemin.

Rose décocha à Andrew un sourire empreint d'une pointe de malice.

— Et toi qui voulais que je reste à la maison, lui dit-elle en secouant doucement la tête. Est-ce que l'un d'entre vous a parlé au médecin qui s'est occupé de Seamus ? demanda-t-elle à la cantonade.

— Nous ne l'avons pas encore vu, fit Dax Cavanaugh, qui les avait rejoints à son tour.

Son père, Brian Cavanaugh, l'un des frères d'Andrew, qui était l'actuel inspecteur en chef d'Aurora, se tenait à quelques pas derrière lui.

— On m'avait prévenu que cela arriverait, un de ces jours, murmura alors Marsha Williams en les considérant avec curiosité.

— Que quoi arriverait ? s'enquit Brian.

— L'infirmière en chef qui m'a précédée, Rachel Rubin, m'a dit que je verrais un jour une horde de Cavanaugh déferler aux urgences parce que l'un d'eux aurait été blessé.

— C'était effectivement à prévoir, reconnut Lila, la femme de Brian. Mais dites-nous si vous avez du nouveau au sujet de Seamus.

Marsha jeta un coup d'œil à l'écran qui se trouvait devant elle.

— Apparemment, il vient tout juste de sortir de la salle d'opération, déclara-t-elle. Je vais aller chercher le Dr Logan, qui a supervisé l'intervention chirurgicale. Il aura certainement plus de détails à vous fournir.

— Merci beaucoup, mademoiselle, dit Lila.

Marsha répondit par un petit hochement de la tête. Quittant son poste, elle se dirigea rapidement vers le couloir qui s'ouvrait au fond de la salle d'attente.

— Est-ce que l'on sait ce qui s'est vraiment passé ? demanda Andrew à Brian.

— Apparemment, quelqu'un a volé la voiture de papa, annonça ce dernier. Il a dû résister. Une altercation s'est ensuivie, et il s'est fait tirer dessus.

— Qui a prévenu la police ?

— Un homme qui était sorti promener son chien, répondit Brian. Il a vu de loin deux personnes se disputer sur le parking. En s'apercevant que l'une d'elles était armée, il a immédiatement appelé la police.

— Qui est chargé de l'enquête ? s'enquit Andrew.

— C'est moi, répondit Finley Cavanaugh en s'avançant.

Finn appartenait à la branche cadette de la famille. Il était l'un des petits-enfants de Murdoch Cavanaugh, le frère de Seamus. Seamus et Murdoch s'étaient perdus de vue étant jeunes, lorsque leurs parents avaient divorcé. C'était Andrew qui avait fini par retrouver la trace de son oncle et de ses descendants. Malheureusement, Murdoch était mort avant que les deux frères puissent être réunis.

Bon nombre de ses enfants et de ses petits-enfants avaient cependant décidé de renouer avec leurs parents éloignés, et certains d'entre eux étaient même venus s'installer à Aurora. Curieusement, eux aussi comptaient dans leurs rangs beaucoup de policiers.

Finley était inspecteur et appartenait à la division chargée des vols et cambriolages. Avant qu'Andrew ait pu l'interroger plus avant sur ce qu'il avait pu apprendre, ils furent interrompus par l'arrivée du chirurgien qui venait d'opérer Seamus.

Tous se tournèrent vers lui, attendant avec angoisse son diagnostic.

2

Le Dr Joshua Logan ne s'était installé que très récemment à Aurora. Il avait grandi, étudié et commencé à travailler sur la côte Est et était considéré comme l'un des meilleurs chirurgiens urgentistes de sa génération.

En s'avançant dans la salle d'attente, il observa avec une pointe de curiosité les gens qui venaient de se tourner vers lui et qui, s'il fallait en croire Marsha Williams, appartenaient tous à la famille de son patient.

— J'ai de bonnes nouvelles à vous annoncer, leur dit-il. L'état de M. Cavanaugh est stable, et je ne suis plus inquiet pour sa survie. La balle qui l'a atteint a traversé l'épaule, manquant de peu le poumon. Il a perdu beaucoup de sang, et nous avons procédé à une transfusion. Il présente aussi plusieurs fractures au niveau des côtes. Mais, physiquement, il devrait se remettre assez rapidement de ses blessures.

— Physiquement ? répéta Andrew, à qui l'insistance du chirurgien sur ce terme n'avait pas échappé.

— Moralement, ce sera peut-être plus dur. M. Cavanaugh a subi un traumatisme. Et il en a été très affecté.

— Il vous a parlé ? s'enquit Andrew. Est-ce qu'il est conscient ?

— Il a repris conscience en salle de réveil, acquiesça Joshua Logan. Mais il était très agité, et j'ai jugé préférable de lui administrer un sédatif.

Brian s'avança aux côtés d'Andrew.

— Notre père n'aime pas trop les hôpitaux, expliqua-t-il.

— C'est assez courant, déclara le chirurgien. Malheureusement pour lui, je vais devoir le garder en observation pendant au moins vingt-quatre heures. Il a subi une blessure par balle, et je ne veux courir aucun risque.

— Bien sûr, fit Andrew. Nous nous en remettons entièrement à vous. Nous tenons tous à ce qu'il se rétablisse au plus vite.

Joshua hocha la tête.

— Je pense que ce devrait être le cas, déclara-t-il. M. Cavanaugh est en très bonne condition physique, pour un homme de son âge. Et il semble doté d'une excellente constitution.

— C'est le cas, acquiesça Andrew. Mais dites-moi, docteur, quand nous sera-t-il possible de le voir ?

En dépit du soulagement qu'il avait éprouvé en écoutant le rapport du chirurgien, il avait besoin de s'assurer de ses propres yeux que son père était bien vivant.

— Pas avant demain matin, répondit Joshua.

— Docteur, ne serait-il pas possible de le voir, ne fût-ce que quelques instants ? intervint alors Rose.

Le chirurgien hésita. Mais la supplique muette qu'il lut dans les yeux du couple qui lui faisait face eut raison de ses réticences.

— D'accord, concéda-t-il. Mais juste une personne. Et pas plus de cinq minutes. Si jamais M. Cavanaugh se réveille, je ne tiens pas à ce que sa chambre soit envahie de monde.

Andrew se tourna vers ses deux frères, Brian et Sean, les interrogeant du regard.

— Vas-y, l'encouragea Brian.

— Et dépêche-toi avant que le médecin change d'avis, renchérit leur benjamin.

— Merci, leur dit Andrew avant d'emboîter le pas à Joshua.

Ils quittèrent la salle d'attente et remontèrent un long corridor qui desservait plusieurs chambres.

— Il est ici, annonça le chirurgien en désignant l'une des portes. Allez-y et souvenez-vous : pas plus de cinq minutes.

— C'est promis, répondit solennellement Andrew.

Il poussa la porte et pénétra dans la petite chambre au milieu de laquelle se dressait un lit d'hôpital sur lequel était étendu son père. Andrew fut frappé par son extrême pâleur et par l'immense fatigue qui se lisait sur son visage. Il lui parut bien plus vieux que lorsqu'ils s'étaient croisés, la veille.

Le cœur battant, Andrew s'approcha du lit et prit la main de Seamus dans la sienne. Elle était frêle et veinée, bien différente de celles dont il avait gardé le souvenir. Il la serra doucement, mais les doigts de Seamus demeurèrent inertes.

Andrew avisa alors le bandage qui entourait l'épaule et le torse de son père. Prenant vraiment conscience de ce qui aurait pu se produire, il sentit son cœur se serrer dans sa poitrine et dut lutter pour réprimer les larmes qui lui montaient aux yeux. Il ne pouvait se permettre de craquer alors que toute la famille comptait sur lui.

— Tu nous as fait une sacrée frayeur, murmura-t-il. Qu'est-ce qui t'est arrivé, exactement ? Que faisais-tu sur ce parking, au beau milieu de la nuit ? Je parie que tu étais sur une affaire. Mais tu aurais pu en charger l'un de tes employés. Depuis le temps, tu devrais avoir appris à déléguer...

Andrew soupira, sachant qu'une telle chose ne se produirait probablement jamais. Chaque fois que lui ou l'un de ses frères osait suggérer qu'il était peut-être temps pour Seamus de passer la main, ce dernier se mettait dans une colère noire.

— Je connais ça, reprit Andrew. Moi aussi, j'ai peur de devenir obsolète. C'est la malédiction des Cavanaugh, j'imagine : nous pensons avoir toujours quelque chose à prouver - à nous-même sinon aux autres...

Son père ne répondit pas, bien sûr. Et pourtant, en cet instant, il aurait donné n'importe quoi pour entendre sa voix.

— Tout ce que j'espère, c'est que tu pourras nous dire qui t'a fait ça. Je peux t'assurer que tous les membres de la famille n'ont qu'une envie : se mettre à la recherche de ce salopard et le faire payer ce qu'il a fait...

Jetant un coup d'œil à sa montre, Andrew s'aperçut que le temps qui lui avait été imparti s'était presque écoulé.

— Le plus important, dit-il à son père, c'est que tu sois toujours des nôtres.

Il se leva et fit mine de sortir de la chambre. Mais il avisa alors le sachet en plastique qui était posé sur la table de la chambre et dans lequel le personnel médical avait glissé les effets personnels de Seamus. Sans hésiter, Andrew alla récupérer le téléphone portable de son père.

Puisque celui-ci était inconscient, ils ne pouvaient se permettre de négliger aucune piste pour retrouver ses agresseurs. Le portable de Seamus les aiderait à déterminer la localisation précise de ce dernier au cours des minutes qui avaient précédé son agression.

Et, avec un peu de chance, ils trouveraient un témoin ou une caméra de surveillance qui leur permettrait de découvrir qui l'avait attaqué...

Quittant la chambre de son père, Andrew rejoignit sa famille dans la salle d'attente. Là, il chercha des yeux Brenda, la belle-fille de Brian, qui dirigeait le département informatique de la police d'Aurora. Elle se trouvait aux côtés de Dax, son mari.

— Comment va-t-il ? lui demanda ce dernier lorsque Andrew les rejoignit.

— Il est toujours inconscient. Et il a dû passer un sale quart d'heure. Mais Seamus a la peau dure. Je suis sûr que d'ici quelques jours il sera de nouveau sur pied.

— Dieu merci, murmura Brenda.

Andrew lui tendit le téléphone de Seamus.

— C'est le portable de mon père, lui indiqua-t-il. Je compte sur toi pour en tirer tout ce qui pourrait nous être utile pour l'enquête.

— C'est comme si c'était fait, répondit-elle en lui prenant l'appareil des mains.

Andrew se tourna vers les autres membres de la famille, qui s'étaient rapprochés d'eux.

— Écoutez, déclara-t-il, je sais que je ne suis plus le chef de la police et que je n'ai plus aucune autorité légale. Mais je vous demande de faire tout votre possible pour retrouver le type qui a fait ça.

— Tu peux compter sur nous, affirma Shaw, son fils, qui se trouvait être l'actuel chef de la police. Nous trouverons celui qui s'en est pris à grand-père.

Andrew se tourna vers Finley.

— C'est toi qui es responsable de cette enquête, lui dit-il. Je compte sur toi pour coordonner les efforts de tous les autres.

— Bien sûr, répondit gravement Finley.

Dans ses yeux, Andrew lut la même résolution que celle qui brillait dans le regard de ses enfants et de ses neveux. Finley appartenait peut-être à l'autre branche de la famille, mais il n'en était pas moins décidé à venger Seamus.

— Je ne veux marcher sur les plates-bandes de personne, ajouta Finley en se tournant vers ses cousins. Mais, si vous me permettez de mener l'enquête, je vous assure que je retrouverai ce salopard et que je veillerai à ce qu'il finisse derrière les barreaux.

Un murmure d'approbation se fit entendre.

— Si cet homme n'avait pas décidé de promener son chien en pleine nuit, grand-père ne serait peut-être plus là aujourd'hui, déclara alors Riley, la fille de Brian.

— Mais il était là, et Seamus est vivant, répondit ce dernier. C'est tout ce qui compte. Nous allons tous devoir nous retrousser les manches, ajouta-t-il à l'intention des autres membres de la famille. Restez aux aguets : si vous apprenez quoi que ce soit qui pourrait faire avancer l'enquête, n'hésitez pas à faire remonter l'information au plus vite.

— Je suis d'accord, approuva Andrew. Il nous faut agir vite et obtenir rapidement des réponses. Sinon, l'agresseur de Seamus aura tout le temps d'effacer ses traces et de disparaître. Nous devons savoir s'il s'agissait vraiment d'une simple agression ou si papa était visé personnellement. Dans ce dernier cas, nous devons découvrir qui est responsable et quelles sont ses motivations.

— Nous appartenons à l'une des forces de police les plus efficaces du pays, conclut Brian. Alors mettons toute notre expérience à profit et retrouvons cet homme au plus vite !

— Le moins qu'on puisse dire, c'est qu'on n'a pas mis longtemps à la localiser, déclara Sean.

Finn et lui contemplaient la voiture de Seamus, qui avait été retrouvée à moins de dix kilomètres du parking sur lequel ce dernier s'était fait agresser. Les membres de l'équipe de la police scientifique s'activaient autour du véhicule, prenant des photos et relevant toutes les empreintes qu'ils pouvaient trouver.

— En tout cas, ça ne ressemble pas à un coup des gangs du quartier, commenta Finn. La voiture n'a pas été incendiée et elle ne semble pas avoir été particulièrement maltraitée.

Sean hocha pensivement la tête.

— Il comptait peut-être s'en servir pour un casse, suggéra-t-il.

— C'est ce que j'ai pensé en la voyant. Mais, à cette heure, nous n'avons reçu aucune plainte de ce genre : ni banque, ni joaillerie, ni pharmacie… Évidemment, il est possible qu'après avoir tiré sur quelqu'un l'homme ait décidé de se débarrasser de la voiture plutôt que de courir le risque de la garder. Par acquit de conscience, je surveillerai les vols de voiture et les casses au cours des jours qui viennent…

— Avec un peu de chance, répondit Sean, nous trouverons

des empreintes. Et, si l'homme qui a volé la voiture est un récidiviste, nous ne mettrons pas très longtemps à le retrouver...

— Au moins, je suis certain que, s'il y a une empreinte, tes hommes la trouveront. Comme le disait souvent mon père : la meilleure façon d'obtenir des résultats, c'est de savoir s'entourer des meilleurs.

— Je regrette vraiment de ne pas l'avoir connu, déclara Sean.

— Je crois que vous vous seriez très bien entendus, tous les deux, répondit Finn avec un pâle sourire. À vrai dire, tu me fais parfois penser à lui...

Finn haussa les épaules.

— Bon, je vais vous laisser travailler tranquillement, conclut-il. Appelle-moi s'il y a du nouveau.

— Tu peux compter sur moi, lui assura Sean. Quoi que nous découvrions, tu seras le premier au courant.

Vers 6 heures du matin, Finn fut réveillé en sursaut par la sonnerie de son portable. Il était rentré chez lui, histoire de s'accorder quelques heures de sommeil avant de se remettre au travail. Un coup d'œil à l'écran lui apprit que c'était Sean qui cherchait à le contacter.

— Alors ? fit-il en décrochant. Qu'est-ce que vous avez découvert d'intéressant ?

— La première chose intéressante, à vrai dire, c'est ce que nous n'avons pas découvert, répondit Sean. À savoir, des empreintes sur le volant ou sur les poignées de porte. Celui qui a fait le coup devait porter des gants, ce qui confirme qu'il ne s'agit probablement pas d'un membre de gang.

— Dommage, soupira Finn.

— Nous avons quand même réussi à en dégoter une, ajouta Sean. Quelqu'un l'a laissée en ajustant le rétroviseur.

— Bizarre, s'il portait des gants, non ?

— De deux choses l'une : soit il les a enlevés à un

moment, ce qui semble effectivement un peu étrange, soit le conducteur n'était pas seul à bord, et c'est son passager qui a ajusté le rétro.

— Bien vu, approuva Finn. Est-ce que vous avez une idée de l'identité de cette personne ?

— Pas encore, répondit Sean. L'empreinte ne figurait pas dans les bases de données de la police. Mais Valri est sur le coup.

— Espérons qu'elle trouvera quelque chose.

— Si quelqu'un a une chance de découvrir une correspondance, c'est bien Val. Elle est de très loin notre meilleure informaticienne.

— Peut-être. Mais rien ne dit que cette personne soit fichée quelque part...

— Ne sois pas si pessimiste, objecta Sean. Il y a de plus en plus de bases qui intègrent ce genre de données biométriques, de nos jours. Et, même si Valri ne trouve rien, nous avons une autre piste sous la main.

— Laquelle ?

— Comme je te l'ai dit, il n'y avait qu'une empreinte dans la voiture. En revanche, nous avons trouvé du sang dans le coffre. Pas mal de sang, à vrai dire...

— Vous pensez qu'on s'est servi de la voiture pour transporter un corps ? s'exclama Finn, sidéré.

— Ça m'en a tout l'air. Il y avait aussi des fibres et des cheveux dans le coffre.

— Est-ce que vous avez pu identifier la victime ?

— Pas encore, mais nous y travaillons. Je t'appellerai dès que nous aurons des résultats. Tu ferais mieux de dormir un peu, en attendant. Quelque chose me dit que cette affaire ne va pas être de tout repos.

— Je doute de réussir à fermer l'œil après ces révélations, objecta Finn. Je vais retourner au commissariat. Contacte-moi là-bas dès que tu auras du nouveau...

Moins d'une heure plus tard, Finn était assis à son bureau, une tasse de café corsé posée devant lui. Il passait en revue les rapports de police des dernières heures à la recherche du moindre indice qui aurait pu lui indiquer l'identité du cadavre que transportait l'agresseur, l'endroit où cette personne avait été tuée ou celui où elle avait été déposée.

Malheureusement, il n'avait rien trouvé de très concluant pour le moment. Lorsque Sean le rappela enfin, il décrocha à la première sonnerie.

— Ne t'avais-je pas dit qu'il fallait toujours rester positif ? lui demanda le benjamin de Seamus.

— Si, répondit Finn. Tu as du nouveau ?

— Le mérite en revient à Valri, répondit Sean. Elle a découvert à qui appartenait l'empreinte relevée sur le rétroviseur.

— Excellente nouvelle ! lança Finn, plein d'espoir. Alors ? De qui s'agit-il ?

— D'une certaine Marilyn Palmer. Ce qui est curieux, en revanche, c'est que jusqu'à présent elle n'avait strictement rien à se reprocher. Pas même un PV pour excès de vitesse.

— C'était peut-être l'otage de l'homme qui a agressé Seamus.

— Ou sa petite amie, répondit Sean. Ou encore sa sœur. Il est trop tôt pour le savoir.

— Je vais aller lui poser directement la question, déclara Finn.

— J'ai son adresse.

Finn la nota sur le calepin dont il ne se séparait jamais.

— Et pour le sang qui se trouvait dans le coffre ?

— Il est en cours d'analyse au laboratoire, annonça Sean. Nous ne devrions pas tarder à avoir des réponses.

— Beau boulot, s'exclama Finn. Avec un peu de chance, cette affaire sera bouclée d'ici ce soir !

3

Finn était sur le point de quitter le commissariat pour se rendre au domicile de Marilyn Palmer lorsque Joe Harley, l'un de ses collègues qui lui tenait parfois lieu de coéquipier, passa la tête par l'embrasure de la porte de son bureau.

— Finn, il y a une fille qui demande à te voir. On dirait que tu as décroché le gros lot, cette fois-ci. C'est une vraie beauté.

Finn haussa les épaules. Pour le moment, la seule chose qui lui importait, c'était de remonter la piste que Sean venait de lui soumettre. Et il ne pouvait se permettre de perdre une minute. Car, si Marilyn Palmer était impliquée dans l'agression de Seamus et une affaire de meurtre, elle pouvait juger préférable de disparaître au plus vite.

— Je n'ai vraiment pas le temps, Joe, répondit-il à son coéquipier. Occupe-toi d'elle.

— Crois-moi, je ne demanderais pas mieux. Mais elle a insisté pour parler à la personne chargée de l'enquête concernant la voiture de Seamus Cavanaugh.

Finn fronça les sourcils. Se pouvait-il que Marilyn Palmer soit venue le trouver ?

— Est-ce qu'elle t'a dit son nom ? s'enquit-il.

— Nikola Kowalski.

— Nikola ? répéta Finn en haussant un sourcil. Tu es certain que c'est une femme ?

— Aucun doute là-dessus, je t'assure, répondit Joe en riant.

— Est-ce qu'elle t'a dit comment elle avait entendu parler de cette affaire ? On a retrouvé la voiture en question il y a seulement quelques heures.

Joe haussa les épaules.

— Je te l'ai dit : elle ne veut parler qu'à toi.

— Très bien, soupira Finn, fais-la entrer.

Joe sortit et revint quelques instants plus tard, accompagné de la femme en question. En l'apercevant, Finn songea que pour une fois son équipier n'avait pas exagéré. Elle était réellement magnifique. Grande, élancée, avec de longs cheveux blonds et d'immenses yeux d'un bleu lumineux, elle avait des traits d'une finesse exquise et une silhouette de mannequin.

S'efforçant de surmonter l'étonnement et l'admiration qui menaçaient de lui faire perdre contenance, il se leva et contourna son bureau pour se porter à sa rencontre. Joe en profita pour s'éclipser, les laissant seuls.

— Je suis l'inspecteur Finn Cavanaugh, annonça-t-il en lui tendant la main.

Lorsqu'elle la serra, il sentit un léger frisson remonter le long de son avant-bras.

— Je sais qui vous êtes, répondit-elle. Je suis Nikola Kowalski. La plupart des gens m'appellent Nik.

Elle posa son autre main sur la sienne et décocha à Finn un sourire qui lui transperça le cœur. Jamais encore il n'avait rencontré une femme aussi séduisante. Mais ce mélange de charme et de cordialité éveilla simultanément sa méfiance. Il ignorait encore les raisons pour lesquelles cette femme avait voulu le rencontrer, mais était prêt à parier qu'elle allait lui demander un service.

— D'après l'inspecteur Harley, vous vous intéressez à une affaire sur laquelle nous enquêtons actuellement, mademoiselle Kowalski.

L'emploi de son nom de famille et le ton empli de retenue sur lequel il venait de s'exprimer n'échappèrent pas à

Nik. Visiblement, l'inspecteur Cavanaugh était doté d'un tempérament suspicieux. Cela ne faciliterait peut-être pas sa démarche, mais il en fallait bien plus que cela pour la décourager.

— Vous pouvez m'appeler Nik, inspecteur, lui dit-elle en lui décochant un nouveau sourire.

Il comprit alors qu'il ne s'était pas trompé à son sujet : elle était parfaitement consciente de son pouvoir de séduction et n'hésitait pas à en jouer. Il décida donc de redoubler de méfiance à son endroit.

— Pouvez-vous me dire comment vous avez eu connaissance de l'affaire en question, *mademoiselle Kowalski* ? lui demanda-t-il.

Nik haussa les épaules.

— Disons que je suis quelqu'un de très bien informé, répondit-elle en haussant les épaules. Je sais par exemple que ce n'est pas Marilyn Palmer qui a volé cette voiture...

Finn se figea, redoublant de suspicion. Comment pouvait-elle avoir entendu parler de Marilyn Palmer alors que lui-même venait juste d'apprendre l'existence de cette femme ?

— Je ne vois pas très bien comment vous pourriez le savoir, à moins bien sûr d'être impliquée vous aussi dans cette affaire.

— Je le suis, répondit-elle. Mais seulement en tant que bon Samaritain.

— Il va vous falloir être un peu plus précise que cela, mademoiselle Kowalski.

Nik soupira intérieurement. De toute évidence, Finn et elle étaient partis du mauvais pied.

— Appelez-moi Nik, l'encouragea-t-elle sans se faire d'illusions. Et j'aurais sans doute dû commencer par vous dire que je suis moi-même enquêtrice. Je travaille pour une compagnie d'assurances.

Finn leva un sourcil étonné.

— Je doute fort que Seamus Cavanaugh ait sollicité son assureur, à ce stade, remarqua-t-il.

— Ce n'est pas pour la compagnie d'assurances que je mène l'enquête, dans ce cas précis, dit Nik. Mais Kim Palmer, la mère de Marilyn, est l'une de mes amies. Elle est venue me trouver, il y a quelques jours, parce qu'elle pensait que sa fille avait des problèmes. D'après Kim, elle sort avec quelqu'un qui a une mauvaise influence sur elle. Kim craignait qu'elle ne fasse une bêtise...

— Il semblerait effectivement que ce soit le cas, déclara Finn. Mais comment l'avez-vous appris ?

— En tant qu'enquêtrice, je dispose de nombreux informateurs, répondit Nik. Certains appartiennent à la police d'Aurora.

— Je vois, fit sobrement Finn. Et savez-vous où se trouve Marilyn Palmer, en ce moment ?

— Je l'ignore. Sa mère m'a chargée de la retrouver.

— Vous savez que vous pourriez être inculpée pour obstruction à la justice ?

Loin de paraître intimidée le moins du monde, Nik sourit de plus belle.

— Je suis sûre que vous dites ça à toutes les filles que vous rencontrez, plaisanta-t-elle.

— Seulement à celles que je suis sur le point d'arrêter, répliqua-t-il d'un ton glacial. Vous marchez sur des œufs, mademoiselle Kowalski.

— Nik, le reprit-elle une fois de plus. Sachez que je ne cherche pas du tout à entraver votre enquête, bien au contraire. Mais j'ignore réellement où se trouve Marilyn, à l'heure actuelle. Je ne sais pas non plus qui est l'homme avec lequel elle sort. Kim ne connaissait même pas son nom.

— Ce qui m'amène à la question suivante, répondit Finn. Pourquoi êtes-vous venue me trouver ?

— Eh bien, je me suis dit que nous pourrions coopérer puisque nous recherchons tous deux Marilyn.

— Coopérer ? répéta Finn d'un air interdit.

— Échanger les informations dont nous disposons, précisa-t-elle. Cela nous ferait gagner un temps précieux à tous les deux.

Finn secoua la tête. Il était hors de question qu'il travaille avec une amatrice, si ravissante soit-elle. Si elle disposait d'éléments pouvant faire avancer son enquête, il était tout disposé à les entendre. Mais il était hors de question que lui-même partage la moindre information avec elle.

À ses yeux, elle ne valait pas beaucoup mieux qu'une journaliste, et il avait toujours préféré se tenir à prudente distance des reporters.

— Je vous écoute, lui dit-il.

Elle aurait vraiment préféré qu'il commence mais était convaincue qu'il s'y refuserait catégoriquement. Le mieux qu'elle pouvait espérer, c'était de gagner sa confiance en se montrant parfaitement transparente avec lui.

— D'après ce que m'a dit Kim, Marilyn a été une fille sans problème jusqu'ici.

Finn n'était pas convaincu que les parents soient les meilleurs juges, dans ce genre de situation. La plupart du temps, ils tombaient des nues en apprenant que leur enfant avait commis un crime. Mais il préféra ne pas relever, attendant que Nik poursuive.

— Ce n'est que depuis qu'elle a rencontré cet homme que Marilyn a commencé à changer, reprit-elle. Et cela fait plusieurs jours qu'elle a purement et simplement disparu sans donner signe de vie. Kim est folle d'inquiétude.

— Vous m'avez déjà dit tout cela, remarqua Finn. Avez-vous la moindre indication au sujet de cet homme ? Une description physique, au moins ?

— Malheureusement, non, soupira Nik. Kim ne l'a jamais vu.

Elle avait bien conscience de manquer cruellement de données. D'un autre côté, si elle en avait eu plus, elle n'aurait pas eu besoin de solliciter l'aide de Finn Cavanaugh.

— Revenez me voir lorsque vous aurez quelque chose de plus substantiel, lui dit ce dernier.

En réalité, il obtiendrait sans doute bientôt une photo de l'homme qui avait agressé Seamus et volé sa voiture. Il avait demandé à Valri d'exploiter toutes les caméras vidéo de la ville qui se trouvaient à proximité du parking. Par acquit de conscience, il avait aussi chargé plusieurs agents de récupérer les bandes des caméras privées des établissements du voisinage.

— Et vous ? lui demanda alors Nik. Qu'avez-vous découvert ?

— Rien qui vous concerne, répondit-il.

— Vous m'avez promis de me dire ce que vous savez, protesta-t-elle.

Finn secoua la tête.

— Je n'ai rien promis du tout. J'ai juste accepté d'écouter ce que vous aviez à me dire. Et, très franchement, vous ne m'avez pas fourni beaucoup de nouvelles informations.

— Je vous ai dit que Marilyn avait rencontré quelqu'un et qu'elle avait fugué pour le rejoindre.

— J'étais déjà convaincu qu'elle se trouvait en compagnie d'un homme, objecta Finn. Il a agressé le frère de mon grand-père et lui a tiré dessus à bout portant avant de lui voler sa voiture, le laissant pour mort sur un parking.

Alors même qu'il prononçait ces mots, il sentit un goût amer envahir sa bouche. L'idée que quelqu'un ait pu s'en prendre de cette façon à un vieil homme le rendait malade.

— Je savais déjà tout cela, remarqua Nik.

— Cet échange d'informations n'a donc pas été si utile que cela, en fin de compte, ironisa Finn. Maintenant, si vous voulez bien m'excuser...

Il se dirigea vers la porte de son bureau, et Nik lui emboîta le pas, quittant la pièce à sa suite.

— Où allons-nous ? lui demanda-t-elle alors.

— Moi, je vais au labo de la police, répondit-il. Quant à vous, je n'en ai aucune idée.

— Je vous accompagne, déclara-t-elle avec un bel aplomb.

Finn comprit qu'il était temps de mettre un terme à cette petite comédie.

— Il n'en est pas question, lui dit-il sèchement.

Nik ne s'était vraiment pas attendue à ce qu'il se montre si peu coopératif.

— Que les choses soient claires, lâcha-t-il. Je suis de la police et pas vous.

— Mais nous sommes tous deux enquêteurs, objecta-t-elle.

— Au sens très large du terme, sans doute, concéda Finn avec une pointe d'impatience.

Il ne pouvait se permettre de perdre plus de temps alors que son enquête piétinait. Nik poussa un soupir et sortit de son sac à main une carte de visite qu'elle lui tendit.

— Tenez, lui dit-elle. Si vous changez d'avis, n'hésitez pas à me contacter. Je vous assure que je suis très douée et que vous avez tout à gagner en me mettant à contribution.

Finn lui prit la carte en espérant que cela mettrait un terme à cette entrevue. Il ne fut pas déçu : Nik lui jeta un dernier regard dans lequel il crut lire l'ombre d'un reproche. Puis, sans ajouter un mot, elle s'éloigna à grands pas.

— Alors ? Est-ce que tu as quelque chose pour moi ? demanda Finn en pénétrant dans le bureau de Valri.

Elle détourna les yeux de l'écran qu'elle fixait depuis des heures et cligna des paupières pour tenter d'accoutumer sa vision.

— J'ai surtout un sacré mal de crâne, répondit-elle avec un pâle sourire.

Elle se massa l'arête du nez pour tenter de l'atténuer. En vain.

— Je crois que je vais rêver de cette voiture pendant des mois, soupira-t-elle.

— Mais tu n'as toujours pas pu identifier le voleur.

Un sourire goguenard se dessina sur les lèvres de la jeune femme.

— Ce que j'aime, chez toi, c'est que tu piges vite, lui dit-elle. Je te promets que je t'appellerai dès que j'aurai découvert quelque chose.

— En espérant qu'une de ces caméras de surveillance ait capté une image de ce type, soupira-t-il.

— Si c'est le cas, je la trouverai, déclara Valri d'un ton décidé. Je ne laisserai pas celui qui a agressé grand-père s'en tirer à si bon compte ! Est-ce que Ramirez et Collins ont découvert de nouvelles bandes ?

Finn secoua la tête. Les deux inspecteurs qui avaient ratissé le quartier lui avaient confirmé qu'ils avaient obtenu toutes celles qui étaient susceptibles d'avoir filmé la scène.

— Tu as tout ce que nous avons, répondit-il.

— Il n'y avait rien non plus là où la voiture a été retrouvée ? s'enquit Valri.

— Non. Celui qui a volé la voiture a choisi un endroit discret. Il n'y avait aucune caméra aux alentours.

— Dommage, soupira-t-elle. Et pour le sang ? Est-ce que le labo a pu identifier la victime ?

— Pas encore, hélas, répondit Finn. Pour l'instant, c'est un peu l'impasse, j'en ai peur. Bon, je ne vais pas t'embêter plus longtemps. Appelle-moi si tu trouves quoi que ce soit, d'accord ?

— C'est promis.

Finn quitta le labo de Valri, bien décidé à retrouver Marilyn Palmer. Pour le moment, elle était sa seule piste sérieuse. S'il parvenait à la retrouver, il découvrirait peut-être qui avait attaqué Seamus...

4

La journée touchait à sa fin, et Finn avait la désagréable impression que son enquête piétinait. Marilyn Palmer n'avait toujours pas donné signe de vie. Le laboratoire ne leur avait pas encore fait parvenir les résultats des tests sanguins. Le visionnage des vidéos de sécurité n'avait rien donné. Quant à Seamus, il n'avait toujours pas repris conscience.

Frustré et à court d'idées, Finn décida qu'il était temps pour lui de faire une pause. En dehors des quelques heures de sommeil qu'il avait réussi à grappiller en fin de nuit, il avait travaillé sans discontinuer durant près de trente-deux heures. S'il ne s'accordait pas un peu de repos, il ne serait plus bon à rien.

Avant de rentrer chez lui, il fit pourtant un crochet par le Malone, le pub attitré de la plupart des policiers d'Aurora. Il y avait peu de monde, ce soir-là. Et, au lieu de s'installer à l'une des tables, Finn prit place directement au bar. Quelques instants plus tard, Devin Wilson, le barman, vint poser devant lui une pinte de bière fraîche.

— Je n'avais encore rien commandé, s'étonna Finn.

Il n'avait pas de boisson attitrée, et il n'était pas dans les habitudes de Devin d'anticiper les demandes de ses clients.

— Effectivement, acquiesça le barman avec un sourire entendu. Mais elle l'a fait pour toi, ajouta-t-il en désignant l'autre bout du comptoir.

Surpris, Finn chercha des yeux cette généreuse donatrice. Et il eut la surprise d'apercevoir l'enquêtrice des assurances qui était venue le trouver, le matin même. Elle leva sa propre pinte en un salut légèrement ironique avant de la porter à ses lèvres.

Réprimant un soupir, Finn prit sa bière et se dirigea vers la jeune femme.

— Est-ce que vous m'avez filé jusqu'ici ? lui demanda-t-il.

Bien sûr, le Malone était un établissement ouvert à tous. Mais il doutait fort que Nik Kowalski ait décidé par pure coïncidence de s'y rendre ce soir-là. Le sourire malicieux qui se peignit alors sur les lèvres de la jeune femme lui confirma qu'il ne s'était pas trompé. Contrairement à lui, elle paraissait trouver cette situation très divertissante.

— Vous êtes sûr que ce n'est pas le contraire ? répondit-elle d'un ton moqueur. Après tout, j'étais ici la première. Alors ? Seriez-vous en train de m'espionner, inspecteur Cavanaugh ?

— Ne soyez pas ridicule.

Elle secoua doucement la tête.

— Je devrais sans doute me sentir offensée du fait que cette idée vous semble si absurde, remarqua-t-elle. Mais je serai magnanime : asseyez-vous, inspecteur, et racontez-moi comment s'est passée votre journée.

— Je ne pense pas que cela vous intéresserait.

— Au contraire, lui assura-t-elle. Je suis prête à parier que vous avez passé le plus clair de votre temps à étudier une affaire qui nous tient à cœur à tous les deux.

— Peut-être, répondit Finn évasivement.

— Vous savez que lorsque vous êtes de mauvaise humeur vos yeux lancent des éclairs ? dit Nik en souriant de plus belle.

— Au moins, vous avez compris que je n'appréciais pas de vous voir vous immiscer dans cette enquête, marmonna Finn. C'est déjà ça...

— Vous ne devriez pas être si négatif, objecta Nik. Ce n'est pas la meilleure façon de vous concilier les bonnes grâces des gens qui vous entourent.

— Justement, je ne cherche pas à m'attirer vos bonnes grâces, comme vous dites, répliqua Finn.

— Vous devriez, pourtant. On n'a jamais assez de contacts lorsqu'on exerce un métier comme le vôtre. Et, à ce sujet, est-ce que vous avez eu le temps de réfléchir à ma proposition ?

Alors que Finn s'apprêtait à la rembarrer de façon plus explicite encore qu'il ne l'avait fait jusque-là, ils furent interrompus par Miles Crawford, l'un de ses collègues inspecteurs, qui était venu commander au bar - visiblement pas pour la première fois de la soirée.

— Salut, ma jolie, dit-il à Nik en lui adressant un sourire légèrement éméché. Tu sais, si tu t'ennuies avec ce rabat-joie de Finn, tu es la bienvenue à ma table...

— Je te conseille de dessoûler un peu avant de faire ce genre de proposition, répondit Finn.

Crawford se tourna vers lui en plissant les yeux.

— Je ne voulais pas marcher sur tes plates-bandes, Cavanaugh. Mais, à voir ta tête, j'ai pensé que tu n'étais pas intéressé...

— Je crois que tu devrais présenter tes excuses, lui suggéra Finn.

Percevant sans doute la menace qui perçait dans sa voix, Crawford ne put s'empêcher de tiquer.

— Je suis désolé si je vous ai importunée, lâcha-t-il en se tournant vers Nik. Et je suis encore plus désolé de vous voir passer la soirée en si mauvaise compagnie.

Sur ce, il posa bruyamment sa chope sur le comptoir.

— Devin, sers-m'en un autre ! demanda-t-il au barman.

Finn écarta le verre et secoua la tête.

— Je crois que tu as eu ton compte pour ce soir, Crawford. Laisse-moi t'appeler un taxi. Tu n'es pas en état de conduire.

Crawford le fusilla du regard.

— Pour qui est-ce que tu te prends ? s'exclama-t-il.

— Pour quelqu'un de plus sobre que toi, intervint Devin. Finn a raison, Miles. Tu ne devrais pas rentrer en voiture, vu l'état dans lequel tu te trouves.

— Si je prends un taxi, je serai obligé d'en appeler un autre demain pour venir récupérer ma voiture, objecta l'inspecteur.

— Cela vaut mieux que de te tuer au volant, lui dit Finn. Ou, pire encore, de tuer quelqu'un d'autre.

— Si tu veux, tu peux dormir sur le canapé de mon bureau, suggéra Devin. Mais, je te préviens, il n'est vraiment pas confortable.

— D'accord, soupira Crawford, vaincu. J'ai compris. Je vais prendre votre fichu taxi...

— Dan, appelle un taxi pour Miles, s'il te plaît ! demanda Devin au serveur à la carrure imposante qui tenait également lieu de videur, les soirs où l'ambiance se faisait plus remuante.

— Je m'en occupe, boss, répondit Dan McGuire. Suivez-moi, inspecteur, ajouta-t-il à l'intention de Crawford.

Ce dernier s'exécuta sans grand enthousiasme, et les deux hommes contournèrent le bar et disparurent bientôt dans l'arrière-salle. Devin se tourna alors vers Nik et lui décocha un sourire navré.

— Je suis désolé, déclara-t-il. Les clients qui viennent ici sont un peu mieux élevés, d'habitude...

— Ne vous en faites pas pour ça, dit-elle en haussant les épaules. J'ai connu bien pire.

Elle crut discerner de la curiosité dans le regard de Finn, mais cette réaction fut de courte durée et, très vite, il reprit l'air distant qui lui était familier.

— Alors ? lui lança-t-elle. Qu'en dites-vous ?

Finn la considéra avec une pointe d'étonnement. L'intervention de Crawford lui avait fait perdre le fil de leur conversation. Il en serait volontiers resté là, d'ailleurs, mais Nik n'était apparemment pas de cet avis.

— Avez-vous réfléchi à ma proposition ? lui redemanda-t-elle. Ne pensez-vous pas que nous serions plus efficaces si nous collaborions ?

Après la journée qui venait de s'écouler, Finn devait bien reconnaître que ses investigations ne l'avaient pas mené bien loin. Mais il n'était malgré tout pas décidé à s'associer avec la première personne venue dans le cadre d'une affaire aussi sensible, tant sur le plan professionnel que sur le plan familial.

— Vous savez que vous êtes particulièrement têtue ? soupira-t-il.

La remarque ne parut pas la vexer le moins du monde. Au contraire, même, elle sembla s'en amuser.

— Je suis d'origine polonaise, lui dit-elle. Et les Polonais ont la réputation d'avoir la tête dure. Mais, si vous trouvez que je suis têtue, vous devriez rencontrer ma sœur...

— Ce ne sera vraiment pas nécessaire, répliqua Finn, qui n'osait imaginer la sœur en question.

— Vous savez, reprit-elle sans se formaliser de cette nouvelle fin de non-recevoir, être têtu est plutôt une qualité, pour une enquêtrice. Vous n'avez rien à perdre et tout à gagner en travaillant avec moi.

Finn termina sa bière d'une longue gorgée et reposa sa chope sur le comptoir. Il était évident que ce n'était pas chez Malone qu'il parviendrait à se changer les idées comme il en avait eu envie.

— Écoutez, dit-il gravement à Nik, vous êtes sans doute quelqu'un de très bien, et je ne doute pas que vous soyez très douée dans votre métier. Mais je n'ai pas pour habitude de travailler avec des civils. Alors je vous remercie pour votre proposition, mais je vais devoir la décliner. Sur ce, je vous souhaite une très bonne soirée, mademoiselle Kowalski.

— Nik, répliqua-t-elle par réflexe.

Elle le suivit des yeux tandis qu'il s'éloignait en direction de la sortie. L'espace de quelques instants, elle fut tentée de le suivre mais y renonça, sachant que cela ne ferait que l'agacer un peu plus.

Elle était convaincue qu'il finirait par entendre raison. Et, s'il persistait à refuser son aide, elle pourrait toujours se tourner vers ses autres contacts au sein de la police…

Nik resta donc assise au bar et finit tranquillement de déguster sa bière.

Une fois de plus, Finn fut réveillé au beau milieu de la nuit par un coup de téléphone. Il craignit un instant qu'il ne s'agisse de Nik. Il la croyait parfaitement capable de l'appeler à cette heure pour lui demander s'il n'avait pas changé d'avis. Mais le numéro qui s'affichait était celui de Joe Harley.

— Cavanaugh, j'espère que je ne te dérange pas, lui dit son coéquipier d'un ton légèrement goguenard.

— Très drôle, répondit Finn en se redressant. Qu'est-ce qui me vaut le déplaisir de cet appel ?

— Je me suis dit que tu voudrais être tenu au courant, déclara Joe d'une voix plus sérieuse. Ça concerne l'affaire dont tu t'occupes.

— L'agression de Seamus ?

— Oui. On a peut-être retrouvé le cadavre que l'attaquant transportait dans son coffre.

— Je suis tout ouïe.

— Un SDF qui fouillait la poubelle d'un restaurant à la recherche de quelque chose à se mettre sous la dent a découvert le corps d'une femme. Elle est morte depuis moins d'une journée.

— Qu'est-ce qui te fait dire que sa mort a un rapport avec l'agresseur de Seamus ?

— À cause de ce que l'on vient de retrouver dans son sac à main. C'était une serviette en papier sur laquelle étaient inscrits le nom de Marilyn Palmer et un numéro de téléphone.

— Tu as essayé d'appeler le numéro en question ?

— Oui, mais ça sonnait dans le vide. Je n'ai même pas obtenu de messagerie. Je suppose qu'il s'agit d'un numéro prépayé.

— Sans doute, acquiesça Finn. Est-ce que le labo s'est enfin décidé à nous envoyer les résultats des prélèvements sanguins faits dans le coffre ?

— Je ne sais pas, reconnut Joe. Si ça a été fait, personne n'a pensé à me prévenir. Mais les types de la police scientifique viennent de faire des prélèvements sur le cadavre, et nous saurons très vite s'il s'agit bien de la même personne.

— Est-ce que le corps est déjà parti pour la morgue ?

— À l'instant même.

— Et toi, tu es toujours sur place ?

— Oui. Je me suis dit que tu voudrais voir la scène de crime de tes propres yeux.

— Tu as eu raison, approuva Finn. Où est-ce ?

— Au croisement de McFadden et Adams.

— Je saute dans mes vêtements et j'arrive dès que possible !

— Je t'attends. Tâche de ne pas traîner en route.

Finn avait déjà commencé à enfiler ses habits tout en se contorsionnant pour maintenir le téléphone contre son oreille.

— Je ne devrais pas en avoir pour plus d'un quart d'heure.

— De l'avantage de travailler de nuit, ironisa Joe. Au moins, nous ne sommes pas retardés par la circulation.

— Je crois que j'aurais quand même préféré dormir un peu plus longtemps, objecta Finn. Mais merci de m'avoir appelé, Joe.

— Bah, c'est à ça que servent les amis, non ?

Il fallut moins de quinze minutes à Finn pour atteindre la scène de crime. Lorsqu'il arriva, Jake Newman, l'inspecteur de la criminelle en charge de l'enquête, le considéra d'un air résigné.

— J'aurais dû me douter qu'un Cavanaugh ne tarderait pas à débarquer, commenta-t-il. Mais je croyais que tu bossais pour la division des vols et cambriolages ?

— Le cadavre que vous venez de retrouver est lié à une affaire de vol sur laquelle je travaille.

— Une affaire de vol qui te fait rappliquer au beau milieu de la nuit ? Laisse-moi deviner, c'est de Seamus qu'il s'agit, n'est-ce pas ?

— On ne peut rien te cacher.

— Dans ce cas, j'imagine que tu vas vouloir reprendre cette enquête, commenta Newman.

— C'est un problème ?

Newman haussa les épaules.

— Franchement ? Non. J'ai déjà suffisamment de pain sur la planche. Si ça t'amuse de faire des heures supplémentaires, c'est toi que ça regarde.

D'un geste ironique, Newman désigna la scène de crime entourée de rubalise de la police.

— À vous l'honneur, inspecteur, lui dit-il avant de s'éloigner à grands pas en direction de sa voiture banalisée.

Finn le suivit des yeux. Ce n'était pas la première fois qu'il devait faire face à ce genre d'attitude. Il savait pertinemment que l'omniprésence des Cavanaugh au sein de la police n'était pas appréciée par tous ses collègues. Il n'était pourtant jamais très plaisant de se faire prendre de haut de cette manière.

Alors même qu'il se faisait cette réflexion, il éprouva une pointe de culpabilité en songeant à la façon dont lui-même s'était conduit à l'égard de Nik Kowalski. Après tout, elle avait juste essayé de lui proposer son aide.

Il se promit que, dès qu'il aurait passé la scène de crime au peigne fin, il prendrait contact avec elle pour faire amende honorable.

Lorsque Finn retourna à sa voiture après avoir inspecté les lieux en détail, il était près de 5 heures du matin. Il fouilla les poches de son jean à la recherche de la carte de visite de Nik Kowalski qu'il y avait machinalement glissée le matin même. Sur le moment, il avait eu l'intention de la jeter dans la première corbeille venue, mais il l'avait oubliée.

Décrochant son téléphone, il composa le numéro qui y figurait. Il s'attendait à tomber sur son répondeur mais, à sa grande surprise, ce fut la jeune femme qui décrocha à la deuxième sonnerie.

— Nik Kowalski, fit-elle d'une voix que le sommeil rendait légèrement rauque et qu'il ne put s'empêcher de trouver terriblement sexy.

— J'ai du nouveau pour vous, lui dit-il sans autre forme de procès.

— Inspecteur Cavanaugh ? s'exclama-t-elle. Quelle heureuse surprise !

Finn se demanda comment elle pouvait faire preuve de tant de fraîcheur et d'enthousiasme alors qu'il venait de la réveiller à l'aube.

— Que puis-je faire pour vous ? lui demanda-t-elle.

Il entendit un froissement et s'efforça d'ignorer l'image de la jeune femme vêtue d'une simple chemise de nuit, qui s'insinuait dans son esprit.

— Je vous l'ai dit, mademoiselle Kowalski, répondit-il d'un ton volontairement distant. J'ai des informations qui pourraient vous intéresser.

— Je croyais que vous ne vouliez pas travailler avec quelqu'un qui n'était pas de la police, lui rappela-t-elle.

— Vous tenez à me faire changer d'avis ?

— Pas du tout, lui assura-t-elle. Je veux juste comprendre ce qui motive un tel revirement.

Finn hésita quelques instants avant de lui répondre.

— J'ai réfléchi à votre proposition, lui expliqua-t-il. Et je me suis dit qu'en fin de compte votre aide pourrait peut-être s'avérer utile...

Il n'avait pas besoin de la voir pour imaginer le sourire amusé qui devait se dessiner sur ses lèvres en cet instant même.

5

Nik était passablement stupéfaite. Après leur discussion chez Malone, elle s'était résignée à solliciter un autre de ses contacts au sein de la police. Finn paraissait décidé à ne pas partager les informations dont il disposait. Et, si elle voulait retrouver Marilyn avant que celle-ci commette une erreur irréparable, elle ne pouvait se permettre de perdre plus de temps.

— J'avoue que je suis un peu étonnée, déclara-t-elle. J'avais renoncé à vous convaincre.

— Je suis un peu déçu, répliqua-t-il. Je vous croyais plus têtue que cela, mademoiselle Kowalski...

— Têtue, oui, répondit-elle avec un demi-sourire. Mais pas masochiste.

— Alors ? Est-ce que vous êtes toujours partante ?

— Bien sûr. Je reste persuadée qu'une telle collaboration pourrait s'avérer très productive. Donc, je vous écoute, inspecteur, qu'avez-vous découvert de nouveau ?

— Un cadavre ! Celui d'une femme que nous avons retrouvée dans une poubelle, cette nuit.

— D'accord, dit Nik, qui se demandait quel rapport cela pouvait bien avoir avec leur affaire.

Elle se figea soudain, le cœur battant à tout rompre.

— Ce n'est pas Marilyn, n'est-ce pas ? lâcha-t-elle.

— Non, je vous rassure, répondit vivement Finn. En

revanche, cette femme avait une serviette en papier sur laquelle était inscrit le nom de Marilyn.

— Est-ce que vous avez pu identifier la victime ?

— Pas encore. Mais je dois vous poser la question, Nik : avez-vous la moindre raison de penser que Marilyn puisse être impliquée dans un meurtre ?

Nik ne put s'empêcher de remarquer que, pour la première fois depuis qu'ils se connaissaient, il venait de l'appeler par son prénom.

— Je ne suis pas assez naïve pour ignorer que, dans certaines conditions, des personnes parfaitement recommandables sont capables du pire, répondit-elle. Mais franchement, à moins qu'elle n'y ait été forcée, je doute que Marilyn ait pu commettre un tel acte. Je vous l'ai dit : ça a toujours été quelqu'un de bien...

Elle entendit Finn soupirer.

— Où êtes-vous, en ce moment ? lui demanda-t-elle.

— Toujours à proximité de la scène du crime.

— Où est-ce, exactement ?

— Au croisement de McFadden et Adams.

Nik connaissait bien l'endroit : son restaurant mexicain préféré était situé juste à côté.

— Je vous rejoins tout de suite. Je peux être là d'ici vingt minutes.

Finn hésita durant quelques instants.

— D'accord, soupira-t-il enfin d'une voix presque résignée. Je vous attends. Tâchez de vous dépêcher.

Il fallut à Nik dix-sept minutes pour rejoindre le croisement où il lui avait donné rendez-vous. Elle gara dans un crissement de pneus le coupé sport noir qu'elle conduisait, et Finn ne put réprimer son admiration en la voyant sortir de ce bolide.

Même à cette heure matinale, alors qu'il venait de la

tirer du lit sans lui laisser le temps de se préparer, elle était magnifique. Elle n'avait pas pris le temps de se maquiller, et ses longs cheveux blonds retombaient librement sur ses épaules, mais elle lui paraissait plus séduisante encore au naturel.

— Je me demande combien de feux vous avez brûlés, lui dit-il lorsqu'elle l'eut rejoint.

— Aucun, répondit-elle.

Il lui lança un regard ouvertement dubitatif.

— C'est juste une question de timing, ajouta-t-elle. Si vous attendez qu'un feu passe au vert et que vous roulez ensuite à vitesse constante, vous êtes sûr que tous les autres feux seront verts. Évidemment, ça ne marche que s'il n'y a pas de circulation. Mais, à cette heure, ce n'est pas un problème.

Finn ne paraissait toujours pas convaincu.

— C'est mon père qui m'a appris ça, ajouta-t-elle.

— Votre père ?

— Oui. Il a fait partie des informaticiens qui ont mis en place le réseau de gestion automatisé des feux à Aurora.

Finn ne sut que répondre à cela.

— Pouvez-vous me conduire à l'endroit où l'on a retrouvé le corps ? lui demanda Nik sans transition.

— Suivez-moi.

Il la guida jusqu'à la ruelle dans laquelle se trouvait la poubelle où l'on avait découvert le cadavre de la jeune femme.

— Vous m'avez dit qu'elle était en possession d'une serviette avec le nom de Marilyn.

— Il y avait aussi un numéro. Mais nous avons vérifié : il s'agit d'une carte prépayée.

Nik fronça les sourcils. Ce détail n'augurait rien de bon. Si Marilyn n'avait eu aucune intention néfaste, pourquoi se serait-elle servie d'un numéro anonyme plutôt que de son propre numéro de portable ?

— Comment cette femme est-elle morte ? demanda-t-elle, la gorge serrée.

— D'après mon coéquipier, elle a été poignardée en plein cœur.

— Vous n'avez pas vu le corps ?

— Non. Lorsque je suis arrivé, il était déjà parti pour la morgue.

— À quelle heure est-ce que nous pouvons aller le voir ? s'enquit-elle.

Finn hésita. Lorsqu'il avait appelé Nik, il comptait seulement l'informer par courtoisie de l'évolution de son enquête. Mais elle avait décidé de le rejoindre, et il ne s'y était pas opposé. À présent, elle voulait se rendre à la morgue. Était-il vraiment prêt à la laisser prendre une part aussi active dans cette investigation ?

— Nous devons savoir comment elle a été tuée exactement, reprit-elle. Je suppose que transpercer le cœur de quelqu'un d'un coup de couteau demande une certaine force. Il faut également vérifier si le coup a été porté par un gaucher ou un droitier. Avec un peu de chance, le médecin légiste pourra même nous donner une idée de l'angle d'attaque et donc de la taille de l'agresseur...

Finn la considéra avec un brin de surprise.

— Je ne savais pas qu'enquêter pour les assurances requérait de telles notions en matière de criminologie, remarqua-t-il.

Nik haussa modestement les épaules.

— J'ai étudié toutes sortes de sujets, répondit-elle. La criminologie en fait partie.

— Très bien, acquiesça Finn. Je veux bien que vous m'accompagniez à la morgue. Mais, avant cela, il va nous falloir établir un certain nombre de règles.

— Je vous écoute, dit Nik en croisant les bras sur sa poitrine.

— Tout d'abord, je tiens à ce que la situation soit parfaitement claire : nous ne sommes pas sur un pied d'égalité, dans cette enquête. Je suis de la police, et vous intervenez à titre de consultante externe. En cas de désaccord entre nous, vous devrez vous plier à mes décisions - quitte à me faire part de vos réserves en aparté.

— Ne vous en faites pas, Cavanaugh, déclara-t-elle en souriant, j'essayerai de ne pas vous faire perdre la face.

— Ce n'est pas une plaisanterie, protesta-t-il.

— Oh ! mais je n'en doutais pas, rétorqua-t-elle. Je sais que vous êtes quelqu'un de très sérieux - trop sérieux, même, si vous voulez mon avis...

— Vous comptez me psychanalyser, maintenant ?

— Je ne m'y risquerais pas.

— Tant mieux, répondit-il, regrettant une fois de plus de l'avoir appelée.

Tous deux demeurèrent quelques instants silencieux.

— Est-ce que vous êtes réellement amie avec la mère de Marilyn ? lui demanda-t-il enfin.

— Bien sûr ! Pourquoi vous l'aurais-je dit, dans le cas contraire ?

Finn haussa les épaules.

— J'ai remarqué que vous aviez une certaine tendance à l'exagération...

Nik le considéra d'un œil moqueur.

— Vous devez vraiment avoir du mal à travailler en équipe, vous, remarqua-t-elle.

— Que voulez-vous dire ?

— Vous me connaissez à peine et déjà vous me soupçonnez de m'inventer une amitié dans l'espoir de satisfaire je ne sais quelle sombre ambition...

— Je suis vraiment désolé si j'ai pu vous froisser, répondit-il d'un ton ironique.

Rien ne l'avait préparé au sourire radieux qui illumina alors le visage de la jeune femme.

— J'accepte vos excuses, lui dit-elle.

Il la considéra d'un air incrédule.

— Vous, vous n'avez vraiment pas le sens du sarcasme, commenta-t-il.

— Détrompez-vous. J'ai bien compris que vous étiez en train de vous moquer de moi. Mais il faut bien que l'un d'entre nous se conduise en adulte. J'ai simplement préféré prendre votre manque de manières pour une forme de maladresse sociale…

Finn ne put s'empêcher de tiquer. Il n'avait pas l'habitude de se faire moucher de cette façon. Mais, au fond, il devait bien admettre qu'il l'avait probablement mérité. Depuis qu'il l'avait rencontrée, il se montrait envers elle d'une agressivité qui ne lui était pas coutumière.

Il connaissait parfaitement les raisons de cette attitude : il se méfiait de l'indéniable pouvoir de séduction qu'elle exerçait sur lui et faisait tout son possible pour s'y soustraire. Mais ce n'était pas une raison pour se montrer aussi désobligeant.

— Je suis désolé, lui dit-il d'un ton nettement plus sobre.

— Excuses acceptées, répondit-elle gracieusement. Mais pourquoi cette question au sujet de mes relations avec Kim ?

— Est-ce que vous croyez qu'elle serait réveillée, à cette heure ?

— J'en suis sûre.

Finn lui lança un regard étonné.

— Depuis que sa fille a disparu, elle se fait un sang d'encre et elle a beaucoup de mal à dormir, lui expliqua-t-elle.

— Dans ce cas, je crois que nous devrions commencer par lui rendre une petite visite, déclara-t-il. J'aurais quelques questions à lui poser. Et, de toute façon, le médecin légiste n'aura probablement pas encore toutes les informations qui nous intéressent.

— Si vous pensez que ça peut aider, acquiesça Nik.

— Je vous suis. Évitez juste de rouler à tombeau ouvert…

— Je vous promets que je prendrai tout mon temps,

répondit-elle sur un ton de moniteur d'auto-école. Je ne tiens pas à vous perdre.

— Si seulement, murmura-t-il pour lui-même.

— J'ai entendu, s'exclama Nik en riant.

Ils se dirigèrent vers leurs voitures respectives. Tandis que Finn prenait place au volant, il se demanda une fois encore s'il n'avait pas commis une énorme erreur en appelant la jeune femme.

Mais, si elle connaissait Kim Palmer aussi bien qu'elle l'affirmait, elle lui permettrait peut-être d'obtenir des informations que la mère de Marilyn aurait peut-être hésité à confier à un policier.

Finn était suffisamment conscient de ses propres forces et faiblesses pour savoir qu'il n'était pas aussi doué que certains de ses collègues et parents pour les interrogatoires. Il manquait de cette fausse décontraction qui mettait témoins et suspects en confiance et les poussait à parler plus librement qu'ils n'avaient l'intention de le faire.

Nik, au contraire, semblait avoir un don pour les relations humaines. N'était-elle pas venue à bout de ses propres réticences à force d'insistance ?

Finn suivit son coupé, qui se traînait à une vitesse d'escargot. Il était évident qu'elle le faisait exprès. Au bout de quelques minutes, il se résolut à la dépasser. De toute façon, il connaissait l'adresse de Kim Palmer.

Mais Nik ne lui laissa pas le temps de s'éloigner. Accélérant à son tour, elle lui fit une queue de poisson. Finn dut se faire violence pour résister à l'envie qu'il avait de l'imiter. Il n'était pas d'un naturel particulièrement compétitif, mais il devait bien reconnaître que Nik avait le don de le pousser à bout...

6

Kim Palmer occupait une maison de taille relativement modeste mais qui paraissait soigneusement entretenue. Le petit bout de jardin qui l'entourait était décoré de jolis massifs de fleurs.

Avant même que Nik ou Finn aient eu le temps de sonner, la porte d'entrée s'ouvrit, laissant apparaître une femme d'une quarantaine d'années, de type eurasien aux longs cheveux noirs, qui aurait sans doute pu paraître très séduisante si son visage n'avait pas été ravagé par le chagrin et l'angoisse.

Les cernes qui soulignaient son regard confirmaient que Nik ne s'était pas trompée : elle n'avait pas dû beaucoup se reposer, ces temps-ci. Lorsqu'elle les aperçut, Kim écarquilla les yeux sous l'effet de l'effroi.

— Vous l'avez retrouvée, n'est-ce pas ? demanda-t-elle. Elle est morte...

Sa voix se brisa, et Finn la vit vaciller sur ses jambes. Il eut tout juste le temps de s'élancer vers elle avant qu'elle s'effondre sous le coup de l'émotion.

— Suivez-moi, s'exclama Nik en rejoignant Finn, qui soutenait Kim évanouie. Portons-la jusqu'au salon.

Il hocha la tête et souleva la mère de Marilyn entre ses bras. Elle lui parut étonnamment légère. Emboîtant le pas à Nik, il emmena Kim jusqu'à la pièce principale où il la déposa précautionneusement sur le canapé. Nik glissa un coussin sous la nuque de son amie, puis fit mine de quitter la pièce.

— Où allez-vous ? l'interpella-t-il, surpris.

— À la cuisine, répondit-elle. Je vais chercher un linge humide…

Finn hocha la tête. Revenant auprès de Kim Palmer, il lui prit délicatement le poignet et chercha son pouls. À son grand soulagement, il était fort et régulier. Au moins, elle n'avait pas été victime d'une crise cardiaque.

Quelques instants plus tard, Nik revint avec une serviette mouillée dont elle se servit pour tamponner doucement le front et les tempes de Kim Palmer.

— Kim, réveille-toi, l'encouragea-t-elle. Ouvre les yeux. C'est moi, Nik…

Les paupières de son amie finirent par papillonner doucement avant de s'ouvrir. Dès qu'elle eut repris conscience, elle se redressa vivement sur le canapé et jeta à Nik un regard éperdu d'angoisse.

— Est-ce qu'elle est… ? souffla-t-elle.

— Non, lui assura Nik aussitôt. Elle n'est pas morte.

— En tout cas, nous n'avons pas de raison de le penser, intervint prudemment Finn.

Nik lui jeta un regard mi-sidéré, mi-réprobateur. Il se rendit alors compte que la précision qu'il venait d'apporter n'était peut-être pas très diplomatique. Mais, en tant que policier, il estimait devoir s'en tenir aux faits. Et, de toute évidence, Marilyn Palmer fréquentait un assassin.

Mais Nik préféra détourner le cours de la conversation.

— Une empreinte digitale de Marilyn a été retrouvée à bord d'une voiture volée, expliqua-t-elle.

L'inquiétude qui se lisait sur le visage de Kim s'atténua, remplacée par un mélange de tristesse et de déception.

— Je lui avais bien dit qu'elle devait se méfier de cet homme. Je savais que tout cela finirait mal…

Elle prit la main de Nik et lui lança un regard presque éperdu.

— Pourquoi a-t-elle refusé de m'écouter ? lui demanda-t-elle.

Nik lui décocha un sourire qui se voulait rassurant.

— Parce que les filles de son âge n'écoutent jamais leurs mères, répondit-elle. Elles pensent qu'elles sont parfaitement capables de se débrouiller toutes seules et que leurs parents sont trop vieux pour comprendre ce qu'elles peuvent ressentir…

Kim Palmer poussa un soupir empli de résignation, et Finn songea que cette femme avait dû être bien malmenée par la vie. Elle les fixa tour à tour d'un air incertain.

— Que suis-je censée faire ? s'enquit-elle d'une toute petite voix. Comment puis-je l'aider ?

— En priant pour elle, dit Nik. Et, quand elle rentrera, en la serrant dans tes bras et en lui assurant que tu seras là pour elle, quoi qu'il arrive.

Elle s'était exprimée avec une conviction qui étonna Finn : il paraissait évident que ces mots venaient du fond du cœur.

— Quoi qu'il arrive ? répéta Kim.

— Quoi qu'il arrive, acquiesça Nik. Cela ne veut pas dire pour autant que tu approuves ce qu'elle a pu faire. Juste que tu l'aideras à assumer les conséquences de ses actes, quelles qu'elles puissent être.

Nik jeta un coup d'œil en direction de Finn, surprise qu'il ne cherche pas à la reprendre. Elle était convaincue qu'il ne partageait pas sa vision des choses. À ses yeux, le monde se divisait sans doute en deux catégories parfaitement étanches : les coupables et les innocents. Et, si Marilyn était coupable, elle ne trouverait jamais grâce à ses yeux.

Mais peut-être préférait-il la laisser parler parce qu'il espérait obtenir plus d'informations de cette façon. Au fond, cela n'avait pas d'importance. Tous deux avaient exactement le même objectif pour le moment : retrouver Marilyn au plus vite.

— Kim, j'aimerais que tu essayes de te souvenir du nom de l'homme avec lequel ta fille sortait. Plus vite nous parviendrons à le localiser, plus vite nous la retrouverons.

— Son prénom commençait par J, répondit Kim. Jim, peut-être, ou James...

Kim se mordilla nerveusement la lèvre inférieure.

— Je ne sais plus, soupira-t-elle. Je ne l'ai jamais vu, et Marilyn ne m'en parlait pas beaucoup. Elle disait que c'était son jardin secret. Je l'ai entendue discuter avec lui une fois ou deux au téléphone. Sans cela, je n'aurais même probablement jamais eu connaissance de son existence.

— Marilyn ne vous a donc jamais dit quel était son nom de famille ? s'enquit alors Finn.

Jusqu'à présent, il était demeuré parfaitement silencieux, et son intervention fit légèrement sursauter l'amie de Nik.

— Non, répondit-elle en l'observant avec curiosité.

— Kim, je te présente l'inspecteur Finley Cavanaugh, lui dit Nik. C'est lui qui est responsable de cette affaire.

— Est-ce que vous pensez que ma fille est en danger, inspecteur ? lui demanda Kim.

Nik se tourna de nouveau vers lui et lui adressa une mise en garde silencieuse. Elle ne voulait pas qu'il perturbe Kim plus qu'elle ne l'était déjà. Mais elle n'était pas certaine qu'il comprendrait le message - ni même qu'il tiendrait compte de cet avertissement, le cas échéant.

— Je crois que plus vite nous la retrouverons et moins elle courra de risques, répondit-il prudemment.

— Est-ce que par hasard tu aurais vu une photo de cet homme ? s'enquit Nik pour faire diversion. Sur le portable de Marilyn, par exemple...

— Non, soupira Kim, qui paraissait plus abattue que jamais. Je vous l'ai dit, elle était très secrète, ces derniers temps... Les choses n'en seraient peut-être pas arrivées là si

Frank avait joué son rôle de père. Malheureusement, il n'a jamais été là pour elle...

— Y a-t-il quoi que ce soit dont vous vous souveniez ? demanda Finn. Quelque chose que votre fille aurait pu dire au sujet de son petit ami ? Une conversation que vous auriez pu surprendre ? Un endroit où ils avaient coutume de se retrouver...

Kim secoua la tête, les larmes aux yeux. Elle paraissait totalement désemparée.

— Je ne vois rien, lâcha-t-elle d'une voix tremblante. Elle m'a juste dit qu'il était plus âgé qu'elle mais qu'ils s'aimaient...

— Cela ne fait rien, affirma Finn pour la rassurer. Quelque chose finira peut-être par vous revenir. Si c'est le cas, n'hésitez surtout pas à me contacter à n'importe quelle heure du jour ou de la nuit, ajouta-t-il en lui tendant sa carte de visite.

Kim s'en empara et la considéra d'un air hésitant.

— J'ai déjà le numéro de Nik, remarqua-t-elle.

— Tu peux m'appeler si tu préfères. Mais l'inspecteur Cavanaugh appartient à la police d'Aurora et il a accès à plus de ressources que moi.

— Elle a vraiment des problèmes, n'est-ce pas ? demanda Kim en se tournant vers Finn.

Finn était sur le point de lui répondre, mais Nik préféra prendre les devants, de peur qu'il ne fasse une nouvelle démonstration de son franc-parler habituel.

— Pour le moment, nous n'en savons rien, dit-elle. La seule chose qui compte, c'est de la retrouver au plus vite.

Nik observa son amie d'un air préoccupé. Elle faisait vraiment peine à voir.

— En attendant, je crois vraiment que tu ne devrais pas rester seule, déclara-t-elle. Y a-t-il une amie ou un membre de ta famille qui pourrait venir te tenir compagnie ?

— Je peux appeler ma sœur, acquiesça Kim.

— Tu devrais le faire dès maintenant, lui conseilla Nik.

Est-ce que tu veux que nous restions... que je reste ? proposa-t-elle en songeant que Finn ne tenait peut-être pas à jouer les baby-sitters.

Il n'était d'ailleurs pas la personne idéale pour le faire.

— C'est gentil, mais ce n'est pas la peine. Claire n'habite pas très loin d'ici. Tout ira bien, je vous assure.

Comme pour le leur prouver, elle se leva du canapé.

— Appelle-la, insista Nik. Personne ne devrait être seul dans un moment pareil.

Kim hocha la tête et vint serrer affectueusement Nik dans ses bras.

— Merci beaucoup, souffla-t-elle.

À la grande surprise de Finn, elle en fit autant avec lui. Il lui rendit maladroitement son étreinte.

— Merci à tous les deux, leur dit-elle d'une voix tremblante de larmes à peine contenues.

— Il n'y a pas de quoi, répondit Nik. Et surtout, n'oublie pas que tu peux m'appeler quand tu veux. N'hésite surtout pas.

Après avoir pris congé de Kim, ils ressortirent.

— Vous avez l'air d'être sous le choc, remarqua Nik en avisant l'expression désemparée qui se lisait sur le visage de son compagnon.

— C'est vrai, reconnut-il sans détour. D'ordinaire, j'enquête sur des affaires de vol. Je n'ai pas vraiment l'habitude de ce genre de situation...

— C'est ce que j'ai cru comprendre, acquiesça Nik avec un sourire légèrement ironique.

Il lui lança un regard interrogatif.

— À l'avenir, lorsque vous voudrez rassurer une mère, évitez de lui dire que sa fille pourrait très bien être morte...

— C'est pourtant la vérité, objecta-t-il. Rien ne nous dit que ce type n'a pas tué Marilyn.

— Mais rien ne nous permet d'affirmer le contraire,

répliqua-t-elle. Et, dans ce cas, il ne sert à rien d'inquiéter inutilement les gens.

— Je vois ce que vous voulez dire, soupira Finn.

— Ne vous en faites pas, lui dit-elle. Vous vous en êtes mieux sorti que je ne l'aurais cru possible. Je pense que votre cas n'est pas totalement désespéré...

— Je ne sais vraiment pas si je dois prendre ça pour une insulte ou pour un compliment.

— Un compliment, bien sûr ! s'exclama-t-elle. Mais je veux bien reconnaître que la formulation pouvait effectivement prêter à confusion.

Elle lui décocha un sourire amusé.

— Ne vous en faites pas, avec le temps vous vous habituerez à ma façon de parler.

— Je ne crois pas que notre collaboration durera assez longtemps pour cela, objecta-t-il.

— Qu'est-ce qui vous fait dire cela ?

Finn haussa les épaules.

— Dès que Seamus reprendra conscience et qu'il pourra témoigner, nous devrions être fixés sur ce qui s'est passé exactement sur ce parking.

— Cela ne nous dira pas forcément comment s'est déroulé le meurtre de cette femme.

— Effectivement, concéda Finn. Mais, une fois la question du vol de voiture résolu, je ne serai probablement pas en charge du reste de l'enquête.

— À moins que les deux crimes ne soient intimement liés, remarqua Nik.

— J'espère que ce ne sera pas le cas. Les affaires de meurtre ne sont pas ma spécialité.

— Je suis sûre que vous ferez de l'excellent boulot quoi qu'il arrive, déclara-t-elle.

— Vous me connaissez à peine, objecta Finn.

— Détrompez-vous. J'ai fait quelques recherches avant

de vous approcher. Je sais que vous êtes sorti major de votre promotion à l'académie de police, que vous avez décroché le record du plus grand nombre d'interpellations au cours des trois dernières années, que vous avez déjà reçu deux citations pour des actions d'éclat... Vous êtes un bon flic, Finn. Dans le cas contraire, je n'aurai pas perdu mon temps à vous courir après.

Tandis qu'elle parlait, l'amusement de Finn avait disparu, remplacé par un mélange d'étonnement et de curiosité. Jusqu'à présent, il n'avait pas vraiment pris au sérieux les compétences d'enquêtrice de Nik. Mais il commençait à se demander si sa légèreté apparente et ses perpétuelles plaisanteries ne cachaient pas un esprit nettement plus affûté qu'il n'avait bien voulu le reconnaître.

La présence de la jeune femme s'était avérée précieuse, face à Kim Palmer. Elle avait démontré qu'elle possédait un réel talent pour mener un interrogatoire. Elle savait mettre les gens en confiance et les pousser à se livrer. Pour le moment, ce don ne leur avait pas vraiment permis de faire avancer l'enquête. Mais il pourrait se révéler utile par la suite.

Finn avait pour habitude de ne négliger aucune piste. Il se targuait d'être un investigateur patient et méticuleux. Et, si Nik pouvait constituer un atout pour son enquête, il ne voyait pas de raison de se priver de son aide.

— Nous devrions passer à la morgue, suggéra-t-il. Avec un peu de chance, le médecin légiste aura terminé l'autopsie et pourra nous en dire plus sur les circonstances de la mort.

— D'accord, répondit Nik. Mais que diriez-vous de vous arrêter en route pour prendre un petit déjeuner ? Je n'ai rien avalé, ce matin, et je suis affamée.

— Vous êtes sûre de vouloir manger avant d'aller à la morgue ? s'enquit Finn, dubitatif.

La plupart des gens avaient du mal à supporter la vue d'une

autopsie. Même les policiers les plus aguerris se sentaient souvent mal à l'aise en de telles circonstances.

— Oh ! ne vous en faites pas pour moi, s'exclama Nik. Avant de faire des études pour devenir enquêtrice, j'ai fait deux ans de médecine. Je devrais pouvoir tenir le coup.

— Vous êtes pleine de surprises, Kowalski.

— Vous n'avez pas idée, répondit-elle en souriant. Allez, suivez-moi, inspecteur, je connais un sympathique petit restaurant dans le coin qui propose des brunchs délicieux.

7

— Alors ? Qu'est-ce que vous en pensez ? ne put s'empêcher de demander Nik.

Cela faisait quelques minutes que tous deux étaient attablés devant une assiette d'œufs à la ranchero accompagnés d'une épaisse tranche de lard et de petits pains de maïs artisanaux. De tous les petits déjeuners qu'elle avait pu goûter depuis qu'elle avait commencé à fréquenter les restaurants d'Aurora, ceux de Chez Roberto étaient ses préférés.

Tous les gens qu'elle avait amenés là s'étaient régalés et n'avaient pas manqué de faire des commentaires élogieux à propos de cette cuisine simple mais délicieuse. Or, depuis qu'ils étaient arrivés, Finn était demeuré silencieux, plongé dans ses pensées.

— Vous voulez parler de notre affaire ? lui demanda-t-il, arraché à ses réflexions.

— Du repas, objecta-t-elle. Qu'est-ce que vous en dites ?

— C'est bon, répondit-il d'un ton presque surpris, comme s'il ne s'était pas vraiment posé la question jusqu'alors.

Nik le considéra d'un air incrédule. Elle n'avait peut-être jamais rencontré quelqu'un d'aussi différent d'elle. L'inspecteur Finn Cavanaugh était sans doute l'homme le plus consciencieux, le plus appliqué et le plus sérieux qu'elle connaissait.

Elle se demanda avec une pointe d'ironie ce qu'il pouvait bien faire de son temps libre : lire les comptes rendus d'enquête de ses collègues, peut-être, ou des tableaux statistiques concernant la criminalité d'Aurora, ou encore les dernières tendances en matière de jurisprudence pénale...

— Seulement bon ?

— Très bon, précisa-t-il, paraissant enfin prendre conscience de l'endroit où il se trouvait.

— Tant mieux. Je viens ici depuis des années. À l'époque, c'était Roberto qui était en cuisine. Aujourd'hui, c'est son fils qui a pris la relève. Mais toute la famille travaille pour le restaurant. Sa belle-fille tient la comptabilité, et ses petits-enfants servent en salle, le soir...

Finn hocha la tête d'un air absent. Jamais il n'avait rencontré quelqu'un d'aussi bavard que Nik. Et il n'avait pas encore décidé s'il trouvait cela charmant ou agaçant.

— Comment savez-vous toutes ces choses ? lui demanda-t-il.

— Je vous l'ai dit : je mange très souvent ici.

— Je ne parlais pas seulement de ce restaurant mais aussi des feux verts, du magasin dont vous m'avez parlé en venant ici, des relations de Kim Palmer et de sa fille...

Nik haussa les épaules.

— Je ne sais pas, répondit-elle, étonnée par sa question. Je suis curieuse. Je pose des questions.

— À vous entendre, on pourrait croire que tout vous intéresse, remarqua-t-il.

Elle ne voyait toujours pas où il voulait en venir.

— N'est-ce pas votre cas ?

Finn lui lança un regard mi-étonné, mi-amusé.

— Non, bien sûr. À vrai dire, je ne connais personne qui s'intéresse à tout.

— Vous me connaissez, moi, objecta-t-elle en souriant.

— Effectivement... Mais vous êtes probablement la seule.

— Et vous ? À quoi vous intéressez-vous ?

Il hésita quelques instants avant de lui répondre :

— À mon travail, surtout.

Cet aveu ne fit que confirmer ce qu'elle avait déjà deviné.

— Vous ne trouvez pas ça un peu limitatif ?

— Cela me permet de rester concentré sur l'essentiel, répondit-il. De ne pas me perdre dans des considérations inutiles...

Nik secoua doucement la tête.

— Je ne vois pas du tout les choses de la même façon.

— Vraiment ? fit-il d'un ton ironique.

— Vraiment, affirma-t-elle le plus sérieusement du monde. N'avez-vous jamais entendu parler de la sérendipité ? Parfois, des détails qui peuvent paraître anodins et sans importance vous permettent soudain de saisir une réalité fondamentale. C'est de cette façon que se sont opérés des tas de découvertes scientifiques.

— Je doute que l'organisation des cuisines de Chez Roberto vous permette de découvrir une nouvelle théorie de la relativité, railla Finn.

— Peut-être pas, concéda-t-elle en riant. Mais garder un esprit curieux, ouvert et disponible me paraît une qualité fondamentale, pour un enquêteur. Cela permet d'être réceptif aux idées nouvelles, de ne pas être victime de ses propres préconceptions.

— Eh bien, moi, lorsque je travaille, j'ai surtout besoin de me concentrer sur ce que j'ai à faire.

Il s'abstint d'ajouter que la présence de Nik n'était guère propice à cela. Et ce n'était pas uniquement parce qu'elle parlait beaucoup. Le simple fait de la regarder suffisait à le déconcentrer.

À plusieurs reprises, il s'était surpris en train de l'observer à la dérobée, fasciné par l'intelligence qui brillait dans ses yeux, par la sensualité de ses lèvres ou par la charmante fossette que son sourire creusait au creux de sa joue gauche.

Se forçant à ne regarder que son assiette, Finn termina son petit déjeuner.

— Vous ne devriez pas manger aussi vite, lui dit alors Nik. C'est très mauvais pour la digestion.

— Ne vous inquiétez pas pour ça, répondit-il. Cela fait des années que je suis dans la police, et j'ai pris l'habitude d'avaler mes repas en quatrième vitesse à n'importe quelle heure du jour ou de la nuit.

Il reposa ses couverts et avala une dernière gorgée de café.

— Est-ce que vous êtes prête ?

Nik hocha la tête, et tous deux quittèrent leur table pour se diriger vers le bar derrière lequel se tenait Roberto Perez, le propriétaire des lieux.

L'homme ne devait pas mesurer beaucoup plus d'un mètre cinquante et arborait une épaisse moustache et une tignasse de cheveux bouclés qui avaient viré au poivre et sel au cours des dernières années. Depuis qu'elle le connaissait, Nik ne l'avait jamais vu se départir de son sourire étincelant et de son humeur joviale.

— Est-ce que quelque chose n'allait pas ? lui demanda-t-il en jetant un coup d'œil étonné à leur table sur laquelle l'assiette de la jeune femme était encore à moitié pleine.

— Non, c'était parfait, comme d'habitude, lui assura-t-elle. Mais nous sommes très pressés.

— Vous ne voulez pas que je vous prépare un *doggy bag* ?

Nik jeta un coup d'œil à Finn. Avisant l'impatience qui se lisait dans son regard, elle jugea préférable de décliner cette proposition.

— Je suis vraiment désolée, mais le devoir nous appelle, dit-elle à Roberto.

— Je comprends, acquiesça gravement ce dernier. N'hésitez pas à revenir quand vous aurez un peu plus de temps, tous les deux. Je vous ferai découvrir une de mes spécialités...

— C'est promis, répondit-elle en faisant mine de sortir son portefeuille.

— C'est pour moi, objecta aussitôt Finn en posant deux billets de vingt dollars sur le comptoir.

Il se détourna pour se diriger vers la sortie.

— Vous oubliez votre monnaie, l'interpella Roberto.

— Gardez-la. C'était délicieux.

Le sourire de Roberto s'épanouit encore un peu plus. Nik lui adressa un petit salut de la tête avant de suivre son compagnon à l'extérieur.

— Je me demandais quelque chose, lui dit-il alors. Est-ce que vous essayez de sympathiser avec tous les gens que vous rencontrez ?

Nik considéra sa question durant quelques instants avant de secouer la tête.

— Ce n'est pas quelque chose que je fais consciemment. Cela se produit tout seul. Mais pourquoi cette question ?

— Pour rien, éluda Finn.

— On dirait que cela vous ennuie.

— Pas du tout.

— Vous n'êtes pas jaloux, j'espère ? lui demanda-t-elle, un brin moqueuse. Ce n'est pas si difficile, vous savez : il suffit de poser des questions.

Finn lui lança un regard ouvertement dubitatif.

— Vous n'avez qu'à interroger les gens sur ce qu'ils aiment, sur leur famille, leur travail ou sur leurs loisirs..., précisa-t-elle. Et, si vous les écoutez vraiment, ils se sentent valorisés et vous trouvent sympathique.

— C'est une forme de manipulation, en somme.

— Si vous ne vous intéressez pas réellement à ce qu'ils sont et à ce qu'ils font, oui. Mais vous l'avez dit vous-même : je m'intéresse à tout - et à tout le monde.

Finn secoua la tête d'un air incrédule.

— Je n'avais encore jamais rencontré quelqu'un comme vous. On dirait un personnage tout droit sorti de *La Mélodie du bonheur*...

— Je prends ça pour un compliment.

— Le contraire m'aurait étonné, répondit Finn sans parvenir à réprimer un sourire.

Nik se prit à espérer que le mur de glace qu'il avait visiblement décidé d'ériger entre eux commençait lentement à se fissurer. Qui sait ? Peut-être parviendrait-elle à le convaincre que collaborer avec elle ne constituait pas une totale perte de temps comme il semblait le penser.

Lorsqu'ils arrivèrent à la morgue, Finn demanda à voir le médecin de garde, le Dr Jonah Grady.

— Vous savez, inspecteur Cavanaugh, je n'ai que deux mains, déclara-t-il d'un ton las en guise de préambule. Pour le moment, j'ai seulement eu le temps de faire une autopsie préliminaire du corps que l'on a retrouvé dans la benne à ordures du restaurant...

Avisant la présence de Nik à ses côtés, le médecin changea brusquement de ton et d'attitude.

— Je suis désolé, dit-il d'un ton nettement plus affable. Je travaille tellement que j'en oublie parfois mes bonnes manières. Je suis le Dr Grady. Je ne crois pas vous avoir rencontrée auparavant...

— Elle ne fait que passer, intervint Finn avec une pointe d'agacement dans la voix. Et la seule chose qui l'intéresse, c'est de connaître l'heure exacte de la mort de cette femme.

La frustration qui se lisait dans le regard de Grady n'échappa pas à Nik. Finn ne semblait pas se rendre compte du fait qu'en adoptant cette attitude revêche il avait peu de chances de se concilier les bonnes grâces du médecin. S'avançant vers ce dernier, elle lui tendit la main.

— Je m'appelle Nik Kowalski, déclara-t-elle.

— Enchanté de faire votre connaissance, mademoiselle Kowalski.

Grady pâlit soudain.

— J'espère que vous n'êtes pas une parente de la victime..., ajouta-t-il.

— Non, je vous rassure. Mais cet assassinat est lié à une affaire sur laquelle nous enquêtons, Finn et moi.

Finn se rembrunit, n'appréciant probablement pas le fait qu'en formulant les choses de cette façon elle se faisait plus ou moins passer pour un membre de la police.

— Je ne savais pas que vous aviez une nouvelle coéquipière, remarqua le médecin en lui lançant un coup d'œil interrogateur.

— C'est assez urgent, déclara Finn. Qu'a révélé l'autopsie préliminaire ?

Ils avaient perdu suffisamment de temps comme cela, et il ne tenait vraiment pas à s'étendre sur la nature exacte de ses relations avec Nik.

— Suivez-moi, soupira Grady.

Ils remontèrent un couloir au sol et aux murs carrelés jusqu'à une pièce au centre de laquelle se trouvait une table métallique. Rabattant le drap qui la recouvrait, Grady révéla le corps blême et dénudé d'une jeune femme.

— Comme vous pouvez le voir, leur dit-il en désignant le thorax de la victime, elle a été poignardée en plein cœur. Les autres blessures indiquent que le tueur l'a frappée à plusieurs reprises avant de porter le coup mortel. La mort est survenue entre minuit et 2 heures du matin.

— La victime a-t-elle été agressée sexuellement ? demanda Nik.

— Non, répondit sans hésiter le médecin. Il n'y a aucune trace de viol. Je ne pense pas non plus qu'il s'agisse d'un vol qui aurait mal tourné.

— Qu'est-ce qui vous fait dire cela ? s'enquit Nik.

— L'arme utilisée par l'attaquant. Il ne s'agissait pas d'un rasoir ou d'un couteau à cran mais d'une lame nettement plus imposante. Un couteau de chasse ou de cuisine, probablement. Celui qui a frappé cherchait délibérément à la tuer.

Finn hocha la tête. C'était effectivement la conclusion à laquelle il était parvenu en voyant le grand nombre d'entailles que présentait le corps.

— Est-ce que vous êtes mariée ? demanda alors Grady à Nik.

Celle-ci ne parut pas s'étonner outre mesure de cette question - ni des circonstances pour le moins inhabituelles dans lesquelles elle lui était posée.

— Fiancée, répondit-elle.

— Aurais-je la moindre chance de vous faire changer d'avis ?

Elle ne se formalisa apparemment pas de cette nouvelle question peu subtile.

— Aucune, désolée, dit-elle en souriant. Mais je suis flattée que vous me le demandiez.

Grady haussa les épaules d'un air fataliste.

— Au moins, j'aurai tenté ma chance, déclara-t-il. Au fait, ajouta-t-il en se tournant vers Finn, le sang de la victime correspond bien à celui qui se trouvait dans la voiture de Seamus Cavanaugh.

— Quel sang ? s'enquit Nik, surprise.

— On a retrouvé du sang dans le coffre de mon grand-oncle, expliqua Finn.

— Vous ne m'en aviez pas parlé, objecta-t-elle.

— Nous pensons qu'on a pu voler la voiture de Seamus pour transporter le corps. Nous savons que la victime n'a pas été tuée sur place.

— Je vois, acquiesça Nik.

Elle se tourna vers le médecin légiste.

— Merci pour votre aide, docteur. Nous allons vous laisser retourner à votre travail.

Sur ce, elle se dirigea vers la porte. Après avoir adressé un petit salut de la tête à Grady, Finn lui emboîta le pas.

— Je ne savais pas que vous étiez fiancée, remarqua-t-il lorsqu'ils se retrouvèrent dans le couloir.

— Vous ne savez pas grand-chose de moi, répliqua-t-elle.

— C'est vrai, concéda Finn.

Il regretta brusquement de ne pas s'être renseigné un peu plus à son sujet.

— Mais, pour répondre à votre remarque, je ne le suis pas.

Il la considéra avec étonnement.

— Pourtant, vous avez dit au Dr Grady...

— Je lui ai dit ce qu'il fallait pour qu'il n'insiste pas, expliqua-t-elle. C'est l'un des plus vieux subterfuges au monde.

— Sans doute, murmura Finn en s'efforçant d'ignorer le soulagement qu'il éprouvait.

En quoi pouvait-il bien être concerné par le fait qu'elle soit fiancée ? Ou même mariée ? Après tout, il n'avait pas l'intention de sortir avec elle...

— Est-ce que cela change quelque chose pour vous ? lui demanda-t-elle alors.

— Non, répondit-il un peu trop précipitamment. Bien sûr que non... Je voulais juste clarifier la situation, c'est tout...

Elle hocha la tête.

— Et maintenant ? Que faisons-nous ?

— Il faut que j'aille voir Andrew, le fils de Seamus, pour lui confirmer que la voiture de son père a bien été utilisée pour transporter un corps. Seamus devait quitter l'hôpital ce matin et, avec un peu de chance, il pourra me donner quelques détails supplémentaires au sujet de son agresseur. S'il se souvient de son visage, je ferai établir un portrait-robot. Cela nous aidera peut-être à l'identifier.

— Bonne idée, approuva Nik. Allons-y.

— Je ferais mieux d'y aller seul, objecta Finn. Si j'apprends quoi que ce soit, je vous appellerai.

— Ce ne sera pas nécessaire si je viens avec vous, déclara Nik. Nous gagnerons ainsi un temps précieux.

— Ce n'est vraiment pas la peine.

— Franchement, je n'ai rien de mieux à faire, pour le moment, répondit-elle. Et vous avez vu Kim Palmer : la pauvre est au bord de la dépression. Si je ne lui apporte pas très vite des nouvelles encourageantes, elle risque de se laisser sombrer complètement. Idéalement, j'aimerais lui ramener sa fille en personne...

Finn la considéra gravement.

— Vous vous rendez compte que ce ne sera peut-être pas possible, n'est-ce pas ? Marilyn Palmer pourrait bien être complice d'un meurtre. Je vous rappelle que l'on a retrouvé ses empreintes dans la voiture et son nom dans le sac à main de la victime.

— Je sais, concéda Nik. Mais je persiste à croire qu'elle est innocente. Je la connais depuis des années, et elle n'a jamais rien fait de mal.

— Sa mère nous a dit que l'homme qu'elle fréquentait avait une mauvaise influence sur elle.

— Peut-être la retient-il contre son gré, suggéra Nik. Et, même si tel n'est pas le cas, même si elle est vraiment complice, cela signifie au moins qu'elle est toujours vivante. C'est déjà ça, non ?

Finn secoua la tête d'un air incrédule.

— Vous savez que vous êtes vraiment incroyable ? s'exclama-t-il enfin. Dans votre bouche, même une complicité d'assassinat pourrait passer pour une bonne nouvelle !

— N'hésitez pas à me répéter que je suis incroyable, rétorqua Nik avec un sourire radieux. En attendant, je persiste et signe : à ce stade, Kim n'est même pas certaine que sa fille soit en vie. Lui rapporter la preuve que tel est bien le cas serait déjà une première victoire.

— Sans doute, concéda Finn. Quant à moi, j'espère surtout que nous retrouverons l'assassin avant qu'il ait eu le temps de récidiver...

Nik fronça légèrement les sourcils.

— Vous pensez qu'il va recommencer ?

— Vous avez entendu ce qu'a dit le médecin : il ne s'agit probablement pas d'un vol.

— Ce pourrait être une vengeance personnelle ou un règlement de comptes.

— Souhaitons-le. Mais le fait que l'assassin ait voulu déplacer le corps pour le jeter dans une poubelle ne me dit rien de bon.

— Vous pensez qu'il pourrait s'agir d'une sorte de rituel ? Que nous aurions affaire à un meurtrier compulsif ?

— Espérons que non, murmura Finn.

Mais, au fond de lui, il était déjà presque convaincu que tel était le cas...

8

— Jolie maison, commenta Nik lorsque Finn et elle se garèrent devant le domicile de l'ancien chef de la police. Est-ce que vous venez souvent ici ?

— Régulièrement, acquiesça-t-il. C'est un peu le quartier général des Cavanaugh à Aurora.

Ils descendirent de voiture et gravirent les marches du perron. Finn pressa la sonnette, et tous deux patientèrent durant une dizaine de secondes avant qu'Andrew en personne vienne leur ouvrir.

— Je t'attendais, dit-il à Finn. Entre.

Finn s'exécuta et pénétra dans un grand hall. Déjà, Rose les avait rejoints et elle vint l'embrasser.

— Est-ce que Seamus est en état de parler ? s'enquit-il alors. J'aimerais beaucoup pouvoir prendre sa déposition.

À ces mots, le visage d'Andrew se ferma, trahissant son inquiétude.

— Papa est conscient et lucide, répondit-il. Mais je ne suis pas sûr que tu tires grand-chose de lui, pour le moment.

— Il n'a pas de souvenir de l'agression ? Ce genre d'amnésie passagère est très commune, dans ces circonstances. Mais j'imagine que tu le sais aussi bien que moi...

— Je ne pense pas que ce soit une question d'amnésie, objecta Andrew d'une voix hésitante. Ce serait plutôt une forme de stress post-traumatique.

— Ce type de symptômes n'est généralement que temporaire, dit Finn pour tenter de le rassurer. La plupart du temps, ils finissent par se résorber dans les semaines qui suivent le traumatisme.

— J'espère que tel sera le cas, acquiesça Andrew. Mais je t'avoue que je suis inquiet. Je ne l'ai jamais vu si abattu.

Finn fronça les sourcils. Le choix de cet adjectif lui paraissait effectivement inquiétant. Il avait du mal à imaginer que son grand-oncle puisse être déprimé. Seamus était une véritable force de la nature, toujours plein de vie et d'énergie. Il était doté d'une volonté farouche et d'un caractère bien trempé.

— C'est une réaction parfaitement naturelle, après ce genre d'agression, remarqua alors Nik. Il n'est pas facile de faire face au sentiment d'impuissance que l'on éprouve dans ces moments-là.

Andrew la considéra avec étonnement, semblant seulement prendre conscience de sa présence.

— Andrew, je te présente Nik Kowalski, déclara Finn. Elle est enquêtrice pour une compagnie d'assurances.

— Je ne savais pas que l'assureur de la voiture avait dépêché sa propre enquêtrice, dit Andrew, surpris.

— Nik ne travaille pas pour eux, répondit Finn.

— La fille de l'une de mes amies semble être impliquée dans cette histoire, expliqua Nik. La police a relevé l'une de ses empreintes dans la voiture de votre père. Son nom était également inscrit sur une serviette en papier, dans le sac à main de la victime que l'on a découverte dans la benne à ordures.

— Et votre amie vous a demandé de retrouver sa fille, j'imagine ? s'enquit Andrew.

— C'est exact.

Andrew jeta un regard interrogatif en direction de Finn. Le fait que Nik s'intéresse de très près à cette affaire n'expliquait pas pourquoi il avait accepté de la conduire jusqu'ici.

— L'aide de Nik s'est avérée précieuse, déclara Finn.

La jeune femme lui adressa un regard à la fois étonné et reconnaissant. Elle ne s'était pas attendue à un tel compliment de la part de quelqu'un qui n'avait jusqu'alors collaboré avec elle qu'à contrecœur.

— Très bien, acquiesça Andrew, apparemment satisfait par cette explication. Suivez-moi. Mon père se trouve dans la chambre d'amis du rez-de-chaussée.

Ils lui emboîtèrent le pas. Andrew alla frapper à la porte d'une chambre qui donnait sur le jardin, à l'arrière de la maison. Personne ne répondit, et il recommença.

— Entrez, fit enfin une voix à peine audible.

Andrew ouvrit doucement la porte, révélant une chambre confortable. Un vieil homme était assis sur le lit, le visage tourné vers la fenêtre à travers laquelle on pouvait apercevoir le jardin.

— Papa, Finn est ici, lui annonça Andrew. Il aimerait s'entretenir avec toi, si tu te sens d'attaque.

— Je peux très bien revenir ultérieurement si vous vous sentez fatigué, proposa Finn.

La douceur et la prévenance que Nik perçut dans sa voix, en cet instant, lui confirmèrent qu'elle ne s'était pas trompée à son sujet : il était parfois difficile mais il avait un bon fond.

Seamus haussa les épaules d'un air indifférent.

— Peu importe, répondit-il d'une voix toujours aussi faible. Entre...

Finn sentit sa gorge se serrer. Son grand-oncle faisait vraiment peine à voir. Il paraissait vidé de toute énergie, de toute volonté, aux antipodes de l'homme plein d'allant et de caractère qu'il était en temps normal.

— Il est comme ça depuis qu'il est sorti de l'hôpital, lui souffla Andrew, à qui la réaction de Finn n'avait pas échappé. Totalement méconnaissable...

Finn jeta un coup d'œil à Rose, qui approuva de la tête. Elle paraissait tout aussi désemparée que son époux.

— Que voulais-tu me demander ? s'enquit Seamus d'un ton las.

Nik s'avança alors et sortit son téléphone portable de sa poche pour faire apparaître une photo de Marilyn Palmer.

— Est-ce que vous avez déjà vu cette femme, monsieur Cavanaugh ?

Seamus lui jeta un regard vaguement étonné. Il ne lui demanda pourtant même pas qui elle était et considéra la photo qu'elle lui montrait d'un air absent.

— Je ne crois pas, marmonna-t-il enfin.

— Est-ce que vous l'avez vue sur le parking, la nuit où vous avez été agressé ? s'enquit-elle en observant avec attention son visage à la recherche du moindre signe révélateur.

— Je ne me souviens plus de rien, soupira Seamus. Pas même du visage de celui qui m'a attaqué... Et franchement, j'aime autant ne rien me rappeler. Tout ce que je veux, c'est pouvoir me reposer...

— Bien sûr, lui dit Nik. Nous repasserons plus tard.

Seamus secoua faiblement la tête.

— C'est inutile, leur assura-t-il. Je ne pourrai pas vous en dire plus.

S'étendant sur son lit, Seamus croisa les mains sur sa poitrine et ferma les yeux, leur indiquant clairement qu'il ne voulait plus être dérangé. Tous quatre quittèrent la pièce sur la pointe des pieds, et Andrew referma doucement la porte derrière eux.

— Pouvez-vous me montrer cette photo ? demanda-t-il à Nik.

Elle hocha la tête et lui tendit son portable.

— Pensez-vous qu'elle soit complice ou victime de l'homme qui a attaqué mon père ?

— J'aimerais croire que Marilyn n'est qu'une victime, soupira Nik.

— Mais ?

— Mais je dois bien reconnaître que les éléments dont nous disposons pour le moment ne plaident pas en sa faveur. D'après sa mère, l'homme avec lequel elle s'est enfuie exerçait sur elle une influence néfaste. Il se peut qu'elle se trouve sous son emprise. Nous ne le saurons que lorsque nous les aurons retrouvés...

— Les caméras de surveillance des environs vous ont-elles permis d'obtenir une photo de l'homme en question ? s'enquit Andrew.

— Les seules images que Valri ait récupérées ne permettent pas de distinguer clairement son visage, répondit Finn. Seamus était garé sur une section du parking très mal éclairée - probablement parce qu'il voulait surveiller discrètement les environs. On voit cependant deux personnes monter à bord de la voiture : une femme qui s'installe au volant et un homme qui prend place du côté passager. Il est impossible de dire s'il la menaçait.

— Qu'en est-il de cette femme que l'on a retrouvée morte, ce matin ?

— C'est bien son sang que l'on a prélevé dans le coffre. Nous pensons que le couple a volé la voiture pour transporter son corps. Nous ignorons en revanche où elle a été tuée.

— Est-ce que tu as lancé un avis de recherche au nom de cette Marilyn Palmer ? demanda Andrew.

— J'espérais pouvoir déterminer son degré d'implication avant de le faire, répondit Finn. Mais, étant donné les circonstances, je vais effectivement en lancer un. Nous ne pouvons nous permettre de perdre plus de temps.

— Je suis d'accord. Quelle que soit la responsabilité de cette fille, la retrouver devrait nous permettre de remonter rapidement jusqu'à l'agresseur de Seamus.

— Et de l'interpeller avant qu'il commette un nouveau meurtre, ajouta Finn. Car je pense malheureusement qu'il pourrait très bien récidiver dans les jours qui viennent.

Finn expliqua à Andrew ce que le médecin légiste avait découvert.

— Je partage ton analyse, hélas, soupira Andrew lorsqu'il eut terminé son macabre exposé. Il faut lancer cet avis de recherche au plus vite.

— As-tu toujours des contacts au sein de la police criminelle ? s'enquit Finn. Ils pourraient diffuser l'avis de recherche de façon bien plus large que ne le ferait mon service.

— Je m'en occupe, acquiesça Andrew. En attendant, comment comptez-vous procéder, tous les deux ?

Alors même qu'il posait la question, Andrew se rendit compte que Nik avait disparu.

— Où est passée ton amie ? demanda-t-il à Finn.

Ce dernier ne vit pas l'intérêt de préciser que Nik n'était pas son amie.

— Je n'en ai aucune idée, répondit-il en la cherchant vainement des yeux.

Tandis que Finn exposait à Andrew le résultat de leurs investigations, Nik s'était discrètement éclipsée pour retourner jusqu'à la chambre de Seamus. Elle voulait faire une nouvelle tentative pour interroger ce dernier. Elle commença par frapper doucement à sa porte, puis se glissa à l'intérieur sans attendre la réponse.

Seamus ne semblait pas avoir bougé depuis qu'ils l'avaient quitté : il était toujours allongé sur son lit, les mains croisées sur la poitrine.

— Monsieur Cavanaugh, appela-t-elle à mi-voix.

Il ne réagit pas, semblant ne pas même l'avoir entendue.

— Monsieur Cavanaugh, est-ce que je peux entrer ? lui demanda-t-elle.

Les paupières de Seamus s'ouvrirent, et il lança un coup d'œil dans sa direction.

— Vous êtes déjà entrée, lui fit-il remarquer d'un ton toujours aussi las. Qu'est-ce que vous voulez ?

Le père de Nik lui avait toujours dit qu'elle était beaucoup trop sûre d'elle, ce qu'elle avait toujours considéré comme un compliment. Et, chaque fois qu'elle se sentait gagnée par le doute, elle repensait à ce commentaire qui avait le don de lui redonner du courage.

Elle referma la porte derrière elle et se mit à parler en espérant que son récit éveillerait en Seamus l'écho qu'elle espérait.

— Lorsque j'étais petite, mon grand-oncle Walter me faisait l'effet d'être un véritable géant. Il était très grand, avait une carrure impressionnante et une cage thoracique aussi large qu'un tonneau. C'était une véritable force de la nature. Il travaillait comme chef de chantier. J'avais treize ans quand il a eu ce terrible accident. Je ne sais pas ce qui s'est produit exactement, mais il est tombé d'une hauteur de deux étages...

Tout en parlant, Nik s'était légèrement rapprochée de Seamus.

— Les médecins ne pensaient pas qu'il s'en sortirait. Puis ils étaient convaincus qu'il ne remarcherait jamais. Mais il y est parvenu. Ça lui a pris des mois, et il a dû puiser au plus profond de lui-même, mais il a réussi. Ce que nous n'avions pas imaginé, en revanche, c'est que son esprit aurait besoin de beaucoup plus de temps que son corps pour se remettre. Walter estimait qu'il aurait dû anticiper cet accident et l'éviter - que, s'il avait été plus jeune, jamais il n'aurait commis une telle erreur. Il se sentait vieux, inutile et dépassé.

— Je connais cette sensation, acquiesça Seamus d'une voix amère.

— Walter se trompait, mais il lui a fallu longtemps pour

s'en rendre compte, pour comprendre qu'il n'était pas inutile, qu'il avait encore beaucoup à offrir.

— Quoi donc ? lui demanda Seamus.

Elle comprit alors qu'elle avait réussi à éveiller son intérêt.

— Ses connaissances et son expérience, répondit-elle. Walter n'était peut-être plus capable d'accomplir lui-même un certain nombre de tâches, mais il pouvait les enseigner à des hommes plus jeunes. Ce n'est que lorsqu'il a cessé de s'apitoyer sur son propre sort qu'il a fini par le comprendre et par imaginer une façon de se reconstruire. Et c'est alors qu'il a eu une révélation.

— Laquelle ? s'enquit Seamus, curieux.

— Il a compris que, si le vieillissement du corps était un phénomène physiologique inexorable, celui de l'esprit, lui, ne dépendait que de la vision que nous avons de nous-mêmes.

Un long silence suivit cette conclusion. Elle espéra qu'elle était parvenue à convaincre Seamus, mais il finit par refermer les yeux.

— Laissez-moi, à présent, lui dit-il. Je suis fatigué.

Elle sentit son cœur se serrer dans sa poitrine.

— Bien, monsieur, répondit-elle avant de se diriger vers la porte.

Elle savait qu'il ne servirait à rien d'insister pour le moment. Mais elle était bien décidée à revenir pour tenter de nouveau sa chance. Comme Finn avait déjà pu le constater, lorsque Nik se mettait une idée en tête, elle n'y renonçait pas facilement. Et elle était convaincue que Seamus Cavanaugh avait besoin d'aide.

En sortant de la chambre du vieil homme, elle tomba nez à nez avec Finn.

— Qu'est-ce que vous faisiez là-dedans ? lui demanda-t-il d'un ton suspicieux.

— Je parlais à votre grand-oncle.

— Je m'en doutais, dit-il d'un ton un peu agacé. Vous

pensiez sans doute qu'il vous suffirait de lui faire votre petit numéro de charme pour qu'il vous raconte en détail tout ce qui s'est passé sur le parking l'autre nuit ?

— Pas du tout, rétorqua-t-elle en souriant. J'étais juste en train de lui parler de Walter.

— Qui ça ?

— Walter, répéta-t-elle. C'était l'oncle de mon père. Il travaillait dans le bâtiment jusqu'au jour où il a eu un accident. Il a chuté d'une hauteur de deux étages...

— Laissez-moi deviner, l'interrompit Finn d'un ton sarcastique. Il s'est envolé ?

Nik haussa les épaules.

— Stop ! De toute façon, cette histoire n'est pas faite pour les gens comme vous.

Sur ce, Nik se remit en marche, se laissant guider par les voix d'Andrew et de Rose jusqu'à la cuisine où tous deux étaient en train de discuter. Finn lui emboîta le pas, se demandant ce qu'elle avait bien pu vouloir dire par « des gens comme vous ».

— Est-ce que tout va bien ? lui demanda Andrew, qui devait percevoir la tension entre eux.

— Très bien, répondit Nik en se forçant à lui sourire.

— Voulez-vous manger un morceau avant de repartir ?

— Mon mari se sent toujours coupable lorsque quelqu'un sort de chez lui sans rien avoir avalé, expliqua Rose d'un ton à la fois moqueur et affectueux.

— Peut-être une prochaine fois, répondit Finn. Il est grand temps que nous reprenions notre investigation.

— Vous me tiendrez au courant, n'est-ce pas ? leur demanda Andrew.

— Vous *nous* tiendrez au courant, rectifia Rose. Mon mari a tendance à oublier qu'après toutes ces années je suis presque aussi attachée que lui à ce vieux brigand.

— Si vous l'aimez vraiment, vous devriez éviter de le

traiter de vieux, remarqua Nik. C'est justement ce qui le terrifie, en ce moment.

— Je suis désolé, s'excusa Finn. Nik a la fâcheuse habitude de dire tout ce qui lui passe par la tête...

9

— De quel droit vous permettez-vous de donner des conseils à Rose et à Andrew sur la façon dont ils devraient se comporter avec Seamus ? s'exclama Finn lorsqu'ils eurent quitté la maison et qu'ils se trouvèrent hors de portée de voix. Vous n'avez donc vraiment aucun filtre ?

Nik se tourna vers lui et le dévisagea avec étonnement.

— Je cherchais seulement à me rendre utile, répondit-elle.

— Vous connaissez ces gens depuis moins d'une journée et vous vous estimez qualifiée pour leur donner de telles recommandations ? Vous, on peut dire que vous ne manquez vraiment pas d'air…

Nik était d'un naturel patient et compréhensif. Mais, depuis qu'elle le connaissait, Finn ne cessait de l'accabler de reproches et de critiques. Et elle commençait à en avoir plus qu'assez.

— Quel est votre problème, Cavanaugh ? lui demanda-t-elle sèchement.

— Vous, en l'occurrence. Vous vous mêlez de ce qui ne vous regarde pas.

— Je vous rappelle que c'est vous qui m'avez appelée ce matin pour me proposer de me joindre à vous.

— Je ne pensais vraiment pas que vous en profiteriez pour jouer les conseillers familiaux !

Ils furent interrompus par une musique. Nik reconnut

aussitôt le thème de *La Panthère rose*. En voyant Finn sortir son portable, elle comprit qu'il s'agissait de sa sonnerie de téléphone.

— Tu es géniale, Valri ! lança-t-il au bout de quelques instants. Je te dois une fière chandelle… D'accord, tu as raison : je te dois un chandelier tout entier. J'arrive tout de suite.

Il raccrocha et se tourna vers Nik, qui le considérait d'un œil goguenard.

— Qu'est-ce qui vous fait rire ? lui demanda-t-il.

— *La Panthère rose*, répondit-elle.

Il haussa les épaules.

— Ça m'a paru de circonstance, lorsque j'ai été nommé inspecteur, répondit-il.

Jamais Nik ne se serait attendue à le voir faire preuve d'un tel second degré.

— Valri, notre spécialiste en informatique, vient de découvrir l'identité de la victime qu'on a retrouvée cette nuit, lui annonça-t-il.

— Qui est-ce ?

— Une certaine Julie Everett. Valri est en train de rassembler toutes les informations qu'elle peut dénicher à son sujet.

— Excellente nouvelle. Avec un peu de chance, en interrogeant les proches de Julie nous parviendrons à remonter jusqu'à l'homme qui l'a tuée.

— À moins qu'il ne s'agisse d'un tueur compulsif, objecta Finn. Mais, pour le moment, c'est effectivement notre seule piste.

— Je vous accompagne, déclara-t-elle.

Finn haussa les épaules. Au point où ils en étaient, il aurait paru absurde de refuser. Qu'il le veuille ou non, Nik faisait désormais partie intégrante de cette enquête.

Ils regagnèrent donc leurs voitures respectives et partirent pour le commissariat central. Là, ils se rendirent directement dans l'aile qui abritait les locaux de la police scientifique. En avisant le panneau sur lequel étaient recensés les différents laboratoires, Nik remarqua le nom de famille de Valri.

— Votre spécialiste en informatique est aussi une Cavanaugh ? s'étonna-t-elle. On dirait que vous avez vraiment noyauté la police de la ville !

— Ce n'est pas complètement faux, reconnut Finn avec un demi-sourire. Nous sommes une grande famille, et la majorité d'entre nous travaille dans la police. Dans le cas de Valri, pourtant, rien ne le laissait présager. C'était l'une des personnes les plus gentilles et les plus douces que je connaisse.

— C'était ? répéta Nik, curieuse.

Finn hocha la tête.

— Depuis qu'elle est entrée dans la police, elle s'est endurcie, expliqua-t-il. J'imagine que c'était inévitable.

— J'ai hâte de la rencontrer, en tout cas. Et je vous promets que je me garderai de lui dispenser le moindre conseil.

— À ce propos, lui dit Finn d'un air légèrement embarrassé, je suis désolé pour tout à l'heure. Je n'aurais pas dû réagir de façon aussi épidermique.

— Je ne vous en veux pas, lui assura Nik. Il est parfaitement naturel de prendre la défense de sa famille. Et vous aviez raison : je n'aurais probablement pas dû me mêler de ce qui ne me regardait pas.

Tout en discutant, ils avaient suivi le couloir qui conduisait au bureau de Valri. Finn poussa la porte et entra, suivi de près par Nik. La jeune informaticienne était assise devant une rangée d'écrans qu'elle observait avec attention. Elle était si concentrée qu'elle ne les entendit pas approcher et sursauta violemment lorsque Finn prononça son nom.

— Tu as failli me flanquer une crise cardiaque ! s'exclama-t-elle. Qu'est-ce qui te prend de t'approcher en catimini de cette façon ?

— Je n'ai pas cherché à être discret, objecta-t-il. Mais si tu veux, la prochaine fois, j'apporterai un gong pour signaler mon arrivée.

— Très drôle, répliqua-t-elle.

— J'espère au moins que je ne te dérange pas.

— Si, bien sûr. Tes collègues et toi ne cessez de déverser des tombereaux de nouveaux dossiers sur mon bureau. J'ai de quoi m'occuper au moins jusqu'à Noël ! Peut-être même jusqu'au Noël suivant, à vrai dire...

Valri remarqua alors la présence de Nik qui se tenait légèrement en retrait.

— Il ne me semble pas vous avoir déjà vue, remarqua-t-elle. Vous êtes une nouvelle inspectrice ?

— Juste une consultante externe, répondit Nik. Je m'appelle Nik Kowalski.

Valri serra la main qu'elle lui tendait tout en adressant à Finn un coup d'œil interrogatif. Mais ce dernier ne prit pas la peine de s'expliquer. Il était bien trop impatient d'obtenir des réponses à ses propres questions.

— Alors ? Qu'as-tu découvert au sujet de cette Julie Everett ?

— Qu'elle travaillait pour Hanover & Wallace, répondit Valri.

— Hanover & Wallace ? s'exclama Nik. C'est le cabinet d'expertise comptable dans lequel Marilyn a fait un stage, récemment. Cela pourrait expliquer qu'elle ait donné son numéro de téléphone à cette Julie Everett.

— Sauf que le numéro qu'elle a donné n'était pas le sien, lui rappela Finn. Est-ce que tu as du nouveau, à ce sujet, Valri ?

— Il s'agissait bien d'un numéro correspondant à une carte prépayée. Tout ce que je peux te dire, c'est qu'elle a été achetée à la gare centrale d'Aurora.

— Est-ce que tu as pu trouver l'adresse de Julie Everett ?

— Bien sûr, répondit Valri en lui tendant une feuille sur laquelle elle l'avait imprimée. Malheureusement, cela ne vous aidera probablement pas beaucoup. Julie était célibataire et vivait seule.

— Nous devrions aller interroger les gens avec qui elle travaillait chez Hanover & Wallace, suggéra Nik. Quelqu'un pourra peut-être nous en dire un peu plus sur ses fréquentations.

— Et sur ses relations avec Marilyn, renchérit Finn. Cela nous permettra peut-être de comprendre pourquoi Julie a été assassinée. Merci pour ces renseignements, ajouta-t-il en se tournant vers Valri. Une fois de plus, ton aide s'est avérée inestimable.

— Ils disent tous ça, répliqua Valri en levant les yeux au ciel. Et pourtant, ce ne sont jamais les techniciens de la police scientifique qui font la une des journaux...

— Si nous parvenons à coincer le salopard qui a agressé Seamus et tué Julie, je te promets de parler de toi aux journalistes, répondit Finn en souriant.

Nik et lui quittèrent le bureau de la jeune femme.

— Vous devriez lui offrir une bonne bouteille, remarqua Nik tandis qu'ils se dirigeaient vers le parking du commissariat. Elle l'a bien méritée.

Finn lui jeta un coup d'œil amusé.

— Vous savez que vous avez raté votre vocation, lui dit-il. Vous auriez dû travailler dans les ressources humaines.

— Je suis bien trop indépendante d'esprit pour ça, objecta Nik.

— C'est ce que j'avais cru remarquer, en effet, acquiesça Finn avec un sourire ironique.

Hanover & Wallace était l'un des cabinets d'expertise comptable les plus réputés d'Aurora. Son siège était situé à proximité de Quail Hill, le quartier le plus méridional de la ville, qui se trouvait être le plus huppé.

— Je me demande toujours qui a les moyens de vivre ici,

commenta Finn en désignant les superbes demeures devant lesquelles ils passaient.

— Toutes sortes de gens, répondit Nik. Des hommes d'affaires, des banquiers, des artistes... J'ai traité pas mal de dossiers d'assurance dans le quartier.

— Ce doit être plutôt lucratif, remarqua-t-il.

— Je ne suis pas à plaindre, concéda-t-elle. Mais ne vous faites pas trop d'illusions : dans le petit monde de l'assurance, les enquêteurs ne comptent pas parmi les gens les mieux rémunérés, loin de là.

— J'imagine que, vous non plus, vous n'auriez pas les moyens de vivre par ici.

— Effectivement. Mais je vous avoue que, même si tel était le cas, je ne déménagerais pas. J'adore mon quartier.

— Où habitez-vous, exactement ?

— En centre-ville.

C'était assez vague, mais Finn se garda de lui demander des précisions. Il ne tenait pas à ce qu'elle se méprenne sur les raisons de son intérêt.

Après s'être garés dans le parking souterrain de l'Atwater Building, ils prirent l'ascenseur pour gagner le dernier étage de l'immeuble qu'occupaient les locaux de Hanover & Wallace. Là, ils furent accueillis par Miriam Harris, la réceptionniste, qui paraissait totalement débordée.

— Puis-je savoir avec qui vous avez rendez-vous ? leur demanda-t-elle.

— À vrai dire, nous n'avons pas de rendez-vous, répondit Finn.

— Je suis désolée mais, sans rendez-vous, vous ne pourrez pas être reçus. En temps normal, l'une de nos assistantes aurait fait le point sur vos besoins pour vous orienter vers la bonne personne. Malheureusement, elle s'est absentée sans prévenir, et c'est un peu le chaos, aujourd'hui...

La voix de la réceptionniste trahissait la tension nerveuse

qui l'habitait, et Finn devina que c'était elle qui devait probablement pallier l'absence de sa collègue. Et il paraissait évident que la pression était trop forte pour elle.

— L'assistante dont vous parlez s'appellerait-elle Julie Everett, par hasard ?

Miriam Harris le considéra avec étonnement.

— Vous la connaissez ? demanda-t-elle.

— Pas personnellement, répondit-il. Étiez-vous proche de Mlle Everett ?

— Vous parlez au passé, murmura Miriam, est-ce qu'elle est... ?

Finn hocha la tête.

— Mlle Everett a été assassinée cette nuit.

— Mon Dieu ! balbutia la réceptionniste d'une voix tremblante. Mais comment ? Que lui est-il arrivé ?

— C'est ce que nous essayons de découvrir, lui dit-il en sortant son insigne. Je suis l'inspecteur Cavanaugh, de la police d'Aurora. Et voici l'enquêtrice Kowalski, ajouta-t-il en désignant Nik. Nous aimerions vous poser quelques questions au sujet de Julie.

Miriam le considéra d'un air désemparé.

— Bien sûr, souffla-t-elle. Mais je ne sais pas si je vous serai d'une grande aide. Je ne la connaissais pas très bien.

— Depuis combien de temps travaillait-elle ici ?

— Quatre mois, environ. Elle a été engagée pour remplacer l'une de mes collègues qui est partie en congé maternité. Vous êtes sûr que vous ne vous êtes pas trompé ? Cela paraît tellement incroyable...

Finn sortit son téléphone portable et fit apparaître une photo qu'il avait prise à la morgue. On ne voyait que le visage de Julie et l'on aurait presque pu croire qu'elle était juste endormie.

— C'est bien elle, lâcha Miriam d'une voix blanche.

Finn fit disparaître le téléphone dans sa poche.

— Est-ce qu'elle était proche de quelqu'un, chez Hanover & Wallace ? lui demanda-t-il.

Miriam secoua la tête.

— J'étais celle qui la voyait le plus, répondit-elle.

— Était-elle compétente ?

La jeune réceptionniste hésita. Il était évident qu'elle ne voulait pas dire du mal d'une morte.

— Disons qu'elle faisait ce qu'on lui demandait et qu'elle s'en tirait tout à fait honorablement. Mais il était évident qu'elle n'était pas très motivée. Je ne peux pas lui en vouloir, d'ailleurs. Son poste n'était que temporaire, et ce n'était pas le plus passionnant du monde. Et puis, Julie était jeune et elle aimait surtout sortir et s'amuser...

— Qu'est-ce qui vous fait dire cela ?

— Elle faisait souvent allusion aux soirées qu'elle passait en boîte de nuit ou dans les bars. D'après ce que j'ai cru comprendre, elle menait une existence assez dissolue.

Miriam s'était exprimée d'une voix égale, mais il était évident qu'elle désapprouvait ce mode de vie.

— Avait-elle un petit ami ?

— Non. Pas de relation régulière, en tout cas. Elle m'a dit une fois qu'elle ne croyait pas à la monogamie.

— Pouvez-vous me dire quand vous l'avez vue pour la dernière fois ?

— Avant-hier soir, répondit Miriam. Elle devait aller dîner au restaurant.

— Vous a-t-elle dit avec qui ?

— Non.

Finn hocha la tête.

— Pouvez-vous me parler de Marilyn Palmer ? lui demanda-t-il alors.

Miriam lui lança un regard étonné.

— La jeune stagiaire qui travaillait ici cet été ?

— Était-elle proche de Julie ?

Miriam réfléchit quelques instants avant de lui répondre :

— Elles s'entendaient bien. Mais je ne crois pas que leurs relations s'étendaient au-delà de leur travail.

— Quand le stage de Marilyn s'est-il terminé ?

— À la mi-septembre. Elle devait retourner à la fac début octobre, je crois.

Finn jeta un coup d'œil interrogatif à Nik, qui confirma d'un hochement de tête.

— Marilyn a-t-elle repris contact avec Julie, par la suite ?

— Je l'ignore. Si tel est le cas, Julie ne m'en a pas parlé. Mais, comme je vous l'ai dit, nous n'étions pas très proches.

— Je vois, acquiesça Finn en tirant une carte de visite de sa poche. Si quoi que ce soit vous revient ou si vous avez des nouvelles de Marilyn, n'hésitez pas à m'appeler.

— C'est promis, déclara Miriam. Est-ce que vous croyez que Marilyn peut avoir un rapport avec la mort de Julie ?

— Nous avons des raisons de le penser, dit-il sobrement.

— Je suis prête à parier qu'elle va vous appeler très bientôt, lança Nik lorsque Finn et elle reprirent l'ascenseur qui menait au parking. Et ce ne sera pas en rapport avec notre enquête…

— Que voulez-vous dire ?

— Vous n'avez pas vu la façon dont elle vous regardait ? C'est ce qu'on appelle se faire dévorer des yeux !

— Vous avez vraiment trop d'imagination.

— C'est vrai, répondit-elle en riant. Mais, dans ce cas précis, je ne crois pas que mon imagination y soit pour grand-chose. Vous avez un ticket, inspecteur…

Finn haussa les épaules d'un air indifférent.

— Quoi qu'il en soit, cette visite ne nous a pas beaucoup avancés.

— Elle nous a au moins confirmé que Julie et Marilyn se connaissaient, objecta Nik. Il se pourrait qu'elles se soient recroisées dans un bar ou une boîte de nuit que fréquentait

Julie. Marilyn lui aura donné son numéro, ce qui expliquerait qu'il soit écrit sur une serviette en papier.

— Reste à savoir si elles avaient bien rendez-vous toutes les deux, avant-hier soir...

— Que suggérez-vous, à présent ?

— Je pense que nous devrions nous séparer pour gagner du temps, répondit-il sans hésiter. De mon côté, je me chargerai de Julie. Je vais aller jeter un coup d'œil à son appartement. Puis j'interrogerai ses parents, ses amis et toutes les personnes qu'elle pouvait fréquenter. Vous ferez de même avec les proches de Marilyn. Quelqu'un, quelque part, sait forcément quelque chose sur ce qui s'est passé avant-hier soir.

— D'accord. Je vous appelle ce soir vers 8 heures pour que nous fassions le point.

À 8 heures précises, le téléphone portable de Finn se mit à sonner. Il écarta le plat de riz cantonais qu'il était en train de manger tout en relisant les notes qu'il avait prises ce jour-là.

— Mademoiselle Kowalski, vous m'avez manqué, dit-il d'une voix narquoise après avoir décroché.

— Nik, rectifia-t-elle.

— J'espère que vous avez eu plus de chance que moi, cet après-midi.

— Vous n'avez rien trouvé ?

— Rien qui fasse avancer notre enquête, j'en ai peur. J'ai fouillé l'appartement de Julie, j'ai parlé avec ses parents, avec ses voisins, avec ses amis... Miriam ne se trompait pas au sujet de Julie. Elle aimait faire la fête et sortait quasiment tous les soirs. Malheureusement, personne n'a pu me dire où elle était avant-hier.

— Elle n'avait pas d'agenda ?

— Peut-être sur son téléphone portable, mais on ne l'a pas retrouvé dans la poubelle, et il n'était pas chez elle non plus.

— Vous avez essayé de l'appeler ?

— À plusieurs reprises. Mais je suis tombé à chaque fois sur la messagerie. Et de votre côté ? Est-ce que vous savez ce que Marilyn a fait de sa soirée avant de se retrouver dans la voiture de Seamus ?

— L'une de ses amies m'a dit qu'elle devait sortir avec son petit ami.

— Est-ce qu'elle vous a donné un nom ? Ou une description physique ?

— Non. Elle n'en savait pas beaucoup plus que Kim à son sujet. Elle m'a juste confirmé qu'il était plus âgé que Marilyn.

Nik ne put réprimer un soupir.

— Nous voilà revenus à la case départ, conclut-elle.

— Pas tout à fait, objecta Finn. Valri continue à passer en revue les vidéos de sécurité collectées aux abords de l'endroit où le corps de Julie a été retrouvé. Le médecin légiste doit également nous faire parvenir les résultats des tests approfondis. Et il n'est pas impossible que Seamus finisse par se rappeler quelque chose.

— Je ne vous aurais jamais imaginé si optimiste, remarqua Nik.

— C'est moins une question d'optimisme que d'expérience, répondit-il. Il ne s'agit plus d'une simple affaire de vol de voiture ou même de disparition inquiétante. Je suis de plus en plus convaincu que nous avons affaire à un tueur compulsif. Et les enquêtes de ce genre se résolvent rarement en l'espace d'une journée.

— Espérons seulement que nous parviendrons à retrouver Marilyn et son petit ami avant que quelqu'un d'autre se fasse tuer...

10

Lorsque Nik fut réveillée en sursaut par son téléphone portable et qu'elle avisa le numéro de Finn qui s'affichait à l'écran, elle eut vaguement l'impression de se retrouver projetée dans le film *Un jour sans fin*. C'était la deuxième fois de suite qu'il l'appelait à l'aube.

— Finn ? Que se passe-t-il ? lui demanda-t-elle d'une voix ensommeillée.

— Votre souhait n'a pas été exaucé, j'en ai peur, répondit-il. On a retrouvé une autre victime.

Ces mots suffirent à dissiper complètement les dernières brumes de sommeil, et elle se redressa sur son lit.

— Déjà ? s'exclama-t-elle, horrifiée.

— J'en ai bien peur, soupira-t-il.

— Est-ce qu'on est sûr qu'il s'agit bien du même tueur ?

— Pas complètement, reconnut-il. Mais, cette fois encore, il s'agit d'une femme jeune et séduisante qui a été poignardée en plein cœur.

— Est-ce que le corps était aussi abandonné dans une poubelle ?

— Non. Mais on l'a retrouvé dans une ruelle du même genre que celle d'hier, derrière un restaurant.

— Quand l'a-t-on découvert ?

— Il y a moins d'une heure. On vient juste de me prévenir, et je suis sur le point de partir pour la scène du crime.

— Je vous rejoins là-bas, déclara Nik. Quel est le nom du restaurant ?

— Rafferty, à l'angle de Main Street et de Jeffery.

Nik jeta un coup d'œil à son réveil.

— J'y serai dans moins d'une demi-heure.

— Je peux passer vous chercher, si vous voulez.

Nik n'aimait pas trop l'idée d'être dépendante du véhicule de Finn. Mais elle sentait bien que sa proposition symbolisait le tournant qu'étaient en train de prendre leurs relations. Non seulement il l'avait appelée, mais de plus il ne cherchait pas à la dissuader de l'accompagner. Au contraire, même, il semblait tenir la chose pour acquise.

— C'est d'accord, répondit-elle.

— Il va d'abord me falloir votre adresse.

Elle la lui donna.

— Nous sommes quasiment voisins, remarqua-t-il. Je serai là d'ici dix minutes.

— Je vous attends.

Tandis qu'elle s'habillait à la hâte, Nik se demanda si elle devait appeler Kim pour la prévenir de ce nouveau développement.

En fin de compte, elle préféra s'en abstenir. Cela n'aurait fait qu'ajouter à l'angoisse qui rongeait son amie. D'autant que rien ne permettait d'affirmer pour le moment que les deux meurtres étaient liés - ni que Marilyn se trouvait mêlée au second.

— C'est décidé, murmura-t-elle en achevant de boutonner son chemisier. Je n'aurai jamais d'enfants. Je crois que je serais tout bonnement incapable de surmonter de telles angoisses...

Évidemment, Nik n'était pas dupe. Alors même qu'elle prononçait ces mots, elle savait en son for intérieur qu'un jour elle aussi voudrait un bébé. Elle aimait beaucoup trop les enfants pour qu'il en aille autrement. Toute la question était de savoir où elle pourrait bien trouver un père à la hauteur.

Comme elle formulait cette question, la sonnette de la porte d'entrée retentit, annonçant l'arrivée de Finn Cavanaugh. Après avoir vérifié qu'elle était présentable, Nik gagna le vestibule et jeta un coup d'œil par l'œilleton pour être certaine que c'était bien l'inspecteur qui se trouvait sur le seuil.

Rassurée sur ce point, elle lui ouvrit.

— Vous êtes venu !

— Bien sûr, répondit-il, visiblement surpris qu'elle ait pu en douter.

Nik ramassa son sac à main et activa l'alarme de l'appartement avant de le rejoindre sur le palier.

— Nous ne pouvons vraiment pas continuer à nous rencontrer de cette façon, lui dit-elle en souriant.

Finn secoua doucement la tête.

— Je ne sais pas comment vous pouvez avoir le cœur à plaisanter à une heure pareille, alors que nous sommes sur le point d'aller voir un cadavre...

— Il me semble justement que c'est dans ces moments-là qu'il est important de garder son sens de l'humour. Sans cela, la vie serait bien trop insoutenable.

Tandis qu'ils descendaient l'escalier de l'immeuble, Finn lui jeta un regard songeur.

— Nous ne sommes vraiment pas sur la même longueur d'onde, tous les deux, remarqua-t-il.

— Je préfère penser que nous sommes complémentaires, vous et moi, répondit-elle.

— Je crois vraiment que je n'ai jamais rencontré quelqu'un d'aussi optimiste.

— Merci !

— Ce n'était pas un compliment.

— Pour vous, peut-être. Mais c'en est un pour moi. Maintenant, parlez-moi plutôt de notre nouvelle victime.

— Ce sont deux agents en patrouille qui ont découvert le corps, lui indiqua Finn. L'un d'eux a tout de suite remarqué les similarités avec celui qui avait été retrouvé la nuit précédente. Il a prévenu le central qui a immédiatement contacté l'inspecteur en charge de l'affaire - moi, en l'occurrence.

— Les similarités en question étant le sexe et l'âge de la victime ainsi que le mode opératoire, un coup de couteau en plein cœur, j'imagine.

— En effet, mais pas seulement : d'après ce que j'ai compris, les deux victimes étaient habillées de la même façon.

— Elles portaient les mêmes vêtements ? s'étonna Nik.

— Le même genre de vêtements, précisa-t-il.

Tout en discutant, ils avaient rejoint la voiture de Finn, qui était garée juste devant l'immeuble de Nik. Tous deux prirent place à bord, et il démarra avant de se diriger vers le centre-ville.

— Elles étaient toutes deux habillées pour sortir, reprit-il. Elles étaient maquillées et portaient des vêtements assez sexy.

— Vous pensez qu'elles avaient toutes deux un rendez-vous amoureux avec le tueur ?

— C'est possible, acquiesça Finn. Ce pourrait être son mode opératoire : leur donner rendez-vous au restaurant ou dans un bar, les faire boire ou les droguer pour éviter qu'elles lui résistent, puis les poignarder en plein cœur. Ça expliquerait que Julie Everett ne se soit quasiment pas défendue.

— Comment le savez-vous ?

— Les blessures se concentraient sur le thorax, et il n'y en avait ni sur les bras ni sur les mains, comme c'est le cas lorsque quelqu'un cherche à se défendre. On n'a pas non plus prélevé de traces de sang ou de tissus sous les ongles, qui auraient pu suggérer des griffures défensives…

— Je vois, acquiesça Nik. Mais, si les choses se sont passées de cette façon, quel est le rôle de Marilyn dans tout ça ?

— Je ne sais pas encore, avoua Finn. Il se peut qu'elle ait été sa première victime, mais que nous ne l'ayons pas encore retrouvée…

Nik ne put réprimer un frisson à cette idée.

— Il est également possible que Marilyn lui serve de complice, ajouta Finn. Peut-être qu'elle l'aide à mettre ces femmes en confiance...

— Je ne peux pas croire ça, protesta Nik. Marilyn est peut-être un peu paumée, comme beaucoup de filles de son âge, mais ce n'est pas une criminelle.

Finn haussa les épaules.

— Je sais que c'est elle que vous cherchez, lui dit-il. Mais, étant donné les circonstances, je vous avoue que ce qui m'importe le plus, c'est de mettre la main sur le meurtrier. Nous aurons tout le temps ensuite de déterminer le rôle qu'a bien pu jouer Marilyn dans cette affaire...

Moins de dix minutes plus tard, ils arrivèrent à proximité de la petite impasse où l'on avait découvert le corps. Nik constata que deux voitures de patrouille se trouvaient déjà sur place. Il y avait aussi le corbillard du coroner et une camionnette de la police scientifique.

— On dirait que la fête bat déjà son plein, commenta-t-elle tandis que tous deux descendaient de voiture.

— Tenez, lui dit Finn en lui tendant une paire de gants en latex. Tâchez de ne rien toucher mais, si vous devez le faire, cela vous évitera de contaminer la scène du crime.

— Ne vous en faites pas, répondit-elle. Ce n'est pas ma première fois.

Finn hocha la tête. Il se demanda de nouveau s'il avait vraiment bien fait de l'amener ici. N'aurait-il pas mieux valu se contenter de l'appeler après coup pour lui faire part de ce qu'ils avaient découvert sur place ?

Pourtant, il sentait confusément que Nik avait raison : d'une certaine façon, tous deux étaient complémentaires. Et le regard souvent décalé de la jeune femme pourrait s'avérer précieux.

Lorsqu'ils franchirent la rubalise qui délimitait la scène de crime, Sean Cavanaugh s'avança à leur rencontre.

— Mademoiselle Kowalski, je ne m'attendais pas à vous voir ici, lui dit-il.

— Si ce meurtre a bien été commis par la même personne que le précédent, alors la fille de mon amie y est indirectement mêlée, j'en ai peur, expliqua-t-elle. Nous essayons de comprendre le rôle qu'elle a pu jouer dans cette histoire.

— Nous ? répéta Sean en haussant un sourcil étonné.

Il se tourna vers Finn et le considéra d'un œil goguenard.

— Je ne savais pas que tu avais décidé de te trouver une coéquipière.

Finn soupira intérieurement. Il aurait dû se douter qu'en invitant Nik à l'accompagner il s'attirerait quelques moqueries de ce genre. Et il savait pertinemment qu'il ne servirait à rien de tenter de se justifier.

— Qu'est-ce que vous avez découvert ? demanda-t-il seulement.

Sean parut hésiter, visiblement très tenté de taquiner son petit-cousin. Mais il dut estimer que le lieu et le moment ne s'y prêtaient guère.

— Le meurtre a été plus brutal que la première fois, indiqua-t-il. Les coups ont été portés avec plus de violence, mais c'est la même arme ou une arme très similaire.

— Est-ce que ces assassinats auraient pu être commis par une femme ? s'enquit Finn, qui n'avait pas encore totalement écarté l'idée que Marilyn puisse être coupable.

— Très franchement, ça ne m'avait pas traversé l'esprit. Ce n'est pas totalement impossible. Si cette femme se trouvait sous l'emprise d'un accès de rage, peut-être... Mais il aurait fallu que ce soit quelqu'un de très massif ou de particulièrement athlétique.

— Et quelqu'un de cinquante-cinq kilos et de force normale ? demanda-t-il.

— Eh bien, je ne pense pas m'avancer beaucoup en disant que ce serait éminemment improbable.

Finn adressa un coup d'œil à Nik qui hocha imperceptiblement la tête, visiblement rassurée que la fille de son amie soit innocentée.

— Il y a autre chose qui mériterait d'être creusé, reprit alors Sean. La victime, tout comme celle d'hier, ne présente aucune blessure défensive. Il y a donc de fortes chances pour qu'elle ait été droguée.

— C'est ce que j'avais supposé, acquiesça Finn. J'ai demandé un examen toxicologique approfondi et j'en demanderai un pour la nouvelle victime.

— Parfait, approuva Sean.

Il était sur le point de retourner auprès de son équipe lorsqu'il parut se rappeler quelque chose.

— Andrew m'a demandé de te dire qu'il organisait une petite fête pour célébrer le retour de Seamus de l'hôpital.

— Je doute que votre père soit ravi, remarqua Finn. Il ne paraissait pas réellement d'humeur à faire la fête, lorsque nous sommes passés le voir.

— Effectivement, reconnut Sean. Mais Andrew s'est dit que ce serait l'occasion de rassurer tout le monde. Et tu sais comment il est, lorsqu'il se met une idée en tête.

Finn opina du chef.

— Cette fête fera peut-être du bien à Seamus, intervint alors Nik.

Elle savait que Finn n'apprécierait peut-être pas qu'elle se mêle une fois de plus de quelque chose qui ne la regardait pas. Mais elle était convaincue que Seamus était en proie à une forme de dépression post-traumatique. Et une telle fête pouvait très bien lui faire l'effet d'un électrochoc et l'arracher à la dépression qu'il traversait.

— Le fait de se trouver en compagnie de sa famille et

des gens qu'il aime et qui l'aiment lui fera peut-être prendre conscience de la chance qu'il a eue, ce soir-là.

— Peut-être, concéda Sean. J'imagine que nous n'avons pas grand-chose à perdre, de toute façon.

— Je t'en prie, ne l'encourage pas à jouer les psys, s'exclama Finn d'un air faussement horrifié.

Sean se fendit d'un sourire malicieux.

— Quelque chose me dit que ton amie n'a pas besoin d'encouragements pour dire ce qu'elle a sur le cœur. Mais ça n'a pas dû déplaire à Andrew. Il a explicitement demandé que tu transmettes son invitation à ton amie qui travaille pour les assurances. J'imagine que c'est de vous qu'il parlait, ajouta-t-il à l'intention de Nik.

Elle hocha la tête. Et, lorsque Sean s'éloigna, elle jeta un coup d'œil malicieux à Finn.

— Vous voyez : Andrew ne m'en a pas voulu.

Finn préféra garder le silence.

— Je serais ravie de participer à cette fête, déclara-t-elle. Et je suis très curieuse de rencontrer les autres membres de la célèbre famille Cavanaugh.

— Sans blague..., marmonna Finn.

Elle le considéra en fronçant très légèrement les sourcils.

— Si vous ne voulez pas que je vienne, dites-le-moi.

— Est-ce que cela vous en dissuaderait ? s'enquit-il.

— Bien sûr ! s'exclama-t-elle, apparemment choquée qu'il puisse penser le contraire.

— Vraiment ? s'étonna-t-il.

— Vraiment. Si vous ne voulez pas que je vienne, je ne m'imposerai pas.

— Pourquoi cela ? lui demanda-t-il, curieux. Vous auriez peur que cela ne mette en péril nos relations de travail ?

— Très franchement, oui, répondit-elle. Si vous décidez brusquement de ne plus me laisser suivre votre enquête, je n'y pourrai pas grand-chose. Or j'ai promis à Kim de faire tout ce qui serait en mon pouvoir pour retrouver sa fille. Je suis parfaitement consciente du fait que cela me serait beaucoup plus difficile sans votre aide.

— Cette affaire vous tient vraiment à cœur, on dirait.

— C'est une question de loyauté envers mon amie, déclara-t-elle. Je ne donne pas ma parole à la légère ; lorsque je le fais, je prends cela très au sérieux. Kim compte sur moi, et je ne la décevrai pas, même si je dois ravaler pour cela la curiosité que m'inspire votre famille.

— Je ne compte pas vous interdire d'assister à cette fête, vous savez, lui dit Finn. C'est Andrew qui vous a invitée, après tout. S'il tient à ce que vous soyez là, je ne vais pas m'y opposer. D'autant qu'il ne manquerait pas de me demander pourquoi vous n'êtes pas venue...

Un large sourire illumina le visage de la jeune femme.

— Formidable ! lança-t-elle. Dans ce cas, c'est entendu : j'y serai. Vers quelle heure vos fêtes de famille commencent-elles ?

— Généralement à l'heure du déjeuner, répondit-il. Et je préfère vous prévenir : elles durent parfois jusqu'à une heure avancée de la nuit. Ceux qui le désirent peuvent même dormir sur place et prendre le petit déjeuner le lendemain.

— On dirait que les Cavanaugh ont le sens de la fête, remarqua Nik.

— En effet, reconnut Finn. Mais trêve de discussions. Nous avons du pain sur la planche.

Avisant le médecin légiste, qui supervisait l'enlèvement du corps, Finn se dirigea vers lui sans attendre.

— Bonjour, docteur, lui dit-il. Inspecteur Finn Cavanaugh, c'est moi qui suis en charge de cette enquête. Je voulais savoir si vous aviez déjà une idée de l'heure du décès.

— Je dirais entre 11 heures du soir et 1 heure du matin, répondit le médecin. Je ne peux pas être beaucoup plus précis tant que je n'aurai pas effectué un examen plus approfondi.

— Cette approximation me convient parfaitement, pour

le moment. Je voulais aussi vous demander de réaliser un examen toxicologique.

— Je le fais toujours, lui assura le médecin légiste.

— Je sais. Mais j'aimerais qu'il soit particulièrement approfondi, cette fois-ci.

— Est-ce que vous cherchez quelque chose en particulier ?

— La présence éventuelle de GHB ou de toute autre substance ayant des effets comparables.

— La victime ne semble pas avoir été violée, objecta le médecin.

— Nous pensons que la drogue a peut-être été utilisée pour l'empêcher de se défendre, expliqua Nik.

— Je n'avais pas pensé à cela, mais vous avez raison : ça pourrait expliquer l'absence de coupures sur les avant-bras et sur les mains.

— Quand aurez-vous les résultats ?

— Dès que possible, soupira le médecin légiste avec une pointe d'agacement dans la voix. Mais je préfère vous prévenir : vous n'êtes pas le seul à demander ce genre d'examens, et les ressources du labo sont limitées. Ce n'est pas parce que vous vous appelez Cavanaugh que vous serez forcément servi en premier...

11

— Est-ce que votre nom de famille provoque souvent des réactions aussi épidermiques ? s'enquit Nik lorsque le médecin se fut éloigné.

— Vous l'avez dit vous-même : nous occupons un certain nombre de postes clés au sein de la police d'Aurora. Ce n'est pas forcément du goût de tout le monde.

— Espérons juste que cela ne le pousse pas à négliger ses responsabilités, soupira Nik.

— Oh ! il finira par nous fournir ces résultats. Mais je suis prêt à parier qu'il prendra tout son temps pour cela. Pour me faire l'avocat du diable, je dois bien reconnaître que nos labos scientifiques sont surchargés…

— C'est ce que disait Valri, acquiesça Nik. Mais ça ne l'empêchait pas pour autant de faire son travail.

— Effectivement, concéda Finn.

Elle était très surprise de le voir réagir avec tant de calme et de distance. Jusqu'à présent, il lui avait pourtant semblé être quelqu'un de plutôt impatient.

— Je ne comprends pas comment vous pouvez être aussi calme, lui dit-elle. Des vies sont en jeu !

— Je le sais très bien. Mais je sais aussi que tout le monde n'apprécie pas l'omniprésence des Cavanaugh.

— Justement, ne pourriez-vous pas vous servir de vos

contacts pour accélérer la procédure et obtenir plus rapidement cet examen toxicologique ?

Finn secoua la tête.

— Ce n'est pas la façon dont nous procédons, répondit-il.

Nik comprit qu'il voulait parler de l'ensemble de sa famille. De toute évidence, les Cavanaugh avaient parfaitement conscience des avantages et des passe-droits qu'ils auraient aisément pu obtenir. Le fait qu'ils se refusent à en profiter était tout à leur honneur.

Mais, tout en admirant cette forme d'intégrité, Nik ne pouvait se départir d'une certaine frustration. À sa place, elle ne se serait probablement pas embarrassée de tels principes. La seule chose qui comptait, à ses yeux, c'était de mettre un terme à cette série de meurtres et de réunir Marilyn et sa mère au plus vite.

— Savez-vous à quelle heure ouvre le restaurant ?

— Quel restaurant ?

— Celui derrière lequel nous nous trouvons, répondit-elle en désignant la porte de service située dans l'impasse.

— Vous avez un petit creux ?

— Je ne refuserais pas un bon petit déjeuner, à vrai dire... Mais ce n'est pas la raison première de ma question. Je repensais juste à ce que nous a dit Miriam, hier : Julie avait rendez-vous pour dîner, le soir où elle s'est fait tuer...

— Et vous pensez que c'est à cette occasion que le tueur l'a droguée ? C'est tout à fait possible. Mais l'assassin a transporté son corps après avoir tué Julie. Il a très bien pu faire de même cette nuit.

Nik secoua la tête.

— Je ne suis pas spécialiste en la matière mais, cette fois-ci, il y a beaucoup de sang, dit-elle en désignant la flaque qui maculait le trottoir à l'endroit où l'on avait découvert le corps de la nouvelle victime. Je serais prête à parier que cette fille s'est fait tuer ici même.

Finn observa attentivement la petite ruelle dans laquelle ils se trouvaient. De nuit, personne n'avait de raison de s'y aventurer et, si le meurtre s'était déroulé assez rapidement, il avait très bien pu passer complètement inaperçu.

— Avec un peu de chance, il y a peut-être des caméras de sécurité dans les parages, ajouta Nik. Elles auraient pu filmer le tueur et sa victime avant qu'ils pénètrent dans l'impasse.

— Ça vaut le coup d'essayer, approuva Finn. Après tout, ce n'est malheureusement pas comme si nous avions beaucoup d'autres pistes disponibles, pour le moment.

— Il faudrait aussi pouvoir comparer avec les images des caméras de sécurité qui se trouvaient à proximité de la benne à ordures d'hier.

— Une telle comparaison risque de nous prendre un temps fou, remarqua Finn. Mais je suis d'accord avec vous : si quelqu'un apparaît aux deux endroits, nous tiendrons un suspect...

Les propriétaires des boutiques situées aux alentours de la ruelle ne leur furent malheureusement pas d'une grande aide. La plupart des magasins étaient fermés depuis longtemps, au moment où avait eu lieu le meurtre. Rares étaient ceux qui possédaient des caméras de sécurité, et aucune n'était pointée dans la direction de l'impasse.

Lorsque le restaurant ouvrit vers 11 heures, Max Baldwin, le gérant, les accueillit dans son bureau pour répondre à leurs questions.

— Nous n'avons pas de caméra de sécurité, expliqua-t-il lorsqu'ils l'interrogèrent à ce sujet. Nous ne voulons pas empiéter sur la vie privée de nos clients.

— En tant que citoyen, je ne peux que vous en féliciter, soupira Finn. Mais cela ne va pas nous simplifier la tâche.

Il sortit alors son téléphone portable et le posa sur le bureau devant Baldwin.

— Reconnaissez-vous l'une de ces femmes ? lui demanda-t-il

en faisant défiler lentement les photos de Marilyn et des deux victimes.

Baldwin étudia les trois visages et pâlit légèrement.

— Est-ce qu'elles sont mortes ?

— Deux d'entre elles au moins, acquiesça Finn. C'est la raison pour laquelle il est très important que vous répondiez à ma question. À votre connaissance, une ou plusieurs d'entre elles sont-elles venues dîner au restaurant au cours des dernières semaines ?

— Leurs visages ne me disent rien, reconnut Baldwin. Mais cela ne veut pas dire grand-chose. Je passe le plus clair de mon temps en cuisine. Vous devriez poser la question à Henri, le serveur. Lui est au contact direct des clients.

— Où puis-je le joindre ?

— Je peux vous donner son adresse, mais je sais qu'il n'est pas chez lui aujourd'hui.

— Pourquoi donc ?

— Parce qu'il est parti faire du deltaplane dans le désert avec des amis.

Finn nota l'adresse et le numéro de téléphone du serveur, puis Nik et lui quittèrent le restaurant.

— Il n'y a plus qu'à espérer que notre homme ne se casse pas le cou en jouant les écureuils volants, lui dit-elle.

— Croisons les doigts, acquiesça Finn en souriant.

Nik jeta un coup d'œil à sa montre.

— En attendant, déclara-t-elle, j'ai peut-être une idée pour tuer le temps.

— Je vous écoute.

— Nous avons déjà fouillé aux alentours de cette scène de crime et de la première. Mais, à la lueur de nos dernières déductions, je crois que nous devrions également chercher un restaurant qui se trouverait aux environs du parking où la voiture de Seamus a été volée.

— Bonne idée ! acquiesça Finn. Il s'en est servi pour

transporter le corps, ce qui signifie qu'elle a été tuée dans ce quartier. Et, s'il invite effectivement ses victimes au restaurant pour les droguer avant de les assassiner, ils ont dû dîner dans les parages... Nik, vous êtes géniale !

Elle sourit modestement, secrètement ravie de lui avoir démontré la valeur ajoutée qu'elle pouvait apporter dans cette enquête. Elle était également convaincue que cette nouvelle piste pouvait se révéler très fructueuse.

— Le fait qu'il ait voulu déplacer le corps est encourageant, reprit-elle. S'il craignait qu'elle ne soit retrouvée sur place, c'est peut-être qu'il a commis une erreur.

— Et l'avantage, renchérit Finn, c'est que dans une zone commerciale comme celle-là il ne doit pas y avoir des dizaines de restaurants ouverts en soirée...

Finn ne s'était pas trompé. La plupart des établissements situés dans le quartier industriel où Seamus avait été agressé ne servaient que le midi. Un seul faisait exception. Installé dans un ancien entrepôt, c'était un endroit à la mode qui proposait une cuisine fusion dans un décor faussement bohème.

Ils décidèrent d'y déjeuner et en profitèrent pour interroger leur serveur.

— J'ai vu cette fille, leur affirma-t-il lorsqu'ils lui montrèrent les photos des deux victimes et de Marilyn.

Il désignait Julie Everett.

— Elle est venue dîner ici récemment, ajouta-t-il.

Finn et Nik échangèrent un regard plein d'espoir. C'était la première piste réellement sérieuse qu'ils tenaient depuis le début de leur enquête.

— Vous souvenez-vous du jour exact où elle est venue manger ici ? s'enquit Finn.

— Désolé, mais tous les services se ressemblent un peu...

— Vous rappelez-vous si elle était seule ?

— Non. Elle était avec un homme...

— Pourriez-vous nous le décrire ?

Le serveur secoua la tête.

— Il était brun, je crois... C'est tout ce que je peux vous dire.

— Pourtant, vous vous souvenez d'elle, remarqua Nik.

— C'est juste parce que je l'ai trouvée vraiment très jolie, expliqua-t-il en lui décochant un sourire un peu gêné.

— Je vois, soupira-t-elle. S'est-il passé quoi que ce soit de particulier, pendant ce dîner ?

— Non... Sauf que quelqu'un les a rejoints, au bout d'un moment.

— Un homme ?

— Une femme. Elle a pris le café avec eux, et ils sont partis tous les trois.

— Était-ce cette fille-là ? s'enquit Finn en lui montrant la photo de Marilyn.

— C'est possible, répondit l'homme en étudiant attentivement le cliché. Mais je n'en suis pas sûr. Elle n'est vraiment pas restée longtemps...

À cet instant, le téléphone portable de Finn se mit à sonner. Le garçon s'écarta discrètement pour qu'il puisse répondre.

— Valri ? fit-il en décrochant. Tu as du nouveau ?

Tandis qu'il écoutait ce que lui disait sa cousine, son expression se fit plus grave.

— C'est compris. Je m'en occupe, conclut-il avant de raccrocher.

Il se tourna alors vers Nik.

— Nous connaissons désormais l'identité de notre seconde victime, déclara-t-il. Theresa Allen, âgée de vingt-deux ans.

— C'est une bonne chose, non ?

— Sauf qu'une fois de plus je vais devoir prévenir ses parents. Et, comme elle vivait encore chez eux à Aurora, contrairement à Julie Everett, il va me falloir leur porter la nouvelle en personne...

— Est-ce qu'ils ont signalé sa disparition ?

— Non. Mais, pour le moment, ils n'ont pas de raison particulière de s'inquiéter : elle n'est probablement partie de chez elle que depuis hier.

Il secoua la tête.

— C'est vraiment la partie de ce travail que j'exècre le plus, soupira-t-il. Il n'y a rien de plus terrible que d'annoncer à des parents la mort de leur enfant.

— Je croyais que vous travailliez sur des affaires de vol, d'ordinaire, remarqua Nik.

— C'est vrai. Et je ne suis pas aussi exposé à ce genre de situation que ceux qui enquêtent sur des meurtres. Mais, dans le cas de cambriolages ou de vols avec violence, il arrive malheureusement que certaines victimes succombent à leurs blessures…

Finn appela le serveur d'un signe de la main et lui demanda de leur apporter l'addition. Il régla par carte, et tous deux quittèrent le restaurant.

— Je vais vous ramener chez vous avant d'aller trouver les Allen, dit-il.

— Je vous accompagne. Un peu de soutien moral ne fera pas de mal.

— Croyez-le ou non, mais je suis formé à ce genre de choses.

— Je ne parlais pas de soutien moral pour les parents de Theresa mais pour vous, objecta-t-elle. Le simple fait d'avoir quelqu'un à vos côtés rendra les choses un petit peu moins difficiles.

Le regard que Finn lui adressa trahissait un mélange de reconnaissance et d'étonnement.

— Rien ne vous oblige à faire ça.

— Je sais, répondit-elle.

Ce soutien le toucha malgré lui. Jusqu'à présent, il n'avait guère donné à Nik de raisons de prendre son parti.

— Merci, lui dit-il gravement.

Le quartier où vivaient les Allen était assez éloigné de celui où ils avaient déjeuné, et il leur fallut près d'une heure pour atteindre la petite maison de banlieue qu'ils habitaient. Nik suivit Finn tandis qu'il gravissait la volée de marches permettant d'accéder au perron. Là, il sonna et attendit.

Quelques instants plus tard, une femme aux longs cheveux blancs tressés et vêtue d'un caftan aux couleurs chatoyantes vint leur ouvrir.

— Puis-je vous aider ? s'enquit-elle avec un grand sourire.

— Madame Allen ? lui demanda Finn.

— C'est moi-même, acquiesça-t-elle.

— Est-ce que votre mari est là ?

Il préférait ne pas avoir à annoncer une telle nouvelle à deux reprises.

— Il est dans le jardin, en train de tailler nos pruniers, répondit Joannie Allen. C'est son passe-temps, depuis qu'il a pris sa retraite...

— Vous devriez peut-être lui demander de nous rejoindre, lui conseilla Finn.

Quelque chose dans sa voix dut mettre la puce à l'oreille de Joannie, car elle fronça légèrement les sourcils.

— Qui êtes-vous, exactement ? lui demanda-t-elle.

Il sortit son badge et le lui tendit.

— Inspecteur Cavanaugh de la police d'Aurora, se présenta-t-il.

À ces mots, Joannie Allen pâlit et écarquilla les yeux sous l'effet de l'angoisse.

— C'est à cause de Theresa, balbutia-t-elle. Elle n'est pas rentrée, cette nuit. Il lui est arrivé quelque chose, n'est-ce pas ?

— Je suis vraiment désolé..., murmura-t-il.

— Non ! s'écria Joannie, qui devait pressentir ce qu'il s'apprêtait à lui dire.

Elle secoua la tête.

— Non, répéta-t-elle.

— Madame Allen…

Il fut interrompu par l'arrivée de Bill Allen, qui observa son épouse d'un air inquiet avant de tourner vers eux un regard accusateur.

— Qu'est-ce que vous lui avez dit ? demanda-t-il sèchement.

— Je suis vraiment navré, monsieur Allen, déclara Finn, la mort dans l'âme. Votre fille a été retrouvée assassinée ce matin.

Le cri inarticulé que poussa Bill Allen poignarda Nik en plein cœur. Jamais encore elle n'avait vu quelqu'un en proie à un tel désarroi. Elle comprit alors que Finn n'avait pas exagéré : jamais dans sa vie elle ne s'était sentie aussi triste et désemparée qu'en cet instant.

12

Lorsqu'ils ressortirent de chez les Allen, quasiment une heure plus tard, Nik était totalement vidée. Cette épreuve avait été plus rude encore que de réconforter Kim, qui était pourtant l'une de ses amies. Au moins, il restait un espoir de retrouver Marilyn saine et sauve.

— Je me suis sentie tellement impuissante, avoua-t-elle à Finn tandis qu'ils prenaient place à bord de leur voiture. Je ne savais vraiment pas quoi leur dire...

— Il n'y a rien à dire, répondit-il. La seule chose que l'on puisse faire, dans ce genre de situation, c'est promettre à la famille que l'on va mettre la main sur le salopard qui a fait ça et l'arrêter. Ça ne leur rendra pas leur fille, bien sûr. Mais il n'y a rien de pire pour des parents que de savoir que celui qui a détruit leur vie est toujours en liberté, susceptible de récidiver à tout moment...

— J'espère que nous pourrons leur apporter rapidement ce réconfort...

— Vous êtes donc décidée à continuer ? lui demanda-t-il.

Elle le considéra avec étonnement.

— Cette discussion aurait pu vous en dissuader, expliqua Finn en haussant les épaules. Après tout, contrairement à moi, rien ne vous oblige à mener cette enquête. Si vous préférez, je pourrais vous tenir régulièrement au courant de son évolution...

— Je vous l'ai dit : j'ai promis à Kim de tout faire pour retrouver Marilyn. Et, à vrai dire, cette discussion n'a fait que renforcer ma motivation : je ne veux pas que nous soyons obligés d'expliquer à d'autres parents que leur fille s'est fait tuer. Nous devons l'arrêter coûte que coûte !

— Nous sommes au moins d'accord là-dessus, acquiesça Finn. Mais, en attendant, il faut que je repasse au commissariat pour faire mon rapport sur ce qui s'est passé aujourd'hui. Je vais vous déposer chez vous au passage.

Nik secoua la tête.

— Si cela ne vous ennuie pas, je préférerais aller au commissariat avec vous. Je pourrai vous aider à rédiger ce rapport.

— Vous êtes vraiment sûre ? lui demanda-t-il. C'est la partie la plus ingrate du métier de policier, vous savez.

D'ordinaire, Finn repoussait au maximum le moment de rédiger ses comptes rendus d'enquête. Mais, cette fois-ci, la gravité des actes perpétrés ne lui laissait guère le choix. Ses supérieurs souhaiteraient être tenus au courant de l'évolution de son enquête.

— On voit que vous n'avez jamais travaillé pour une compagnie d'assurances, répondit-elle en souriant. Vous n'imaginez pas la quantité de rapports que je dois pondre chaque mois ! Je suis une spécialiste en la matière.

— C'est d'accord, dit Finn, un peu surpris par cette généreuse proposition.

Après tout, il ne lui avait guère donné de raisons de lui venir en aide. Mais c'était la deuxième fois de suite qu'elle insistait pour le faire. Ils rentrèrent donc ensemble au commissariat. Là, Finn trouva un bureau disponible où elle pourrait s'installer.

— Vous êtes sûr qu'il est libre ? lui demanda-t-elle en considérant les photos qui étaient disposées dessus. Votre collègue ne risque-t-il pas de revenir à l'improviste ?

— Monroe est en arrêt maladie, en ce moment, répondit-il.

Il s'est cassé la jambe et ne reviendra pas avant quelques semaines. Et, le connaissant, je vous assure qu'il ne risque pas de passer pour s'occuper de ses dossiers en souffrance.

— Que lui est-il arrivé ? s'enquit Nik.

— Il était en train de poursuivre à pied un cambrioleur qui s'enfuyait en voiture. Mais, au lieu d'accélérer pour le laisser sur place, l'homme a fait demi-tour et lui a foncé dessus.

Nik fit une petite grimace douloureuse.

— Est-ce qu'il s'est fait percuter ?

— Non. Il a réussi à se jeter de côté à la toute dernière seconde, mais il a trébuché sur une borne d'incendie qu'il n'avait pas vue et est mal retombé. Je ne sais pas comment il s'est débrouillé, mais il a réussi à se casser le fémur !

Nik grimaça de plus belle.

— Ouille !

— Je crois que sur le moment il a utilisé un langage plus fleuri, remarqua Finn en riant.

Il alluma l'ordinateur qui se trouvait sur le bureau et se servit de ses identifiants pour sortir un rapport de police qu'il avait rédigé quelques mois plus tôt.

— Cela devrait vous donner une idée de la forme et du ton que nous employons, expliqua-t-il à Nik. Sur ce modèle, vous pouvez rédiger un rapport sur les différentes démarches que nous avons effectuées, les éléments que nous avons pu réunir et les hypothèses que nous avons commencé à échafauder.

— C'est parti ! lança-t-elle en s'installant dans le fauteuil de Monroe.

Elle se mit aussitôt au travail tandis que Finn se chargeait de rattraper le travail administratif qu'il avait en souffrance.

Les deux jours suivants se révélèrent particulièrement frustrants. Finn avait espéré que les indices matériels récoltés sur les différentes scènes de crime leur fourniraient de nouvelles pistes qu'ils pourraient exploiter mais, à sa grande frustration, il n'en fut rien.

Henri, l'amateur de deltaplane qui travaillait au restaurant près duquel Theresa avait été tuée, se rappelait bien l'avoir vue, le soir du meurtre, mais il leur avait assuré qu'elle y avait dîné seule.

Quant à l'avis de recherche qu'ils avaient lancé pour tenter de mettre la main sur Marilyn, il n'avait toujours donné aucun résultat. La jeune femme paraissait introuvable, ce qui ne pouvait signifier que deux choses : soit elle se cachait, ce qui faisait d'elle une complice du meurtrier, soit elle s'était fait assassiner, elle aussi.

Cette absence de nouvelles ne faisait bien sûr qu'alimenter l'angoisse de Kim Palmer. Nik avait de plus en plus de mal à la convaincre que la situation finirait par s'arranger, et il était évident qu'en dépit de son optimisme naturel elle-même avait à présent du mal à le croire.

Ce que Finn redoutait par-dessus tout finit par se produire : au bout de deux jours, on découvrit une nouvelle victime. Comme les autres, il s'agissait d'une jeune femme d'une vingtaine d'années, et les vêtements qu'elle portait indiquaient qu'elle était sortie pour faire la fête.

Au vu des similitudes avec les autres meurtres, Brian Cavanaugh confia une fois de plus l'enquête à Finn. Mais il lui fit comprendre qu'il allait devoir trouver rapidement des réponses.

L'affaire devenait en effet très sensible : les médias s'en étaient emparés et commençaient à parler de tueur en série, ce qui rendait le maire très nerveux. Il avait déjà fait pression sur le chef de la police pour obtenir rapidement des résultats.

Ce surplus de pression ne contribua guère à améliorer le moral de Finn. Il se sentait frustré et impuissant et il détestait ça. En quittant le bureau de Brian, il retrouva Nik, qui l'attendait en faisant les cent pas dans le couloir.

— Alors ? s'enquit-elle. Qu'est-ce qu'il a dit ?

— Qu'il voulait que je reste sur l'affaire.

— Est-ce qu'il est toujours d'accord pour que je vous seconde ?

Finn hocha la tête.

— À ce propos, il m'a demandé de vous féliciter pour vos rapports d'enquête.

— Très franchement, j'aurais préféré écrire moins et résoudre plus, soupira-t-elle.

— À qui le dites-vous ?

— Est-ce que vous avez eu le rapport du légiste au sujet de la dernière victime ?

— Oui. Sans surprise, il a confirmé que la fille avait été tuée avant les deux premières. Il faut dire que son corps était nettement mieux caché que les deux autres.

— En soit, c'est assez révélateur, murmura Nik d'un air sombre.

Finn l'interrogea du regard. Il avait appris à prêter attention aux intuitions de la jeune femme, qui se révélaient souvent très pertinentes.

— Le tueur a pris soin de dissimuler sa première victime, tellement bien, en fait, que nous ne l'avons retrouvée qu'aujourd'hui. Pour la deuxième, il a volé une voiture et l'a déposée dans une poubelle. Il cherchait juste à l'éloigner de l'endroit où il l'avait tuée. La troisième, il l'a abandonnée sur place sans même prendre la peine de la cacher. Ses crimes sont de moins en moins maîtrisés, ce qui signifie que nous sommes face à une escalade.

— Je suis d'accord, acquiesça Finn. Cette évolution ne présage rien de bon.

— Est-ce qu'elle a été tuée comme les deux autres ?

— D'un coup de couteau en plein cœur, oui.

— Et qu'a donné le test toxicologique ?

— Je ne l'ai pas encore reçu. En revanche, il y a une différence avec les deux autres meurtres. D'après le médecin légiste, cette victime-ci avait le ventre vide. De toute évidence, elle n'avait pas eu droit au dîner préliminaire au restaurant. Vu sa tenue et l'endroit où on l'a retrouvée, le plus probable est que le tueur l'a rencontrée dans une boîte de nuit située à quelques centaines de mètres de là.

— Est-ce qu'ils ont des caméras de surveillance ?

— Cette fois, oui, répondit Finn. Et, par chance, ils ont toujours les images de la nuit du meurtre. En revanche, d'après ce que j'ai compris, elles sont de très mauvaise qualité.

— Je pense que nous devrions quand même les visionner, déclara Nik. Au cas où nous trouverions une image de la victime sortant de la boîte en compagnie de son meurtrier...

— C'est aussi mon avis. Et j'ai déjà réuni une petite équipe pour les dérusher. Si vous voulez, vous pouvez vous joindre à nous.

— Si cela peut aider, j'en serai, acquiesça-t-elle.

L'idée de passer des heures à scruter des images floues et pixélisées ne l'enthousiasmait pas vraiment mais, à ce stade de l'enquête, elle était prête à tout pour la faire avancer.

— Vous ne manquez pas de courage, Nik, déclara Finn en souriant. Je dois au moins vous reconnaître ce mérite.

— Ne me dites pas que c'est le seul, quand même...

Finn la regarda droit dans les yeux.

— Non, répondit-il gravement. Et je crois que vous le savez parfaitement...

Il la vit rougir. Et, pour la première fois depuis qu'il la connaissait, elle ne trouva rien à répondre.

Finn posa sur le bureau de Nik une bouteille d'eau et un tube de comprimés d'aspirine.

— Quelque chose me dit que vous allez en avoir besoin, vous aussi, déclara-t-il.

Elle appuya sur la barre espace pour mettre en pause

l'enregistrement qu'elle était en train de visionner et se tourna vers lui.

— Soyez béni, Finley Cavanaugh, s'exclama-t-elle. Vous êtes mon héros !

Elle sortit trois comprimés et les avala avec une gorgée d'eau.

— Euh... Je ne crois pas que vous soyez censée les avaler comme de simples bonbons, objecta Finn.

— Je les ai bien mérités, répliqua-t-elle. J'ai l'impression que quelqu'un est en train de me marteler le crâne de l'intérieur.

— À ce point-là ?

— À ce point-là, affirma-t-elle. J'ai l'impression de voir tout en double.

— Je crois qu'il est temps que vous rentriez chez vous. Vous en avez fait plus qu'assez.

— Mais je n'ai encore rien découvert d'intéressant, protesta-t-elle. Je n'ai même pas encore trouvé d'images de la supposée première victime !

— Pourquoi « supposée » ?

Elle haussa les épaules.

— Rien ne nous dit que la série a commencé avec elle. Il pourrait y avoir d'autres victimes, que nous n'avons pas encore retrouvées ou avec lesquelles nous n'avons pas encore fait le rapprochement.

— C'est vrai, concéda Finn. Nous devrions rechercher les meurtres non résolus présentant un mode opératoire similaire.

— Je m'en occupe, leur dit Valri, à qui leur conversation n'avait apparemment pas échappé. Vous savez que vous devriez rejoindre les rangs de la police d'Aurora, ajouta-t-elle à l'intention de Nik. Vous avez un excellent instinct.

— Venant d'une Cavanaugh, je ne prends pas le compliment à la légère, répondit Nik en souriant. Mais je ne suis pas sûre que votre cousin apprécierait de me croiser tous les jours au commissariat.

— Je vous croise déjà tous les jours, répliqua Finn. Et je ne m'en porte pas plus mal.

— Finn a toujours eu le chic pour parler aux femmes, commenta Valri en riant. Je crois que ce qu'il essaye de vous dire, en fait, c'est qu'il vous aime bien.

— En tout cas, je ne tiens pas à vous perdre, déclara Finn. Fermez cet ordinateur avant de devenir complètement aveugle. Nous continuerons demain. En attendant, je vous offre un verre chez Malone. Vous l'avez bien mérité.

— Je n'ai rien trouvé, objecta Nik.

— Mais vous nous avez permis d'éliminer des heures d'enregistrements vidéo inutiles. Ce n'est sans doute pas une tâche exaltante, mais elle est nécessaire.

— Si vous le dites, fit Nik d'un ton qui manquait singulièrement de conviction.

Elle marqua le *time code* correspondant au moment où elle avait arrêté la vidéo et éteignit son ordinateur. Lorsqu'elle se leva, elle s'aperçut avec une pointe d'étonnement qu'elle se sentait totalement vidée.

— Je ferais peut-être mieux de rentrer directement à la maison, déclara-t-elle. Je vais prendre ma voiture...

— Vous oubliez que je suis passé vous prendre, ce matin. Votre voiture est toujours garée devant chez vous.

Nik fronça les sourcils, s'efforçant de se rappeler ce qu'elle avait fait le matin même. En vain. Les heures qu'elle avait passées devant l'écran avaient été plus épuisantes encore qu'elle ne l'avait imaginé.

— Dans ce cas, je vous suis, dit-elle à Finn.

— Valri, tu devrais rentrer, toi aussi, conseilla ce dernier à sa cousine.

— Je ne te promets rien, répondit la jeune femme. J'ai des tas de choses à faire - et pas seulement pour vous deux.

— Tâche au moins de ne pas rester toute la nuit ici, pour une fois.

Valri haussa les épaules.

— Ne t'en fais pas pour moi, lui dit-elle. De toute façon, personne ne m'attend à la maison…

13

Lorsque Devin Wilson vit Nik et Finn pénétrer dans la salle principale du Malone, un large sourire se dessina sur ses lèvres.

— Heureux de vous revoir, dit-il à la jeune femme. Que puis-je vous servir ?

— Une vodka orange, s'il vous plaît. Et n'hésitez pas à forcer sur la vodka. J'ai eu une journée difficile et je vous rassure : c'est Finn qui conduit.

— Vodka orange, acquiesça Devin. Cela fait longtemps qu'on ne m'avait pas demandé ça, mais rien ne vaut les classiques, j'imagine. Et toi, Finn, qu'est-ce que je te sers ?

— Une pinte de brune, s'il te plaît.

— C'est comme si c'était fait, déclara Devin. Trouvez-vous une table tranquille, et je vous apporte vos verres.

— Nous ne comptions pas rester très longtemps, objecta Finn.

— La question n'est pas là, trancha Devin d'un ton qui n'admettait pas de réplique. Tout le monde sait qu'une boisson s'apprécie beaucoup plus lorsqu'on est confortablement assis à une table plutôt que juché sur un tabouret de bar. Et c'est beaucoup plus propice à la conversation. Allez vous asseoir, et j'arrive tout de suite.

— C'est bien la première fois que Devin me force à aller

m'asseoir, souffla Finn à Nik lorsque tous deux se furent installés à l'une des tables libres.

— Je crois qu'il voulait nous ménager un peu d'intimité, répondit-elle.

Finn lui lança un regard surpris.

— Pourquoi ? s'enquit-il.

Nik ne put réprimer un petit rire.

— Si je ne commençais pas à bien vous connaître, je pourrais me sentir insultée par votre étonnement, répondit-elle.

Comprenant brusquement où elle voulait en venir, Finn ne put s'empêcher de rougir.

— Il sait que nous travaillons ensemble.

— Nous ne serions sans doute pas le premier couple qu'il ait vu se former au sein des rangs de la police, objecta-t-elle. Et puis, techniquement, je ne suis qu'une consultante externe. D'ailleurs, on ne peut pas reprocher à Devin d'avoir mal interprété nos relations : la dernière fois que nous sommes venus, vous paraissiez sur le point de m'étrangler. Et aujourd'hui vous m'offrez un verre...

— Ce n'est pas..., commença-t-il.

Il s'interrompit et passa nerveusement une main dans ses cheveux.

— Rassurez-vous, dit Nik en posant doucement la main sur son avant-bras. Je sais que vos intentions sont parfaitement innocentes.

Finn hocha la tête. Mais le contact des doigts de la jeune femme éveillait sur sa peau un délicieux frisson qui semblait relativiser quelque peu l'innocence supposée de ses intentions.

Ils furent interrompus par l'arrivée de Devin qui déposa leurs consommations devant eux. Nik retira sa main un peu trop précipitamment, ce que le barman ne manqua pas de remarquer avec une pointe d'amusement. Cette réaction ne faisait sans doute que renforcer son intime conviction.

— Vodka orange pour la jeune fille et bière brune pour

le jeune homme. Est-ce qu'il vous faudra autre chose ? Des cacahuètes ? Des chips ? Si vous voulez être plus au calme, vous pouvez vous installer dans l'arrière-salle. Il n'y a personne...

— Est-ce que tous les barmans sont aussi intrusifs ? lui demanda Finn.

Devin fit mine de réfléchir à la question.

— Je crois que c'est une des qualités requises dans cette profession. Il est important de connaître ses clients pour pouvoir satisfaire leurs besoins.

— Je t'assure que nos besoins sont parfaitement satisfaits, répliqua Finn. À moins que vous ne vouliez manger quelque chose, Nik ?

La journée avait été bien remplie, et il ne se rappelait pas l'avoir vue avaler quelque chose depuis le petit déjeuner qu'ils avaient pris ensemble et qui avait été interrompu par la découverte du nouveau corps.

— Mon mal de tête m'a coupé l'appétit, répondit-elle. Je crois que je vais me contenter d'un verre et appeler un taxi.

— Vous avez raison de ne pas le laisser vous raccompagner, déclara Devin avec un sourire malicieux. À votre place, je me méfierais aussi...

— Dis donc, tu n'es pas censé tenir le bar, toi ? lui demanda Finn.

— Au cas où tu ne l'aurais pas remarqué, c'est plutôt calme, ce soir.

— Les gens ont peut-être décidé de déserter ton bar parce qu'ils en avaient assez de tes indiscrétions, répliqua Finn.

— J'ai coutume de dire que le barman fait le même métier qu'un prêtre ou un psychanalyste, mais il est moins culpabilisant que le premier et moins onéreux que le second...

Sur ce, Devin s'éloigna en souriant pour aller s'occuper de l'un de ses clients au bar. Nik le suivit des yeux et le regarda encaisser la commande. En voyant le client tendre sa carte bleue, elle ne put réprimer une exclamation.

— Que se passe-t-il ? s'enquit Finn.

— Les cartes bleues !

Il la considéra d'un air abasourdi, se demandant où elle voulait en venir.

— J'ai payé en liquide, dit-il.

Nik secoua la tête.

— Je ne parlais pas de nos consommations mais de celles du tueur, expliqua-t-elle. Nous devrions demander les reçus des cartes bleues des deux restaurants et de la boîte de nuit pour voir s'il y a un numéro en commun. Si c'est le cas, nous disposerons d'un premier véritable suspect...

— Si j'étais un tueur, je pense que je payerais en cash, objecta Finn.

Sa réponse doucha quelque peu l'enthousiasme de Nik. Elle devait bien reconnaître que la remarque était parfaitement justifiée.

— Cela dit, reprit Finn, je pense que nous devrions tout de même tenter notre chance, au cas où notre homme aurait commis une erreur.

— Vous croyez que c'est possible ? demanda-t-elle d'une voix dubitative.

Finn haussa les épaules.

— Il est évident que ce tueur est un déséquilibré. Et, la dernière fois qu'il a tué quelqu'un, il n'a même pas pris la peine de dissimuler le corps. Alors, oui, pourquoi pas ? Il a très bien pu négliger de prendre une telle précaution. Nous vérifierons cela dès demain. Mais, en attendant, je vais vous ramener chez vous.

— Je peux prendre un taxi.

— Ne vous en faites pas, après une bière je suis parfaitement en état de conduire.

— Ce n'est pas cela, protesta Nik. Mais, vous aussi, vous avez besoin de repos.

— Je n'habite pas très loin de chez vous, et ce ne sera

pas un gros détour. Et puis, après la journée que vous avez passée, je vous dois bien ça.

— D'accord, admit-elle avant de vider son verre d'un trait. Allons-y !

Ils se levèrent et quittèrent le bar après avoir adressé un salut de la main à Devin, qui était déjà nettement plus occupé. Une fois dehors, ils constatèrent que le parking s'était bien rempli depuis qu'ils étaient arrivés.

— C'est l'affluence, constata Nik. Devin va être content.

— N'en croyez rien !

— Pourquoi ? Il se plaignait tout à l'heure du fait qu'il n'y avait pas assez de monde.

— Et maintenant, il va se plaindre du fait qu'il y en a trop, dit Finn en souriant. Je connais Devin depuis des années et je peux vous assurer qu'il n'est jamais aussi heureux que lorsqu'il a de quoi se plaindre.

— Ce qui signifie, d'après votre raisonnement, que comme il a toujours de quoi se plaindre il est heureux en permanence, déclara Nik tandis que tous deux prenaient place dans la voiture.

Finn éclata de rire.

— Je vous ai déjà dit que vous étiez la personne la plus optimiste que j'aie jamais rencontrée, Kowalski ? lui demanda-t-il en démarrant.

— Vous ne croyez pas que vous pourriez m'appeler par mon prénom, après tout ce que nous avons traversé ?

Il lui jeta un bref coup d'œil.

— D'accord, lui dit-il. Va pour Nik.

Ils demeurèrent quelques instants silencieux.

— Vous pensiez vraiment ce que vous m'avez dit tout à l'heure ? s'enquit-elle.

— Quoi donc ?

— Au sujet des cartes bleues ? Ce n'était pas juste pour me faire plaisir ?

— Croyez-moi, je n'ai pas pour habitude de mâcher mes mots, particulièrement lorsque des vies sont en jeu. Je pense réellement qu'il y a une petite chance pour que le tueur ait commis une erreur et que nous puissions l'identifier.

— Malheureusement, cela ne nous permettra pas forcément de l'appréhender...

— Qu'est-ce qui vous fait dire cela ?

— Le fait que l'on n'ait toujours pas retrouvé Marilyn alors qu'un avis de recherche à son nom a été lancé depuis plusieurs jours...

Finn s'abstint de lui rappeler que la jeune femme était peut-être déjà morte. Il était convaincu que Nik en avait parfaitement conscience.

Il leur fallut moins de douze minutes pour atteindre l'immeuble dans lequel se trouvait l'appartement de Nik.

— Nous y voilà, lui dit-il. Et juste avant minuit, Cendrillon.

— Zut, répliqua-t-elle. J'aurais donné cher pour voir votre voiture se transformer en citrouille. Vous pouvez me laisser au coin de la rue.

— Il n'en est pas question, protesta-t-il vivement. Je me suis engagé à vous raccompagner jusque chez vous.

— Nous sommes à Aurora, je ne risque rien.

— Allez dire ça aux parents des trois filles qui se trouvent aujourd'hui à la morgue.

Nik lui jeta un regard alarmé.

— Vous ne pensez tout de même pas que le tueur pourrait s'en prendre à moi ? lui demanda-t-elle.

— Je ne compte pas courir le moindre risque. Tant que vous travaillerez sur cette affaire, vous devrez redoubler de prudence. Et je vous servirai de garde du corps.

Nik ne put réprimer un frisson. Jusqu'ici, étonnamment, l'idée qu'elle-même puisse être en danger ne lui avait pas effleuré l'esprit. Mais le tueur pouvait effectivement la considérer comme une menace. Et, contrairement aux policiers avec lesquels elle travaillait, elle ne portait pas d'arme.

— D'accord ! Je m'en voudrais de décourager vos accès chevaleresques.

Ils sortirent de voiture et se dirigèrent vers l'immeuble.

— Est-ce que vous êtes toujours aussi prévenant ? lui demanda-t-elle, curieuse.

— Mes frères et moi avons été à rude école, répondit-il en souriant. Ma mère a toujours été très à cheval sur les bonnes manières.

— Combien de frères avez-vous ?

— Nous sommes cinq garçons.

— Cinq ? s'exclama-t-elle, sidérée.

— Et une fille, précisa-t-il.

— La pauvre...

— Elle n'est pas à plaindre. Elle a cinq chevaliers servants prêts à voler à son secours.

— C'est bien ce que je disais : la pauvre... Elle doit se sentir complètement étouffée.

— On voit que vous ne la connaissez pas, protesta Finn en riant. Skylar a un sacré tempérament ! À vrai dire, je crois que vous vous entendriez très bien, toutes les deux.

Nik se demanda si elle aurait un jour l'occasion de rencontrer la jeune femme. Continuerait-elle à fréquenter Finn lorsque cette enquête prendrait fin ? Ou bien se perdraient-ils rapidement de vue ? Curieusement, cette perspective l'attristait. En dépit de son caractère parfois revêche, elle en était venue à le trouver plutôt sympathique.

Ils pénétrèrent dans l'immeuble et empruntèrent l'escalier pour accéder au premier étage.

— Nous y voilà, lui annonça-t-elle lorsqu'ils se retrouvèrent face à la porte frappée du numéro 164. Vous pourrez dire à votre mère que vous avez accompli votre devoir.

— J'ai bien peur que ce ne soit impossible, objecta-t-il.

— Pourquoi donc ?

— Parce qu'elle est décédée, il y a cinq ans de cela.

— Oh ! je suis désolée, s'exclama Nik, embarrassée. Je ne savais pas...

— Comment l'auriez-vous pu ? fit-il en haussant les épaules.

Nik s'en voulut brusquement de ne pas s'être plus renseignée sur sa famille. Après tout, ils travaillaient ensemble chaque jour, et elle ignorait quasiment tout de lui. Cela ne lui ressemblait pourtant pas : en bonne enquêtrice, elle avait coutume de s'informer sur tout ce qui touchait son travail de près ou de loin.

Était-ce parce qu'elle avait du mal à ne considérer Finn que comme un simple collègue ?

— En tout cas, je vous remercie pour m'avoir offert un verre, lui dit-elle. Et pour m'avoir raccompagnée jusque chez moi.

— Tout le plaisir était pour moi, répondit-il.

Pourtant, il ne fit pas mine de se détourner.

— Je préférerais vérifier que personne ne s'est introduit dans votre appartement en votre absence, annonça-t-il.

— Vous n'êtes pas sérieux !

— Je vous l'ai dit : je ne compte rien laisser au hasard. La sécurité des gens avec lesquels je travaille est pour moi une priorité.

— Ne me dites pas que vous raccompagnez tous vos collègues chez eux, railla-t-elle.

— Non, reconnut-il. Mais, contrairement à vous, ce sont tous des policiers armés et entraînés.

Nik n'aurait su dire si la prévenance dont il faisait preuve à son égard la touchait ou l'agaçait. Sans doute y avait-il un peu des deux.

— Vous êtes vraiment impossible, Finn Cavanaugh.

— On me le dit souvent, répliqua-t-il en souriant. Mais

je ne tiens vraiment pas à ce qu'il vous arrive quoi que ce soit, Nik Kowalski.

L'intensité qui perçait dans sa voix la prit au dépourvu. Levant les yeux, elle croisa le regard de Finn et ne put réprimer un frisson en avisant l'expression qui s'y lisait en cet instant.

14

Le cœur battant, Nik ne parvenait pas à détourner le regard de Finn. Ils étaient si proches l'un de l'autre qu'il n'aurait eu qu'à se pencher vers elle pour l'embrasser. Alors même que cette idée lui traversait l'esprit, elle se demanda avec une pointe de stupeur et d'angoisse ce qui avait bien pu la lui inspirer.

Finn et elle travaillaient ensemble - rien de plus. Et ils étaient aussi différents que le jour et la nuit. Rien ne les prédestinait à sortir ensemble - ni même à se rencontrer. Et pourtant, elle ne pouvait nier l'attirance croissante qu'il exerçait sur elle.

— J'ai très envie de vous embrasser, lui dit-il alors.

Elle avala difficilement sa salive, tiraillée intérieurement entre le désir, la curiosité et l'angoisse. Mais déjà, Finn se penchait vers elle, très lentement, lui laissant tout le temps de reculer ou de le repousser. Rivée sur place, elle n'en fit rien.

Lorsque leurs lèvres se rencontrèrent, elle ne put réprimer un violent frisson qui la traversa de part en part, éveillant au creux de son ventre une chaleur qui se répandit en elle comme une traînée de poudre. Jamais elle n'avait réagi avec une telle intensité à un simple baiser. Malheureusement, Finn y mit fin bien plus vite qu'elle ne l'aurait souhaité.

— Je suis désolé, souffla-t-il. C'était inapproprié...

Elle ne sut que répondre à cela : les policiers n'étaient

probablement censés sortir ni avec les consultants ni avec les informateurs qui travaillaient pour eux. Mais elle ne parvenait pas à regretter ce qui venait de se passer et, si Finn l'avait reprise dans ses bras, elle ne lui aurait pas opposé plus de résistance que la première fois - bien au contraire.

— Je pensais que vous ne m'aimiez pas beaucoup, lui dit-elle pour meubler le silence embarrassé qui menaçait de s'éterniser.

— Je crois qu'après ce qui vient de se passer, nous pouvons nous tutoyer, répliqua-t-il avec un demi-sourire. Et, pour répondre à ta question, je reconnais que je n'étais pas très enthousiaste à l'idée de mener cette enquête avec toi, au départ. Mais... Eh bien, disons que tu gagnes à être connue.

Nik ne put s'empêcher de rire.

— Ta cousine Valri a raison : on peut dire que tu sais parler aux femmes, lâcha-t-elle, moqueuse.

— Ce n'est pas ma spécialité, avoua-t-il avec un franc-parler désarmant. Mais tu vois ce que je veux dire...

— Je crois, oui. Et si cela peut te rassurer, Cavanaugh, je pense que, toi aussi, tu gagnes à être connu. On se voit demain ?

Il haussa les épaules.

— Si tu veux. Le bureau de Monroe t'est réservé. On se retrouve directement au poste vers huit heures et demie ?

— Entendu. Bonne nuit, Finn.

— Bonne nuit, Nik.

Il lui adressa un petit signe de la tête et se détourna. Elle était sur le point de refermer la porte derrière lui lorsque le portable de Finn se mit à sonner. Songeant que cet appel tardif avait peut-être un rapport avec leur investigation, elle attendit qu'il décroche.

— Cavanaugh, j'écoute, fit-il.

Il se concentra sur ce que lui disait son interlocuteur.

— Quand est-ce arrivé ? demanda-t-il d'un ton qui ne dit vraiment rien de bon à Nik. Oui, ajouta-t-il au bout d'un moment. J'arrive tout de suite. Envoie-moi l'adresse exacte. Je devrais y être d'ici une vingtaine de minutes. À tout à l'heure.

— Une autre victime ? lui demanda Nik, le cœur au bord des lèvres.

— Une autre victime, lâcha-t-il d'un air sombre.

— J'ai l'impression qu'il y a un nombre anormalement élevé de voitures de police, remarqua Nik en observant attentivement les alentours de la nouvelle scène de crime. Il n'y en avait pas autant, les autres fois.

— Tu ne te trompes pas du tout, lui confirma Finn. Il y a au moins deux fois plus d'agents en uniforme, d'enquêteurs et de membres de la police scientifique que d'habitude. Mais ce n'est pas étonnant : je ne sais pas si tu as eu l'occasion de jeter un coup d'œil à la presse, mais les médias se sont emparés de l'affaire. Ils ont même surnommé notre tueur l'Éventreur d'Aurora.

— Charmant, murmura Nik.

Tous deux descendirent de voiture et se dirigèrent vers le groupe de policiers qui s'activaient sur les lieux. Finn constata alors avec étonnement que Sean se trouvait là, lui aussi. Il n'aurait pourtant pas dû être de service ce soir-là.

— Je me disais bien que tu viendrais, déclara ce dernier. Et je suis heureux de voir que ta charmante acolyte est toujours avec toi.

Il adressa à Nik un sourire qui trahissait son épuisement.

— Je suis vraiment navré de vous revoir une fois de plus en de si tragiques circonstances, lui dit-il.

— À propos de circonstances, intervint Finn, peux-tu nous exposer celles de ce nouveau meurtre ?

— Le mode opératoire est le même que dans les autres cas, répondit Sean. La victime a été poignardée en plein cœur. D'après les premières estimations du coroner, le meurtre a dû être commis il y a six jours.

— Pourquoi ne l'a-t-on pas retrouvée plus tôt ? s'enquit Finn.

— Parce que le corps était nettement mieux caché que les autres. Je vais vous montrer.

Il les guida jusqu'à une clôture en bois couverte de graffitis qui empêchait l'accès à un terrain vague. Plusieurs lattes avaient été arrachées, ménageant un espace par lequel on pouvait traverser en se penchant. Ils suivirent Sean jusqu'à une benne métallique qui contenait des gravats.

À l'intérieur, deux membres de la police scientifiques entouraient le corps sans vie de la victime. Nik ne put réprimer un frisson. Le fait que le tueur abandonne ses victimes dans de tels endroits semblait indiquer qu'il ne les considérait pas beaucoup mieux que de simples déchets.

— Elle paraît plus jeune que les autres, remarqua alors Finn. Est-ce que vous avez déjà pu l'identifier ?

— Pas encore. Elle n'avait pas de papiers sur elle.

Nik s'était rapprochée, elle aussi, pour observer plus attentivement le visage sans vie de la jeune femme. Finn l'entendit alors pousser une exclamation de stupeur.

— Que se passe-t-il ?

— Je crois que je la connais, répondit-elle.

Elle scruta de nouveau le visage et hocha la tête.

— À vrai dire, j'en suis sûre. Et ce n'est pas une bonne nouvelle...

— Que veux-tu dire ? s'enquit Finn.

— Notre victime est Gretchen Heaton, expliqua-t-elle. La fille du sénateur Heaton.

— Tu en es vraiment certaine ?

— Il n'y a aucun doute possible. J'ai lu un article à son sujet dans le supplément du dimanche de mon quotidien, le mois dernier. Elle racontait à quoi ressemblait la vie d'une fille de sénateur - ses responsabilités, ses obligations, la difficulté qu'elle avait à sortir avec des garçons...

— Cela ne devrait pas être difficile à vérifier, opina Sean en sortant son téléphone portable. Mais Nik a raison : si elle ne se trompe pas, ça n'est effectivement pas une bonne nouvelle pour nous. Le chef de la police était déjà sous pression de la part du maire, mais là...

Il s'interrompit et poussa un juron sonore en avisant la photo qui s'était affichée sur l'écran de son portable.

— C'est bien elle.

Finn jeta un coup d'œil à l'image et hocha la tête.

— Bien vu, Nik, lui dit-il. Il y a de fortes chances pour qu'on me retire l'enquête après ça, ajouta-t-il à l'intention de Sean. Mais, avant que ce soit le cas, j'aimerais vraiment que nous tentions le tout pour le tout pour résoudre cette affaire. En revanche, il va me falloir des renforts.

— Tu peux compter sur moi, cela va sans dire, lui assura Nik.

— Qu'est-ce que tu as en tête, exactement ? lui demanda Sean.

— Une comparaison systématique des enregistrements vidéo des différentes scènes de meurtre. Je ne peux pas croire que le tueur ait réussi à les éviter toutes. Il suffit que nous trouvions une seule coïncidence pour relancer l'enquête.

— Je pense aussi que tu devrais interroger le sénateur, suggéra Nik. Nous devons savoir quelles étaient les habitudes de sa fille, qui étaient ses amis, où elle avait l'habitude de sortir... Avec un peu de chance, elle n'était pas seule, le soir où elle a rencontré son meurtrier...

— Vous pensez que le fait que Gretchen soit plus jeune que les victimes suivantes signifie quelque chose ? s'enquit Sean. Aurait-il changé de cible ?

— Je ne crois pas, répondit Finn. Son maquillage s'est estompé au cours de ces derniers jours, mais je suis prêt à parier que ce soir-là il la faisait paraître nettement plus âgée. Et, comme les autres, elle est habillée de façon très provocante. Le tueur se sent peut-être menacé par ce type de sensualité affirmée. Ou alors, c'est un puritain qui ne supporte pas ce qu'il considère comme une forme de dépravation.

— Il peut également s'agir d'une vengeance, suggéra Nik. Ce type de femme évoque peut-être pour lui quelqu'un qu'il a connu et qui lui a fait du mal - une petite amie, une sœur ou bien encore sa mère.

— Possible, concéda Finn. Mais rien ne le prouve, pour le moment. Et je crois que nous devrions nous en tenir exclusivement aux faits.

— Je suis d'accord, acquiesça-t-elle. Je ne faisais que réfléchir à voix haute...

Elle s'apprêtait à poursuivre lorsqu'ils furent interrompus par un tumulte qui provenait de l'autre côté de la palissade. Quelques instants plus tard, ils virent passer par l'ouverture un homme aux cheveux gris vêtu d'un élégant complet gris. Nik reconnut aussitôt le sénateur Heaton. Il était suivi de près par un homme à la silhouette athlétique sanglé dans un costume sombre, probablement son garde du corps.

Sean et Finn s'avancèrent aussitôt pour tenter de l'intercepter avant qu'il s'approche de la benne.

— Est-ce que c'est vrai ? s'exclama le sénateur d'une voix déchirante. Où est-elle ? Où est ma fille ?

Nik avisa la détresse qui se lisait dans son regard et sentit son cœur se serrer dans sa poitrine. Elle n'osait imaginer ce que cet homme pouvait ressentir en cet instant.

— Sénateur, intervint Finn, je ne pense pas que vous devriez la voir comme cela.

Mais Heaton ne se laissa pas décourager par cette mise en garde et, sous le coup de l'angoisse qui l'étreignait, il écarta violemment Finn de son chemin pour pouvoir accéder à la benne. Là, il tomba en arrêt devant le corps sans vie de sa fille et laissa échapper un hurlement inarticulé qui glaça le sang de Nik.

Durant de longues secondes, il demeura parfaitement

immobile, les yeux rivés sur le visage de son enfant. Ses traits semblaient figés, et il était d'une pâleur effrayante. Puis, lentement, il se tourna vers Finn et Sean qu'il fusilla du regard comme s'il les tenait pour responsables de ce qui s'était passé.

— Qui a fait ça ? s'exclama-t-il.

— C'est ce que nous essayons de découvrir, lui dit Finn.

— Ce n'est pas suffisant ! protesta Heaton. Je veux que vous coinciez ce salopard. Je veux qu'il paye pour ce qu'il a fait !

La voix du sénateur se brisa, et les sanglots qu'il s'était efforcé de contenir le submergèrent soudain.

— L'inspecteur Cavanaugh fait tout ce qui est en son pouvoir pour identifier l'assassin de ces jeunes femmes, intervint Nik d'une voix très douce. Et je vous promets que ni lui ni l'équipe qui travaille à ses côtés ne relâcheront leurs efforts tant que cet homme ne sera pas sous les verrous. Ses crimes ne resteront pas impunis, et il en répondra devant un tribunal. Je vous en fais le serment !

15

La promesse de Nik avait semblé redonner un peu de courage au sénateur. Malheureusement, Finn savait à quel point elle était inconsidérée. Même en faisant preuve de la meilleure volonté du monde, certains crimes demeuraient impunis, et certains assassins parvenaient à échapper à la justice.

Ne voulant pas laisser la jeune femme prendre des engagements qu'ils seraient incapables de tenir, il s'avança vers Heaton.

— Sénateur, lui dit-il, je n'ose imaginer ce que vous pouvez ressentir en ce moment. Mais, lorsque vous vous sentirez prêt, j'aimerais vous poser quelques questions au sujet de votre fille.

— Quel genre de questions ? s'enquit Heaton d'un ton suspicieux.

Il était évident qu'il ne comptait pas le laisser dire du mal de sa défunte fille. Mais cette attitude tendait justement à indiquer que celle-ci n'était peut-être pas totalement irréprochable.

— Seriez-vous en train de suggérer que ma fille est d'une quelconque façon responsable de ce qui lui est arrivé ? reprit le sénateur d'une voix sourde.

— Je vous assure qu'il n'en est rien, intervint de nouveau Nik d'un ton conciliant. Nous cherchons juste à comprendre où elle a pu se rendre et qui elle a pu rencontrer le soir où elle s'est fait tuer.

— Monsieur le sénateur est sous le choc, déclara alors le garde du corps. Ces questions peuvent peut-être attendre demain matin, inspecteur...

— Certainement, acquiesça Finn à regret.

Il aurait préféré obtenir ce témoignage le plus rapidement possible pour pouvoir se mettre à l'œuvre à la première heure. Mais il comprenait parfaitement que Heaton ne se sente pas en état de répondre à un tel interrogatoire pour le moment.

— Je vais vous ramener à la maison, sénateur, proposa le garde du corps.

— À la maison ? répéta Heaton d'un ton éperdu. Que voulez-vous que j'y fasse ?

La détresse de cet homme d'ordinaire si sûr de lui émut Nik. Elle aurait voulu pouvoir faire quelque chose pour lui, mais savait que seul le temps pourrait atténuer la souffrance qu'il éprouvait.

— Venez, monsieur, murmura le garde du corps en posant une main sur l'épaule de son employeur. Je vous raccompagne.

Vaincu, Heaton hocha la tête et se détourna. D'une démarche de somnambule, il se laissa guider jusqu'à la clôture. Lorsque les deux hommes eurent disparu, Finn se tourna de nouveau vers la benne.

Après avoir photographié la scène de crime et relevé tous les indices qui pourraient leur être utiles, les hommes du coroner avaient placé le corps de Gretchen Heaton dans un sac mortuaire.

— La scène de crime présentait-elle des spécificités qui pourraient nous éclairer ? s'enquit Finn.

Sean secoua la tête.

— En dehors de l'âge de la victime, rien ne m'a paru différent. J'imagine que le fait qu'elle soit la fille d'un sénateur est un simple accident.

— Peut-être pas, objecta Finn. Je pense que nous devrions étudier plus attentivement les profils des victimes pour tenter de déterminer s'il existe un lien entre elles. Je vais charger une équipe de passer au crible leurs réseaux sociaux pour voir si elles avaient des fréquentations ou des habitudes communes. Cela pourrait nous aider à comprendre comment le tueur les a choisies.

— Bonne idée, acquiesça Sean. C'est effectivement un angle que nous n'avons pas encore suffisamment creusé.

— De ton côté, appelle-moi dès que le médecin légiste aura déterminé le jour et l'heure exacts de la mort.

— Tu peux compter sur moi.

Contrairement aux victimes précédentes, Gretchen Heaton cultivait ses réseaux sociaux. Elle postait régulièrement des photos, des vidéos et des commentaires. Mises bout à bout, ces informations fragmentaires offraient aux enquêteurs un très bon aperçu de la vie de la jeune femme.

De toute évidence, Gretchen aimait faire la fête et fréquentait assidûment la plupart des bars et des boîtes de nuit à la mode. La dernière image qu'elle avait postée, la nuit de sa mort, avait été prise dans une discothèque située à proximité du terrain vague où l'on avait retrouvé son corps.

Une fois de plus, Nik et Finn passèrent en revue les images des caméras de sécurité de l'établissement. C'était un travail long et fastidieux et d'autant plus ingrat que rien ne leur permettait d'affirmer qu'il déboucherait sur le moindre indice. Mais, alors qu'ils commençaient à désespérer de découvrir quoi que ce soit, Nik tomba enfin sur ce qu'ils cherchaient.

— Finn ! s'écria-t-elle. Tu ne vas pas le croire...

D'un geste las, il percuta la barre espace de son clavier pour interrompre la vidéo qu'il était en train de regarder.

— Viens voir, ajouta-t-elle en se calant au début de l'enregistrement.

Il se leva et s'étira pour détendre ses membres ankylosés.

— Qu'est-ce que tu as trouvé ? lui demanda-t-il en s'approchant d'elle.

Nik enclencha la lecture, et une image de la porte de service de la boîte de nuit apparut. Au bout de quelques instants, elle s'ouvrit, laissant apparaître les silhouettes de deux jeunes femmes.

— On dirait que tu as décroché le gros lot ! lança Finn.

À l'écran, Marilyn était en train d'allumer la cigarette qu'elle venait d'offrir à Gretchen Heaton. Elles fumèrent en discutant durant quelques minutes.

— Si la résolution avait été meilleure, on aurait pu demander à un interprète de lire sur leurs lèvres, soupira Finn. Mais, en l'état, il ne faut pas y compter...

— Cela prouve au moins qu'elles se connaissaient.

— Effectivement, reconnut Finn. Mais cela ne plaide malheureusement pas en faveur de l'innocence de Marilyn.

— Je sais, soupira Nik. Il semble de plus en plus probable qu'elle ait servi d'entremetteuse entre les victimes et le tueur. Nous sommes désormais sûrs qu'elle connaissait Julie Everett et Gretchen Heaton. Mais rien ne dit qu'elle n'agissait pas sous la contrainte...

— Elle ne semble pas avoir un pistolet sur la tempe, remarqua Finn en désignant l'écran.

— Le tueur a peut-être trouvé un moyen de la faire chanter, suggéra Nik d'une voix qui, même à ses propres oreilles, manquait singulièrement de conviction.

Finn se garda de soulever la moindre objection.

— Est-ce qu'on a enfin établi l'identité de la troisième victime ? demanda Nik au bout d'un moment.

— Pas encore, hélas, répondit Finn. Il semble de plus en plus probable que ce ne soit pas quelqu'un d'Aurora.

Nik demeura longuement silencieuse, plongée dans ses réflexions. Force lui était de reconnaître que cette enquête n'évoluait pas du tout dans le sens qu'elle avait espéré. Mais elle ne pouvait laisser son amitié pour la mère de Marilyn obscurcir son jugement alors que des vies étaient en jeu. Car tout laissait à penser que le tueur continuerait de sévir jusqu'à ce qu'ils parviennent enfin à l'arrêter.

— Je pense que nous devrions retourner voir Kim, déclara-t-elle enfin. Peut-être pourra-t-elle nous en dire plus au sujet des relations de sa fille avec les différentes victimes.

— Elles ne paraissaient pas vraiment proches, ces derniers temps, objecta Finn. Mais j'imagine que nous n'avons rien à perdre en tentant de nouveau notre chance...

Lorsque Kim Palmer leur ouvrit la porte, Nik perçut aussitôt la terreur qui se lisait dans ses yeux.

— Est-ce que vous avez retrouvé Marilyn ?

— Nous ne sommes toujours pas parvenus à la localiser, lui dit Nik. En revanche, d'autres jeunes femmes se sont fait tuer.

Kim la considéra avec un mélange d'étonnement et d'appréhension.

— Je ne comprends pas, souffla-t-elle. Quel rapport y a-t-il avec Marilyn ?

— Nous savons qu'elle a rencontré au moins deux des victimes, expliqua Nik.

— Alors, cela veut dire qu'elle est toujours vivante ? s'exclama Kim, pleine d'espoir.

Nik hésita, et Finn vola à son secours.

— À ce stade, c'est ce que nous espérons, répondit-il. Mais nous cherchons à comprendre quel rôle Marilyn a pu jouer dans toute cette affaire.

— Vous ne pensez tout de même pas qu'elle puisse être mêlée à ces meurtres ? balbutia Kim, les yeux agrandis par l'effroi.

— Nous l'ignorons, avoua Finn. Mais nous sommes bien décidés à le découvrir.

— Ce n'est pas possible…, murmura Kim.

— Il se pourrait que votre fille ait été forcée à collaborer avec le tueur contre son gré, ajouta Finn.

Nik lui adressa un regard empli de reconnaissance.

— Entrez, proposa Kim.

Ils la suivirent jusqu'au salon dans lequel ils prirent place.

— Est-ce que Marilyn vous a déjà parlé de Gretchen Heaton, la fille du sénateur Heaton ?

Kim fronça les sourcils, réfléchissant quelques instants à la question avant de secouer doucement la tête.

— Non, elle n'a jamais mentionné ce nom. Et elle n'évoluait pas dans ce genre de cercles…

Kim pâlit brusquement.

— Est-ce que cette Gretchen fait partie des victimes ? demanda-t-elle.

Finn hocha sobrement la tête. Kim avala difficilement sa salive.

— Et vous dites que Marilyn l'a rencontrée ?

— Dans une boîte de nuit, le soir de sa mort.

— Elle sortait beaucoup, ces derniers temps, mais elle ne me disait jamais où elle allait. Elle ne cessait de me répéter que cela ne me regardait pas. Mais je suis sa mère !

— Est-ce que tu sais si Marilyn tenait un journal intime ? s'enquit alors Nik.

— Je ne crois pas.

— Est-ce que nous pourrions jeter un coup d'œil à sa chambre, par acquit de conscience ? demanda Finn.

— Oui, bien sûr, répondit Kim en se levant.

Elle les conduisit jusqu'à une porte sur laquelle était placardée une affiche représentant un sens interdit.

— Voilà qui a le mérite d'être explicite, commenta Finn.

Ils pénétrèrent à l'intérieur et découvrirent une chambre ornée de posters représentant des groupes de rock.

— Marilyn a-t-elle un ordinateur ? s'enquit Finn en désignant le bureau qui en était dépourvu.

— Un ordinateur portable, acquiesça Kim. Mais elle l'avait avec elle, le jour où elle a disparu. Elle était allée à la fac et elle n'est jamais revenue...

— Ça ne vous ennuie pas que nous fouillions la chambre ? demanda Finn.

Elle haussa les épaules.

— Si vous croyez que cela peut vous aider... Mais je l'ai déjà fait et je n'ai rien trouvé d'intéressant.

Nik et Finn entreprirent d'inspecter méthodiquement la pièce, passant en revue l'armoire, la table de nuit, le bureau et même la corbeille à papier.

— Je crois que j'ai trouvé quelque chose, annonça Nik au bout de quelques minutes.

Finn se tourna vers elle et vit qu'elle était accroupie près d'une bouche de chaleur située non loin de la fenêtre.

— Quelqu'un a enlevé les vis, signala-t-elle en tirant précautionneusement sur le panneau.

À l'intérieur du conduit, elle trouva un petit calepin en cuir brun.

— C'est l'agenda de Marilyn, leur indiqua Kim.

Nik se redressa et l'ouvrit tandis que Finn se rapprochait. Elle feuilleta le calepin jusqu'au jour où Marilyn avait disparu, mais aucune inscription n'y figurait. Elle revint alors en arrière, déchiffrant les annotations de Marilyn.

— Est-ce que Marilyn avait des soucis de santé, ces derniers temps ? s'étonna Finn, qui lisait par-dessus son épaule.

— Non, répondit Kim. Pourquoi cette question ?

— Parce qu'il est fait mention à plusieurs reprises du Dr Garrett, annonça Nik en se tournant vers son amie. Apparemment, Marilyn est allée le voir à plusieurs reprises au cours des semaines précédant sa disparition.

Kim fronça les sourcils.

— Le Dr Garrett était son nouveau gynécologue. Mais Marilyn ne m'avait pas parlé de problèmes particuliers...

— Est-ce que par hasard tu aurais l'adresse de ce médecin ? demanda Nik.

— Non. Mais je sais que son cabinet se trouve du côté de Broadside, pas très loin de l'université de Marilyn.

— Nous devrions aller rendre visite à ce Dr Garrett, déclara Nik. Il nous dira peut-être pourquoi Marilyn est venue le consulter plus d'une dizaine de fois...

— À moins qu'il ne nous oppose la confidentialité de ses rapports avec ses patients, remarqua Finn. Mais tu as raison : nous n'avons rien à perdre...

Lorsqu'ils arrivèrent au cabinet du Dr Garrett, ils trouvèrent porte close. Une affichette était accrochée sur l'huis, indiquant que le cabinet était momentanément fermé pour rénovation et que les patients étaient invités à prendre contact avec le Dr Day, qui assurait l'intérim en attendant la réouverture. Les coordonnées de ce dernier étaient indiquées au bas du message.

— Tu as remarqué le prénom du médecin ? fit Nik en désignant la plaque de ce dernier.

— James Garrett, lut Finn. Et alors ?

— Kim nous a dit que le petit ami de Marilyn était plus âgé qu'elle et que son prénom commençait par un J...

— Je vois où tu veux en venir. Cela expliquerait pourquoi elle le voyait si régulièrement...

Nik sortit son téléphone portable.

— Qu'est-ce que tu comptes faire ? lui demanda-t-il.

— Appeler ce fameux Dr Day. Il pourra peut-être nous en dire un peu plus au sujet de son collègue.

Finn hocha la tête. Nik composa le numéro qui figurait sur l'affiche.

— Cabinet médical du Dr Day, lança une voix féminine.

— Bonjour, fit-elle au bout de quelques instants. Je vous appelle pour prendre rendez-vous. Je suis une patiente du Dr Garrett, mais il est absent en ce moment, et apparemment c'est le Dr Day qui le remplace...

— C'est exact, répondit la secrétaire médicale. Je crois que le Dr Garrett fait rénover son cabinet. Le Dr Day s'occupe de ses patients en attendant. Malheureusement, j'ai bien peur qu'il n'y ait pas de créneau disponible avant la semaine prochaine.

— Je vois, acquiesça Nik d'une voix hésitante. Savez-vous quand le cabinet du Dr Garrett doit rouvrir ?

— Il aurait dû le faire dès la semaine prochaine, mais le Dr Garrett a appelé pour signaler qu'il était obligé de prolonger son absence. Je ne peux pas vous en dire beaucoup plus...

— Je vous remercie, dit Nik. Je vous rappellerai si je n'arrive pas à obtenir de rendez-vous d'ici là.

Nik raccrocha et se tourna vers Finn.

— La secrétaire médicale m'a seulement confirmé ce qui est écrit sur la porte, déclara-t-elle. Mais le Dr Day pourrait peut-être nous en dire un peu plus sur son estimé collègue. Après tout, s'il l'a choisi comme remplaçant, c'est probablement que tous deux se connaissent.

— Allons lui poser la question, acquiesça Finn. Plus j'y pense et plus la coïncidence de cette vague de meurtres et de la disparition du Dr Garrett me semble suspecte...

Il s'interrompit en voyant déboucher dans l'escalier une jeune femme aux longs cheveux bruns vêtue d'un tailleur très élégant et qui tenait un porte-documents. Elle considéra Finn d'un air ouvertement appréciatif qui eut le don d'agacer Nik.

— Je peux vous aider ? demanda-t-elle.

La question aurait pu s'adresser à eux deux, mais elle continuait à dévorer Finn des yeux.

— Je suis l'inspecteur Finn Cavanaugh, annonça-t-il en

montrant sa plaque. Et voici Nik Kowalski. Nous voulions parler au Dr Garrett.

— Pas de chance, répliqua la jeune femme. Il est parti pour une de ses escapades habituelles...

— Que voulez-vous dire par là ? s'enquit Finn, curieux.

La jeune femme haussa les épaules.

— Il lui arrive régulièrement de disparaître de cette façon, expliqua-t-elle. Parfois pendant quelques jours, parfois pendant plusieurs semaines.

— Savez-vous ce qu'il fait, durant ces absences ? lui demanda Finn.

— Aucune idée, répondit-elle. Mais, à chaque fois, il finit par revenir et reprend son travail comme si de rien n'était.

— Il s'offre peut-être de petites virées à Las Vegas, suggéra Finn.

— Possible, acquiesça son interlocutrice.

— Quand l'avez-vous vu pour la dernière fois ?

La jeune femme réfléchit quelques instants avant de lui répondre :

— C'était il y a tout juste une semaine.

— Est-ce que cela correspond avec la disparition de Marilyn ? s'enquit Finn en se tournant vers Nik.

Elle hocha la tête.

— Qui est cette Marilyn ? leur demanda la jeune femme au tailleur.

— Nous pensons qu'il s'agit de sa petite amie, répondit Finn en sortant son téléphone portable.

Il fit apparaître une photo de Marilyn et la lui tendit.

— L'avez-vous déjà vue, par hasard ?

— Je l'ai croisée à plusieurs reprises, affirma-t-elle sans la moindre hésitation.

— Pouvez-vous nous confirmer que le Dr Garrett sortait avec elle ?

— Non, mais cela ne m'étonnerait pas outre mesure.

— Qu'est-ce qui vous fait dire cela ?

— Peu de femmes consultent aussi fréquemment leur gynéco. De plus, le Dr Garrett a toujours eu un faible pour les femmes nettement plus jeunes que lui...

— Je vous remercie beaucoup, madame...

— Mademoiselle, rectifia-t-elle d'un ton appuyé. Julia Bishop. Je travaille pour le cabinet d'avocats, ajouta-t-elle en désignant la porte qui faisait face à celle du Dr Garrett et était elle aussi ornée d'une plaque de cuivre.

— Si par hasard vous aperceviez le Dr Garrett ou Mlle Palmer, n'hésitez surtout pas à m'appeler, reprit Finn en tendant sa carte à la jeune femme.

— C'est promis. De votre côté, n'hésitez pas à revenir me voir si vous avez d'autres questions...

La façon dont elle prononça ces mots indiquait clairement qu'elle serait ravie de recevoir une telle visite.

— Au revoir, inspecteur, conclut-elle en lui décochant une œillade enflammée.

Sur ce, elle gagna la porte de son cabinet et disparut à l'intérieur.

— Incroyable ! lança Nik d'un ton sardonique.

Finn lui jeta un regard interrogatif.

— Je commence à comprendre ce que les gens veulent dire lorsqu'ils parlent du charme des Cavanaugh. Est-ce que vous avez l'habitude de séduire tous vos témoins, inspecteur ?

— Serais-tu jalouse, par hasard ? répliqua-t-il en la regardant droit dans les yeux.

Nik ne se démonta pas.

— Peut-être un peu, admit-elle. Cette avocate ne manquait pas d'un certain charme...

— Malheureusement pour elle, j'ai récemment rencontré quelqu'un, répondit-il. Et je compte bien donner une chance à cette relation.

Nik ne put réprimer un nouvel accès de jalousie avant de remarquer le regard de Finn et de comprendre qu'il voulait parler d'elle. Le mélange d'espoir et d'excitation qui l'envahit alors la prit totalement de court.

16

— Eh, attendez ! s'écria la secrétaire médicale lorsque Finn et Nik firent mine de pénétrer dans la salle de consultation du Dr Day. Vous ne pouvez pas entrer ! Le docteur est avec une patiente !

Finn s'arrêta devant la porte de communication et se tourna vers la secrétaire qui, jusque-là, ne s'était pas montrée le moins du monde accommodante.

— Si vous ne voulez pas que j'entre, appelez le Dr Day et dites-lui de venir immédiatement, s'exclama-t-il. Il s'agit d'une affaire de la plus haute importance.

— Vous ne m'avez toujours pas dit de quoi il s'agissait, protesta la secrétaire en le foudroyant du regard.

— C'est parce que cela ne vous regarde pas, répondit sèchement Nik.

Ils venaient de parlementer durant plus d'un quart d'heure avec ce cerbère, et Nik commençait à se lasser des procédés dilatoires que cette femme ne cessait de leur opposer. La secrétaire parut enfin comprendre qu'ils ne se laisseraient pas décourager aussi facilement et, sans ajouter un mot, elle se leva et se résigna enfin à aller déranger son patron.

— Bien envoyé, commenta Finn à mi-voix.

— Si tu savais combien de fois j'ai reçu ce genre de réponses de la part de tes collègues, au cours de mes investigations !

— Les policiers ne sont pas vraiment partageurs en matière d'informations, reconnut Finn.

— Je suis d'autant plus flattée que tu aies accepté de collaborer avec moi, dit-elle avec un sourire complice.

Avant qu'il ait eu le temps de faire le moindre commentaire, la secrétaire revint, accompagnée par un homme d'une quarantaine d'années à la mine aristocratique et dont la lèvre supérieure s'ornait d'une fine moustache blonde.

— Je suis le Dr Day, annonça-t-il. Stella m'a dit que vous vouliez me voir de toute urgence.

— C'est exact, docteur. Je suis l'inspecteur Cavanaugh et voici l'enquêtrice Kowalski. Y aurait-il un endroit où nous pourrions parler tranquillement ?

— Dans mon bureau, répondit le médecin. Si vous voulez bien me suivre.

Ils lui emboîtèrent le pas et s'installèrent dans le cabinet de travail.

— J'espère que ça ne sera pas trop long, leur dit-il alors. Comme vous l'avez peut-être remarqué, ma salle d'attente est pleine.

— J'imagine qu'il ne doit pas être facile de se charger de deux patientèles à la fois, observa Nik.

Le Dr Day lui lança un regard étonné.

— En effet, concéda-t-il. Comment savez-vous que tel est le cas ?

— Nous cherchons à contacter le Dr Garrett, expliqua Finn. Mais il semble avoir disparu.

— Cela lui arrive régulièrement, acquiesça le médecin.

— C'est ce que nous nous sommes laissé dire. Savez-vous à quoi il occupe son temps, lors de ces congés sabbatiques à répétition ?

— Pas vraiment, reconnut le Dr Day. Il dit juste qu'il a besoin de recharger ses batteries de temps à autre, ce qui peut se comprendre. Le reste du temps, James ne ménage pas sa peine.

— Puis-je savoir comment vous vous êtes connus, tous les deux ?

— Nous avons fait nos études de médecine ensemble. Nous étions même colocataires, pendant un moment.

— Que pensez-vous de lui, en tant que médecin et en tant qu'homme ?

— Je vous l'ai dit : c'est un excellent praticien, l'un des meilleurs que je connaisse, même. Il travaille énormément. En tant qu'homme… Eh bien, je dirais qu'il est sympathique, quoiqu'un peu distant. Sérieux, appliqué, perfectionniste…

— Pourriez-vous nous parler de ses relations avec les femmes ?

Le Dr Day fronça les sourcils.

— Pourquoi cette question ? demanda-t-il d'un air réprobateur.

— Parce que nous recherchons une jeune femme dont nous pensons qu'elle sortait avec le Dr Garrett, intervint Nik. Elle s'appelle Marilyn Palmer.

— Cela ne me dit rien.

— On nous a rapporté que le Dr Garrett aimait fréquenter des femmes plus jeunes que lui.

Le Dr Day haussa les épaules.

— Ce n'est pas interdit, que je sache, répliqua-t-il.

— Diriez-vous que le Dr Garrett est quelqu'un de violent ? s'enquit alors Finn.

Le médecin le considéra avec étonnement.

— Non ! Au contraire… C'est quelqu'un d'extrêmement contrôlé - trop, sans doute, si vous voulez mon avis. Mais c'est peut-être pour cela qu'il a besoin de relâcher la pression de temps à autre.

Finn et Nik échangèrent un regard entendu.

— Je vous remercie d'avoir bien voulu répondre à nos

questions, conclut Finn en sortant une carte de visite qu'il posa sur le bureau. Si le Dr Garrett prend contact avec vous, pourriez-vous lui transmettre mes coordonnées et lui dire que nous aimerions lui parler de toute urgence ?

— Certainement, acquiesça le médecin.

— Alors ? s'enquit Nik lorsque Finn et elle quittèrent le cabinet du Dr Day. Qu'est-ce que tu en penses ?

— James Garrett est un homme sous pression qui a périodiquement besoin de disparaître sans que personne ne sache vraiment ce qu'il va faire. Un homme qui apprécie les femmes beaucoup plus jeunes que lui et qui a été aperçu à plusieurs reprises en compagnie de Marilyn dont il était peut-être l'amant… Je dirais que nous tenons enfin un suspect.

— Je suis d'accord, acquiesça-t-elle. Est-ce que tu pourrais demander une localisation de son téléphone portable ?

— Malheureusement, non. Pour cela, il me faudrait le mandat d'un juge, et aucun ne m'en accordera un sur la base de simples spéculations. Il va nous falloir des preuves plus tangibles.

— Ne me dis pas que, dans ta famille, vous ne connaissez pas quelques juges qui pourraient vous délivrer un tel mandat sans trop poser de questions, objecta-t-elle.

Finn secoua la tête d'un air mi-réprobateur, mi-amusé.

— Je croirais entendre parler ma sœur !

— Je prendrai ça pour un compliment.

— Dans ce cas précis, je ne suis pas sûr que c'en soit un, répondit-il en riant. Mais je te l'ai déjà dit : dans ma famille, nous préférons généralement ne pas enfreindre les règles tant que nous pouvons l'éviter. Et il nous reste au moins une piste à explorer avant d'en venir à de telles extrémités.

— Les bandes-vidéo, soupira Nik.

La perspective d'une nouvelle séance de visionnage ne la réjouissait pas particulièrement.

— J'en ai bien peur, acquiesça Finn. Mais cette fois, au moins, nous savons précisément qui nous cherchons. Et, si nous pouvons établir la présence de James Garrett à proximité de l'une des scènes de crime, nous aurons une preuve suffisante pour obtenir tous les mandats de perquisition et de surveillance dont nous avons besoin.

— D'accord, lâcha Nik d'un ton résigné. Retour à la case moniteur, donc...

Cela faisait maintenant plus de six heures que Nik dérushait les enregistrements vidéo des caméras de sécurité et elle se sentait épuisée. Malheureusement, elle n'avait trouvé pour le moment aucune trace de James Garrett. Soit le médecin n'avait aucun rapport avec ces meurtres, soit il avait redoublé de précautions pour éviter d'être filmé sur les lieux de ses crimes.

Par acquit de conscience, Finn avait déjà vérifié qu'aucune des victimes identifiées n'avait eu Garrett pour gynécologue. Il était également retourné interroger le serveur du restaurant où Julie Everett avait dîné, le soir de sa mort. Malheureusement, ce dernier n'avait pu lui assurer que James Garrett était bien l'homme en compagnie duquel elle avait mangé.

— Nous faisons peut-être fausse route, déclara-t-il après avoir visionné en vain un nouvel enregistrement.

Nik interrompit le flux d'images qui défilaient sur son écran et se tourna vers lui.

— Je ne crois pas, répondit-elle. Le Dr Day nous a dit que Garrett était quelqu'un de méticuleux, quelqu'un qui aimait être en contrôle. Il planifie peut-être ses crimes de façon beaucoup plus méthodique que nous ne l'avons supposé jusqu'ici.

— Possible, concéda Finn. Mais, si c'est le cas, ce type est vraiment malin.

— Certains tueurs en série possèdent un QI nettement supérieur à la moyenne, remarqua Nik.

— C'est vrai.

— Cela cadrerait aussi avec le fait qu'il se soit servi de Marilyn pour approcher certaines de ses victimes. Je pense que nous avons affaire à quelqu'un de particulièrement retors.

— Si tel est le cas, nous risquons d'avoir du mal à démontrer son implication.

— Ne perdons pas espoir tout de suite. Il nous reste encore de nombreuses heures d'enregistrement à visionner.

— Cela devra attendre lundi, déclara Finn.

Nik le fixa avec un mélange de stupeur et de réprobation.

— Nous ne pouvons pas nous permettre de perdre deux jours ! protesta-t-elle.

Finn la considéra avec gravité.

— Nous ne sommes pas les seuls sur cette affaire, répondit-il. Ramirez et Harley vont prendre la relève dès ce soir. Je sais que c'est difficile à admettre mais, dans ce métier, il faut savoir passer la main. Cela permet de prendre de la distance et de se ressourcer - particulièrement après une semaine comme celle que nous venons de vivre.

— Et tu arrives vraiment à décrocher, dans ces cas-là ?

— Pas toujours, reconnut-il. Mais j'essaye. Et au moins, ce week-end, nous aurons de quoi nous changer les idées.

Nik lui lança un regard étonné.

— Tu as déjà oublié que tu étais invitée à la fête en l'honneur de Seamus ? demanda-t-il.

— Complètement, avoua-t-elle. Tu as raison. Cette semaine a peut-être été plus éprouvante que je ne le pensais... Je ferais peut-être mieux de rester tranquillement chez moi.

— Andrew serait très déçu, objecta Finn.

— Il y aura tellement de gens qu'il ne se rendra probablement pas compte de mon absence.

— J'en doute. Andrew est l'une des personnes les plus

perspicaces que je connaisse. Et puis, il n'est pas le seul à espérer que tu seras des nôtres...

Nik sentit les battements de son cœur s'emballer dans sa poitrine.

— Ne me dis pas que tu tiens déjà à me présenter à ta famille ! répliqua-t-elle avec humour.

Finn haussa les épaules.

— Je suis sûr qu'ils seront très curieux de faire la connaissance de la seule personne qui ait réussi à se faire accepter comme ma coéquipière, répondit-il.

— Je croyais que Joe Harley était ton coéquipier.

— Joe et moi sommes des électrons libres. Nous collaborons lorsque c'est nécessaire mais, le reste du temps, nous préférons enquêter chacun de notre côté.

Nik se sentit d'autant plus flattée que Finn ait accepté de coopérer avec elle.

— Est-ce que tu veux que je passe te prendre ? lui proposa-t-il.

— Pourquoi pas ?

— 11 heures, ça te va ?

— C'est parfait, acquiesça-t-elle.

•

Nik écarta la robe qu'elle venait de sortir de son armoire, estimant qu'elle était probablement trop élégante pour ce qui était censé n'être qu'une simple fête de famille. Le vêtement vint rejoindre les quatre autres qu'elle avait déjà éliminés au cours de cette séance d'essayage.

Une fois de plus, elle se morigéna intérieurement. Elle n'avait strictement aucune raison de se mettre une telle pression. Il ne s'agissait après tout que d'une réception informelle lors de laquelle elle ne serait qu'une pièce rapportée.

Elle était cependant curieuse de découvrir pourquoi Andrew Cavanaugh tenait tant à ce qu'elle y assiste. Était-ce uniquement parce qu'elle faisait équipe avec Finn ? Ou bien parce qu'elle enquêtait sur une affaire qui était devenue à la fois très médiatique et politiquement sensible ?

Officiellement, Andrew ne faisait plus partie de la police d'Aurora. Mais le poste qu'il avait exercé, les nombreux contacts qu'il avait conservés et le fait que tant de membres de sa famille appartiennent aux forces de l'ordre lui conféraient un statut privilégié.

S'ils étaient moins influents que lui, les autres membres de la famille n'en constituaient pas moins une forme d'élite au sein des forces de police. Nik savait que l'impression qu'elle leur ferait ce jour-là conditionnerait en grande partie ses relations avec les forces de l'ordre au cours des mois et des années à venir.

En tant qu'enquêtrice, elle ne pouvait donc se permettre de commettre la moindre erreur. Mais, si elle se montrait parfaitement honnête envers elle-même, il y avait un Cavanaugh en particulier qu'elle espérait impressionner favorablement plus encore que les autres...

Lorsque Finn l'avait raccompagnée chez elle, la veille au soir, elle avait vaguement espéré qu'il l'embrasserait de nouveau, mais il n'en avait rien fait. Regrettait-il ce qui s'était passé entre eux ? Ou bien jugeait-il préférable de conserver ses distances pour ne pas mettre en danger leurs relations de travail ?

Si tel était le cas, elle ne pouvait le lui reprocher. En temps normal, elle se gardait bien de mélanger les sphères personnelle et professionnelle. Et pourtant, cette fois-ci, elle aurait volontiers enfreint ses propres principes. Car Finn Cavanaugh était incontestablement l'un des hommes les plus séduisants et les plus surprenants qu'elle ait jamais rencontrés.

— En tout cas, murmura-t-elle pour elle-même, tu ferais mieux de te décider si tu ne veux pas qu'il te trouve nue au beau milieu de ton appartement lorsqu'il arrivera...

Cette idée lui arracha un irrépressible petit frisson. Jetant un coup d'œil à sa montre, elle s'aperçut qu'il ne lui restait plus beaucoup de temps avant l'arrivée de Finn. S'emparant d'une robe au hasard, elle l'enfila avant de passer une paire de sandales à talons.

Elle eut tout juste le temps de considérer d'un œil critique son reflet dans le miroir avant que la sonnerie de la porte d'entrée retentisse. Il était trop tard pour changer d'avis, à présent. Prenant une profonde inspiration, elle alla ouvrir.

— Tu es en avance, dit-elle à Finn en guise de salut.

Il la contempla sans chercher à dissimuler l'admiration qu'elle lui inspirait. Cela la réconforta quelque peu.

— Et toi, tu es magnifique, répondit-il. D'humeur grincheuse, apparemment, mais magnifique.

— Merci.

— Je suis désolé si je suis arrivé un peu tôt. Est-ce que tu as besoin de plus de temps pour te préparer ? Non pas que ce soit mon impression...

— Je suis prête, affirma-t-elle en haussant les épaules. Plus ou moins, en tout cas.

— Ce n'est qu'une fête de famille, tu sais. Il n'y a vraiment pas de quoi te stresser.

— Tu dis ça parce que c'est ta famille, objecta-t-elle.

Finn l'observa d'un air incertain.

— Je croyais que c'était toi qui tenais absolument à venir, remarqua-t-il.

— C'est vrai, reconnut-elle.

Finn la considéra avec étonnement, se demandant ce qu'il était censé conclure de ces assertions totalement contradictoires.

— Tu n'es pas obligée de venir si tu ne veux pas, dit-il d'un ton diplomate.

Elle fronça les sourcils.

— Tu ne veux pas que je vienne ?

— Si, bien sûr..., fit-il, de plus en plus décontenancé. Et

Andrew aussi. Il a insisté pour que tu viennes. Mais je ne veux pas te forcer la main.

Il haussa les épaules.

— Tu sais, je comprends parfaitement ce que tu ressens. La famille Cavanaugh peut être assez intimidante, particulièrement lorsque l'on gravite dans le milieu de la police et de la justice. Je me suis trouvé exactement dans la même position que toi, voici quelques années.

Elle lui lança un coup d'œil ouvertement dubitatif.

— Sauf que toi tu fais partie de cette famille, objecta-t-elle.

— Ça n'a pas toujours été le cas. Enfin, pas vraiment... Mon grand-père était le frère de Seamus. Lorsque leurs parents ont divorcé, à une époque où cela ne se faisait pas vraiment, chacun de leurs parents a pris l'un des enfants. Seamus est resté ici avec son père tandis que Murdoch est parti avec sa mère. Et elle a décidé de couper totalement les ponts avec son ex, ce qui fait que mon grand-père n'a plus jamais revu Seamus.

Nik l'écoutait avec attention. Elle avait entendu dire que les Cavanaugh avaient une histoire familiale compliquée et qu'ils avaient dû faire face à plusieurs drames, mais elle en ignorait les détails.

— Lorsque Andrew a décidé de réunir son père et son oncle, il a découvert que Murdoch était déjà mort mais qu'il avait un certain nombre de descendants. Andrew s'est alors mis en tête de rapprocher les deux branches de la famille. Cela n'allait pas de soi, crois-moi. La plupart des Cavanaugh sont dotés de fortes personnalités, et chacun a dû mettre de l'eau dans son vin. Je me rappelle que j'étais moi-même assez méfiant envers ceux d'Aurora, au départ.

Nik le considéra avec étonnement.

— Et tu étais déjà policier, à l'époque ?

— Oui. Je sais que cela peut sembler curieux mais, bien que les deux branches de la famille n'aient eu aucun contact, chacune d'elles regroupait un nombre anormalement élevé de policiers. Je ne sais pas si c'est une prédisposition génétique ou si cela tient aux valeurs que nous ont transmises Seamus et Murdoch.

— C'est assez incroyable, reconnut Nik. Mais comment se fait-il que tu sois venu vivre à Aurora ?

— Après avoir réconcilié les deux clans, Andrew a encouragé ses cousins à venir s'installer ici. Tu te doutes que ceux qui travaillaient dans la police n'ont pas eu beaucoup de mal à trouver du travail.

— Népotisme, quand tu nous tiens..., ironisa-t-elle.

— Ce n'est pas entièrement faux, admit Finn. Mais je te promets que porter le nom de Cavanaugh au sein de la police d'Aurora ne présente pas que des avantages. Nous sommes soumis à une double pression : celle du service auquel nous appartenons et celle de la famille. Et je peux t'assurer qu'on ne nous pardonne aucune erreur.

— J'ai souvent entendu dire que les Cavanaugh constituaient la noblesse de la police d'Aurora.

— C'est sans doute un peu exagéré. Mais je suppose qu'il existe une certaine émulation entre nous, qui nous pousse toujours à essayer de nous surpasser.

— C'est bien ce qui rend cette fête de famille si intimidante, déclara-t-elle.

— Rassure-toi : aucun d'entre nous ne sera de service aujourd'hui, plaisanta Finn. Et, dans le civil, nous sommes une famille comme les autres. Je ne suis peut-être pas très objectif, mais je trouve que mes cousins sont des gens plutôt sympathiques. Je suis sûr que tu t'entendras très bien avec la plupart d'entre eux.

17

Lorsqu'ils arrivèrent devant chez Andrew, Nik prit réellement conscience de l'importance de la famille Cavanaugh. Des dizaines de véhicules étaient alignées le long des trottoirs et dans les rues adjacentes.

— Et moi qui croyais que nous serions en avance, s'exclama-t-elle.

— Je le pensais aussi. Je ferais peut-être mieux de te déposer. Il est inutile que nous perdions tous deux notre temps.

— Cela ne me dérange pas de marcher un peu, lui assura-t-elle. Et puis, à vrai dire, j'aime autant que tu sois là pour me présenter.

— À tes risques et périls, répondit Finn en souriant. En tout cas, tu risques vraiment de rencontrer la famille au grand complet. J'ai l'impression que tout le monde s'est déplacé, cette fois-ci !

Ils tournèrent un certain temps avant de trouver enfin une place disponible, non loin du petit parc situé à proximité de chez Andrew.

— Est-ce que tu te sens prête à affronter la horde, Nikki ? lui demanda-t-il lorsqu'ils descendirent de voiture.

— Nikki ? répéta-t-elle en haussant un sourcil.

Finn haussa les épaules.

— Nik est un prénom de garçon, expliqua-t-il. Je trouve vraiment bizarre d'appeler une jolie fille comme ça...

— Tu trouves vraiment que je suis jolie ? lui demanda-t-elle.

Il lui décocha un coup d'œil ironique.

— C'est un euphémisme, répondit-il. Mais je suis sûr que tu le sais très bien.

Elle haussa les épaules.

— Tu sais ce qu'on dit : la beauté est dans l'œil du spectateur.

— Je ne suis pas sûr que ce soit valable dans ton cas. Tu fais partie de ces personnes qui sont objectivement magnifiques.

Nik ne put s'empêcher de rougir.

— Tu n'es pas mal non plus, bredouilla-t-elle, embarrassée.

Avant que Finn ait eu le temps de lui répondre, un coupé sport bleu nuit qui venait en sens inverse ralentit pour s'immobiliser à leur niveau. La vitre teintée descendit, laissant apparaître le visage d'un homme d'une trentaine d'années qui ressemblait beaucoup à Finn.

— Salut, les héla-t-il. On m'avait appris que tu avais une nouvelle coéquipière, Finn, mais j'avoue que je n'avais pas voulu le croire !

— Nik, je te présente mon frère Cullen, lui dit Finn. Cullen, voici Nik Kowalski.

— Je suis enchantée de faire votre connaissance, Cullen, déclara-t-elle. Et désolée pour vous. Ce ne doit pas être facile tous les jours d'être le frère de Finn.

Cullen éclata de rire.

— J'aime beaucoup ton amie, lança-t-il. Je vous retrouve chez Andrew si je parviens un jour à me garer.

— Bon courage, s'exclama Finn.

Cullen s'éloigna en faisant rugir son moteur, et ils se remirent en marche.

— Est-ce qu'il est plus jeune ou plus âgé que toi ?

— Plus jeune. Même s'il semble parfois penser le contraire.

— Il a l'air sympathique.

— Oh ! il l'est. Et vous avez un point commun, tous les deux.

— Lequel ?

— Je crois que c'est l'une des rares personnes que je connaisse qui puisse se montrer aussi positif et enthousiaste que toi.

— C'est sans doute pour compenser le pessimisme de son frère, ironisa-t-elle.

— Je ne suis pas pessimiste, objecta-t-il. Je suis réaliste.

— C'est ce que disent tous les pessimistes, répliqua-t-elle du tac au tac.

Finn ne put s'empêcher de sourire. Il fut brusquement tenté d'attirer Nik contre lui pour l'embrasser mais, tout en devisant, ils étaient arrivés en vue de la maison d'Andrew. Sa famille ne manquerait déjà pas de commenter le fait que Nik et lui étaient venus ensemble, et il ne tenait pas à alimenter les rumeurs que cela susciterait probablement.

Comme ils approchaient de la porte d'entrée, celle-ci s'ouvrit en grand, laissant échapper un joyeux brouhaha de voix et de rires ainsi que de délicieuses odeurs de cuisine qui leur mirent l'eau à la bouche.

— Mademoiselle Kowalski ! lança joyeusement Andrew, qui se tenait sur le seuil. Je suis vraiment ravi que vous ayez accepté mon invitation.

— Appelez-moi Nik, lui dit-elle en souriant. J'ai été très touchée que vous me proposiez de venir aujourd'hui.

— Je vous en prie, entrez, les encouragea Andrew en s'effaçant pour les laisser passer.

— Je vous ai apporté ceci, déclara Nik lorsqu'il referma la porte derrière eux.

Elle lui tendit deux bouteilles de vin. Andrew la remercia et leur fit signe de le suivre.

— Allons dans la cuisine, nous y serons plus à l'aise pour discuter.

Ils le suivirent jusque-là, et Nik découvrit que Finn ne lui avait pas menti : il y avait assez à manger pour une véritable armée.

— Ça sent divinement bon, dit-elle.

— Merci, fit Andrew. Ces petites fêtes me donnent une excuse pour essayer de nouvelles recettes. N'hésitez pas à vous servir, si quelque chose vous fait envie.

Il alla soulever le couvercle d'une grosse marmite dans laquelle mijotait un gombo de crevettes.

— Je tenais à vous remercier personnellement, Nik, reprit Andrew après avoir touillé le contenu du faitout.

— Pourquoi ? demanda-t-elle, surprise.

— Avant votre visite de la dernière fois, mon père était en train de sombrer, expliqua-t-il. Il refusait de sortir de son lit et de s'alimenter correctement, et je commençais vraiment à m'inquiéter à son sujet...

— Je pensais qu'il était juste un peu déprimé par sa mésaventure, remarqua Finn, surpris.

Andrew haussa les épaules.

— Je ne voulais pas inquiéter la famille inutilement - et surtout pas toi, qui étais en charge de l'enquête. Mais je crois que, sans l'intervention de Nik, nous aurions bien pu le perdre.

— Je n'ai rien fait, protesta-t-elle.

— Vous vous trompez. Je ne sais pas ce que vous lui avez dit exactement, mais je vous assure qu'après votre départ il était comme transformé. Il s'est remis à manger, il a débuté sa rééducation et il a même recommencé à travailler.

— Je vous assure que je n'y suis pour rien. Je lui ai juste raconté l'histoire de mon grand-oncle à qui il est arrivé quelque chose de comparable.

— Eh bien, il semblerait que cela l'ait inspiré, dit Andrew. Et, pour cette raison, je vous remercie du fond du cœur, Nik. Mon père est redevenu le râleur invétéré qu'il a toujours été, et rien ne saurait me faire plus plaisir.

— Qui traites-tu de râleur ? lança une voix rocailleuse.

Ils se retournèrent tous trois pour faire face à Seamus, qui venait d'entrer dans la cuisine.

— Toi, bien sûr, répondit Andrew sans se démonter. Je ne connais pas plus soupe au lait et plus irascible que toi.

— Vous voyez ça, mademoiselle Kowalski ? s'exclama Seamus, la prenant à témoin. Il suffit de baisser la garde cinq minutes, et même mes propres enfants me manquent de respect. Dans quel monde vivons-nous ?

La malice qui brillait dans son regard contredisait les paroles de Seamus. À la grande surprise de Nik, tout comme à celle d'Andrew et de Finn, il vint serrer la jeune femme dans ses bras.

— Notre petite discussion de l'autre jour m'a fait beaucoup de bien, déclara-t-il. Je vous suis vraiment reconnaissant du coup de pouce que vous avez bien voulu donner à un vieux bougon comme moi.

— Vieux ? protesta-t-elle. Vous me faites au contraire l'impression d'être encore très vert, monsieur Cavanaugh.

— Appelez-moi Seamus, lui demanda-t-il en riant.

— Seulement si vous voulez bien m'appeler Nik, répondit-elle.

Un large sourire se dessina sur les lèvres du patriarche. Il se tourna alors vers Finn.

— Ta petite amie a un sacré caractère, dit-il. Elle me plaît beaucoup.

Finn ouvrit la bouche pour préciser que Nik n'était pas sa petite amie. Mais il croisa alors les prunelles bleues de celle-ci qui souriait malicieusement. Lorsqu'il l'interrogea du regard, elle haussa légèrement les épaules.

— Ah, si seulement j'avais trente ans de moins, soupira Seamus d'un air faussement mélodramatique.

— Trente ans ? répéta Andrew en haussant un sourcil légèrement moqueur.

— D'accord, quarante, rectifia Seamus.

— Est-ce que vous comptez rester enfermés dans cette cuisine toute la sainte journée ? leur demanda alors Rose, qui venait d'entrer à son tour.

Elle déposa dans l'évier les deux plats qu'elle venait de rapporter.

— Laissez Nik respirer un peu, s'exclama-t-elle. Finn, tu ferais mieux d'emmener ton amie au salon pour la présenter à tes cousins. Ce sera plus intéressant pour elle que de discuter avec ces deux vieux raseurs.

— Rose a raison, approuva Andrew. Allez vous amuser, tous les deux.

Finn hocha la tête et entraîna Nik en direction du salon.

— Je comprends mieux pourquoi Andrew tenait tant à ce que tu sois là aujourd'hui, lui dit-il. Cette fête est en partie la tienne, si j'ai bien compris.

— Tu exagères, protesta-t-elle.

— Je ne crois pas : ce que tu as dit à Seamus, ce jour-là, lui a probablement sauvé la vie. Toute ma famille t'en sera éternellement reconnaissante.

— Dis-moi, maintenant que Seamus est rétabli, tu pourrais peut-être l'interroger de nouveau, suggéra Nik. Il se peut que certains souvenirs de cette soirée lui soient revenus. Il pourra peut-être même nous dire à quoi ressemblait son agresseur…

— Ça vaut le coup d'essayer, en tout cas, acquiesça Finn.

Ils furent interrompus par l'arrivée d'une jeune femme qui vint se planter devant Nik et la considéra avec attention des pieds à la tête.

— Alors c'est vous qui avez sauvé Seamus ! s'exclama-t-elle joyeusement. Je tenais à vous remercier personnellement pour cela.

— Il n'y a vraiment pas de quoi, répondit Nik, terriblement embarrassée.

En venant ici, elle ne s'était pas attendue à recevoir un tel accueil.

— Vous feriez mieux d'accepter gracieusement les compliments, suggéra Sean, qui les avait rejoints. De toute façon, il est trop tard pour jouer les modestes, ajouta-t-il en souriant.

Andrew et Rose vous ont déjà décrite comme une véritable sainte. Et, même s'ils ont un peu exagéré, nous vous sommes tous reconnaissants pour ce que vous avez fait pour Seamus.

— Je suis heureuse d'avoir pu l'aider.

— Maintenant, vous devriez aller vous servir, déclara Sean en désignant le buffet généreusement garni qui était dressé au fond de la pièce. Les membres de cette famille sont de vrais goinfres - surtout lorsque c'est Andrew qui cuisine...

— Excellente suggestion, approuva Finn.

Il prit Nik par le bras et l'entraîna en direction du buffet. En chemin, ils furent arrêtés à plusieurs reprises par des cousins de Finn, qui tenaient tous à remercier Nik. Elle se résigna à accepter leurs félicitations et s'efforça de mémoriser les noms et les visages de chaque personne qui lui était présentée - ce qui n'avait rien d'évident.

— Tu sais, dit-elle à Finn lorsqu'ils atteignirent enfin le buffet, vous devriez vraiment songer à porter des badges avec vos noms.

— À quoi cela servirait-il ? répliqua-t-il avec un sourire malicieux. Nous nous connaissons tous.

— Vous devriez penser aux pièces rapportées, objecta-t-elle.

— Considère ça comme une sorte de rite initiatique, lui conseilla Finn. Lorsque tu parviendras à identifier tout le monde, tu pourras te considérer comme un membre honoraire du clan Cavanaugh.

— Si cela me permet de venir manger chez Andrew de temps à autre, je suis partante, répondit-elle. Ce buffet est un délice !

— Attends un peu d'avoir goûté à son célèbre gâteau au chocolat ! rétorqua Finn en riant.

— Mission accomplie, déclara Finn lorsqu'ils furent de retour devant chez elle.

Comme à son habitude, il avait insisté pour la raccompagner

jusqu'à sa porte. Et cette fois-ci elle avait accepté sans hésiter. En réalité, elle n'avait aucune envie de mettre un terme à cette soirée qui l'avait aidée à oublier l'espace de quelques heures l'éprouvante enquête à laquelle ils s'étaient voués corps et âme durant ces derniers jours.

— Est-ce que tu veux entrer prendre un verre ? proposa-t-elle à Finn.

Il n'hésita pas un seul instant.

— C'est d'accord. Mais je vais plutôt prendre un thé ou un café, si cela ne t'ennuie pas. Je ne voudrais pas me faire arrêter en rentrant chez moi ce soir…

Elle fut tentée de lui répondre que rien ne l'obligeait à rentrer chez lui, mais ravala aussitôt ces paroles. Il lui avait clairement fait comprendre que, tant qu'ils travailleraient ensemble, il préférait maintenir entre eux une certaine distance.

— Ne me dis pas que tes collègues oseraient arrêter un Cavanaugh !

— Je te l'ai dit : nous n'avons pas que des fans dans la police.

— Je me demande bien pourquoi. Tous les gens que j'ai rencontrés aujourd'hui m'ont paru adorables.

— Je suis content que tu le penses. Et je suis sûr qu'ils t'ont beaucoup appréciée, toi aussi.

— Qu'est-ce qui te fait dire cela ? s'enquit-elle, curieuse.

Il la considéra avec étonnement.

— Comment auraient-ils pu ne pas le faire ? répondit-il. Tu es belle, brillante, pleine d'humour, dotée d'un sens de $1a repartie à toute épreuve. Et, pour couronner le tout, tu es une enquêtrice hors pair, ce qui est particulièrement bien vu au sein de ma famille…

— Tu penses vraiment tout ce que tu viens de dire ? lui demanda Nik, touchée.

Jamais personne ne lui avait adressé une telle litanie de compliments avec tant de naturel.

— Bien sûr ! Et, à titre personnel, j'ajouterais à la liste de tes qualités le fait que tu es la femme la plus désirable qu'il m'ait jamais été donné de rencontrer...

Nik avala difficilement sa salive. Le tour que venait de prendre leur conversation avait fait naître entre eux une tension presque palpable, un désir irrépressible qui se lisait dans leurs regards et qu'elle sentait se répandre dans tout son corps.

— Prouve-le-moi, lâcha-t-elle dans un souffle.

L'espace de quelques instants, il demeura immobile, et elle crut qu'il allait lui opposer un nouveau refus. Mais finalement, il traversa la pièce et vint la prendre dans ses bras sans dire un mot.

Leurs lèvres se trouvèrent, et leur baiser explosa avec une intensité plus grande encore que le premier qu'ils avaient échangé sur le pas de sa porte. Un gémissement de pur contentement échappa à Nik tandis qu'elle s'abandonnait totalement à cette étreinte.

Elle sentit alors les mains de Finn courir sur son corps, de ses épaules à ses flancs puis à ses hanches. Ses doigts éveillaient sur sa peau de délicieux frissons, prélude au plaisir bien plus intense qu'ils s'apprêtaient à partager.

Elle plongea les doigts dans ses cheveux soyeux tandis que les lèvres de Finn glissaient de sa bouche jusqu'au creux de son cou qu'il mordilla délicatement, la faisant tressaillir de plus belle. Sa main droite remonta alors audacieusement jusqu'à son sein sur lequel elle vint se poser, agaçant malicieusement son téton qui se dressait déjà sous l'emprise de l'envie qu'elle avait de lui.

S'enhardissant encore, Finn déboutonna sa robe avant de dégrafer son soutien-gorge qui tomba à leurs pieds. Durant quelques instants, il se contenta de la dévorer du regard, et le mélange d'admiration et de désir qu'elle lisait dans ses yeux attisa encore son trouble.

Puis les lèvres de Finn capturèrent l'un de ses seins qu'il effleura du bout de la langue, la faisant frémir plus violemment encore. Avec une facilité déconcertante, il la souleva de terre et la prit dans ses bras pour l'emporter jusqu'à sa chambre à coucher.

Là, il la déposa doucement sur le lit avant de se défaire de ses propres vêtements. D'une main tremblante, Nik se débarrassa de sa robe sans le quitter des yeux. Elle admira ses larges épaules, son torse puissant et son ventre plat avant de laisser glisser le regard un peu plus bas. Le désir qu'il avait d'elle en cet instant ne le rendait que plus irrésistible.

Il prit le temps d'enfiler un préservatif avant de la rejoindre sur le lit. La reprenant dans ses bras, il l'embrassa avec une passion contagieuse. Tous deux roulèrent sur le matelas, se dévorant de baisers ardents. Puis, presque naturellement, il entra en elle.

Elle noua les jambes autour de sa taille pour l'attirer en elle, le sentant pénétrer au plus profond de sa chair brûlante. Alors qu'elle semblait sur le point de perdre tout self-control, il s'immobilisa quelques instants, lui laissant le temps de se reprendre. Puis il se mit à bouger en elle - très doucement, d'abord, puis de plus en plus rapidement à mesure que leur désir mutuel les submergeait totalement.

Ils ne faisaient plus qu'un, à présent, trouvant instinctivement le rythme qui leur convenait, prolongeant autant qu'il le pouvait cette extase qui les entraînait toujours plus loin.

Puis elle déferla soudain sur eux telle une lame de fond, les emportant tous deux bien plus loin qu'ils n'avaient osé en rêver.

18

Finn fut tiré du sommeil par une délicieuse odeur de café et de toasts grillés, qui flottait dans l'air. Ouvrant les yeux, il découvrit qu'il était allongé dans une chambre qui ne lui était pas familière, et il lui fallut quelques instants pour se rappeler où il se trouvait et ce qui s'était passé cette nuit-là.

Ce simple souvenir suffit à éveiller en lui un désir lancinant. Faire l'amour avec Nik s'était révélé plus extraordinaire encore qu'il ne l'avait imaginé. Et une partie de lui brûlait de réitérer l'expérience au plus vite. Mais il avait bien conscience du fait que cette nuit de passion risquait de modifier en profondeur la nature de leurs relations, sur le plan professionnel tout autant que sur le plan personnel.

Quittant le lit de la jeune femme, Finn récupéra ses vêtements éparpillés sur le sol et les passa à la hâte avant de se diriger vers la cuisine. Là, il retrouva Nik, qui avait enfilé un jean et un pull-over de couleur bleue qui mettait en valeur ses yeux magnifiques.

Elle avait dû prendre une douche, car ses cheveux étaient encore humides. Il s'aperçut aussi qu'elle ne portait pas de chaussures. La voir ainsi dans son intimité lui inspira un brusque élan de tendresse dont l'intensité le prit de court. Il se rendit compte alors que l'attirance physique qu'elle lui inspirait avait peut-être occulté des sentiments bien plus profonds qu'il n'aurait voulu l'admettre.

— Bonjour, lui dit-il d'une voix légèrement enrouée. Pourquoi ne m'as-tu pas réveillé ?

Elle lui décocha un sourire lumineux qui lui transperça le cœur.

— Tu dormais si paisiblement que je n'ai pas voulu te déranger. Après la semaine que nous venons de passer, tu as bien mérité un peu de repos.

— Les dernières vingt-quatre heures n'ont pas été si pénibles que cela, plaisanta-t-il.

Elle laissa échapper un petit rire, et il s'approcha d'elle pour la prendre dans ses bras. Cela faisait longtemps que Finn n'avait pas connu de relation de couple vraiment sérieuse mais, curieusement, cette marque d'affection lui parut parfaitement naturelle.

— Espérons que les vingt-quatre prochaines seront à la hauteur, lui dit-elle avec un sourire malicieux.

Il s'apprêtait à l'embrasser lorsque le portable qui se trouvait dans la poche de son jean se mit à sonner.

— Voilà qui n'augure rien de bon, soupira Nik.

Finn sortit son téléphone et jeta un coup d'œil à l'écran.

— Je vais être obligé de répondre.

— Je sais, acquiesça-t-elle en se dégageant doucement de son étreinte.

Elle alla reprendre sa tasse de café qu'elle sirota tout en observant Finn. L'expression de ce dernier confirmait son mauvais pressentiment.

— D'accord, conclut-il. Je te remercie d'avoir appelé.

Il raccrocha, et elle l'interrogea du regard.

— C'était l'une de mes cousines, indiqua-t-il. Elle est de service à la morgue, aujourd'hui.

— Ne me dis pas qu'ils ont reçu le corps d'une nouvelle victime.

— Non, Dieu merci ! En revanche, on vient de leur envoyer les résultats des tests toxicologiques que nous avions demandés.

— Et ?

— Et, comme nous l'avions supposé, toutes les victimes ont ingéré des doses importantes de flunitrazépam peu de temps avant leur mort. Cela explique qu'elles n'aient pas été en état de se défendre au moment où le tueur les a attaquées.

Nik sentit sa belle humeur matinale s'envoler, remplacée par un mélange de colère et de dégoût.

— Il faut que nous coincions cette ordure, dit-elle. Nous ne pouvons pas le laisser recommencer...

— Je suis d'accord, lâcha Finn d'un air sombre. Voilà ce que je te suggère : je vais nous préparer un bon petit déjeuner, et ensuite nous irons au commissariat pour finir de visionner les vidéos de surveillance.

— Cela fait longtemps qu'on ne m'avait pas proposé de me préparer un petit déjeuner, remarqua Nik avec un pâle sourire. Est-ce que tu es aussi doué qu'Andrew ?

— Je me débrouille, répondit-il modestement. Voyons ce que tu as comme ingrédients...

Il commença à inspecter ses placards et son réfrigérateur et rassembla ce dont il avait besoin pour confectionner une omelette au fromage et aux champignons ainsi qu'une salade composée.

— Cette fois, je veux bien reconnaître que je suis impressionnée, déclara Nik lorsqu'il posa une assiette devant elle.

Ils venaient à peine de commencer leur repas lorsque le téléphone de Finn retentit de nouveau.

— Inspecteur Cavanaugh, j'écoute...

Cette fois, elle le vit se décomposer en entendant ce que lui disait son correspondant.

— Très bien, conclut-il avant de raccrocher. J'arrive tout de suite.

— Il a frappé de nouveau, n'est-ce pas ?

Finn hocha sobrement la tête.

— On a retrouvé un nouveau corps à proximité de l'une des plus grandes boîtes de nuit de la ville, confirma-t-il.

Nik sentit s'étioler les derniers vestiges de sa belle humeur matinale.

— Le mode opératoire est toujours le même ?

— Apparemment.

Ils avalèrent rapidement leur petit déjeuner accompagné de tasses de café, puis quittèrent l'appartement de Nik pour rejoindre la voiture de Finn, qui était garée non loin de là.

— Je pourrai toujours dire que je suis passé te chercher dès que j'ai reçu la nouvelle, fit-il en démarrant.

Elle lui lança un coup d'œil scrutateur.

— Tu ne veux pas que l'on sache que nous avons passé la nuit ensemble ?

Le regard qu'il lui retourna trahissait son étonnement.

— À vrai dire, je cherche juste à protéger ta réputation, répondit-il. Je pensais que ce serait toi qui préférerais éviter le sujet…

— Je n'ai pas honte de ce que nous avons fait, lui assura-t-elle. Mais je te suis reconnaissante de faire preuve d'une telle prévenance à mon égard.

— Que veux-tu ? dit Finn avec un sourire plein d'autodérision. Je suis un type bien.

Nik hocha la tête.

— C'est exactement ce que je pense, inspecteur, déclara-t-elle.

Lorsqu'ils arrivèrent sur la scène de crime, Harley et Ramirez se trouvaient déjà sur place. Nik suivit Finn, qui rejoignit ses hommes attroupés autour de la victime. Elle contempla tristement le corps sans vie de cette jeune femme dont le seul tort avait été de croiser la mauvaise personne au mauvais moment.

— Que savons-nous, exactement ? demanda Finn à ses deux équipiers.

— Que son signalement correspond à celui des autres victimes du tueur, répondit Joe Harley. Elle est jeune, habillée de façon suggestive et a été poignardée en plein cœur, elle aussi.

— Ses vêtements sont froissés, remarqua Nik à haute voix.

Cela ne paraissait pas particulièrement signifiant, et pourtant il était étonnant que quelqu'un d'aussi apprêté néglige de repasser ses habits avant de sortir. Finn s'agenouilla auprès du corps et l'inspecta plus attentivement.

— C'est parce qu'on l'a traînée jusqu'ici en la tenant par le devant de son chemisier, expliqua-t-il. Regardez, l'arrière des talons est sali et abîmé. Le tueur ne voulait sans doute pas qu'on découvre le corps trop rapidement.

— Dans ce cas, il a raté son coup, commenta le coroner. D'après mes premières analyses, la mort remonte à un peu plus de quatre heures - six tout au plus...

Nik jeta un coup d'œil à sa montre puis au cadavre, et une expression douloureuse passa dans son regard. Sans doute se disait-elle aussi que, pendant que cette femme se faisait assassiner, tous deux étaient en train de faire l'amour. Mais Finn refusait de laisser ce crime entacher le souvenir de la nuit merveilleuse qu'ils avaient passée ensemble.

— J'imagine qu'elle n'avait pas de papiers d'identité sur elle ? lâcha-t-il.

Ramirez secoua la tête.

— Pas plus que les autres, confirma-t-il. En revanche, elle a une marque sur le poignet qui indique qu'elle se trouvait dans la boîte de nuit voisine. Nous avons déjà contacté le gérant pour lui demander de venir faire une déposition. Et nous avons enfin reçu une bonne nouvelle.

— Laquelle ?

— La discothèque a été cambriolée, il y a huit mois de cela.

— Et pourquoi est-ce une bonne nouvelle ? s'enquit Nik, étonnée.

— Parce que le gérant a alors décidé de renforcer la sécurité, à commencer par la vidéosurveillance des lieux. Et il a fait installer des caméras non seulement au niveau de l'entrée et de la sortie de service, mais aussi à l'intérieur. Cette fois-ci, nous aurons peut-être la chance de voir qui a abordé la victime au cours de la soirée.

— Croisons les doigts, acquiesça Finn en s'efforçant de ravaler l'espoir que cette information faisait naître en lui.

Cette enquête s'était avérée terriblement frustrante, pour le moment, et ce n'était pas la première fois qu'ils croyaient tenir un indice capital et le voyaient se dérober au dernier moment...

Durant la demi-heure qui suivit, les hommes de la police scientifique quadrillèrent la scène de crime à la recherche du moindre indice disponible. Ils suivirent avec attention ce travail minutieux, espérant qu'ils trouveraient un élément décisif. Malheureusement, il n'en fut rien.

Un agent en uniforme vint alors les prévenir que le gérant était arrivé. Finn, Nik et Joe Harley se rendirent aussitôt à pied à la boîte de nuit, qui était effectivement située à quelques centaines de mètres seulement de la scène de crime.

Jacob Hollander se révéla un homme d'affaires avisé, qui n'entendait pas laisser un criminel entacher la réputation de son établissement.

— Vous pouvez compter sur ma pleine et entière coopération, leur dit-il. Je ferai tout ce qui sera en mon pouvoir pour vous aider à le coincer. Je ne tiens pas à ce que les gens soient terrifiés par cette vague de meurtres et finissent par s'enfermer chez eux de peur d'être la prochaine victime de ce malade !

— Votre aide sera la bienvenue, répondit Finn. D'autant

que je me suis laissé dire que votre boîte de nuit était équipée de nombreuses caméras de sécurité.

— En effet.

— Pourriez-vous nous remettre les enregistrements ainsi que le double des reçus de cartes bleues pour la soirée d'hier ?

— Certainement. Mais je préfère vous prévenir : cela représente pas mal de facturettes. Les affaires marchent plutôt bien, ces temps-ci.

— J'en suis heureux pour vous. Et, avec un peu de chance, il continuera à en être ainsi.

— Ne bougez pas, je vais vous chercher tout ça. En attendant, n'hésitez pas à prendre une boisson dans l'un des réfrigérateurs derrière le bar.

— Merci. Joe, est-ce que tu peux accompagner M. Hollander et lui donner un coup de main ?

Son coéquipier hocha sobrement la tête et emboîta le pas au gérant.

— Tu ne lui fais pas confiance ? souffla Nik lorsque les deux hommes eurent disparu.

— Pour le moment, je ne fais confiance à personne, répondit-il.

— Mais pourquoi le gérant nous mentirait-il ?

— Je n'ai aucune raison objective de le penser, concéda Finn. Mais quelque chose dans son attitude m'a paru bizarre. Peut-être cherche-t-il seulement à nous cacher de petites magouilles personnelles. Ce genre d'établissements de nuit a tendance à prendre des libertés avec la lettre de la loi...

Quelques minutes plus tard, Harley et le gérant revinrent en portant deux grosses boîtes emplies de facturettes et de disques durs externes.

— Je vous souhaite bien du courage, leur dit Hollander. Comme vous vous en doutez sûrement, le samedi est la soirée la plus active de la semaine.

— Nous nous débrouillerons, répliqua Finn. Nous avons l'habitude.

— Pouvez-vous me signer un reçu pour tout ça ?

— Certainement.

Hollander lui apporta une feuille sur laquelle était décrit le contenu des boîtes ainsi que la date et l'heure à laquelle elles avaient été remises à la police. Après s'être assuré que tout était en règle, il parapha le document.

— On dirait que vous êtes rompu à ce genre de procédure, remarqua-t-il.

— Ce n'est pas moi, à vrai dire, répondit Hollander. Mais l'un de mes cousins a eu des problèmes avec le fisc après s'être fait saisir des pièces comptables qui ne lui ont jamais été restituées. Alors je préfère ne courir aucun risque.

— C'est parfaitement compréhensible, acquiesça Finn.

— Savez-vous quand vous pourrez me rendre les reçus de cartes bleues ?

— Dès que nous aurons fini de les exploiter, déclara Finn de façon volontairement évasive. En attendant, pourriez-vous nous accompagner jusqu'à la scène de crime ?

— Pourquoi donc ? s'enquit Hollander, visiblement surpris.

— Pour voir si, par hasard, vous pourriez identifier la victime. Le tueur lui a pris ses papiers et, s'il s'agissait de l'une de vos habituées, vous nous feriez gagner un temps précieux.

— Je vous suis, acquiesça le gérant.

Ils rejoignirent les lieux où la jeune femme avait été tuée. Son corps avait déjà été placé dans le fourgon du coroner, mais ce dernier attendait leur retour, ainsi que le lui avait demandé Finn. Il fit glisser la fermeture Éclair du sac mortuaire pour dévoiler le visage de la victime.

Hollander la contempla longuement avant de secouer la tête d'un air réprobateur.

— Quel gâchis ! lâcha-t-il.

— Est-ce que vous la reconnaissez ?

— Je peux vous dire qu'elle est venue déjà plusieurs fois chez nous, déclara le gérant. En revanche, je ne connais pas son nom. Je suis désolé.

Finn hocha sobrement la tête. Il ne s'était pas fait beaucoup d'illusions à ce sujet - d'expérience, il savait que c'était le meilleur moyen pour ne pas être déçu...

19

— Si ça continue, je crois que je vais demander à votre département de m'offrir une paire de lunettes, déclara Nik en détournant les yeux du moniteur. Je commence à voir double. Franchement, les films policiers seraient nettement moins intéressants si on montrait ce que vous faites réellement de vos journées...

— Je suis bien d'accord avec toi, acquiesça Finn en souriant. Et encore, moi au moins je suis payé pour ça. Rien ne t'oblige à continuer, tu sais. Tu as fait bien plus que ce que l'on était en droit d'attendre de toi.

Nik ne put réprimer un soupir. La tentation était effectivement grande de rentrer tranquillement chez elle. Mais elle ne pouvait oublier les visages des victimes. Justice devait être rendue avant qu'une autre jeune femme vienne s'ajouter à cette liste lugubre.

— Je crois que je devrais faire une pause, déclara-t-elle.

— Si vous voulez, on peut échanger de place, proposa Ramirez.

Il était installé à une table avec Harley, et tous deux dépouillaient un à un les reçus de cartes bleues, relevant chacun des numéros de façon à pouvoir les comparer avec ceux des victimes, de Marilyn et du Dr Garrett.

— Et moi qui pensais qu'on était passé au tout numérique, ajouta Ramirez d'un ton tragique.

— Tu sais que nous n'avions pas encore assez de preuves pour demander que la banque nous transmette ces informations, lui rappela Finn. Nous n'avions pas d'autre choix que de procéder à l'ancienne.

Il interrompit le flux d'images accélérées qui défilaient sur son moniteur et massa ses tempes douloureuses. Cela faisait des heures qu'ils travaillaient sans relâche et, pour le moment, leurs efforts n'avaient guère été récompensés.

— Nous pourrions peut-être faire une pause et commander quelque chose à dîner, suggéra Nik, qui avait relancé la bande-vidéo qu'elle était en train d'étudier.

— Ça me convient parfaitement, déclara Ramirez. Qu'est-ce qui vous tente ?

— Des pizzas ? lança Joe Harley.

— Tu proposes toujours la même chose, remarqua Finn en riant.

— C'est parce qu'il n'y a rien de meilleur qu'une bonne pizza, répondit sentencieusement son coéquipier.

Finn était sur le point de répliquer lorsque Nik poussa une exclamation de surprise.

— Tu as découvert quelque chose ? lui demanda-t-il, curieux.

— Viens voir !

Il se leva et s'étira avant de la rejoindre.

— Je l'ai trouvée, lui dit-elle en désignant l'écran.

Finn plissa les yeux pour tenter d'identifier la femme qui apparaissait sur la bande-vidéo en pause. Mais la définition était bien trop médiocre.

— Tu penses que c'est notre victime ?

Harley et Ramirez s'étaient arrêtés et les observaient avec attention, espérant eux aussi qu'une piste venait enfin de surgir dans cette affaire qui piétinait désespérément depuis plusieurs jours.

— Non, c'est Marilyn, affirma Nik.

— Est-ce que tu peux me passer la scène ? demanda Finn.

Nik revint quelques dizaines de secondes en arrière avant d'enclencher la lecture. La caméra filmait la piste sur laquelle évoluaient plusieurs danseurs. Une jeune femme entra alors dans le champ, se déhanchant de façon plus que suggestive.

— C'est bien elle, confirma Nik.

— On dirait qu'elle regarde quelqu'un, remarqua Finn en désignant l'image.

— Malheureusement, cette personne n'est pas dans le cadre...

Ils demeurèrent tous deux immobiles, les yeux rivés sur l'écran. Au bout d'un moment, Marilyn sortit du champ, et Finn laissa échapper un juron.

— Ne perdons pas espoir, lui enjoignit Nik. Elle va peut-être revenir sur la piste un peu plus tard...

Elle accéléra légèrement l'image, et plusieurs dizaines de secondes s'écoulèrent avant que Marilyn réapparaisse à l'écran. Cette fois-ci, elle tenait par la main une autre jeune femme.

— C'est elle, murmura Finn. C'est notre victime...

Toutes deux se mirent à danser de façon langoureuse.

— Tu penses que ce pourrait être elle, la tueuse ? murmura Nik.

Sa voix trahissait le désarroi qui l'habitait en cet instant, et Finn sentit son cœur se serrer. Plus l'enquête progressait et plus il apparaissait évident que Marilyn était intimement mêlée à ces meurtres. Sans doute était-elle en train de se demander comment elle pourrait bien annoncer cette terrible nouvelle à son amie Kim.

— Rien ne nous dit qu'elle agit de son plein gré, objecta-t-il en s'efforçant de paraître convaincu.

Nik laissa échapper un petit rire dépourvu de joie.

— Qui êtes-vous, monsieur, et qu'avez-vous fait de Finn ? lui demanda-t-elle.

— Je veux juste lui accorder le bénéfice du doute, répondit-il en haussant les épaules.

— Ne me dis pas que tu la crois parfaitement innocente, protesta-t-elle en désignant l'image. Elle n'a vraiment pas l'air de trouver cela désagréable...

Finn secoua doucement la tête.

— Je ne suis pas sûr que cette danse soit pour son seul plaisir.

— Que veux-tu dire ?

— Elle en fait un peu trop, tu ne trouves pas ? On dirait qu'elle se donne en spectacle.

Entre-temps, Ramirez et Harley s'étaient levés pour les rejoindre.

— Je suis d'accord, déclara Joe Harley. Regardez la façon dont elle jette régulièrement un coup d'œil sur le côté... Je crois que cette petite scène est destinée à quelqu'un de précis.

Finn observa plus attentivement les danseuses et s'aperçut qu'il disait vrai. À plusieurs reprises, Marilyn se tourna vers quelqu'un qui ne se trouvait pas dans le cadre.

— Attendez une minute ! lança Nik.

Elle fouilla les papiers posés sur le bureau et mit la main sur le schéma qu'elle avait dessiné un peu plus tôt.

— C'est le plan de la boîte de nuit, expliqua-t-elle. J'ai indiqué où sont situées les différentes caméras. Celle que nous regardons est placée ici. Cela signifie que nos deux danseuses sont là, précisa-t-elle en traçant deux croix sur le plan. Et Marilyn regarde dans cette direction...

Elle indiqua une série de ronds qui figuraient des tables bordant de la piste.

— Cette zone-ci est hors champ, mais elle se trouve dans le cadre de la caméra numéro quatre, positionnée de l'autre côté de la salle.

— Nik tu es géniale ! s'exclama Finn. En nous servant

des *time codes*, nous devrions pouvoir apercevoir qui était installé à ces tables !

Finn passa rapidement en revue les disques correspondant aux différentes caméras. Il sélectionna celui qui l'intéressait et le connecta à son propre ordinateur. Après avoir localisé le fichier vidéo correspondant à la soirée qui les intéressait, il le lança et fit avancer le curseur jusqu'au *time code* que lui indiqua Nik.

La jeune femme se rapprocha, imitée par Ramirez et Harley. La tension qui les habitait tous les quatre était presque palpable en cet instant.

— Ce sont ces tables-ci, indiqua Nik en désignant le fond de la pièce.

— Là ! s'exclama Finn en désignant l'une des tables en question. C'est lui ! C'est Garrett !

— Je crois bien que tu as raison, murmura-t-elle.

— Vous êtes sûrs ? s'enquit Harley.

Nik sortit son téléphone portable et chercha la photographie de Garrett qu'elle avait récupérée sur le site d'un séminaire médical auquel il avait participé récemment. Elle l'approcha de l'écran de Finn pour qu'ils puissent comparer.

— Ça lui ressemble pas mal, en effet, reconnut Ramirez.

— Il est plutôt séduisant, remarqua Harley. Pas étonnant que la petite Palmer soit mordue.

— Qu'il soit séduisant ou pas, rien ne peut justifier qu'elle soit complice de ses crimes, déclara Nik d'une voix blanche.

— J'ai pourtant bien l'impression que ces deux-là nous offrent un remake de *Tueurs nés*, commenta Finn. En tout cas, cette fois-ci nous avons assez d'éléments pour lancer un avis de recherche et demander un mandat d'amener. Harley, cherche quel modèle de voiture conduit Garrett et récupère son immatriculation. Ramirez, tâche de me dénicher une adresse. Je vais appeler le juge. On se retrouve dans un quart d'heure.

— Et moi ? lui demanda Nik. Que veux-tu que je fasse, pendant ce temps ?

— Des enregistrements de toutes les scènes où apparaissent Marilyn, Garrett et la victime. Regarde aussi si tu trouves des images où ils figurent tous les trois - l'idéal serait de les voir sortir ensemble de la boîte de nuit, mais je ne me fais pas trop d'illusions...

Vingt minutes plus tard, tous quatre s'installèrent dans l'une des salles de réunion pour faire le point tout en dégustant les pizzas que Nik avait commandées.

— J'ai découvert quelque chose d'intéressant, annonça Ramirez. Notre bon Dr Garrett semble ne pas tenir en place. Il déménage tous les trois ou quatre mois environ.

— C'est bizarre, commenta Finn.

— Sauf s'il lui arrive de tuer certaines de ses victimes à domicile, remarqua Harley. Déménager régulièrement rendrait difficile la recherche d'indices matériels.

— Mon Dieu ! murmura Nik, horrifiée. Cela signifie qu'il y a peut-être beaucoup plus de victimes que nous ne l'avons cru jusqu'ici.

— Qu'il en assassine chez lui ou non, j'ai bien peur que ce ne soit le cas, déclara Finn. La fréquence des meurtres indique que le tueur traverse une crise aiguë, et je doute qu'elle n'ait pas été précédée par d'autres passages à l'acte plus épisodiques. Est-ce que tu as pu obtenir des informations sur sa voiture ? ajouta-t-il à l'intention de Harley.

— Oui, répondit ce dernier. Grâce à ta cousine, d'ailleurs. Tu sais, celle qui travaille au labo...

— Valri ?

— C'est ça. Elle ne rentre donc jamais chez elle ?

— C'est une bonne question, répondit Finn avec un demi-sourire. Il m'arrive effectivement de penser qu'elle passe ses nuits ici.

— Quoi qu'il en soit, elle a découvert que Garrett possède plusieurs véhicules différents : une berline, un coupé sport et une moto. J'ai relevé les spécifications de chacun ainsi que les immatriculations.

— Parfait. Je vais aller jeter un coup d'œil chez le Dr Garrett. S'il n'est pas chez lui, nous lancerons des avis de recherche pour lui et chacun de ses véhicules.

— Est-ce que je peux venir avec toi ? s'enquit Nik.

Il hésita, probablement pas très enthousiaste à l'idée qu'elle se jette ainsi dans la gueule du loup.

— Au cas où Marilyn serait là, je pourrais t'être utile, argua-t-elle.

— C'est d'accord, dit-il enfin. Mais je te préviens : je ne me fais pas beaucoup d'illusions sur nos chances de les trouver là-bas.

— Il faut bien qu'ils se reposent de temps en temps, s'ils passent leurs nuits à traquer, à séduire et à tuer ces pauvres filles…

L'adresse que leur avait fournie Ramirez était située dans l'un des quartiers les plus chics d'Aurora. Les maisons qui le constituaient étaient toutes différentes, et leurs architectes paraissaient avoir rivalisé de créativité et d'audace. Le petit hôtel particulier devant lequel ils se garèrent était extrêmement luxueux.

— On dirait que notre bon docteur gagne vraiment bien sa vie, commenta Nik, impressionnée.

— L'endroit présente d'autres avantages, pour un meurtrier, remarqua Finn. Les murs sont particulièrement épais. Même le choix du voisinage n'est peut-être pas anodin : c'est le genre de quartier où les policiers hésitent à organiser une descente sans un mandat en bonne et due forme.

Ils sortirent du véhicule et se dirigèrent vers l'imposante porte d'entrée en chêne massif. Là, ils sonnèrent et attendirent vainement durant plusieurs minutes. Par acquit de conscience, Finn se servit alors du lourd heurtoir en cuivre sans obtenir plus de résultats.

Tendant l'oreille, il guetta le moindre bruit qui aurait pu leur indiquer que quelqu'un se trouvait dans la maison. Mais aucun ne lui parvint.

— Peut-être sont-ils déjà sortis pour la soirée, suggéra Nik d'une voix lugubre.

— Possible, concéda Finn. Mais je ne suis pas sûr que les boîtes de nuit soient très fréquentées, le dimanche.

— Je te rappelle que le tueur écume aussi les bars et les restaurants de la ville.

— C'est vrai. Je ferais peut-être bien de poster une voiture de patrouille dans le coin, au cas où il reviendrait...

— Excusez-moi ?

Finn et Nik se retournèrent vers la personne qui venait de les héler. Il s'agissait d'un homme d'une cinquantaine d'années, qui tenait en laisse un chien minuscule. Il les considérait avec une curiosité non dissimulée.

— Vous cherchez le Dr Garrett ? leur demanda-t-il.

— En effet, dit Finn en sortant sa plaque. Je suis l'inspecteur Cavanaugh de la police d'Aurora. Savez-vous où je pourrais le trouver ?

— Henry Anderson, se présenta l'homme. Est-ce qu'il a fait quelque chose de mal ?

La curiosité qui se lisait dans ses yeux n'échappa pas à Nik.

— Nous voulons juste lui poser quelques questions, répondit prudemment Finn. Il se peut qu'il ait été témoin d'un cambriolage.

— Un cambriolage dans le quartier ? s'exclama Anderson, visiblement horrifié par cette seule idée.

Il jeta un coup d'œil nerveux aux alentours, comme s'il s'attendait vraiment à voir surgir un criminel armé jusqu'aux dents.

— Sauriez-vous où je pourrais trouver le Dr Garrett ? demanda de nouveau Finn.

— Je suis désolé, mais je ne connais pas sa nouvelle adresse, déclara Anderson.

— Sa nouvelle adresse ? répéta Finn.

— J'ai vu un camion de déménagement garé devant chez lui. Il n'est pas resté très longtemps, remarquez : les déménageurs étaient d'une efficacité redoutable et ils ont vidé la maison en moins de deux heures.

— Vous rappelez-vous quel jour c'était, exactement ?

— Ce n'est pas difficile. C'était hier.

Nik réprima difficilement une exclamation de dépit. Visiblement, ils avaient manqué le médecin de peu. Un doute s'insinua alors en elle : se pouvait-il qu'il ait appris que Finn et elle étaient passés à son cabinet ? Ou qu'ils avaient contacté le Dr Day ? Après tout, ce dernier ne leur avait pas caché le fait qu'il était un vieil ami de Garrett...

— Ça m'a étonné qu'il déménage aussi vite, reprit Anderson. Il n'était là que depuis deux ou trois mois. Mais j'imagine que la maison ne lui plaisait pas - ou qu'elle était trop chère.

— Est-ce que vous connaissiez bien le Dr Garrett ? s'enquit Finn.

— Pas vraiment, répondit Anderson. Il m'arrivait d'échanger quelques mots avec lui, à l'occasion. Mais le Dr Garrett n'est pas quelqu'un de très bavard. Cordial, notez bien, mais pas bavard...

Le chien d'Anderson, un loulou de Poméranie, se mit alors à tirer sur sa laisse avec impatience.

— Tout doux, tout doux, Delilah !

Il leur décocha un sourire navré.

— Je suis désolé, dit-il. Ma chienne n'aime pas que je discute avec des gens. Son thérapeute pense qu'elle se sent délaissée dans ces moments-là.

— Votre chienne a un thérapeute ? ne put s'empêcher de demander Nik, sidérée.

— Oui. Je sais que je la gâte un peu trop, mais je vous assure qu'elle est beaucoup plus heureuse depuis qu'elle voit le Dr Weston trois fois par semaine. Je ne regrette vraiment pas cet investissement.

— Avez-vous déjà vu la petite amie du Dr Garrett ? s'enquit alors Finn, désireux d'en revenir à ce qui les intéressait réellement.

— Laquelle ? répliqua Anderson d'un ton légèrement moqueur.

— Il en avait plusieurs ?

— Disons que j'ai vu se succéder pas mal de femmes chez lui. Et quasiment jamais deux fois la même. Le Dr Garrett est un véritable tombeur, vous savez.

— Vous paraissez bien informé, remarqua Finn.

— C'est parce que je promène très souvent Delilah, se défendit Anderson.

— En tout cas, nous vous sommes très reconnaissants pour votre aide, déclara Finn en sortant son calepin. Puis-je prendre votre numéro de téléphone, au cas où j'aurais d'autres questions à vous poser ?

— Mais certainement, s'exclama Anderson, qui paraissait ravi de l'attention qu'on lui vouait.

20

Après avoir interrogé Anderson, Finn appela Valri pour qu'elle identifie le propriétaire de la maison louée par le Dr Garrett. Dès qu'il eut obtenu l'autorisation de fouiller les lieux, il demanda à Sean d'envoyer au plus vite une équipe de la police scientifique sur place.

— La maison n'a pas encore été nettoyée, expliqua-t-il. Et nous savons que le suspect y a fait venir plusieurs femmes. Je voudrais que vous cherchiez d'éventuelles traces de violence.

— Tu penses qu'il a pu tuer ces femmes ?

— Je l'ignore, avoua Finn. Mais je m'en voudrais de ne pas avoir vérifié.

— Je comprends, acquiesça Sean. Tu peux compter sur nous.

Pendant que Finn s'entretenait avec Sean, Nik contacta Joe Harley pour lui demander si l'un des véhicules de Garrett avait été retrouvé. Malheureusement, tel n'était toujours pas le cas.

— Il est déjà neuf heures et demie, constata Finn lorsque tous deux eurent raccroché. J'ai bien peur que nous ne puissions pas en faire beaucoup plus, un dimanche soir. Et je crois qu'après une telle journée nous avons bien mérité un peu de repos. Je vais te ramener chez toi.

— D'accord.

Ils regagnèrent leur voiture et prirent la direction de chez Nik. Comme à son habitude, il la raccompagna jusqu'à sa porte.

— Est-ce que tu veux entrer ? lui proposa-t-elle.

— Je ne sais pas si je serais de bonne compagnie, ce soir, objecta-t-il.

— Laisse-moi en juger, répondit-elle en pénétrant dans l'appartement. J'ai de la bière, du vin, du café ou du jus d'orange, annonça-t-elle alors qu'il restait sur le pas de la porte.

Finn hésita quelques instants avant de la suivre à l'intérieur.

— Je prendrais bien une bière, lui dit-il en refermant derrière eux.

Elle alla chercher deux cannettes et en posa une sur la table basse du salon avant de se laisser tomber sur le canapé. Finn vint s'asseoir à ses côtés, et tous deux trinquèrent avant de siroter leurs bières en silence.

— J'espère que Garrett n'a pas décidé de partir pour un autre État où il pourra recommencer à tuer sans que personne ne fasse le rapprochement avec ce qui s'est passé ici, lâcha enfin Finn.

— Ne sois pas défaitiste, protesta-t-elle. D'après Ramirez, ce n'est pas la première fois qu'il déménage ainsi à l'improviste.

— Je ne peux pas m'empêcher de penser qu'il a eu vent de notre investigation, objecta Finn. Je serais prêt à parier que le Dr Day lui a passé un coup de téléphone dès l'instant où nous sommes sortis de son bureau.

— Et moi qui croyais que tous les Cavanaugh étaient de nature optimiste, soupira-t-elle.

— J'ai bien peur d'être l'exception qui confirme la règle. Je ferais peut-être mieux d'y aller avant de te saper complètement le moral.

Nik secoua la tête.

— J'ai une meilleure idée, lui dit-elle. Et si c'était moi qui te remontais le moral, plutôt ?

— Je ne suis pas sûr que ce soit faisable, la prévint-il.

Elle lui décocha un sourire plein d'assurance.

— Je t'ai déjà dit que j'étais d'origine polonaise, n'est-ce pas ?

— Même si tu ne l'avais pas fait, ton nom de famille t'aurait trahie, répondit-il.

— Eh bien, tu devrais savoir que les Polonais sont connus pour être des gens très têtus.

— Nikki..., protesta-t-il mollement.

— Chut, souffla-t-elle en plaçant l'index en travers de ses lèvres. Laisse-moi me concentrer, ajouta-t-elle en se penchant vers lui.

Sa bouche gourmande effleura à peine celle de Finn qui ne put réprimer un sourire.

— Tu es vraiment incorrigible, murmura-t-il.

— Je sais...

Il sentait son souffle brûlant contre ses lèvres et ne put résister très longtemps à la tentation qu'il avait de l'embrasser. La douceur de ce baiser eut très vite raison de son humeur maussade, et il en oublia momentanément la fuite de Garrett, leur enquête qui piétinait et son angoisse de voir apparaître de nouvelles victimes.

Plus rien ne semblait exister que le mélange irrésistible de tendresse, de désir et de bien-être que Nik savait faire naître en lui. Et il prit alors conscience du fait qu'en l'espace de quelques jours seulement il était bel et bien tombé éperdument amoureux de cette femme à nulle autre pareille.

Lorsque Finn ouvrit un œil, le lendemain matin, il trouva Nik endormie à ses côtés. Se redressant sur un coude, il contempla son beau visage qui paraissait si paisible dans son sommeil. Il songea alors qu'il aurait voulu pouvoir se réveiller chaque jour auprès d'elle.

Il était étrange d'éprouver des sentiments si profonds pour quelqu'un qu'il ne connaissait que depuis si peu de temps. Mais, curieusement, il n'avait absolument aucun doute quant à ce qu'il ressentait. Il aurait bien voulu demeurer dans ce lit auprès d'elle durant toute la journée. Malheureusement, il ne pouvait se permettre de négliger ses responsabilités. D'autres innocentes risqueraient de perdre la vie par sa faute.

Avant de se rendre au commissariat, il devait impérativement repasser chez lui pour se changer. Cela faisait déjà deux jours d'affilée qu'il portait les mêmes vêtements, et ses collègues risquaient de se poser des questions.

Mais, comme il s'apprêtait à se lever, Nik ouvrit les yeux. Avec un petit grognement possessif, elle lui attrapa le bras pour le retenir auprès d'elle.

— Il faut que je file, Nikki. Nous sommes lundi et nous allons devoir retourner ciel et terre si nous voulons avoir une chance de retrouver Garrett avant qu'il passe de nouveau à l'action.

À ces mots, Nik se redressa brusquement sur son lit.

— Le camion ! lança-t-elle.

Il la considéra avec stupeur.

— Anderson nous a dit que Garrett avait fait appel à des déménageurs professionnels, lui expliqua-t-elle. Leurs camions sont généralement décorés du logo de leur société. Si nous retrouvons cette entreprise, ils pourront peut-être nous dire quelle était l'adresse de livraison des meubles !

— Bien sûr ! Comment se fait-il que nous n'y ayons pas pensé plus tôt ?

— Nous étions trop déprimés pour cela, lui dit-elle. Puis trop occupés par... autre chose. Mais tu sais ce qu'on dit : la nuit porte conseil.

— Pas à tout le monde, apparemment, objecta-t-il avec une pointe d'autodérision.

— Appelle Anderson pendant que je m'habille. Ensuite, nous passerons chez toi avant de nous rendre chez ces déménageurs.

— Chef, oui, chef ! s'exclama Finn en riant. On ne t'a jamais dit que tu avais l'âme d'un général ?

— Non, mais ça me donne des idées de reconversion, répondit-elle en sautant au bas du lit.

Il ne put s'empêcher de la dévorer des yeux.

— Désolée, mais nous n'avons vraiment pas le temps, lui dit-elle lorsqu'elle avisa le regard lourd de désir qu'il posait sur elle.

— Je sais, soupira-t-il, la mort dans l'âme.

Se redressant à son tour, il entreprit de se rhabiller tout en composant le numéro qu'Anderson lui avait donné la veille. Malheureusement, il tomba sur la messagerie de ce dernier.

— Il ne répond pas, indiqua-t-il à Nik.

— Ce n'est pas étonnant. Il est à peine 7 heures. Voilà ce que je te suggère : prenons un petit déjeuner à emporter à la boulangerie qui fait l'angle, puis passons chez toi. Nous le rappellerons de là-bas.

Ils mirent ce plan à exécution et, après s'être douché et changé, Finn renouvela son appel vers 8 heures sans plus de succès.

— Nous devrions nous rendre directement chez lui, suggéra alors Nik. Après tout, cette information peut s'avérer cruciale : si nous parvenons à localiser Garrett d'ici ce soir, nous sauverons peut-être la vie d'une innocente.

— Je suis d'accord avec toi, acquiesça Finn. Et puis, pour consoler Anderson, nous pourrons toujours lui dire qu'il a joué un rôle prépondérant dans l'arrestation d'un tueur en série. Cela devrait lui permettre de se faire mousser auprès de tous les gens qu'il connaît - et même de ceux qu'il ne connaît pas - pendant plusieurs mois...

Henry Anderson était d'une humeur massacrante lorsqu'il vint ouvrir aux malotrus qui tambourinaient à sa porte depuis près de cinq minutes. Les gens n'avaient plus aucun sens des convenances, de nos jours. Et ce raffut risquait de traumatiser la pauvre Delilah qui aboyait à s'en déchirer les cordes vocales...

— Je vous préviens ! lança Anderson, furieux. Si vous n'arrêtez pas immédiatement ce tapage, je vais appeler la police.

— Je fais partie de la police, répondit une voix qui lui sembla familière.

Il risqua un coup d'œil au travers de l'œilleton et eut la surprise de découvrir le couple de charmants inspecteurs qu'il avait rencontrés la veille devant chez le Dr Garrett.

— Ça alors ! s'écria-t-il en leur ouvrant la porte. Si j'avais su que c'était vous... Mais entrez, entrez, je vous en prie...

— Nous n'en avons que pour une minute, dit Finn. Et je suis vraiment désolé de vous avoir réveillé. Mais nous avons une question de la plus haute importance à vous poser.

— Ne vous en faites pas ! Je suis ravi de pouvoir vous être de nouveau utile. Que puis-je faire pour vous, inspecteur ?

— Vous nous avez bien dit avoir vu le camion de déménagement du Dr Garrett, n'est-ce pas ?

— En effet.

— Vous souvenez-vous par hasard du logo de l'entreprise de déménagement qui figurait sur le camion ?

Anderson le considéra avec étonnement : ce n'était vraiment pas le genre de détail dont il aurait pensé qu'il puisse intéresser la police. Mais l'inspecteur Cavanaugh devait avoir de bonnes raisons de lui poser la question, et il se creusa la mémoire.

— Je me souviens que le logo représentait un éclair, répondit-il.

— Un éclair ? répéta Finn.

— Oui.

— C'était une allusion au nom de la société, précisa-t-il. Les Déménageurs éclair... Et je dois bien reconnaître qu'en voyant la vitesse à laquelle ils ont procédé on ne peut pas les accuser de publicité mensongère...

— Je vous remercie beaucoup, monsieur Anderson. Vous nous avez été d'une aide plus que précieuse !

Anderson se sentit un peu déçu de ne pouvoir faire plus pour les aider : l'information qu'il venait de leur donner lui paraissait parfaitement triviale, et il ne voyait pas vraiment en quoi elle pouvait leur être utile.

À moins, bien sûr, que les déménageurs en question ne soient responsables du cambriolage auquel l'inspecteur Cavanaugh avait fait allusion lors de leur première rencontre... Anderson était bien décidé à en apprendre un peu plus à ce sujet.

— Est-ce que vous voulez entrer prendre un café ? leur proposa-t-il.

— C'est très gentil mais, grâce à vous, nous avons fort à faire aujourd'hui. Une autre fois, peut-être ?

— Quand vous voudrez, acquiesça Anderson. Et n'hésitez pas à m'appeler si vous avez la moindre question au sujet du Dr Garrett ou de ce qui se passe dans le quartier.

— Nous n'y manquerons pas, lui assura Finn. Au revoir, monsieur Anderson.

Nik et Finn regagnèrent leur voiture qui était garée juste en face de la maison. Une fois à l'intérieur, Nik sortit son téléphone portable pour chercher les coordonnées de la société de déménagement que venait de leur indiquer Anderson.

— Par chance, leurs bureaux sont ouverts aujourd'hui, annonça-t-elle à Finn. Ils sont situés dans le quartier de Lonsdale, à quelques minutes d'ici en voiture. En revanche, ils n'ouvrent pas avant 9 heures.

— Cela va nous laisser le temps d'appeler Harley, déclara Finn en sortant son propre téléphone portable.

Il composa le numéro de son coéquipier et activa l'amplificateur pour que Nik puisse suivre leur conversation.

— Finn ? J'allais justement t'appeler ! lança Joe.

— Que se passe-t-il ?

— Nous nous sommes plongés dans le registre des affaires non résolues pour y chercher des meurtres qui présenteraient des similarités avec ceux sur lesquels nous enquêtons, lui dit-il.

— Je l'avais fait au début de l'enquête, remarqua Finn.

— Exact. Mais Garrett n'était pas notre suspect numéro un, à ce moment-là.

— Et... ?

— Et il n'a pas toujours vécu à Aurora. Il y a cinq ans, il résidait à Palm Springs, et nous avons trouvé quatre victimes là-bas - poignardées en plein cœur à la suite de soirées également. Deux ans plus tôt, alors que Garrett vivait à Los Angeles, nous avons trouvé cinq affaires qui pourraient correspondre...

Finn et Nik échangèrent un regard effaré : en l'espace de quelques heures, leur enquête venait de prendre de nouvelles proportions.

— Cela signifie qu'il ne nous reste plus très longtemps pour le coincer, déclara Finn. D'ici un jour ou deux, les fédéraux reprendront le dossier, et nous serons mis sur la touche.

— Exact, approuva Harley. Espérons que d'ici là quelqu'un nous signale la présence de Garrett, de sa copine ou de l'un de ses véhicules.

— Nous avons peut-être une autre piste, répondit Finn. La société de déménagement à laquelle Garrett a fait appel doit savoir où il a fait livrer ses meubles. Avec un peu de chance, nous allons pouvoir le cueillir à son nouveau domicile.

— Excellent, s'exclama Harley. N'hésite pas à nous rappeler dès que tu auras l'adresse. Nous savons tous à quel point ce type est dangereux.

21

Après leur avoir opposé une résistance de pure forme au nom du respect de la vie privée de ses clients, l'assistante de direction des Déménageurs éclair consentit finalement à leur livrer la nouvelle adresse de James Garrett. Ils décidèrent de se rendre sur place aussitôt.

Sans surprise, sa nouvelle demeure était située dans un quartier très sélect, tout aussi chic que le précédent. La maison proprement dite était un hôtel particulier haut de deux étages trônant au milieu d'un grand jardin entièrement enceint de murs de pierre.

Seule une grille en fer forgé et une porte de service cadenassée permettaient d'accéder à la propriété. Et, cette fois-ci, ils n'eurent pas la chance de croiser un informateur aussi curieux et bavard qu'Anderson.

— On dirait qu'il a décidé de renforcer la sécurité de son domicile, remarqua Nik lorsqu'ils se garèrent à proximité de la maison.

Ils descendirent de voiture et s'approchèrent de la grille.

— Il n'y a même pas de sonnette ou d'Interphone, renchérit Finn, surpris. Visiblement, Garrett ne compte pas avoir une vie sociale trépidante.

Nik ne put réprimer un frisson.

— J'ai vraiment l'impression de me trouver devant le château de Barbe-Bleue, avoua-t-elle.

— Il y a de ça, acquiesça Finn.

Par acquit de conscience, il essaya la poignée de la grille et eut la surprise de voir celle-ci s'ouvrir.

— Garrett n'est peut-être pas aussi précautionneux que nous le pensions, dit-il.

— Peut-être nous attend-il à l'intérieur, objecta Nik, que cette perspective ne rassurait guère.

— Très franchement, je doute que ce soit le cas. Cet homme est peut-être un malade qui prend plaisir à assassiner des femmes. Mais je te rappelle qu'il n'aime courir aucun risque : il va jusqu'à les droguer pour éviter qu'elles lui résistent. Ce n'est pas le genre à se mesurer à un policier armé et entraîné. Cela dit, on n'est jamais trop prudent.

Finn s'agenouilla pour sortir le petit revolver de secours qui était attaché à sa cheville.

— Tu as déjà tiré ? demanda-t-il à Nik.

— Bien sûr. Je vais même m'entraîner régulièrement.

— Alors glisse ça dans ton sac, juste au cas où. Je ne tiens pas à ce que nous nous retrouvions pris au dépourvu.

Lui-même détacha le scratch du holster qui se trouvait sous son blouson.

— Allons-y !

Ils s'avancèrent dans le magnifique jardin qui entourait la maison et se dirigèrent vers la volée de marches permettant d'accéder à la porte d'entrée. Finn pressa la sonnette et attendit quelques instants avant de recommencer. Personne ne vint leur ouvrir.

— Je n'entends pas de bruit à l'intérieur, dit-il. Les volets ne sont pas fermés. Faisons le tour de la maison, et nous verrons peut-être quelque chose par les fenêtres.

Nik hocha la tête, et ils entreprirent de contourner la belle demeure par la gauche. À travers les vitres, ils pouvaient apercevoir les vastes pièces du rez-de-chaussée. Quelques-unes avaient été meublées, mais les autres étaient totalement vides.

— On dirait qu'il n'y a personne, constata Finn.

— Au rez-de-chaussée, en tout cas, acquiesça Nik.

Ils allèrent frapper à la porte de la cuisine sans obtenir plus de réponses.

De retour face à l'entrée principale, Finn sortit son téléphone portable pour contacter Harley.

— Nous sommes devant chez lui, indiqua-t-il à son équipier. Mais il n'y a personne. Je voudrais que tu demandes au juge Carter un mandat de perquisition pour l'adresse que je vais te donner.

— J'espère qu'il nous l'accordera, remarqua Harley.

— Dis-lui bien que le suspect a été vu en compagnie de la dernière victime le soir où elle a été tuée. Et rappelle-lui qu'on a trouvé l'empreinte de sa petite amie dans la voiture de Seamus et ses coordonnées dans le sac à main d'une autre des victimes. Cela devrait suffire à le convaincre.

— Espérons-le, soupira Harley. Je te rappelle dès que j'ai une réponse.

— Parfait, conclut Finn avant de raccrocher.

— Et maintenant ? s'enquit Nik. Que faisons-nous ?

— Nous attendons le mandat. Et nous surveillons la maison au cas où quelqu'un en sortirait ou y entrerait.

Il s'écoula moins d'une heure avant que Harley et Ramirez les rejoignent avec le mandat que venait de leur délivrer le juge Carter. Finn retourna sonner. Puis il tambourina à la porte en annonçant haut et fort qu'il était de la police.

— Bien, conclut-il en se tournant vers Harley. Il ne nous reste plus qu'à enfoncer la porte.

— J'ai pris le bélier, lui indiqua son équipier.

— Attendez une minute, intervint Nik. J'ai peut-être une façon plus subtile d'ouvrir la porte. Laissez-moi essayer.

Finn, Harley et Ramirez échangèrent un regard mi-amusé, mi-dubitatif en voyant la jeune femme sortir de son sac à main une trousse de crochetage. Elle s'agenouilla devant la serrure et y introduisit ses outils. Au grand étonnement des trois hommes, il ne lui fallut que quelques dizaines de secondes pour crocheter la porte.

— Je n'ose te demander dans quelles circonstances tu as appris à faire ça, déclara Finn.

— Une bonne enquêtrice doit avoir plus d'un tour dans son sac, répondit-elle.

— Nous allons faire semblant de n'avoir rien entendu, répliqua-t-il en riant. En tout cas, tu es vraiment une femme pleine de ressources.

— Tu n'as pas idée à quel point, dit-elle d'un ton suggestif.

Harley laissa échapper un petit sifflement moqueur.

— Vous devriez peut-être vous trouver une chambre, tous les deux, railla-t-il.

Finn préféra ne pas relever.

— Nik, reste dans l'entrée pendant que nous nous assurons que la maison est vide, lui ordonna-t-il.

Nik hocha la tête, et tous trois pénétrèrent dans le vaste hall de la demeure.

— Police d'Aurora ! cria Finn. Est-ce qu'il y a quelqu'un ?

Personne ne leur répondit. Il fit signe à Ramirez de surveiller l'escalier tandis que Harley et lui faisaient le tour du rez-de-chaussée. Ils revinrent quelques minutes plus tard.

— Personne, confirma Finn. On monte.

Arme au poing, les trois agents gravirent rapidement les marches. Le cœur battant à tout rompre, Nik patienta, s'attendant à tout moment à entendre résonner une fusillade nourrie. Mais il n'en fut rien et, au bout d'un certain temps, elle vit Finn se pencher par-dessus la balustrade.

— Tu peux venir, lança-t-il. Il n'y a personne.

Elle gravit l'escalier et le rejoignit sur le palier supérieur.

— Et maintenant ? lui demanda-t-elle.

— Maintenant, nous allons fouiller cette maison de

fond en comble à la recherche de la moindre preuve de la culpabilité de Garrett.

Ils se répartirent les différentes pièces et entreprirent une fouille méthodique des lieux. Malheureusement, au bout de deux heures de travail acharné, ils n'avaient toujours pas découvert le plus petit indice - ni arme correspondant aux crimes, ni articles de journaux parlant des meurtres, ni trophées macabres, ni papiers d'identité ayant appartenu aux victimes...

— C'est bizarre, lâcha Harley lorsqu'ils se retrouvèrent au rez-de-chaussée pour faire le point sur leurs recherches. Je n'ai trouvé aucun effet personnel. On se croirait dans un décor de théâtre.

Finn vit Nik se mordiller la lèvre inférieure, ainsi qu'elle le faisait chaque fois qu'elle était en train de réfléchir.

— Je pense que tu as mis le doigt dessus, Joe, déclara-t-elle enfin. C'est un décor, tout comme son cabinet médical. Garrett joue un rôle dans sa vie de tous les jours et il ne devient vraiment lui-même que lorsqu'il chasse et tue. Je serais prête à parier qu'il possède un autre endroit, un garde-meubles, sans doute, où il conserve ses affaires plus personnelles. Cela lui évite que quelqu'un découvre un élément compromettant au cours de l'un de ses nombreux déménagements.

— Tu sais que je commence à m'inquiéter à ton sujet, plaisanta Finn. Tu penses vraiment comme un criminel.

— Il faut croire que je lis un peu trop de romans policiers à mes heures perdues, répondit-elle en souriant.

— Est-ce que l'un d'entre vous a trouvé des clés, au cours de ses recherches ?

Nik secoua la tête.

— Si cette cachette existe vraiment, tu peux être sûr que Garrett ne laisse pas traîner la clé. Je suis prête à parier qu'il la garde toujours sur lui.

— Dans ce cas, il ne nous reste plus qu'à guetter le retour

de notre homme, déclara Finn. D'après ce que nous savons, le Dr Garrett doit reprendre le travail la semaine prochaine. S'il s'en tient à ce programme, il ne lui reste que quelques jours pour satisfaire sa soif de meurtres. Tâchons de le coincer avant qu'il récidive...

Finn fut interrompu par un bip de son téléphone portable, qui annonçait l'arrivée d'un SMS. Il ouvrit sa messagerie pour voir ce dont il s'agissait.

— Bonne nouvelle ? s'enquit Ramirez.

— Tout dépend pour qui, répondit Finn avec un sourire triomphant. Une voiture de patrouille vient tout juste de signaler la présence de la Porsche de Garrett sur le parking des Trois Îles, un restaurant grec du centre-ville.

— J'imagine que c'est notre prochain arrêt, déclara Nik.

— Oui, dit Finn. Vous deux, vous restez à proximité pour surveiller la maison, au cas où Garrett nous échapperait.

— D'accord, fit Harley. Mais tâchez quand même de ne pas le laisser vous filer entre les pattes. Cela pourrait le pousser à quitter le pays au plus vite. Et tu sais à quel point il est difficile d'obtenir une extradition du Mexique.

— Ne t'en fais pas, le rassura Finn. Je ne compte pas lui laisser la moindre chance.

Ils quittèrent la maison de Garrett en prenant soin de refermer la porte derrière eux. Nik et Finn regagnèrent alors leur voiture, et ce dernier démarra en trombe dès qu'ils furent attachés.

— Et moi qui croyais que tu conduisais toujours comme un escargot, plaisanta Nik tandis que leur véhicule se dirigeait à toute allure vers l'autoroute.

— Seulement lorsque je ne suis pas pressé, rétorqua-t-il en sortant son gyrophare, qu'il accrocha sur le toit.

Et, de fait, il continua à rouler pied au plancher jusqu'à ce qu'ils atteignent le très joli restaurant grec où Garrett avait apparemment décidé de s'arrêter déjeuner. Sa voiture s'y trouvait toujours, mais Nik ne vit aucune trace de la voiture de patrouille qui avait signalé sa présence et était censée demeurer sur place en les attendant.

— Où sont tes collègues ? demanda-t-elle.

— En planque, probablement. Ils n'ont pas voulu effrayer Garrett.

Lui-même avait ôté son gyrophare juste avant d'arriver en vue du restaurant. Ils se garèrent dans le parking, à quelques mètres de la Porsche du médecin.

— Et maintenant ? souffla-t-elle.

— Maintenant, on attend, répondit-il.

— Tu ne préfères pas aller l'arrêter directement à l'intérieur ? s'étonna Nik.

Finn secoua la tête.

— Il vaut mieux l'alpaguer sur un parking désert qu'au beau milieu d'un restaurant bondé. Nous ne savons pas comment il va réagir, et je préfère éviter qu'il y ait le moindre dommage collatéral.

Ils attendirent donc tranquillement dans leur voiture. Mais, à mesure que les minutes s'écoulaient, Finn se prit à douter. Et si Garrett avait repéré le véhicule de patrouille qui avait signalé sa présence ? Et s'il s'était déjà enfui à pied, préférant abandonner sa voiture sur place ? Et s'il était déjà en route vers la frontière comme l'avait prédit Harley ?

Comme il s'apprêtait à aller jeter un coup d'œil à l'intérieur de l'établissement, il sentit Nik tressaillir légèrement à ses côtés.

— C'est lui, murmura-t-elle en désignant l'homme qui venait de sortir du restaurant, accompagné de deux jeunes femmes. Et il est avec Marilyn, ajouta-t-elle.

La troisième personne était une jeune femme aux cheveux blonds plutôt jolie. Elle se trouvait entre Garrett et Marilyn, qui la soutenaient l'un et l'autre. Sa démarche mal assurée aurait pu laisser penser qu'elle avait trop bu, mais Nik était certain qu'elle avait été droguée, tout comme les autres victimes.

— C'est la première fois qu'il passe à l'acte en pleine journée, chuchota-t-elle.

— Peut-être compte-t-il la ramener jusque chez lui avant de la tuer, suggéra Finn. Si tel est le cas, il va être amèrement déçu. Ne bouge pas d'ici.

Finn descendit de voiture et se dirigea vers le petit groupe de façon à les intercepter avant qu'ils atteignent la Porsche. Après quelques instants d'hésitation, Nik sortit à son tour et lui emboîta le pas. Ils avaient fait équipe jusqu'ici, et il n'était pas question qu'elle l'abandonne alors qu'ils étaient sur le point de coincer ce monstre.

— Est-ce qu'elle a un problème ? demanda Finn d'un ton affable en désignant la jeune femme aux cheveux blonds.

— J'ai bien peur que la sœur de ma fiancée n'ait un petit peu trop bu, répondit Garrett d'un air amusé. Mais ne vous en faites pas pour elle : je suis médecin et je peux vous assurer qu'elle s'en remettra très vite. Elle risque juste d'avoir un peu mal à la tête demain matin...

— J'ai bien peur que si je la laisse partir avec vous deux elle ne soit morte, demain matin, déclara Finn d'un ton faussement décontracté.

Marilyn jeta un regard empli d'effroi à son compagnon, qui haussa les épaules.

— C'est parfaitement absurde, répliqua-t-il sans se démonter le moins du monde.

Nik s'avança alors et, en l'apercevant, Marilyn pâlit brusquement.

— Je ne sais pas si le Dr Garrett et toi êtes vraiment fiancés, lui dit Nik. Mais je suis en revanche certaine que tu n'as jamais eu de sœur.

— Écoutez, intervint Garrett, qui paraissait à son tour gagné par une certaine nervosité, je ne sais pas ce que vous

vous êtes imaginé, mais j'aimerais que vous nous laissiez passer, à présent.

— J'ai bien peur de ne pas pouvoir faire cela, rétorqua Finn en dégainant son arme de service. Et je vous suggère instamment de libérer cette jeune femme avant que votre situation se complique...

Garrett lui répondit par un juron et propulsa violemment sa victime en direction de Finn. Ce dernier eut tout juste le temps de la rattraper au vol avant qu'elle s'écroule. Il l'étendit précautionneusement sur le sol. Pendant ce temps, Garrett avait fait mine de tourner les talons pour prendre la fuite. Mais Nik ne lui en laissa pas le temps.

Stupéfait, Finn la vit se propulser en avant et asséner au médecin un foudroyant coup de pied fouetté qui l'atteignit au genou. Un craquement sinistre se fit entendre, et Garrett s'effondra en hurlant de douleur. Un torrent d'insultes lui échappa, qu'il redirigea contre Finn lorsque ce dernier se jeta sur lui pour le menotter.

Il ne prit même pas la peine de lui répondre et se tourna vers Marilyn, qui paraissait hésiter entre s'enfuir et fondre en larmes.

— Ne bougez pas ! lui ordonna-t-il.

Il s'approcha d'elle et la menotta à son tour. Elle se mit à sangloter convulsivement. Du coin de l'œil, Finn aperçut deux policiers en uniforme qui venaient de déboucher en courant sur le parking. Il s'agissait certainement des deux hommes de la voiture de patrouille, qui avaient repéré la Porsche de Garrett. Ce dernier continuait à agonir Finn d'insultes et de menaces.

— Vous avez commis une énorme erreur, lui dit-il. J'ai des tas de relations dans cette ville et je vous promets que je serai très vite libre. Quant à vous, si vous avez de la chance, vous vous retrouverez affecté à la circulation !

— C'est ce que j'appelle un déni de réalité, répondit

posément Finn. Vous avez tué une dizaine de femmes, Dr Garrett. Croyez-moi, vous n'êtes pas près de sortir du trou où je suis sur le point de vous jeter.

— Je n'y suis pour rien, moi, protesta Marilyn d'une voix hachée. Laissez-moi partir...

Elle se tourna vers Nik, lui jetant un regard suppliant.

— Dis-lui que je suis innocente, la supplia-t-elle.

Dans les yeux de Nik, Finn avisa une expression qui ne lui était pas familière et qu'il espéra ne jamais revoir : il y avait de la douleur, bien sûr, mais aussi un mélange de dégoût, d'amertume et de colère.

— J'aimerais bien pouvoir le faire, affirma-t-elle. Mais tu étais en train de l'aider - tout comme tu l'as aidé à séduire les pauvres filles qu'il a assassinées au cours de ces derniers jours. Tu mérites de pourrir en prison, tout comme ton petit ami.

— Mais il m'y a forcée ! s'écria Marilyn. Il m'a dit que si je ne l'aidais pas il tuerait ma mère. Et je sais qu'il l'aurait fait. Je n'avais pas le choix.

Finn avait assisté à bien trop de scènes de ce genre pour être dupe de ce plaidoyer de dernière minute. Marilyn savait parfaitement que sa seule chance d'échapper à une lourde condamnation était de se présenter elle aussi comme une victime. Mais le mépris moqueur qui se lisait dans les yeux de Garrett en cet instant ne laissait aucun doute sur la véritable nature de ces deux-là.

— On a toujours le choix, répondit Nik d'une voix glaciale. C'est toi qui t'es enfuie avec cette ordure. Tu t'es trouvée seule à plusieurs reprises et tu aurais parfaitement pu t'échapper ou appeler la police. Tu aurais pu mettre en garde la fille du sénateur ou celle avec laquelle tu as dansé en boîte de nuit. Mais tu n'en as rien fait : tu les as conduites à la mort sans le moindre état d'âme. Et, aujourd'hui même, tu t'apprêtais à recommencer. Je ne sais pas comment tu as pu perdre à ce point tout repère moral, mais je t'assure que tu auras tout le temps qu'il faudra durant les années à venir pour méditer sur ce qui s'est passé…

22

Nik avait l'impression d'être en état de choc. Peut-être était-ce le cas, d'ailleurs. Rétrospectivement, ces derniers jours lui faisaient l'effet d'un cauchemar dont elle viendrait tout juste de se réveiller.

Mais leur longue traque venait de se conclure, et ils étaient parvenus à arrêter le monstre qu'ils avaient poursuivi sans relâche. Cette certitude l'emplissait d'un mélange de soulagement et de satisfaction. Jamais peut-être elle n'avait eu l'impression d'accomplir un acte plus utile et plus méritoire.

Finn l'autorisa à assister derrière une glace sans tain aux interrogatoires qu'il mena de main de maître, forçant Garrett à se contredire à plusieurs reprises et jouant sur l'orgueil et la colère du médecin pour le pousser à l'erreur.

Face à Marilyn, il usa d'un tout autre procédé : avec l'accord du procureur, il lui proposa de bénéficier d'une certaine clémence en échange des informations qu'elle pourrait leur fournir au sujet de la dernière vague de meurtres.

Marilyn accepta cet arrangement sans hésiter et leur livra une description glaçante de ce qui s'était passé au cours de ces derniers jours. Son témoignage accablant corroborait parfaitement les indices et les témoignages que les policiers avaient déjà réunis.

Les derniers éléments de preuve leur furent apportés

par la fouille du garde-meubles que louait Garrett dans une banlieue industrielle d'Aurora.

Comme Nik l'avait prédit, ils avaient retrouvé la clé sur lui. Et, comme ils l'avaient supposé, cette cache faisait office de salle des trophées. Garrett y conservait des articles parlant de ses différents meurtres, des photos de ses victimes et des mèches de cheveux qu'il gardait en souvenir de chacune d'entre elles.

Cette macabre découverte leur permit d'identifier l'ensemble des victimes du tueur en série. Confronté à ces preuves accablantes, Garrett changea radicalement d'attitude : renonçant à proclamer son innocence, il assuma fièrement ce qu'il appelait « l'œuvre de sa vie ».

Il commença alors à faire le récit de l'existence secrète qu'il avait menée jusqu'à présent. Il pouvait s'écouler des mois, voire des années, sans que le besoin de tuer se fasse sentir. Puis, brusquement, il basculait l'espace de quelques jours ou de quelques semaines dans cette folie homicide qu'il percevait comme une forme d'inspiration sacrée.

Ce n'était pas la première fois qu'il s'assurait la complicité d'une femme qui lui servait d'appât autant que de compagne. Et Nik découvrit avec effroi qu'il avait tué celles qui avaient précédé Marilyn dans ce rôle.

À l'issue de cette ultime confession, Finn vint retrouver Nik dans la petite pièce située de l'autre côté de la vitre sans tain.

— Tu tiens le coup ? lui demanda-t-il d'une voix pleine de sollicitude.

Elle haussa les épaules d'un air accablé.

— Moi, oui, soupira-t-elle. Mais je ne sais vraiment pas comment Kim va réagir lorsque je lui annoncerai la nouvelle. Comment suis-je censée m'y prendre, d'ailleurs ? Comment suis-je censée expliquer à une mère que sa fille s'est rendue complice d'un homme qui droguait et assassinait des jeunes femmes sans défense ?

— Je ne sais pas, répondit gravement Finn. Mais nous le ferons ensemble.

Nik secoua la tête.

— Je ne peux pas te demander ça, protesta-t-elle.

— Tu ne l'as pas fait, objecta-t-il. C'est moi qui te l'ai proposé. Mais, en attendant, je crois que nous avons tous deux besoin d'un remontant. Que dirais-tu de passer chez Malone ?

— Très franchement, je préférerais en finir au plus vite, avoua-t-elle. Allons voir Kim. Ensuite, nous irons boire ce verre, d'accord ?

— D'accord.

— Tu es sûr que tu ne préfères pas rester ici avec les autres pour fêter dignement la conclusion de cette affaire ?

— Je la fêterai avec toi, répondit-il. Nous avons commencé cette enquête ensemble et nous la terminerons ensemble.

Nik sentit son cœur se serrer dans sa poitrine, et il lui fallut quelques instants pour comprendre la cause du brusque accès de mélancolie qui venait de la submerger. Elle prit alors conscience du fait que, maintenant que cette affaire était close, elle n'aurait plus de raison de voir Finn chaque jour. Et elle savait déjà qu'il lui manquerait cruellement.

Les interrogatoires de Marilyn et de James Garrett ainsi que la fouille du garde-meubles les avaient occupés durant tout l'après-midi et une bonne partie de la soirée. Ils arrivèrent donc assez tard devant chez Kim Palmer et, lorsqu'ils furent garés devant sa maison, Nik fut presque tentée de demander à Finn de remettre cette entrevue au lendemain matin.

Mais elle savait qu'elle ne pourrait trouver le repos tant qu'elle n'aurait pas rapporté à son amie la triste conclusion de l'enquête dont elle l'avait chargée. Le cœur lourd, elle descendit donc de voiture et se dirigea vers la porte, suivie de près par Finn.

Quelques instants après que Nik eut sonné, Kim vint leur ouvrir. Un seul regard leur suffit pour comprendre qu'elle savait déjà tout. De toute évidence, les médias avaient eu vent de l'arrestation du tueur en série que la presse avait surnommé l'Éventreur d'Aurora.

— Vous ! lança Kim d'une voix tremblante de rage à peine contenue. Comment osez-vous venir ici après ce que vous avez fait ?

Elle dévisagea Nik d'un air accusateur.

— Comment as-tu pu me trahir de cette façon ? lui demanda-t-elle.

Nik ouvrit la bouche pour s'expliquer et la referma aussitôt. Que pouvait-elle bien répondre à cela ? Comment pouvait-elle exposer à son amie les raisons pour lesquelles elle avait effectivement joué un rôle actif dans l'arrestation et l'inculpation de sa fille ?

Elle sentit alors la main de Finn se refermer doucement sur la sienne. Ce simple contact l'aida à conserver un semblant de self-control.

— Est-ce que votre fille vous a appelée ? s'enquit-il.

— Bien sûr ! s'écria Kim. Et elle m'a tout raconté...

— J'ignore ce qu'elle vous a dit, mais je peux vous expliquer ce que nous avons pu prouver, déclara-t-il d'une voix très douce. Marilyn est tombée amoureuse d'un tueur en série. Et elle est devenue sa complice, l'aidant à gagner la confiance de femmes qu'il assassinait par la suite.

— Il l'avait menacée ! protesta Kim. Il lui avait dit qu'il me tuerait si elle ne faisait pas ce qu'il exigeait d'elle. Elle cherchait juste à me protéger.

— J'aimerais pouvoir te dire que c'était le cas, trouva la force de répondre Nik. Malheureusement, les preuves que nous avons accumulées sont formelles : Marilyn était parfaitement consentante. Cela ne veut pas dire que Garrett n'exerçait pas une forme d'emprise sur elle. Elle était - elle est toujours - amoureuse de lui, et il s'est incontestablement servi de ses sentiments pour la manipuler. Mais cela ne peut en aucun cas justifier les crimes dont elle s'est rendue complice. Et franchement je suis heureuse que nous l'ayons arrêtée, ne serait-ce parce que, ce faisant, nous lui avons sauvé la vie.

— Qu'est-ce que tu veux dire ? fit Kim, les yeux agrandis par l'angoisse.

— D'ici quelques jours, Garrett aurait repris le cours de sa vie ordinaire. Il serait retourné travailler comme si de rien n'était et aurait momentanément mis un terme à cette vague de meurtres. C'est ce qu'il a fait à plusieurs reprises par le passé. Mais, à chaque fois, il s'est arrangé pour que les femmes qui lui avaient servi de complices disparaissent. Sans doute ne tenait-il pas à ce que l'une d'elles soit prise de remords et décide d'aller parler à la police...

— Je ne te crois pas ! lança Kim.

— Cela n'a aucune importance, répondit tristement Nik. Au tribunal, tu entendras de tes propres oreilles le témoignage du frère d'Agnès Tucker, une jeune patiente du Dr Garrett, à Palm Springs. Elle était follement amoureuse de lui, et ils sont sortis ensemble. Quelques semaines plus tard, on a retrouvé le corps de cette pauvre Agnès dans une décharge. Entre-temps, trois jeunes femmes avaient été assassinées d'un coup de couteau en plein cœur.

— Pourquoi n'ont-ils pas arrêté Garrett, alors ? demanda Kim d'une voix blanche.

— Parce que Garrett s'est présenté spontanément au poste de police avant même que l'on retrouve le corps d'Agnès. Il a fondu en larmes, expliquant qu'il était éperdument amoureux d'Agnès, qu'elle ne lui avait pas donné de nouvelles depuis plusieurs jours et qu'il s'inquiétait pour elle. Personne n'a imaginé un seul instant que ce médecin respectable puisse être impliqué dans cette vague de meurtres...

— Mon Dieu ! souffla Kim. Que vais-je faire, à présent ?

— Pleurer, répondit Nik. Puis te ressaisir et engager le meilleur avocat que tu puisses t'offrir pour défendre ta fille. Espérer que les années qu'elle passera inévitablement en prison lui permettront de prendre la mesure de ce qu'elle a fait et de se repentir. Puis l'aider à rebâtir sa vie lorsqu'elle sortira.

— Je ne sais pas si j'en serai capable, murmura Kim.

— Tu es la seule qui puisse le faire, déclara sobrement Nik. Au revoir, Kim. Je te souhaite beaucoup de courage. Dieu sait que tu en auras besoin.

Sur ce, elle se tourna vers Finn.

— Allons-y, lui dit-elle.

Tous deux se détournèrent et regagnèrent leur voiture.

— On va chez Malone ? proposa Finn quand ils eurent pris place à l'intérieur.

— Est-ce que tu as quelque chose à boire, chez toi ? lui demanda-t-elle, les yeux brillants des larmes qu'elle se refusait à verser.

Si elle leur laissait libre cours, elle n'était pas certaine de parvenir à s'arrêter.

— Je garde justement une bonne bouteille de whisky pour les situations de ce genre, répondit Finn avec un sourire affectueux.

— Nous porterons un toast à la résolution de cette enquête, lui dit-elle.

— Et à notre fructueuse coopération, renchérit Finn.

— Et nous célébrerons dignement nos adieux, conclut-elle.

Finn la considéra avec une pointe de stupeur.

— Nos adieux ? répéta-t-il. Pourquoi ? Tu comptes partir quelque part ?

— Non. Mais, maintenant que cette enquête est terminée, j'imagine que nous allons tous deux reprendre le cours de notre vie normale. On te confiera une autre enquête, et je retournerai travailler pour ma compagnie d'assurances.

— Ce n'est pas une raison pour que nous nous perdions de vue, objecta Finn.

Ce fut au tour de Nik de l'observer avec étonnement.

— Non, bien sûr, balbutia-t-elle. J'ai juste pensé...

— Que ce qui s'était passé entre nous n'était qu'une aventure temporaire ?

Elle haussa les épaules.

— Est-ce ce que, toi, tu veux ? lui demanda-t-il gravement.

— Non... Je me disais juste que c'était peut-être ce que, toi, tu voulais.

Finn secoua la tête d'un air médusé.

— Pour quelqu'un qui se montre si psychologue d'habitude, tu es vraiment à côté de la plaque, cette fois-ci.

Le cœur battant à tout rompre, Nik jugea préférable de garder le silence en attendant qu'il précise sa pensée.

— Je n'ai pas du tout l'intention de mettre un terme à notre histoire, Kowalski, lui dit-il en la regardant droit dans les yeux. Je sais qu'elle vient à peine de commencer, mais je peux déjà te dire que c'est l'aventure la plus magnifique et la plus excitante qu'il m'ait jamais été donné de vivre ! Et je compte bien faire encore un bout de chemin à tes côtés, si tu veux bien de moi, évidemment...

Trop émue pour répondre à cette déclaration inattendue, Nik sentit couler le long de ses joues les larmes qu'elle était parvenue à contenir jusqu'alors.

— Euh... Nikki..., balbutia alors Finn avec un sourire un peu hésitant. Je me sentirais un peu moins stressé si tu répondais à ma question...

— Oui, lâcha-t-elle d'une voix enrouée par l'émotion qui l'étreignait en cet instant. Je veux faire un bout de chemin avec toi, Finn. Un long bout de chemin, j'espère.

Elle le vit pousser un petit soupir de soulagement et se mit à rire au milieu de ses larmes.

— Finn, reprit-elle, je pense que c'est le moment idéal pour nous embrasser, tu sais.

— Tu crois ? lui demanda-t-il malicieusement.

— Finn Cavanaugh ! lança-t-elle en riant de plus belle. Embrasse-moi !

Cette fois-ci, il ne se fit pas prier.